biblio Essai lycée

Les Caractères

(chapitres V à XI)

JEAN DE LA BRUYÈRE

Notes, questionnaires et dossier
par Véronique Brémond-Bortoli,
agrégée de Lettres classiques,
professeur au CNED

hachette

Sommaire

1 Avant de lire l'œuvre

2 *Les Caractères* (chapitres V à X – BAC voie générale)

3 *Les Caractères* (chapitre XI – BAC séries technologiques)

ISBN : 978-2-01-713291-2

www.parascolaire.hachette-education.com

4 Dossier Bibliolycée

5 Dossier Spécial BAC voie générale

6 Dossier Spécial BAC séries technologiques

Dossier du professeur téléchargeable gratuitement sur :
www.enseignants.hachette-education.com

Jean de La Bruyère
(1645-1696)

- Jean de La Bruyère est l'aîné d'une grande fratrie, dont les parents sont d'honorables bourgeois.
- Nommé au service de la famille des Condé comme précepteur puis bibliothécaire, il va ainsi fréquenter le monde des Grands.
- Avec *Les Caractères*, il crée une œuvre extrêmement originale à laquelle il travaille pendant plus de vingt ans.

Jean de La Bruyère
par Alphonse Bailly.

ŒUVRE CLÉ

- ***Les Caractères***
La 1re édition paraît en 1688. Elle ne compte que 420 remarques.
La 9e édition paraît en 1696, quelques mois après la mort de La Bruyère. Il s'agit de la dernière édition revue par ses soins. Elle compte 1 120 remarques (c'est cette édition que nous publions).
La 10e et dernière édition, posthume, est publiée en 1699. Elle ne comporte aucune modification.

Jean de La Bruyère en 10 dates

1645 Naissance le 16 ou le 17 août, à Paris, dans une famille roturière.

1664 Soutient sa thèse de droit à Orléans. Inscrit au barreau de Paris, il semble n'y avoir exercé que brièvement la profession d'avocat.

1670 Vers cette époque, commence à rédiger *Les Caractères*.

1671 Décès de son oncle, qui lui donne en héritage une partie de sa fortune.

1673 Achète, avec cet héritage, une charge de trésorier général à Caen qui lui procure un titre de noblesse.

1684 Grâce à l'évêque et écrivain français Bossuet, est nommé précepteur du jeune duc de Bourbon, petit-fils du Grand Condé.

1688 **Fait paraître *Les Caractères* sans nom d'auteur.**

1693 **Est élu à l'Académie française.**

1694 Parution de la 8e édition des *Caractères*, très enrichie, en particulier de son *Discours de réception à l'Académie française*.

1696 Décède le 10 mai, à Versailles, d'une double attaque d'apoplexie (hémorragie cérébrale).

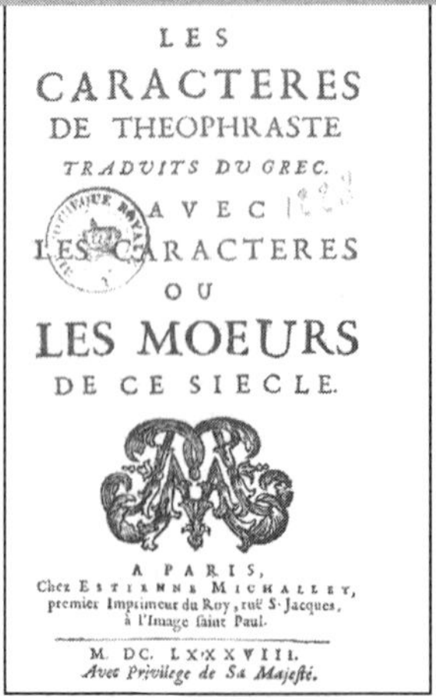
LES
CARACTERES
DE THEOPHRASTE
TRADUITS DU GREC.
AVEC
LES CARACTERES
OU
LES MOEURS
DE CE SIECLE.

A PARIS,
Chez ESTIENNE MICHALLET,
premier Imprimeur du Roy, ruë S. Jacques,
à l'Image saint Paul.

M. DC. LXXXVIII.
Avec Privilege de Sa Majesté.

Les Caractères ou les Mœurs de ce siècle

Date de publication : 1688 pour la 1re édition, 1696 pour la 9e édition (posthume)

Genre : recueil de réflexions et de portraits

Tonalités dominantes : didactique, satirique et ironique

Mouvement littéraire : classicisme

Fac-similé du frontispice de l'édition originale.

PRÉSENTATION

Les Caractères échappent à toute classification de genre littéraire. Empruntant la forme très libre de « remarques » de longueurs, de registres ou d'énonciations très variés, l'auteur porte un regard acéré de moraliste sur la société courtisane et les hommes de son temps, dont il dénonce avec ironie, voire insolence, les faux-semblants.

THÈMES TRAITÉS

Intérêt et vanité

La Bruyère nous montre une image pessimiste de la nature humaine, mue par l'amour-propre, l'intérêt personnel et l'ambition, au point d'en oublier les vraies valeurs comme le mérite, l'amitié, le savoir. L'homme, aveuglé par la richesse ou la faveur, a une si haute opinion de lui-même qu'il sombre dans tous les ridicules de la vanité, décrits avec cruauté par l'auteur.

Le théâtre du monde

Dans cette société, chacun joue un rôle et doit être *« maître de son geste, de ses yeux, et de son visage »* (VIII, 2). Les personnages, tout entiers dans l'apparence et la dissimulation, deviennent des marionnettes sans âme dont le moraliste, en metteur en scène, tire les ficelles avec humour.

POUR COMPRENDRE L'ŒUVRE

Plaire et instruire

Selon cette règle d'or de tout écrivain classique, La Bruyère choisit une forme brève, plus légère que les genres codifiés comme les traités, proche de l'art brillant de la conversation qui avait cours dans les salons de la bonne société constituant son lectorat. Son écriture rapide manie toutes les virtuosités de la rhétorique et de l'ironie pour charmer son public.

Mais La Bruyère se donne aussi pour but « *le changement de mœurs et la réformation* » : en présentant au lecteur, comme dans un miroir, « *ce portrait* [qu'il a] *fait de lui d'après nature* », il veut que celui-ci puisse corriger ses vices ou ses défauts.

« Avertir et non mordre »

La Bruyère s'en prend aux « *caractères et mœurs de* [son] *siècle* » mais jamais à des individus en particulier, car son but demeure de « *peindre l'homme en général* ». Il a dénoncé vigoureusement la pratique des « clefs » qui cherchaient la personne réelle derrière le portrait : ses « caractères », incarnés sous des noms antiques, relèvent souvent de l'anecdote et de la comédie et ne se laissent jamais enfermer, car ils traduisent la diversité humaine.

LES CRITIQUES

« *Mr de la Bruyère a fait* [...] *un recueil de Portraits satiriques, dont la plupart sont faux, et les autres tellement outrés, qu'il a été aisé de connaître qu'il a voulu faire réussir son Livre à force de dire du mal de son Prochain.* [...] *L'ouvrage de Mr de la Bruyère ne peut être appelé Livre, que parce qu'il a une couverture, et qu'il est relié comme les autres Livres. Ce n'est qu'un amas de pièces détachées.* »

Article du *Mercure galant*, juin 1693
(après son élection à l'Académie française).

« [La Bruyère a] *un style rapide, concis, nerveux, des expressions pittoresques, un usage tout nouveau de la langue, mais qui n'en blesse pas les règles,* [qui] *frappèrent le public.* »

Voltaire, *Le Siècle de Louis XIV*, 1751.

INFLUENCES

- Théophraste, *Les Caractères* (fin du IVe siècle avant J.-C.).
- Érasme, *Éloge de la Folie* (1511).
- Montaigne, *Essais* (1580-1588).
- La Rochefoucauld, *Réflexions ou Sentences et Maximes morales* (1665).
- Blaise Pascal, *Pensées* (1669).

AU MÊME MOMENT

Règne personnel de Louis XIV.
Le classicisme, mouvement français, s'oppose au mouvement européen du baroque.

- 1687 : Bossuet, *Oraison funèbre du Grand Condé*.
- 1688 : guerre de la Ligue d'Augsbourg qui oppose la France à des pays européens, dont l'Angleterre et l'Espagne.
- 1688 : Fontenelle, *Digression sur les Anciens et les Modernes*.

***Les Caractères* (1688) de Jean de La Bruyère**

- 1691-1697 : Charles Perrault, *Contes*.
- 1693 : Fénelon, *Lettre au roi*.
- 1694 : Boileau, *Satire X* ; La Fontaine, *Fables* (livre XII).
- 1697 : Pierre Bayle, 1er volume du *Dictionnaire historique et critique*.

PROLONGEMENTS

- Bonaventure d'Argonne publia, en 1701, une étude sévère et jugée injuste sur l'œuvre de La Bruyère : *Sentiments critiques sur* Les Caractères *de monsieur de La Bruyère*.
- La plume alerte et acérée de La Bruyère influença Marivaux (1688-1763) dans ses écrits journalistiques où il dresse des portraits de ses contemporains.
- Vauvenargues (1715 -1747) et Chamfort (1741-1794), deux moralistes du XVIIIe siècle, se réclamèrent de son écriture fragmentaire.
- Marcel Proust (1871-1922) appréciait également cette *« littérature de notations* [...] *puisque c'est sous de petites choses comme celles qu'elle note que la réalité est contenue »* *(Le Temps retrouvé)*.

LA BRUYÈRE

Les Caractères

(chapitres V à X – BAC voie générale)

Vignette en tête du chapitre « De la Cour » pour l'édition de 1845, dessin d'Octave Penguilly.

« Admonere voluimus, non mordere ; prodesse, non laedere ;
consulere moribus hominum, non officere. »[1]
Érasme

Note

1. *« J'ai voulu avertir et non mordre ; être utile et non blesser ; servir la moralité et non lui faire obstacle »* (traduction de J. Chomarat, *in* Érasme, *Œuvres choisies*, « Le Livre de Poche Classique », LGF, Paris, 1991, p. 286). Cette épigraphe apparaît à la 4e édition (1689). Elle est tirée d'une lettre d'Érasme à Martin Dorpius, où l'écrivain se défend contre les critiques que lui a values le caractère satirique d'*Éloge de la Folie* (1511).

Préface

[I][1] Je rends au public ce qu'il m'a prêté : j'ai emprunté de lui la matière de cet ouvrage ; il est juste que, l'ayant achevé avec toute l'attention pour la vérité dont je suis capable, et qu'il mérite de moi, je lui en fasse la restitution. Il peut regarder avec loisir[2] ce portrait que j'ai fait de lui d'après nature, et s'il se connaît quelques-uns des défauts que je touche, s'en corriger. [IV] C'est l'unique fin[3] que l'on doit se proposer en écrivant, et le succès aussi que l'on doit moins se promettre ; mais comme les hommes ne se dégoûtent point du vice, il ne faut pas aussi se lasser de leur reprocher : ils seraient peut-être pires, s'ils venaient à manquer de censeurs[4] ou de critiques ; c'est ce qui fait que l'on prêche[5] et que l'on écrit. L'orateur et l'écrivain ne sauraient vaincre la joie qu'ils ont d'être applaudis ; mais ils devraient rougir d'eux-mêmes s'ils n'avaient cherché par leurs discours ou par leurs écrits que des éloges ; outre que l'approbation la plus sûre et la moins équivoque[6]

Notes

1. Le chiffre romain entre crochets indique l'édition où la remarque a été ajoutée [I = 1re édition].
2. **avec loisir** : comme il veut.
3. **fin** : but.
4. **censeurs** : personnes qui critiquent les mœurs.
5. **prêche** : fait un discours religieux.
6. **équivoque** : incertaine.

est le changement de mœurs et la réformation[1] de ceux qui les lisent ou qui les écoutent. On ne doit parler, on ne doit écrire que pour l'instruction ; et s'il arrive que l'on plaise, il ne faut pas néanmoins s'en repentir, si cela sert à insinuer[2] et à faire recevoir les vérités qui doivent instruire : quand donc il s'est glissé dans un livre quelques pensées ou quelques réflexions qui n'ont ni le feu[3], ni le tour[4], ni la vivacité des autres, bien qu'elles semblent y être admises pour la variété, pour délasser l'esprit, pour le rendre plus présent et plus attentif à ce qui va suivre, à moins que d'ailleurs elles ne soient sensibles[5], familières[6], instructives, accommodées[7] au simple peuple, qu'il n'est pas permis de négliger, le lecteur peut les condamner, et l'auteur les doit proscrire : voilà la règle. Il y en a une autre, et que j'ai intérêt que l'on veuille suivre, qui est de ne pas perdre mon titre de vue, et de penser toujours, et dans toute la lecture de cet ouvrage, que ce sont les caractères ou les mœurs de ce siècle que je décris ; [VIII] car bien que je les tire souvent de la cour de France et des hommes de ma nation, on ne peut pas néanmoins les restreindre à une seule Cour ni les renfermer en un seul pays, sans que mon livre ne perde beaucoup de son étendue et de son utilité, ne s'écarte du plan que je me suis fait d'y peindre les hommes en général, comme des raisons qui entrent dans l'ordre des chapitres, et dans une certaine suite[8] insensible des réflexions qui les composent. [IV] Après cette précaution si nécessaire, et dont on pénètre[9] assez les conséquences, je crois pouvoir protester contre tout chagrin[10], toute plainte, toute maligne[11] interpré-

Notes

1. **réformation** : amélioration.
2. **insinuer** : introduire doucement.
3. **feu** : éclat, ardeur.
4. **tour** : expression.
5. **sensibles** : compréhensibles.
6. **familières** : simples.
7. **accommodées** : appropriées.
8. **suite** : succession.
9. **pénètre** : comprend.
10. **chagrin** : déplaisir (de la part du lecteur).
11. **maligne** : mauvaise.

tation, toute fausse application[1] et toute censure[2]; contre les froids plaisants[3] et les lecteurs mal intentionnés; [V] il faut savoir lire, et ensuite se taire, ou pouvoir rapporter ce qu'on a lu, et ni plus ni moins que ce qu'on a lu; et si on le peut quelquefois, ce n'est pas assez, il faut encore le vouloir faire; sans ces conditions qu'un auteur exact[4] et scrupuleux est en droit d'exiger de certains esprits pour l'unique récompense de son travail, je doute qu'il doive continuer d'écrire, s'il préfère du moins sa propre satisfaction à l'utilité de plusieurs et au zèle[5] de la vérité. J'avoue d'ailleurs que j'ai balancé[6] dès l'année M.DC.LXXXX[7] et avant la cinquième édition, entre l'impatience de donner à mon livre plus de rondeur[8] et une meilleure forme par de nouveaux caractères, et la crainte de faire dire à quelques-uns : « Ne finiront-ils point, ces *Caractères*, et ne verrons-nous jamais autre chose de cet écrivain ? » Des gens sages me disaient d'une part : « La matière est solide, utile, agréable, inépuisable; vivez longtemps, et traitez-la sans interruption pendant que vous vivrez; que pourriez-vous faire de mieux? il n'y a point d'année que les folies des hommes ne puissent vous fournir un volume. » D'autres, avec beaucoup de raison, me faisaient redouter les caprices de la multitude et la légèreté du public, de qui j'ai néanmoins de si grands sujets d'être content, et ne manquaient pas de me suggérer[9] que personne presque depuis trente années ne lisant plus que pour lire[10], il fallait aux hommes, pour les amuser, de nouveaux chapitres et un nouveau titre : que cette indolence[11] avait rempli les

Notes

1. **fausse application** : La Bruyère s'en prend, ici, à ceux qui cherchaient des « clefs », c'est-à-dire des personnes réelles sous ses portraits.
2. **censure** : blâme.
3. **froids plaisants** : personnes désagréables.
4. **exact** : rigoureux.
5. **zèle** : recherche ardente.
6. **balancé** : hésité.
7. **M.DC.LXXXX** : 1690.
8. **rondeur** : épaisseur.
9. **ne manquaient pas de me suggérer** : me suggéraient souvent.
10. La Bruyère veut dire que les lecteurs lisent pour se distraire, sans beaucoup se préoccuper du contenu.
11. **indolence** : paresse.

boutiques et peuplé le monde depuis tout ce temps de livres froids et ennuyeux, d'un mauvais style et de nulle ressource[1], sans règles et sans la moindre justesse[2], contraires aux mœurs[3] et aux bienséances[4], écrits avec précipitation, et lus de même, seulement par leur nouveauté ; et que si je ne savais qu'augmenter un livre raisonnable[5], le mieux que je pouvais faire était de me reposer. Je pris alors quelque chose de ces deux avis si opposés, et je gardai un tempérament[6] qui les rapprochait ; je ne feignis point d'ajouter quelques nouvelles remarques à celles qui avaient déjà grossi du double la première édition de mon ouvrage ; mais afin que le public ne fût point obligé de parcourir ce qui était ancien pour passer à ce qu'il y avait de nouveau, et qu'il trouvât sous ses yeux ce qu'il avait seulement envie de lire, je pris soin de lui désigner cette seconde augmentation par une marque particulière[7] ; je crus aussi qu'il ne serait pas inutile de lui distinguer la première augmentation par une autre plus simple, qui servît à lui montrer le progrès de mes *Caractères*, et à aider son choix dans la lecture qu'il en voudrait faire ; et comme il pouvait craindre que ce progrès n'allât à l'infini, j'ajoutais à toutes ces exactitudes[8] une promesse sincère de ne plus rien hasarder en ce genre. [VI] Que si[9] quelqu'un m'accuse d'avoir manqué à ma parole, en insérant dans les trois éditions qui ont suivi un assez grand nombre de nouvelles remarques, il verra du moins qu'en les confondant avec les anciennes par la suppression entière de ces différences, qui se voient par apostille[10], j'ai moins pensé à lui faire lire rien de nouveau qu'à laisser peut-être un ouvrage de

Notes

1. **de nulle ressource** : sans intérêt.
2. **justesse** : convenance.
3. **mœurs** : bonnes mœurs, morale.
4. **bienséances** : règles de politesse et de morale qui régissent la vie en société.
5. **raisonnable** : satisfaisant, convenable.
6. **tempérament** : juste équilibre.
7. La Bruyère, à partir de la 5e édition, avait mis des marques dans son texte permettant de repérer les ajouts. Il les a supprimées dans la 6e édition.
8. **exactitudes** : précisions minutieuses.
9. **Que si** : si.
10. **par apostille** : en annotation.

mœurs plus complet, plus fini et plus régulier à la postérité. [I] Ce ne sont point au reste des maximes[1] que j'aie voulu écrire ; elles sont comme des lois dans la morale, et j'avoue que je n'ai ni assez d'autorité ni assez de génie pour faire le législateur : je sais même que j'aurais péché contre l'usage des maximes, qui veut qu'à la manière des oracles elles soient courtes et concises. Quelques-unes de ces remarques le sont, quelques autres sont plus étendues : on pense les choses d'une manière différente, et on les explique par un tour aussi tout différent ; par une sentence[2], par un raisonnement, par une métaphore[3] ou quelque autre figure[4], par un parallèle, par une simple comparaison, par un fait tout entier, par un seul trait, par une description, par une peinture ; de là procède la longueur ou la brièveté de mes réflexions. Ceux enfin qui font des maximes veulent être crus : je consens, au contraire, que l'on dise de moi que je n'ai pas quelquefois bien remarqué, pourvu que l'on remarque mieux.

Notes

1. **maximes** : phrases courtes exprimant des vérités morales ou des règles de conduite. La Bruyère se démarque, ici, de La Rochefoucauld qui fit paraître ses *Maximes* en 1665.

2. **sentence** : phrase courte énonçant une vérité.

3. **métaphore** : analogie, image.

4. **figure** : figure de style.

Illustration d'Octave Penguilly pour le Chapitre V des *Caractères* de La Bruyère (édition de 1845).

CHAPITRE V

De la Société[1] et de la Conversation

1[2] [I] Un caractère bien fade est celui de n'en avoir aucun.

2 [I] C'est le rôle d'un sot d'être importun[3] : un homme habile sent s'il convient, ou s'il ennuie ; il sait disparaître le moment qui précède celui où il serait de trop quelque part.

3 [I] L'on marche sur les mauvais plaisants[4], et il pleut par tout pays de cette sorte d'insectes. Un bon plaisant est une pièce rare ; à un homme qui est né tel, il est encore fort délicat d'en soutenir longtemps le personnage[5] ; il n'est pas ordinaire que celui qui fait rire se fasse estimer.

4 [I] Il y a beaucoup d'esprits obscènes[6], encore plus de médisants ou de satiriques, peu de délicats. Pour badiner[7] avec

Notes

1. **Société** : vie en société.
2. La numérotation en chiffres arabes au début d'une remarque est un choix moderne. La Bruyère se contentait d'un petit signe typographique.
3. **importun** : qui ennuie, dérange ou fatigue.
4. **mauvais plaisants** : ceux qui font de mauvaises plaisanteries.
5. **soutenir [...] le personnage** : tenir le rôle.
6. **obscènes** : indécents.
7. **badiner** : plaisanter.

grâce, et rencontrer heureusement[1] sur les plus petits sujets, il faut trop de manières, trop de politesse, et même trop de fécondité[2] ; c'est créer que de railler ainsi, et faire quelque chose de rien.

5 [IV] Si l'on faisait une sérieuse attention à tout ce qui se dit de froid, de vain[3] et de puéril dans les entretiens ordinaires, l'on aurait honte de parler ou d'écouter, et l'on se condamnerait peut-être à un silence perpétuel, qui serait une chose pire dans le commerce[4] que les discours inutiles. Il faut donc s'accommoder à tous les esprits, permettre comme un mal nécessaire le récit des fausses nouvelles, les vagues réflexions sur le gouvernement présent ou sur l'intérêt des princes, le débit des beaux sentiments, et qui reviennent toujours les mêmes : il faut laisser *Aronce* parler proverbe, et *Mélinde* parler de soi[5], de ses vapeurs[6], de ses migraines et de ses insomnies.

6 [IV] L'on voit des gens qui, dans les conversations ou dans le peu de commerce que l'on a avec eux, vous dégoûtent par leurs ridicules expressions, par la nouveauté, et j'ose dire par l'impropriété des termes dont ils se servent, comme par l'alliance de certains mots qui ne se rencontrent ensemble que dans leur bouche, et à qui ils font signifier des choses que leurs premiers inventeurs n'ont jamais eu intention de leur faire dire. Ils ne suivent en parlant ni la raison ni l'usage, mais leur bizarre génie, que l'envie de toujours plaisanter, et peut-être de briller, tourne insensiblement à un jargon qui leur est propre, et qui devient enfin leur idiome[7] naturel ; ils accompagnent un langage si extravagant d'un geste affecté et d'une

Notes

1. **rencontrer heureusement** : faire un bon mot.
2. **fécondité** : capacité de créer sur le plan intellectuel.
3. **vain** : vide, sans intérêt, vaniteux.
4. **commerce** : relations avec les autres.
5. **de soi** : d'elle ; le français du XVIIe siècle emploie le réfléchi là où nous utilisons simplement le pronom personnel.
6. **vapeurs** : malaises.
7. **idiome** : langue.

prononciation qui est contrefaite. Tous sont contents d'eux-mêmes et de l'agrément de leur esprit, et l'on ne peut pas dire qu'ils en soient entièrement dénués, mais on les plaint de ce peu qu'ils en ont ; et ce qui est pire, on en souffre.

7 [V] Que dites-vous ? comment ? Je n'y suis pas[1] ; vous plairait-il de recommencer ? J'y suis encore moins. Je devine enfin : vous voulez, *Acis*, me dire qu'il fait froid ; que ne disiez-vous, il fait froid ? Vous voulez m'apprendre qu'il pleut ou qu'il neige ; dites, il pleut, il neige. Vous me trouvez bon visage, et vous désirez de m'en féliciter ; dites, je vous trouve bon visage. Mais, répondez-vous, cela est bien uni et bien clair, et d'ailleurs qui ne pourrait pas en dire autant. Qu'importe, Acis, est-ce un si grand mal d'être entendu[2] quand on parle, et de parler comme tout le monde ? Une chose vous manque, Acis, à vous et à vos semblables les diseurs de *phœbus*[3], vous ne vous en défiez point, et je vais vous jeter dans l'étonnement : une chose vous manque, c'est l'esprit. Ce n'est pas tout : il y a en vous une chose de trop, qui est l'opinion d'en avoir plus que les autres ; voilà la source de votre pompeux galimatias[4], de vos phrases embrouillées, et de vos grands mots qui ne signifient rien. Vous abordez cet homme, ou vous entrez dans cette chambre[5], je vous tire par votre habit et vous dis à l'oreille, ne songez point à avoir de l'esprit, n'en ayez point, c'est votre rôle ; ayez, si vous pouvez, un langage simple, et tel que l'ont ceux en qui vous ne trouvez aucun esprit : peut-être alors croira-t-on que vous en avez.

Notes

1. **Je n'y suis pas** : je ne comprends pas.
2. **entendu** : compris.
3. ***phœbus*** : discours compliqué et obscur.
4. **galimatias** : langage incompréhensible.
5. **chambre** : pièce où l'on reçoit des visiteurs.

Le langage et l'esprit

Analyse de l'extrait (l. 43 à 64, p. 19)

Explication linéaire

❶ Dégagez les trois grandes étapes qui structurent cette remarque.

❷ L. 43 à 52 : Quels procédés rendent ce début vivant?

❸ L. 43 à 52 : En quoi ce passage est-il comique?

❹ Montrez comment le moraliste, aux lignes 52 à 59, élargit sa critique, qui devient plus directe et plus violente tout en restant drôle.

L'énonciation

L'énonciation désigne l'ensemble des moyens par lesquels le locuteur prend en charge son discours et s'y implique :
– en premier lieu, les pronoms personnels utilisés : *je/nous* pour le locuteur, *tu/vous* pour le destinataire, *on/il(s)/elle(s)* pour les personnes dont on parle;
– les modalisateurs, qui impliquent plus ou moins le locuteur dans son énoncé : adverbes *(peut-être, certainement, vraiment…)*, verbes *(sembler, paraître, affirmer, douter…)*, modes (surtout le conditionnel, mode du doute), guillemets qui mettent à distance les termes d'autrui, etc.;
– les marques de jugement : noms ou adjectifs péjoratifs ou mélioratifs, utilisation des connotations…

❺ En étudiant la syntaxe*, le temps des verbes et l'énonciation aux lignes 59 à 64, montrez comment le moraliste crée une petite scène de théâtre.

*** *Syntaxe* : organisation et combinaison des propositions dans une phrase, qui lui donnent sa progression logique et son rythme.**

6) Comment les effets d'opposition et de paradoxe* font-ils des lignes 59 à 64 une véritable chute qui révèle toute l'ironie du moraliste ?

*** *Paradoxe* : ce qui contredit le bon sens ou la logique.**

7) Dans quelle mesure ces comportements s'opposent-ils à l'idéal classique (*cf.* p. 264) ?

Grammaire

Que interrogatif

• *Que* peut être un **pronom** interrogatif, toujours avec la fonction de COD : « Que fais-tu ? » (interrogation partielle).
• *Que* peut être un **adverbe** interrogatif, dans une phrase négative ; il a alors le sens de « pourquoi » : « Que n'es-tu venue hier ? » → « Pourquoi n'es-tu pas venue hier ? » Cet emploi est ancien et d'un registre de langue soutenu.

8) Analysez les différentes manières d'exprimer l'interrogation (tournures, termes interrogatifs) dans le passage *« Que dites-vous ? comment ? Je n'y suis pas ; vous plairait-il de recommencer ? J'y suis encore moins. Je devine enfin : vous voulez,* Acis, *me dire qu'il fait froid ; que ne disiez-vous, il fait froid ? »*.

Histoire des Arts

9) En quoi Monsieur Jourdain, tel qu'il est mis en scène dans le document, peut-il évoquer Acis ?

Document 3 au verso de la couverture

8 [IV] Qui peut se promettre d'éviter dans la société des hommes la rencontre de certains esprits vains, légers, familiers, délibérés[1], qui sont toujours dans une compagnie ceux qui parlent, et qu'il faut que les autres écoutent ? On les entend de l'antichambre, on entre impunément et sans crainte de les interrompre ; ils continuent leur récit sans la moindre attention pour ceux qui entrent ou qui sortent, comme pour le rang ou le mérite[2] des personnes qui composent le cercle[3] ; ils font taire celui qui commence à conter une nouvelle, pour la dire de leur façon, qui est la meilleure : ils la tiennent de *Zamet*, de *Ruccelay*, ou de *Conchini*[4], qu'ils ne connaissent point, à qui ils n'ont jamais parlé, et qu'ils traiteraient de *Monseigneur* s'ils leur parlaient ; ils s'approchent quelquefois de l'oreille du plus qualifié[5] de l'assemblée pour le gratifier d'une circonstance que personne ne sait, et dont ils ne veulent pas que les autres soient instruits ; ils suppriment quelques noms pour déguiser l'histoire qu'ils racontent, et pour détourner les applications ; vous les priez, vous les pressez inutilement, il y a des choses qu'ils ne diront pas, il y a des gens qu'ils ne sauraient nommer, leur parole y est engagée, c'est le dernier[6] secret, c'est un mystère : outre que vous leur demandez l'impossible, car sur ce que vous voulez apprendre d'eux, ils ignorent le fait et les personnes.

9 [VIII] *Arrias* a tout lu, a tout vu, il veut le persuader ainsi ; c'est un homme universel, et il se donne pour tel : il aime mieux mentir que de se taire ou de paraître ignorer quelque chose. On parle à la table d'un Grand d'une Cour du Nord, il prend la parole, et l'ôte à ceux qui allaient dire ce qu'ils en savent ; il s'oriente dans cette région lointaine comme s'il

Notes

1. **délibérés** : qui ont de l'assurance.
2. **mérite** : dignité.
3. **cercle** : assemblée de personnes qui discutent ensemble.
4. ***Zamet, Ruccelay, Conchini*** : courtisans et intrigants célèbres du temps de Louis XIII.
5. **qualifié** : noble.
6. **le dernier** : le plus grand.

en était originaire ; il discourt des mœurs de cette Cour, des femmes du pays, de ses lois et de ses coutumes ; il récite des historiettes qui y sont arrivées ; il les trouve plaisantes et il en rit le premier jusqu'à éclater[1]. Quelqu'un se hasarde de le contredire et lui prouve nettement qu'il dit des choses qui ne sont pas vraies. Arrias ne se trouble point, prend feu[2] au contraire contre l'interrupteur ; je n'avance, lui dit-il, je ne raconte rien que je ne sache d'original : je l'ai appris de *Sethon*, ambassadeur de France dans cette Cour, revenu à Paris depuis quelques jours, que je connais familièrement, que j'ai fort interrogé, et qui ne m'a caché aucune circonstance. Il reprenait le fil de sa narration avec plus de confiance qu'il ne l'avait commencée, lorsque l'un des conviés lui dit : c'est Sethon à qui vous parlez, lui-même, et qui arrive de son ambassade.

10 [IV] Il y a un parti[3] à prendre dans les entretiens entre une certaine paresse qu'on a de parler, ou quelquefois un esprit abstrait[4] qui, nous jetant loin du sujet de la conversation, nous fait faire ou de mauvaises demandes ou de sottes réponses, et une attention importune qu'on a au moindre mot qui échappe, pour le relever, badiner autour, y trouver un mystère que les autres n'y voient pas, y chercher de la finesse et de la subtilité, seulement pour avoir occasion d'y placer la sienne.

11 [IV] Être infatué de soi[5], et s'être fortement persuadé qu'on a beaucoup d'esprit, est un accident qui n'arrive guère qu'à celui qui n'en a point, ou qui en a peu. Malheur pour lors à qui est exposé à l'entretien d'un tel personnage ! combien de jolies phrases lui faudra-t-il essuyer ! combien de ces mots aventuriers qui paraissent subitement, durent un temps, et que bientôt on ne revoit plus ! S'il conte une nouvelle, c'est moins pour l'apprendre à ceux qui l'écoutent, que pour avoir

Notes

1. **éclater** : éclater de rire ou parler très fort.
2. **prend feu** : s'indigne.
3. **parti** : juste milieu.
4. **abstrait** : distrait.
5. **infatué de soi** : gonflé de vanité.

le mérite de la dire, et de la dire bien : elle devient un roman entre ses mains ; il fait penser les gens à sa manière, leur met en la bouche ses petites façons de parler, et les fait toujours parler longtemps ; il tombe ensuite en des parenthèses qui peuvent passer pour épisodes, mais qui font oublier le gros de l'histoire, et à lui qui vous parle, et à vous qui le supportez. Que serait-ce[1] de vous et de lui, si quelqu'un ne survenait heureusement pour déranger le cercle et faire oublier la narration ?

12 [V] J'entends *Théodecte* de l'antichambre ; il grossit sa voix à mesure qu'il s'approche ; le voilà entré : il rit, il crie, il éclate ; on bouche ses oreilles, c'est un tonnerre. Il n'est pas moins redoutable par les choses qu'il dit que par le ton dont il parle. Il ne s'apaise et il ne revient de ce grand fracas que pour bredouiller des vanités et des sottises. Il a si peu d'égard au temps, aux personnes, aux bienséances[2], que chacun a son fait[3] sans qu'il ait eu intention de le lui donner ; il n'est pas encore assis qu'il a, à son insu, désobligé[4] toute l'assemblée. A-t-on servi, il se met le premier à table et dans la première place ; les femmes sont à sa droite et à sa gauche ; il mange, il boit, il conte, il plaisante, il interrompt tout à la fois : il n'a nul discernement des personnes, ni du maître, ni des conviés ; il abuse de la folle déférence[5] qu'on a pour lui. Est-ce lui, est-ce *Euthydème* qui donne le repas ? Il rappelle à soi toute l'autorité de la table, et il y a un moindre inconvénient à la lui laisser entière qu'à la lui disputer. Le vin et les viandes n'ajoutent rien à son caractère. Si l'on joue, il gagne au jeu ; il veut railler celui qui perd, et il l'offense ; les rieurs sont pour lui : il n'y a sorte de fatuités qu'on ne lui passe[6]. Je cède enfin et je disparais, incapable de souffrir[7] plus longtemps Théodecte, et ceux qui le souffrent.

Notes

1. **Que serait-ce** : qu'adviendrait-il.
2. **bienséances** : règles de politesse et de morale qui régissent la vie en société.
3. **chacun a son fait** : chacun a reçu une parole blessante.
4. **désobligé** : fait du tort à.
5. **déférence** : respect.
6. **passe** : excuse.
7. **souffrir** : supporter.

13 [VII] *Troïle* est utile à ceux qui ont trop de bien : il leur ôte l'embarras du superflu, il leur sauve[1] la peine d'amasser de l'argent, de faire des contrats, de fermer des coffres, de porter des clefs sur soi et de craindre un vol domestique. Il les aide dans leurs plaisirs, et il devient capable ensuite de les servir dans leurs passions; bientôt il les règle et les maîtrise[2] dans leur conduite. Il est l'oracle d'une maison, celui dont on attend, que dis-je, dont on prévient[3], dont on devine les décisions. Il dit de cet esclave, il faut le punir, et on le fouette; et de cet autre, il faut l'affranchir, et on l'affranchit. On voit qu'un parasite[4] ne le fait pas rire; il peut lui déplaire : il est congédié. Le maître est heureux, si Troïle lui laisse sa femme et ses enfants. Si celui-ci est à table, et qu'il prononce d'un mets qu'il est friand[5], le maître et les conviés qui en mangeaient sans réflexion, le trouvent friand, et ne s'en peuvent rassasier; s'il dit au contraire d'un autre mets qu'il est insipide, ceux qui commençaient à le goûter[6], n'osant avaler le morceau qu'ils ont dans la bouche, ils le jettent à terre[7]; tous ont les yeux sur lui, observent son maintien et son visage avant de prononcer[8] sur le vin ou sur les viandes[9] qui sont servies. Ne le cherchez pas ailleurs que dans la maison de ce riche qu'il gouverne : c'est là qu'il mange, qu'il dort et qu'il fait digestion, qu'il querelle son valet, qu'il reçoit ses ouvriers et qu'il remet[10] ses créanciers. Il régente, il domine dans une salle, il y reçoit la cour[11] et les hommages de ceux qui plus fins[12] que les autres ne veulent aller au maître que par Troïle. Si l'on entre

Notes

1. **sauve** : épargne.
2. **maîtrise** : gouverne en maître.
3. **prévient** : devance.
4. **parasite** : quelqu'un qui vit aux crochets d'une famille.
5. **friand** : excellent.
6. **le goûter** : l'apprécier.
7. Pratique courante à l'époque de La Bruyère.
8. **prononcer** : donner leur avis.
9. **viandes** : se dit des plats ou mets en général.
10. **remet** : remet à plus tard.
11. **cour** : ici, au sens des démonstrations de politesse pour gagner la faveur de quelqu'un.
12. **fins** : adroits.

par malheur sans avoir une physionomie qui lui agrée, il ride son front et il détourne sa vue ; si on l'aborde, il ne se lève pas ; si l'on s'assied auprès de lui, il s'éloigne ; si on lui parle, il ne répond point ; si l'on continue de parler, il passe dans une autre chambre ; si on le suit, il gagne l'escalier, il franchirait tous les étages, ou il se lancerait par une fenêtre, plutôt que de se laisser joindre par quelqu'un qui a un visage ou un ton de voix qu'il désapprouve. L'un et l'autre sont agréables en Troïle, et il s'en est servi heureusement pour s'insinuer[1] ou pour conquérir. Tout devient avec le temps, au-dessous de ses soins[2], comme il est au-dessus de vouloir se soutenir[3] ou continuer de plaire par le moindre des talents qui ont commencé à le faire valoir. C'est beaucoup qu'il sorte quelquefois de ses méditations et de sa taciturnité[4] pour contredire, et que même pour critiquer il daigne une fois le jour avoir de l'esprit. Bien loin d'attendre de lui qu'il défère[5] à vos sentiments, qu'il soit complaisant, qu'il vous loue, vous n'êtes pas sûr qu'il aime toujours votre approbation, ou qu'il souffre votre complaisance.

14 [IV] Il faut laisser parler cet inconnu que le hasard a placé auprès de vous dans une voiture publique, à une fête ou à un spectacle, et il ne vous coûtera bientôt pour le connaître que de l'avoir écouté ; vous saurez son nom, sa demeure, son pays, l'état de son bien, son emploi, celui de son père, la famille dont est sa mère, sa parenté, ses alliances, les armes de sa maison[6] ; vous comprendrez qu'il est noble, qu'il a un château, de beaux meubles, des valets, et un carrosse.

Notes

1. **s'insinuer** : s'infiltrer adroitement dans l'esprit de quelqu'un.
2. **soins** : attentions.
3. **se soutenir** : conserver son influence, sa place, son pouvoir.
4. **taciturnité** : fait de parler peu.
5. **défère** : se conforme, réponde.
6. **armes de sa maison** : figures symboliques liées à une famille noble et figurant sur des écussons.

15 [I] Il y a des gens qui parlent un moment avant que d'avoir pensé. Il y en a d'autres qui ont une fade[1] attention à ce qu'ils disent, et avec qui l'on souffre dans la conversation de tout le travail de leur esprit; ils sont comme pétris de phrases et de petits tours d'expression, concertés[2] dans leur geste et dans tout leur maintien; ils sont *puristes*[3] et ne hasardent pas le moindre mot, quand il devrait[4] faire le plus bel effet du monde : rien d'heureux[5] ne leur échappe, rien ne coule de source et avec liberté, ils parlent proprement[6] et ennuyeusement.

16 [I] L'esprit de la conversation consiste bien moins à en montrer beaucoup qu'à en faire trouver aux autres; celui qui sort de votre entretien content de soi et de son esprit, l'est de vous parfaitement. Les hommes n'aiment point à vous admirer, ils veulent plaire; ils cherchent moins à être instruits et même réjouis, qu'à être goûtés et applaudis; et le plaisir le plus délicat est de faire celui d'autrui.

17 [I] Il ne faut pas qu'il y ait trop d'imagination dans nos conversations ni dans nos écrits; elle ne produit souvent que des idées vaines et puériles, qui ne servent point à perfectionner le goût, et à nous rendre meilleurs : nos pensées doivent être prises dans le bon sens et la droite raison, et doivent être un effet de notre jugement.

18 [I] C'est une grande misère que de n'avoir pas assez d'esprit pour bien parler, ni assez de jugement pour se taire. Voilà le principe de toute impertinence[7].

19 [IV] Dire d'une chose modestement ou qu'elle est bonne ou qu'elle est mauvaise, et les raisons pourquoi elle est telle,

Notes

1. **fade** : ennuyeuse.
2. **concertés** : étudiés, affectés.
3. ***puristes*** : *« gens qui affectent une grande pureté de langage »* (note de La Bruyère).
4. **quand il devrait** : même s'il devait.
5. **heureux** : ici, au sens de « plaisant ».
6. **proprement** : en respectant le terme propre.
7. **impertinence** : attitude ou parole déplacée, inconvenante.

demande du bon sens et de l'expression, c'est une affaire[1]. Il est plus court de prononcer d'un ton décisif, et qui emporte la preuve de ce qu'on avance, ou qu'elle est exécrable, ou qu'elle est miraculeuse[2].

20 [I] Rien n'est moins selon Dieu et selon le monde que d'appuyer tout ce que l'on dit dans la conversation, jusques aux choses les plus indifférentes, par de longs et de fastidieux serments. Un honnête homme qui dit oui et non, mérite d'être cru : son caractère jure pour lui, donne créance[3] à ses paroles, et lui attire toute sorte de confiance.

21 [I] Celui qui dit incessamment[4] qu'il a de l'honneur et de la probité, qu'il ne nuit à personne, qu'il consent que le mal qu'il fait aux autres lui arrive, et qui jure pour le faire croire, ne sait pas même contrefaire l'homme de bien.

Un homme de bien ne saurait empêcher par toute sa modestie, qu'on ne dise de lui ce qu'un malhonnête homme sait dire de soi.

22 [V] *Cléon* parle peu obligeamment[5] ou peu juste, c'est l'un ou l'autre; mais il ajoute qu'il est fait ainsi, et qu'il dit ce qu'il pense.

23 [V] Il y a parler bien, parler aisément, parler juste, parler à propos. C'est pécher contre ce dernier genre, que de s'étendre sur un repas magnifique que l'on vient de faire, devant des gens qui sont réduits à épargner leur pain; de dire merveilles de sa santé devant des infirmes; d'entretenir de ses richesses, de ses revenus et de ses ameublements, un homme qui n'a ni rentes[6] ni domicile; en un mot de parler de son bonheur

Notes

1. **c'est une affaire** : c'est difficile.
2. **miraculeuse** : merveilleuse.
3. **créance** : crédibilité.
4. **incessamment** : sans cesse.
5. **obligeamment** : de manière agréable, qui fait plaisir.
6. **rentes** : revenus réguliers qui ne proviennent pas d'un travail.

devant des misérables[1] ; cette conversation est trop forte pour eux, et la comparaison qu'ils font alors de leur état au vôtre est odieuse.

24 [VII] Pour vous, dit *Euthyphron*, vous êtes riche, ou vous devez l'être ; dix mille livres de rente, et en fonds de terre[2], cela est beau, cela est doux, et l'on est heureux à moins, pendant que lui qui parle ainsi, a cinquante mille livres de revenu, et qu'il croit n'avoir que la moitié de ce qu'il mérite. Il vous taxe, il vous apprécie, il fixe votre dépense, et s'il vous jugeait digne d'une meilleure fortune, et de celle même où il aspire, il ne manquerait pas de vous la souhaiter. Il n'est pas le seul qui fasse de si mauvaises estimations ou des comparaisons si désobligeantes, le monde est plein d'Euthyphrons.

25 [V] Quelqu'un suivant la pente de la coutume qui veut qu'on loue, et par l'habitude qu'il a à la flatterie et à l'exagération, congratule *Théodème* sur un discours qu'il n'a point entendu, et dont personne n'a pu encore lui rendre compte : il ne laisse pas de lui parler de son génie, de son geste, et surtout de la fidélité de sa mémoire ; et il est vrai que Théodème est demeuré court[3].

26 [IV] L'on voit des gens brusques, inquiets, *suffisants*[4], qui bien qu'oisifs, et sans aucune affaire qui les appelle ailleurs, vous expédient, pour ainsi dire, en peu de paroles, et ne songent qu'à se dégager de vous ; on leur parle encore qu'ils sont partis et ont disparu. Ils ne sont pas moins impertinents que ceux qui vous arrêtent seulement pour vous ennuyer : ils sont peut-être moins incommodes[5].

Notes

1. **misérables** : malheureux.
2. **fonds de terre** : propriétés terriennes.
3. **est demeuré court** : a manqué de mémoire.
4. ***suffisants*** : contents d'eux.
5. **incommodes** : importuns, gênants.

27 [V] Parler et offenser pour de certaines gens est précisément la même chose. Ils sont piquants et amers, leur style est mêlé de fiel[1] et d'absinthe[2] : la raillerie, l'injure, l'insulte leur découlent des lèvres comme leur salive. Il leur serait utile d'être nés muets ou stupides : ce qu'ils ont de vivacité et d'esprit leur nuit davantage que ne fait à quelques autres leur sottise. Ils ne se contentent pas toujours de répliquer avec aigreur, ils attaquent souvent avec insolence ; ils frappent sur tout ce qui se trouve sous leur langue, sur les présents, sur les absents ; ils heurtent de front et de côté comme des béliers ; demande-t-on à des béliers qu'ils n'aient pas de cornes ? De même n'espère-t-on pas de réformer par cette peinture des naturels si durs, si farouches, si indociles. Ce que l'on peut faire de mieux d'aussi loin qu'on les découvre, est de les fuir de toute sa force et sans regarder derrière soi.

28 [V] Il y a des gens d'une certaine étoffe[3] ou d'un certain caractère avec qui il ne faut jamais se commettre[4], de qui l'on ne doit se plaindre que le moins qu'il est possible, et contre qui il n'est pas même permis d'avoir raison.

29 [V] Entre deux personnes qui ont eu ensemble une violente querelle dont l'un a raison et l'autre ne l'a pas, ce que la plupart de ceux qui y ont assisté ne manquent jamais de faire, ou pour se dispenser de juger, ou par un tempérament[5] qui m'a toujours paru hors de sa place, c'est de condamner tous les deux : leçon importante, motif pressant et indispensable de fuir à l'orient quand le fat est à l'occident, pour éviter de partager avec lui le même tort.

30 [V] Je n'aime pas un homme que je ne puis aborder le premier, ni saluer avant qu'il me salue, sans m'avilir à ses yeux,

Notes

1. **fiel** : bile, aigreur.
2. **absinthe** : plante aromatique au goût amer.
3. **étoffe** : nature.
4. **se commettre** : se disputer.
5. **tempérament** : ici, au sens de « modération ».

et sans tremper dans[1] la bonne opinion qu'il a de lui-même. MONTAGNE dirait[2] : *Je veux avoir mes coudées franches, et estre courtois et affable à mon point, sans remords ne[3] conséquence. Je ne puis du tout estriver[4] contre mon penchant, et aller au rebours[5] de mon naturel, qui m'emmeine vers celui que je trouve à ma rencontre. Quand il m'est égal, et qu'il ne m'est point ennemy, j'anticipe sur son accueil, je le questionne sur sa disposition et santé, je luy fais offre de mes offices sans tant marchander sur le plus ou sur le moins, ne estre, comme disent aucuns[6], sur le qui vive. Celuy-là me deplaist, qui par la connoissance que j'ay de ses coutumes et façons d'agir, me tire de cette liberté et franchise. Comment me ressouvenir tout à propos et d'aussi loin que je vois cet homme, d'emprunter une contenance grave et importante, et qui l'avertisse que je crois le valoir bien et au delà ? pour cela de me ramentevoir[7] de mes bonnes qualitez et conditions, et des siennes mauvaises, puis en faire la comparaison ? C'est trop de travail pour moy, et ne suis du tout capable de si roide[8] et si subite attention ; et quand bien elle m'auroit succedé[9] une première fois, je ne laisserois de flechir et me démentir à une seconde tâche : je ne puis me forcer et contraindre pour quelconque à estre fier[10].*

31 [IV] Avec de la vertu, de la capacité, et une bonne conduite l'on peut être insupportable. Les manières que l'on néglige comme de petites choses, sont souvent ce qui fait que les hommes décident de vous en bien ou en mal ; une légère attention à les avoir douces et polies, prévient leurs mauvais jugements. Il ne faut presque rien pour être cru fier, incivil[11], méprisant, désobligeant[12], il faut encore moins pour être estimé tout le contraire.

Notes

1. **tremper dans** : être complice de, être du parti de.
2. « *Imité de Montaigne* » (note de La Bruyère).
3. ***ne*** : ni.
4. ***estriver*** : lutter.
5. ***au rebours*** : au contraire.
6. ***aucuns*** : certains.
7. ***ramentevoir*** : rappeler.
8. ***roide*** : raide.
9. ***succedé*** : réussi.
10. ***fier*** : hautain, méprisant.
11. **incivil** : impoli.
12. **désobligeant** : désagréable.

32 [IV] La politesse n'inspire pas toujours la bonté, l'équité, la complaisance, la gratitude ; elle en donne du moins les apparences, et fait paraître l'homme au dehors comme il devrait être intérieurement.

[I] L'on peut définir l'esprit de politesse, l'on ne peut en fixer la pratique : elle suit l'usage et les coutumes reçues ; elle est attachée aux temps, aux lieux, aux personnes, et n'est point la même dans les deux sexes, ni dans les différentes conditions[1] ; l'esprit tout seul ne la fait pas deviner, il fait qu'on la suit par imitation, et que l'on s'y perfectionne. Il y a des tempéraments qui ne sont susceptibles que de la politesse ; et il y en a d'autres qui ne servent qu'aux grands talents, ou à une vertu solide. Il est vrai que les manières polies donnent cours[2] au mérite, et le rendent agréable ; et qu'il faut avoir de bien éminentes[3] qualités, pour se soutenir sans la politesse.

[I] Il me semble que l'esprit de politesse est une certaine attention à faire que par nos paroles et par nos manières les autres soient contents de nous et d'eux-mêmes.

33 [I] C'est une faute contre la politesse que de louer immodérément en présence de ceux que vous faites chanter ou toucher[4] un instrument, quelque autre personne qui a ces mêmes talents ; comme devant ceux qui vous lisent leurs vers, un autre poète.

34 [IV] Dans les repas ou les fêtes que l'on donne aux autres, dans les présents qu'on leur fait, et dans tous les plaisirs qu'on leur procure, il y a faire bien, et faire selon leur goût : le dernier est préférable.

35 [I] Il y aurait une espèce de férocité[5] à rejeter indifféremment toute sorte de louanges ; l'on doit être sensible à celles

Notes

1. **conditions** : conditions sociales.
2. **donnent cours** : donnent de la valeur.
3. **éminentes** : supérieures.
4. **toucher** : on dit maintenant « jouer de ».
5. **férocité** : inhumanité, intransigeance.

qui nous viennent des gens de bien, qui louent en nous sincèrement des choses louables.

36 [IV] Un homme d'esprit, et qui est né fier ne perd rien de sa fierté et de sa raideur pour se trouver[1] pauvre ; si quelque chose au contraire doit amollir son humeur, le rendre plus doux et plus sociable, c'est un peu de prospérité.

37 [IV] Ne pouvoir supporter tous les mauvais caractères dont le monde est plein, n'est pas un fort bon caractère : il faut dans le commerce des pièces d'or, et de la monnaie.

38 [IV] Vivre avec des gens qui sont brouillés, et dont il faut écouter de part et d'autre les plaintes réciproques, c'est, pour ainsi dire, ne pas sortir de l'audience, et entendre du matin au soir plaider et parler procès.

39 [V] L'on sait des gens qui avaient coulé leurs jours dans une union étroite : leurs biens étaient en commun ; ils n'avaient qu'une même demeure, ils ne se perdaient pas de vue. Ils se sont aperçus à plus de quatre-vingts ans qu'ils devaient se quitter l'un l'autre, et finir leur société[2] : ils n'avaient plus qu'un jour à vivre, et ils n'ont osé entreprendre de le passer ensemble ; ils se sont dépêchés de rompre avant que de mourir ; ils n'avaient de fonds[3] pour la complaisance que jusque-là. Ils ont trop vécu pour le bon exemple : un moment plus tôt ils mouraient sociables, et laissaient après eux un rare modèle de la persévérance dans l'amitié.

40 [I] L'intérieur des familles est souvent troublé par les défiances, par les jalousies et par l'antipathie, pendant que des dehors contents, paisibles et enjoués nous trompent et nous y font supposer une paix qui n'y est point ; il y en a peu qui gagnent à être approfondies. Cette visite que vous rendez vient

Notes

1. **pour se trouver** : quand il se trouve, s'il se trouve.

2. **société** : amitié.

3. **fonds** : ressources, capital.

de suspendre une querelle domestique qui n'attend que votre retraite[1] pour recommencer.

41 [I] Dans la société c'est la raison qui plie la première. Les plus sages sont souvent menés par le plus fou et le plus bizarre : l'on étudie son faible[2], son humeur, ses caprices, l'on s'y accommode ; l'on évite de le heurter, tout le monde lui cède ; la moindre sérénité qui paraît sur son visage, lui attire des éloges, on lui tient compte de n'être pas toujours insupportable. Il est craint, ménagé[3], obéi, quelquefois aimé.

42 [IV] Il n'y a que ceux qui ont eu de vieux collatéraux[4], ou qui en ont encore, et dont il s'agit d'hériter, qui puissent dire ce qu'il en coûte.

43 [I] *Cléante* est un très honnête homme[5], il s'est choisi une femme qui est la meilleure personne du monde et la plus raisonnable ; chacun de sa part fait tout le plaisir et tout l'agrément des sociétés où il se trouve ; l'on ne peut voir ailleurs plus de probité, plus de politesse. Ils se quittent demain, et l'acte de leur séparation est tout dressé chez le notaire. Il y a, sans mentir, de certains mérites[6] qui ne sont point faits pour être ensemble, de certaines vertus incompatibles.

44 [I] L'on peut compter sûrement sur la dot, le douaire et les conventions[7], mais faiblement sur les *nourritures*[8] : elles

Notes

1. **retraite** : départ.
2. **faible** : point faible.
3. **Il est [...] ménagé** : on s'efforce de ne pas lui déplaire.
4. **collatéraux** : parents proches.
5. **honnête homme** : personne pourvue de toutes les qualités morales et intellectuelles pour vivre en société (la politesse, la modération, la raison, le jugement).
6. **mérites** : qualités.
7. **la dot, le douaire et les conventions** : termes juridiques réglant les contrats de mariage en établissant les biens propres de chacun.
8. ***nourritures*** : terme juridique désignant le fait qu'un des parents accepte d'entretenir le jeune couple sous son toit pendant un temps déterminé.

dépendent d'une union fragile de la belle-mère et de la bru, et qui périt souvent dans l'année du mariage.

45 [V] Un beau-père aime son gendre, aime sa bru[1]. Une belle-mère aime son gendre, n'aime point sa bru. Tout est réciproque.

46 [V] Ce qu'une marâtre[2] aime le moins de tout ce qui est au monde, ce sont les enfants de son mari : plus elle est folle de son mari, plus elle est marâtre.

Les marâtres font déserter les villes et les bourgades, et ne peuplent pas moins la terre de mendiants, de vagabonds, de domestiques et d'esclaves, que la pauvreté.

47 [I] G★★ et H★★ sont voisins de campagne, et leurs terres sont contiguës ; ils habitent une contrée déserte et solitaire. Éloignés des villes et de tout commerce, il semblait que la fuite[3] d'une entière solitude, ou l'amour de la société eût dû les assujettir[4] à une liaison réciproque ; il est cependant difficile d'exprimer la bagatelle[5] qui les a fait rompre, qui les rend implacables l'un pour l'autre, et qui perpétuera leurs haines dans leurs descendants. Jamais des parents, et même des frères ne se sont brouillés pour une moindre chose.

Je suppose qu'il n'y ait que deux hommes sur la terre qui la possèdent seuls, et qui la partagent toute entre eux deux : je suis persuadé qu'il leur naîtra bientôt quelque sujet de rupture, quand ce ne serait que pour les limites.

48 [VII] Il est souvent plus court et plus utile de cadrer[6] aux autres, que de faire que les autres s'ajustent à nous.

Notes

1. **bru** : belle-fille.
2. **marâtre** : nouvelle femme du père par rapport aux enfants nés d'un précédent mariage ; par extension, mère cruelle et injuste ; La Bruyère joue sur les deux sens du mot.
3. **la fuite** : l'envie d'éviter.
4. **assujettir** : conduire.
5. **bagatelle** : chose sans importance.
6. **cadrer** : s'ajuster.

49 [V] J'approche d'une petite ville, et je suis déjà sur une hauteur d'où je la découvre. Elle est située à mi-côte ; une rivière baigne ses murs, et coule ensuite dans une belle prairie ; elle a une forêt épaisse qui la couvre des vents froids et de l'aquilon[1]. Je la vois dans un jour si favorable, que je compte ses tours et ses clochers ; elle me paraît peinte sur le penchant de la colline. Je me récrie[2], et je dis : Quel plaisir de vivre sous un si beau ciel et dans ce séjour si délicieux ! Je descends dans la ville, où je n'ai pas couché deux nuits, que je ressemble à ceux qui l'habitent : j'en veux sortir.

50 [IV] Il y a une chose que l'on n'a point vue sous le ciel, et que selon toutes les apparences on ne verra jamais : c'est une petite ville qui n'est divisée en aucuns partis, où les familles sont unies, et où les cousins se voient avec confiance ; où un mariage n'engendre point une guerre civile ; où la querelle des rangs[3] ne se réveille pas à tous moments par l'offrande, l'encens et le pain bénit, par les processions et par les obsèques ; d'où l'on a banni les *caquets*[4], le mensonge et la médisance ; où l'on voit parler ensemble le bailli et le président, les élus et les assesseurs[5], où le doyen vit bien avec ses chanoines, où les chanoines ne dédaignent pas les chapelains, et où ceux-ci souffrent les chantres[6].

51 [IV] Les provinciaux et les sots sont toujours prêts à se fâcher, et à croire qu'on se moque d'eux ou qu'on les méprise : il ne faut jamais hasarder la plaisanterie, même la plus douce et la plus permise, qu'avec des gens polis[7], ou qui ont de l'esprit.

Notes

1. **aquilon** : vent froid et violent.
2. **me récrie** : m'exclame.
3. **rangs** : places attribuées à chacun à l'église en fonction de sa classe sociale.
4. ***caquets*** : commérages.
5. **le bailli et le président, les élus et les assesseurs** : personnes qui occupent une fonction municipale.
6. **doyen, chanoines, chapelains, chantres** : noms de différentes dignités ecclésiastiques.
7. **polis** : ici, au sens large de « personnes cultivées, qui connaissent les règles de la vie dans la bonne société ».

52 [V] On ne prime point avec[1] les Grands, ils se défendent par leur grandeur ; ni avec les petits, ils vous repoussent par le *qui vive*[2].

53 [V] Tout ce qui est mérite se sent, se discerne, se devine réciproquement : si l'on voulait être estimé, il faudrait vivre avec des personnes estimables.

54 [I] Celui qui est d'une éminence[3] au-dessus des autres, qui le met à couvert de la repartie, ne doit jamais faire une raillerie piquante[4].

55 [I] Il y a de petits défauts que l'on abandonne volontiers à la censure[5], et dont nous ne haïssons pas[6] à être raillés : ce sont de pareils défauts que nous devons choisir pour railler les autres.

56 [IV] Rire des gens d'esprit, c'est le privilège des sots : ils sont dans le monde ce que les fous sont à la Cour, je veux dire sans conséquence[7].

57 [I] La moquerie est souvent indigence[8] d'esprit.

58 [I] Vous le croyez votre dupe : s'il feint de l'être, qui est plus dupe de lui ou de vous ?

59 [IV] Si vous observez avec soin, qui sont les gens qui ne peuvent louer, qui blâment toujours, qui ne sont contents de personne, vous reconnaîtrez que ce sont ceux mêmes dont personne n'est content.

Notes

1. **ne prime point avec** : n'a pas l'avantage sur.
2. **le *qui vive*** : la susceptibilité.
3. **éminence** : hauteur.
4. **piquante** : blessante.
5. **censure** : critique.
6. **nous ne haïssons pas** : nous ne détestons pas.
7. **sans conséquence** : sans importance.
8. **indigence** : manque.

60 [I] Le dédain et le rengorgement[1] dans la société attire[2] précisément le contraire de ce que l'on cherche, si c'est à se faire estimer.

61 [I] Le plaisir de la société entre les amis se cultive par une ressemblance de goût sur ce qui regarde les mœurs, et par quelques différences d'opinions sur les sciences : par là ou l'on s'affermit dans ses sentiments, ou l'on s'exerce et l'on s'instruit par la dispute[3].

62 [I] L'on ne peut aller loin dans l'amitié, si l'on n'est pas disposé à se pardonner les uns aux autres les petits défauts.

63 [I] Combien de belles et inutiles raisons à étaler[4] à celui qui est dans une grande adversité pour essayer de le rendre tranquille ! Les choses de dehors, qu'on appelle les événements, sont quelquefois plus fortes que la raison et que la nature. Mangez, dormez, ne vous laissez point mourir de chagrin, songez à vivre : harangues[5] froides et qui réduisent à l'impossible. Êtes-vous raisonnable de vous tant inquiéter ? N'est-ce pas dire, êtes-vous fou d'être malheureux ?

64 [I] Le conseil, si nécessaire pour les affaires, est quelquefois dans la société nuisible à qui le donne, et inutile à celui à qui il est donné. Sur les mœurs vous faites remarquer des défauts, ou que l'on n'avoue pas, ou que l'on estime des vertus ; sur les ouvrages, vous rayez[6] les endroits qui paraissent admirables à leur auteur, où il se complaît davantage, où il croit s'être surpassé lui-même. Vous perdez ainsi la confiance de vos amis, sans les avoir rendus ni meilleurs ni plus habiles.

Notes

1. **rengorgement** : fait de se rengorger, faire le fier et l'important ; le substantif est inventé par La Bruyère.
2. Au XVIIe siècle, on pouvait accorder le verbe au singulier même avec plusieurs sujets.
3. **dispute** : discussion.
4. **étaler** : exposer.
5. **harangues** : discours qui donnent des conseils.
6. **rayez** : supprimez parce qu'ils sont mauvais.

65 [I] L'on a vu, il n'y a pas longtemps, un cercle[1] de personnes des deux sexes, liées ensemble par la conversation et par un commerce d'esprit. Ils laissaient au vulgaire[2] l'art de parler d'une manière intelligible ; une chose dite entre eux peu clairement en entraînait une autre encore plus obscure, sur laquelle on enchérissait par de vraies énigmes, toujours suivies de longs applaudissements : par tout ce qu'ils appelaient délicatesse[3], sentiments, tour[4], et finesse d'expression, ils étaient enfin parvenus à n'être plus entendus, et à ne s'entendre pas eux-mêmes. Il ne fallait pour fournir à ces entretiens ni bon sens, ni jugement, ni mémoire, ni la moindre capacité ; il fallait de l'esprit, non pas du meilleur, mais de celui qui est faux, et où l'imagination a trop de part.

66 [VI] Je le sais, *Théobalde*, vous êtes vieilli, mais voudriez-vous que je crusse que vous êtes baissé, que vous n'êtes plus poète ni bel esprit, que vous êtes présentement aussi mauvais juge de tout genre d'ouvrage, que méchant auteur, que vous n'avez plus rien de naïf[5] et de délicat dans la conversation ? Votre air libre et présomptueux me rassure et me persuade tout le contraire. Vous êtes donc aujourd'hui tout ce que vous fûtes jamais, et peut-être meilleur ; car si à votre âge vous êtes si vif et si impétueux, quel nom, Théobalde, fallait-il vous donner dans votre jeunesse, et lorsque vous étiez la *coqueluche*[6] ou l'entêtement[7] de certaines femmes qui ne juraient que par vous et sur votre parole, qui disaient : *Cela est délicieux ; qu'a-t-il dit ?*

67 [I] L'on parle impétueusement dans les entretiens, souvent par vanité ou par humeur, rarement avec assez d'attention :

Notes

1. La Bruyère fait, sans doute, allusion aux salons des précieuses.
2. **au vulgaire** : aux gens ordinaires.
3. **délicatesse** : ici, au sens de « subtilité ».
4. **tour** : tournure de langage.
5. **naïf** : naturel, simple.
6. ***coqueluche*** : favori, idole.
7. **entêtement** : attachement excessif à quelque chose que l'on a toujours à la pensée.

tout occupé du désir de répondre à ce qu'on n'écoute point, l'on suit ses idées, et on les explique sans le moindre égard pour les raisonnements d'autrui, l'on est bien éloigné de trouver ensemble la vérité, l'on n'est pas encore convenu de[1] celle que l'on cherche. Qui pourrait écouter ces sortes de conversations et les écrire, ferait voir quelquefois de bonnes choses qui n'ont nulle suite.

68 [I] Il a régné pendant quelque temps une sorte de conversation fade et puérile, qui roulait toute sur des questions frivoles qui avaient relation au cœur, et à ce qu'on appelle passion ou tendresse. La lecture de quelques romans les avait introduites parmi les plus honnêtes gens de la ville et de la Cour ; ils s'en sont défaits, et la bourgeoisie les a reçues avec les pointes et les équivoques[2].

69 [IV] Quelques femmes de la ville ont la délicatesse[3] de ne pas savoir, ou de n'oser dire le nom des rues, des places et de quelques endroits publics, qu'elles ne croient pas assez nobles pour être connus. Elles disent : *le Louvre, la place Royale*, mais elles usent de tours et de phrases[4] plutôt que de prononcer de certains noms ; et s'ils leur échappent, c'est du moins avec quelque altération du mot, et après quelques façons qui les rassurent : en cela moins naturelles que les femmes de la Cour, qui ayant besoin dans le discours des *Halles*, du *Châtelet*, ou de choses semblables, disent : *les Halles, le Châtelet*.

70 [IV] Si l'on feint quelquefois de ne se pas souvenir de certains noms que l'on croit obscurs[5], et si l'on affecte de

Notes

1. **convenu de** : d'accord sur.
2. La Bruyère se moque de l'extension à la bourgeoisie des manies ridicules de certains salons aristocratiques qui cultivent les jeux d'esprit (comme *« les pointes et les équivoques »*).
3. **délicatesse** : ici, au sens péjoratif d'« affectation » ; nous dirions « snobisme ».
4. **phrases** : périphrases.
5. **obscurs** : peu connus.

les corrompre[1] en les prononçant, c'est par la bonne opinion qu'on a du sien.

71 [I] L'on dit par belle humeur, et dans la liberté de la conversation, de ces choses froides[2], qu'à la vérité l'on donne pour telles, et que l'on ne trouve bonnes que parce qu'elles sont extrêmement mauvaises. Cette manière basse de plaisanter a passé du peuple à qui elle appartient, jusque dans une grande partie de la jeunesse de la Cour qu'elle a déjà infectée. Il est vrai qu'il y entre trop de fadeur[3] et de grossièreté pour devoir craindre qu'elle s'étende plus loin, et qu'elle fasse de plus grands progrès dans un pays qui est le centre du bon goût et de la politesse. L'on doit cependant en inspirer le dégoût à ceux qui la pratiquent; car bien que ce ne soit jamais sérieusement, elle ne laisse pas de tenir la place dans leur esprit et dans le commerce ordinaire, de quelque chose de meilleur.

72 [V] Entre dire de mauvaises choses, ou en dire de bonnes que tout le monde sait et les donner pour nouvelles, je n'ai pas à choisir.

73 [I] *Lucain a dit une jolie chose; Il y a un beau mot de Claudien; Il y a cet endroit de Sénèque*[4]; et là-dessus une longue suite de latin que l'on cite souvent devant des gens qui ne l'entendent pas, et qui feignent de l'entendre. Le secret serait d'avoir un grand sens[5] et bien de l'esprit; car ou l'on se passerait des anciens, ou après les avoir lus avec soin, l'on saurait encore choisir les meilleurs, et les citer à propos.

74 [V] *Hermagoras*[6] ne sait pas qui est roi de Hongrie; il s'étonne de n'entendre faire aucune mention du roi de

Notes

1. **corrompre** : déformer.
2. **froides** : qui n'ont aucune finesse d'expression.
3. **fadeur** : caractère de ce qui manque de piquant et d'esprit.
4. ***Lucain, Claudien, Sénèque*** : auteurs latins.
5. **sens** : intelligence, jugement.
6. Critique du pédant, pseudo-savant sur la haute Antiquité mais ignorant tout de son époque.

Bohême : ne lui parlez pas des guerres de Flandre et de Hollande[1], dispensez-le du moins de vous répondre : il confond les temps, il ignore quand elles ont commencé, quand elles ont fini ; combats, sièges, tout lui est nouveau ; mais il est instruit de la guerre des géants, il en raconte le progrès et les moindres détails, rien ne lui est échappé ; il débrouille de même l'horrible chaos des deux empires, le Babylonien et l'Assyrien ; il connaît à fond les Égyptiens et leurs dynasties. Il n'a jamais vu Versailles, il ne le verra point ; il a presque vu la tour de Babel[2], il en compte les degrés[3], il sait combien d'architectes ont présidé à cet ouvrage, il sait le nom des architectes. Dirai-je qu'il croit Henri IV fils de Henri III[4] ? Il néglige du moins de rien connaître aux maisons[5] de France, d'Autriche et de Bavière : quelles minuties[6] ! dit-il ; pendant qu'il récite de mémoire toute une liste des rois des Mèdes, ou de Babylone, et que les noms d'Apronal, d'Hérigebal, de Noesnemordach, de Mardokempad[7] lui sont aussi familiers qu'à nous ceux de Valois et de Bourbon. Il demande si l'Empereur a jamais été marié ; mais personne ne lui apprendra que Ninus[8] a eu deux femmes. On lui dit que le Roi jouit d'une santé parfaite ; et il se souvient que Thetmosis[9] un roi d'Égypte était valétudinaire[10], et qu'il tenait cette complexion[11] de son aïeul Alipharmutosis[12]. Que ne sait-il point ? quelle chose lui est cachée

Notes

1. Guerres menées par Louis XIV.
2. **tour de Babel** : tour mythique évoquée dans la Bible.
3. **degrés** : étages.
4. Henri IV est le premier roi de la branche des Bourbons, alors que Henri III est le dernier des Valois. Ils n'ont pas de lien de parenté.
5. **maisons** : familles royales.
6. **minuties** : détails sans importance.
7. **Apronal, Hérigebal, Noesnemordach, Mardokempad** : noms *a priori* inventés par La Bruyère.
8. **Ninus** : roi légendaire d'Assyrie au IIe millénaire avant J.-C., fondateur de Ninive.
9. **Thetmosis** : Thoutmôsis III, pharaon du XVe siècle avant J.-C.
10. **valétudinaire** : en mauvaise santé.
11. **complexion** : constitution.
12. **Alipharmutosis** : nom *a priori* inventé par La Bruyère.

de la vénérable antiquité ? il vous dira que Sémiramis[1], ou, selon quelques-uns, Sérimaris, parlait comme son fils Ninyas, qu'on ne les distinguait pas à la parole : si c'était parce que la mère avait une voix mâle comme son fils, ou le fils une voix efféminée comme sa mère, qu'il n'ose pas le décider. Il vous révélera que Nembrot[2] était gaucher, et Sésostris[3] ambidextre ; que c'est une erreur de s'imaginer qu'un Artaxerxe[4] ait été appelé Longuemain, parce que les bras lui tombaient jusqu'aux genoux, et non à cause qu'il avait une main plus longue que l'autre ; et il ajoute qu'il y a des auteurs graves qui affirment que c'était la droite ; qu'il croit néanmoins être bien fondé à soutenir que c'est la gauche.

75 [VIII] Ascagne est statuaire, Hégion fondeur, Æschine foulon[5], et Cydias bel esprit[6], c'est sa profession. Il a une enseigne, un atelier, des ouvrages de commande, et des compagnons qui travaillent sous lui[7] : il ne vous saurait rendre de plus d'un mois les stances qu'il vous a promises, s'il ne manque de parole à *Dosithée* qui l'a engagé à faire une élégie ; une idylle[8] est sur le métier, c'est pour *Crantor* qui le presse et qui lui laisse espérer un riche salaire ; prose, vers, que voulez-vous ? Il réussit également en l'un et en l'autre ; demandez-lui des lettres de consolation ou sur une absence, il les entreprendra, prenez-les toutes faites et entrez dans son magasin, il y a à choisir. Il a un ami qui n'a point d'autre fonction sur la terre que de le promettre longtemps à un certain monde, et de le

Notes

1. **Sémiramis** : reine légendaire d'Assyrie, épouse de Ninus.
2. **Nembrot** : ou Nimrod, personnage biblique, petit-fils de Noé.
3. **Sésostris** : nom de plusieurs pharaons du IIe millénaire.
4. **Artaxerxe** : Artaxerxès, souverain perse du Ve siècle avant J.-C., surnommé, en effet, « Longuemain ».
5. **foulon** : artisan qui traite les tissus.
6. **bel esprit** : écrivain qui se distingue *« par l'élégance et la délicatesse, parfois affectées »* (dictionnaire Littré).
7. **sous lui** : sous ses ordres.
8. **stances, élégie, idylle** : différentes formes poétiques.

présenter enfin dans les maisons comme homme rare et d'une exquise conversation ; et là, ainsi que le musicien chante et que le joueur de luth touche son luth devant les personnes à qui il a été promis, Cydias, après avoir toussé, relevé sa manchette, étendu la main, et ouvert les doigts, débite gravement ses pensées quintessenciées[1] et ses raisonnements sophistiqués[2]. Différent de ceux qui, convenant de principes, et connaissant la raison ou la vérité qui est une, s'arrachent la parole l'un à l'autre pour s'accorder sur leurs sentiments, il n'ouvre la bouche que pour contredire ; *il me semble*, dit-il gracieusement, *que c'est tout le contraire de ce que vous dites*, ou *je ne saurais être de votre opinion* ou bien *ç'a été autrefois mon entêtement, comme il est le vôtre, mais… Il y a trois choses*, ajoute-t-il, *à considérer…* et il en ajoute une quatrième : fade discoureur qui n'a pas mis plus tôt le pied dans une assemblée, qu'il cherche quelques femmes auprès de qui il puisse s'insinuer, se parer de son bel esprit, ou de sa philosophie, et mettre en œuvre ses rares conceptions[3] ; car soit qu'il parle ou qu'il écrive, il ne doit pas être soupçonné d'avoir en vue ni le vrai ni le faux, ni le raisonnable ni le ridicule, il évite uniquement de donner dans le sens des autres, et d'être de l'avis de quelqu'un ; aussi attend-il dans un cercle que chacun se soit expliqué sur le sujet qui s'est offert, ou souvent qu'il a amené lui-même pour dire dogmatiquement[4] des choses toutes nouvelles, mais à son gré décisives et sans réplique. Cydias s'égale à Lucien et à Sénèque, se met au-dessus de Platon, de Virgile et de Théocrite[5] ; et son flatteur a soin de le confirmer tous les matins dans cette opinion. Uni

Notes

1. **quintessenciées** : d'une extrême subtilité (ironique).
2. **sophistiqués** : extrêmement compliqués.
3. **conceptions** : idées.
4. **dogmatiquement** : de façon assurée, péremptoire.
5. **Lucien, Sénèque, Platon, Virgile, Théocrite** : écrivains grecs et latins de l'Antiquité.

de goût et d'intérêt avec les contempteurs[1] d'Homère[2], il attend paisiblement que les hommes détrompés lui préfèrent les poètes modernes : il se met en ce cas à la tête de ces derniers, et il sait à qui il adjuge la seconde place. C'est en un mot un composé du pédant et du précieux, fait pour être admiré de la bourgeoisie et de la province, en qui néanmoins on n'aperçoit rien de grand que l'opinion qu'il a de lui-même.

76 [I] C'est la profonde ignorance qui inspire le ton dogmatique. Celui qui ne sait rien croit enseigner aux autres ce qu'il vient d'apprendre lui-même ; celui qui sait beaucoup pense à peine que ce qu'il dit puisse être ignoré, et parle plus indifféremment[3].

77 [I] Les plus grandes choses n'ont besoin que d'être dites simplement : elles se gâtent par l'emphase[4]. Il faut dire noblement les plus petites : elles ne se soutiennent que par l'expression, le ton et la manière.

78 [I] Il me semble que l'on dit les choses encore plus finement qu'on ne peut les écrire.

79 [I] Il n'y a guère qu'une naissance honnête[5], ou qu'une bonne éducation qui rendent les hommes capables de secret.

80 [IV] Toute confiance est dangereuse si elle n'est entière : il y a peu de conjonctures[6] où il ne faille tout dire, ou tout cacher. On a déjà trop dit de son secret à celui à qui l'on croit devoir en dérober une circonstance.

Notes

1. **contempteurs** : critiques.
2. Il se place donc dans le parti des « Modernes », écrivains qui veulent marquer leur indépendance par rapport aux auteurs de l'Antiquité (*cf.* p. 260)
3. **indifféremment** : d'une manière détachée.
4. **emphase** : exagération, caractère pompeux.
5. **naissance honnête** : le fait d'être né dans une famille honorable du point de vue moral et social.
6. **conjonctures** : occasions.

81 [V] Des gens vous promettent le secret, et ils le révèlent eux-mêmes, et à leur insu; ils ne remuent pas les lèvres et on les entend; on lit sur leur front et dans leurs yeux, on voit au travers de leur poitrine, ils sont transparents. D'autres ne disent pas précisément une chose qui leur a été confiée, mais ils parlent et agissent de manière qu'on la découvre de soi-même. Enfin quelques-uns méprisent votre secret de quelque conséquence qu'il puisse être : *C'est un mystère, un tel m'en a fait part, et m'a défendu de le dire*, et ils le disent.

[VIII] Toute révélation d'un secret est la faute de celui qui l'a confié.

82 [V] *Nicandre* s'entretient avec *Élise* de la manière douce et complaisante dont il a vécu avec sa femme, depuis le jour qu'il en fit le choix jusques à sa mort; il a déjà dit qu'il regrette qu'elle ne lui ait pas laissé des enfants, et il le répète : il parle des maisons qu'il a à la ville, et bientôt d'une terre qu'il a à la campagne; il calcule le revenu qu'elle lui rapporte, il fait le plan des bâtiments, en décrit la situation, exagère la commodité des appartements, ainsi que la richesse et la propreté des meubles. Il assure qu'il aime la bonne chère[1], les équipages[2] : il se plaint que sa femme n'aimait point assez le jeu et la société. Vous êtes si riche, lui disait l'un de ses amis, que n'achetez-vous cette charge[3]? pourquoi ne pas faire cette acquisition qui étendrait votre domaine? On me croit, ajoute-t-il, plus de bien que je n'en possède. Il n'oublie pas son extraction[4] et ses alliances; *Monsieur le Surintendant qui est mon cousin; Madame la Chancelière qui est ma parente*, voilà son style. Il raconte un fait qui prouve le mécontentement qu'il doit avoir de ses plus proches, et de ceux même qui sont ses héritiers : ai-je tort dit-il à Élise? ai-je grand sujet de leur vouloir du bien? et il l'en fait juge. Il insinue ensuite qu'il a une santé faible et

Notes

1. **chère** : nourriture.
2. **équipages** : carrosses.
3. Une charge procurait une rente.
4. **extraction** : origine familiale.

languissante, et il parle de la cave[1] où il doit être enterré. Il est insinuant, flatteur, officieux[2] à l'égard de tous ceux qu'il trouve auprès de la personne à qui il aspire. Mais Élise n'a pas le courage d'être riche en l'épousant. On annonce au moment qu'il parle un cavalier[3], qui de sa seule présence démonte la batterie de l'homme de ville : il se lève déconcerté et chagrin, et va dire ailleurs qu'il veut se remarier.

83 [I] Le sage quelquefois évite le monde, de peur d'être ennuyé.

Notes

1. **cave** : caveau.
2. **officieux** : serviable.
3. **cavalier** : gentilhomme.

Le riche et le pauvre, illustration de 1864 pour
Les Caractères de La Bruyère.

CHAPITRE VI

Des Biens de Fortune

1 [I] Un homme fort riche peut manger des entremets[1], faire peindre ses lambris[2] et ses alcôves[3], jouir d'un palais à la campagne, et d'un autre à la ville, avoir un grand équipage, mettre un duc dans sa famille, et faire de son fils un grand seigneur : cela est juste de son ressort[4]; mais il appartient peut-être à d'autres de vivre contents[5].

2 [I] Une grande naissance, ou une grande fortune annonce le mérite et le fait plus tôt remarquer.

3 [IV] Ce qui disculpe[6] le fat ambitieux de son ambition est le soin que l'on prend, s'il a fait une grande fortune, de lui trouver un mérite qu'il n'a jamais eu, et aussi grand qu'il croit l'avoir.

Notes

1. **entremets** : plats salés ou sucrés servis entre les plats principaux.
2. **lambris** : boiseries.
3. **alcôves** : parties de la chambre où l'on pouvait recevoir des visiteurs.
4. **ressort** : compétence.
5. **contents** : satisfaits de ce qu'ils ont.
6. **disculpe** : excuse.

4 [I] À mesure que la faveur et les grands biens se retirent d'un homme, ils laissent voir en lui le ridicule qu'ils couvraient, et qui y était sans que personne s'en aperçût.

5 [I] Si l'on ne le voyait de ses yeux, pourrait-on jamais s'imaginer l'étrange disproportion que le plus ou le moins de pièces de monnaie met entre les hommes ?

Ce plus ou ce moins détermine à l'épée, à la robe, ou à l'Église[1] : il n'y a presque point d'autre vocation.

6 [VI] Deux marchands étaient voisins et faisaient le même commerce, qui ont eu dans la suite une fortune toute différente. Ils avaient chacun une fille unique ; elles ont été nourries[2] ensemble, et ont vécu dans cette familiarité que donnent un même âge et une même condition : l'une des deux pour se tirer d'une extrême misère cherche à se placer ; elle entre au service d'une fort grande dame et l'une des premières de la Cour, chez sa compagne.

7 [VII] Si le financier manque son coup, les courtisans disent de lui, c'est un bourgeois, un homme de rien, un malotru ; s'il réussit, ils lui demandent sa fille.

8 [VI] Quelques-uns ont fait dans leur jeunesse l'apprentissage d'un certain métier, pour en exercer un autre et fort différent le reste de leur vie.

9 [I] Un homme est laid, de petite taille, et a peu d'esprit. L'on me dit à l'oreille, il a cinquante mille livres de rente. Cela le concerne tout seul, et il ne m'en fera jamais ni pis ni mieux : si je commence à le regarder avec d'autres yeux, et si je ne suis pas maître de faire autrement, quelle sottise !

Notes

1. **détermine à l'épée, à la robe, ou à l'Église** : fait choisir une carrière dans l'armée, la magistrature ou l'Église.

2. **nourries** : élevées.

10 [IV] Un projet assez vain serait de vouloir tourner un homme fort sot et fort riche en ridicule ; les rieurs sont de son côté.

11 [II] N★★, avec un portier rustre, farouche, tirant sur le Suisse[1], avec un vestibule et une antichambre[2], pour peu qu'il y fasse languir quelqu'un et se morfondre[3] : qu'il paraisse enfin avec une mine grave et une démarche mesurée, qu'il écoute un peu et ne reconduise point ; quelque subalterne qu'il soit d'ailleurs[4], il fera sentir de lui-même quelque chose qui approche de la considération.

12 [VIII] Je vais, *Clitiphon*, à votre porte ; le besoin que j'ai de vous me chasse de mon lit et de ma chambre : plût aux Dieux que je ne fusse ni votre client[5] ni votre fâcheux[6] ! Vos esclaves[7] me disent que vous êtes enfermé, et que vous ne pouvez m'écouter que d'une heure[8] entière. Je reviens avant le temps qu'ils m'ont marqué, et ils me disent que vous êtes sorti. Que faites-vous, Clitiphon, dans cet endroit le plus reculé de votre appartement, de si laborieux qui vous empêche de m'entendre ? Vous enfilez quelques mémoires[9], vous collationnez[10] un registre, vous signez, vous parafez. Je n'avais qu'une chose à vous demander, et vous n'aviez qu'un mot à me répondre : oui, ou non. Voulez-vous être rare[11] ? Rendez service à ceux qui dépendent de vous, vous le serez davantage par cette conduite

Notes

1. **Suisse** : portier d'une église.
2. **antichambre** : pièce où les visiteurs attendent.
3. **languir [...] et se morfondre** : attendre et s'ennuyer.
4. **d'ailleurs** : par ailleurs.
5. **client** : personne qui dépend d'une autre.
6. **fâcheux** : personne qui dérange.
7. **esclaves** : domestiques ; La Bruyère mêle le contexte antique et celui de son époque.
8. **que d'une heure** : que dans une heure.
9. **Vous enfilez quelques mémoires** : on liait les dossiers avec un fil pour en faire une liasse.
10. **collationnez** : vérifiez.
11. La Bruyère joue sur les deux sens du mot : « que l'on voit rarement », « exceptionnel ».

que par ne vous pas laisser voir. Ô homme important et chargé d'affaires, qui à votre tour avez besoin de mes offices[1], venez dans la solitude de mon cabinet, le philosophe est accessible, je ne vous remettrai point à un autre jour. Vous me trouverez sur les livres de Platon qui traitent de la spiritualité de l'âme et de sa distinction d'avec le corps, ou la plume à la main pour calculer les distances de Saturne et de Jupiter : j'admire Dieu dans ses ouvrages, et je cherche par la connaissance de la vérité à régler mon esprit et devenir meilleur. Entrez, toutes les portes vous sont ouvertes ; mon antichambre n'est pas faite pour s'y ennuyer en m'attendant ; passez jusqu'à moi sans me faire avertir. Vous m'apportez quelque chose de plus précieux que l'argent et l'or, si c'est une occasion de vous obliger. Parlez, que voulez-vous que je fasse pour vous ? Faut-il quitter mes livres, mes études, mon ouvrage, cette ligne qui est commencée ? Quelle interruption heureuse pour moi que celle qui vous est utile ! Le manieur d'argent, l'homme d'affaires est un ours qu'on ne saurait apprivoiser ; on ne le voit dans sa loge[2] qu'avec peine : que dis-je, on ne le voit point, car d'abord on ne le voit pas encore, et bientôt on ne le voit plus. L'homme de lettres au contraire est trivial[3] comme une borne au coin des places ; il est vu de tous, et à toute heure, et en tous états, à table, au lit, nu[4], habillé, sain ou malade ; il ne peut être important, et il ne le veut point être.

Notes

1. **offices** : services.
2. **loge** : peut désigner une cabane rustique ou le gîte de certains animaux ; La Bruyère joue sur le double sens.
3. **trivial** : accessible facilement.
4. **nu** : en vêtements d'intérieur.

L'*« homme important »* et l'*« homme de lettres »*

Analyse de l'extrait (l. 50, p. 51, à l. 86, p. 52)

Explication linéaire

1. Observez et commentez la construction de cette remarque.

2. Commentez l'énonciation et le rythme du récit (temps choisi, longueur des phrases…) aux lignes 50 à 55. Quels sont les effets produits ?

3. Aux lignes 56 à 63, quels reproches le moraliste fait-il à Clitiphon ? Par quels procédés ?

4. Relevez, aux lignes 63 à 79, les oppositions entre ce passage et le début du texte. Que veut montrer La Bruyère ?

5. Quelle image La Bruyère nous donne-t-il de l'*« homme de lettres »* aux lignes 63 à 79 ? Observez son cadre de vie, ses occupations, ses centres d'intérêt, son comportement… Quels procédés d'écriture renforcent cette image ?

6. Aux lignes 79 à 86, en quoi la comparaison est-elle comique ? Quel terme est répété à de nombreuses reprises ? Quel est l'effet produit ?

7. Quel est le sens du mot *« important »* aux lignes 85-86 ?

Grammaire

La négation restrictive

• La négation restrictive *ne... que* exclut de la négation le syntagme qui suit *que*. Elle équivaut à une phrase positive où la négation serait remplacée par *seulement* ou *uniquement* :
– « Il ne s'intéresse qu'au cinéma » (et à rien d'autre) = « Il s'intéresse uniquement au cinéma » ;
– « Ils ne sont que blessés » (et pas morts) = « Ils sont seulement blessés ».
• Si l'on ajoute la négation *pas*, on annule la restriction : « Il ne s'intéresse pas qu'au cinéma » = « Il s'intéresse au cinéma et à d'autres choses ».

8 Relevez les négations et étudiez leurs différentes formes dans l'extrait *« on ne le voit dans sa loge qu'avec peine : que dis-je, on ne le voit point, car d'abord on ne le voit pas encore, et bientôt on ne le voit plus »*.

Histoire des Arts

9 En quoi pouvez-vous rapprocher Clitiphon de la caricature d'Honoré Daumier ?

Document 5 au verso de la couverture

13 [I] N'envions point à une sorte de gens leurs grandes richesses ; ils les ont à titre onéreux[1], et qui ne nous accommoderait[2] point : ils ont mis[3] leur repos, leur santé, leur honneur et leur conscience pour les avoir ; cela est trop cher, et il n'y a rien à gagner à un tel marché.

14 [I] Les PTS[4] nous font sentir toutes les passions l'une après l'autre : l'on commence par le mépris, à cause de leur obscurité ; on les envie ensuite, on les hait, on les craint, on les estime quelquefois, et on les respecte ; l'on vit assez pour finir à leur égard par la compassion.

15 [I] *Sosie*[5] de la livrée[6] a passé par une petite recette à une sous-ferme ; et par les concussions[7], la violence et l'abus qu'il a fait de ses *pouvoirs*, il s'est enfin sur les ruines de plusieurs familles élevé à quelque grade[8]. Devenu noble par une charge, il ne lui manquait que d'être homme de bien : une place de marguillier[9] a fait ce prodige.

16 [I] *Arfure* cheminait seule et à pied vers le grand portique de Saint★★, entendait de loin le sermon d'un carme[10] ou d'un docteur[11] qu'elle ne voyait qu'obliquement, et dont elle

Notes

1. **à titre onéreux** : moyennant argent ; le sens premier d'*onéreux* est « pesant ».
2. **accommoderait** : conviendrait.
3. **mis** : exposé.
4. **PTS** : abréviation de *partisans*, financiers chargés d'une « ferme ». Ces financiers passaient, avec le roi, un traité pour percevoir, en son nom, certains impôts, puis ils se remboursaient de cette tâche sur les contribuables. Ils s'organisaient en sociétés, appelées « partis » : d'où leur nom de « partisans ». Ils ont amassé des fortunes rapides et colossales, cibles de la critique de La Bruyère et de beaucoup d'autres écrivains.
5. ***Sosie*** : esclave (de Jupiter) dans la comédie *Amphitryon* de l'auteur latin Plaute (IIIe-IIe s. av. J.-C.), et dans d'autres comédies de Térence (IIe s. av. J.-C.), auteurs auxquels La Bruyère emprunte beaucoup de noms propres.
6. **livrée** : uniforme ou fonction de domestique.
7. **concussions** : malversations.
8. **grade** : dignité, distinction sociale.
9. **marguillier** : administrateur d'une paroisse.
10. **carme** : moine.
11. **docteur** : savant en théologie.

perdait bien des paroles[1]. Sa vertu était obscure[2], et sa dévotion connue comme sa personne. Son mari est entré dans le *huitième denier*[3] : quelle monstrueuse fortune en moins de six années ! Elle n'arrive à l'église que dans un char[4] ; on lui porte une lourde queue[5] ; l'orateur s'interrompt pendant qu'elle se place ; elle le voit de front, n'en perd pas une seule parole ni le moindre geste. Il y a une brigue[6] entre les prêtres pour la confesser ; tous veulent l'absoudre, et le curé l'emporte.

17 [I] L'on porte *Crésus*[7] au cimetière : de toutes ses immenses richesses que le vol et la concussion lui avaient acquises, et qu'il a épuisées par le luxe et par la bonne chère, il ne lui est pas demeuré de quoi se faire enterrer ; il est mort insolvable, sans biens, et ainsi privé de tous les secours : l'on n'a vu chez lui ni julep[8], ni cordiaux[9], ni médecins, ni le moindre docteur qui l'ait assuré de son salut.

18 [I] *Champagne*[10], au sortir d'un long dîner qui lui enfle l'estomac, et dans les douces fumées d'un vin d'Avenay ou de Sillery, signe un ordre qu'on lui présente, qui ôterait le pain à toute une province si l'on n'y remédiait. Il est excusable : quel moyen de comprendre dans la première heure de la digestion qu'on puisse quelque part mourir de faim ?

19 [IV] *Sylvain* de ses deniers a acquis de la naissance et un autre nom ; il est seigneur de la paroisse où ses aïeuls payaient

Notes

1. Comme elle n'est pas riche, elle est mal placée à l'église, contrairement aux familles riches et nobles qui occupent les premiers rangs.
2. **obscure** : peu connue.
3. Il a obtenu une délégation très haute dans la ferme.
4. **char** : carrosse.
5. **queue** : traîne de sa robe portée par ses domestiques.
6. **brigue** : rivalité.
7. Crésus est un roi antique, célèbre pour sa richesse.
8. **julep** : potion calmante.
9. **cordiaux** : remèdes.
10. *Champagne* : nom courant de domestique.

la taille[1] : il n'aurait pu autrefois entrer page[2] chez *Cléobule*, et il est son gendre.

20 [IV] *Dorus* passe en litière par la voie *Appienne*[3], précédé de ses affranchis et de ses esclaves qui détournent le peuple, et font faire place ; il ne lui manque que des licteurs[4] ; il entre à *Rome* avec ce cortège, où il semble triompher de la bassesse et de la pauvreté de son père *Sanga*.

21 [V] On ne peut mieux user de sa fortune que fait *Périandre* : elle lui donne du rang, du crédit[5], de l'autorité ; déjà on ne le prie plus d'accorder son amitié, on implore sa protection. Il a commencé par dire de soi-même : *un homme de ma sorte* ; il passe[6] à dire : *un homme de ma qualité* ; il se donne pour tel, et il n'y a personne de ceux à qui il prête de l'argent, ou qu'il reçoit à sa table, qui est délicate, qui veuille s'y opposer. Sa demeure est superbe : un dorique[7] règne dans tous ses dehors ; ce n'est pas une porte, c'est un portique ; est-ce la maison d'un particulier, est-ce un temple ? Le peuple s'y trompe : il est le seigneur dominant de tout le quartier[8] ; c'est lui que l'on envie et dont on voudrait voir la chute, c'est lui dont la femme par son collier de perles s'est fait des ennemies de toutes les dames du voisinage. Tout se soutient[9] dans cet homme, rien encore ne se dément dans cette grandeur qu'il a acquise, dont il ne doit rien, qu'il a payée. Que son père si vieux et si caduc[10] n'est-il mort il y a vingt ans et avant qu'il se fît dans le monde aucune mention de Périandre ! Comment pourra-t-il soutenir

Notes

1. **taille** : impôt payé par le tiers état, c'est-à-dire par les roturiers, qui ne sont pas nobles.
2. **page** : jeune noble qui était reçu et formé dans une grande famille.
3. *Via Appia*, voie principale de la Rome antique.
4. **licteurs** : dans la Rome antique, officiers escortant les hauts magistrats.
5. **crédit** : influence.
6. **il passe** : il en vient.
7. **dorique** : colonnade ornant, généralement, les bâtiments publics ou religieux.
8. **quartier** : au sens large de « ville », « région ».
9. **se soutient** : se maintient.
10. **caduc** : décrépit.

ces odieuses pancartes[1] qui déchiffrent[2] les conditions, et qui souvent font rougir la veuve et les héritiers ? Les supprimera-t-il aux yeux de toute une ville jalouse, maligne, clairvoyante, et aux dépens de mille gens qui veulent absolument aller tenir leur rang à des obsèques ? Veut-on d'ailleurs qu'il fasse de son père un *Noble homme*, et peut-être un *Honorable homme*, lui qui est *Messire*[3] ?

22 [I] Combien d'hommes ressemblent à ces arbres déjà forts et avancés que l'on transplante dans les jardins, où ils surprennent les yeux de ceux qui les voient placés dans de beaux endroits où ils ne les ont point vus croître, et qui ne connaissent ni leurs commencements ni leurs progrès !

23 [I] Si certains morts revenaient au monde, et s'ils voyaient leurs grands noms portés, et leurs terres les mieux titrées, avec leurs châteaux et leurs maisons antiques possédées par des gens dont les pères étaient peut-être leurs métayers[4], quelle opinion pourraient-ils avoir de notre siècle ?

24 [I] Rien ne fait mieux comprendre le peu de chose que Dieu croit donner aux hommes, en leur abandonnant les richesses, l'argent, les grands établissements[5] et les autres biens, que la dispensation qu'il en fait[6], et le genre d'hommes qui en sont le mieux pourvus.

25 [V] Si vous entrez dans les cuisines, où l'on voit réduit en art et en méthode le secret de flatter votre goût et de vous faire manger au-delà du nécessaire ; si vous examinez en détail tous les apprêts des viandes qui doivent composer le festin

Notes

1. **pancartes** : avis imprimés qui annoncent un décès.
2. **déchiffrent** : dévoilent.
3. « *Messire* » est le titre donné à un noble, « *Noble homme* » à un bourgeois important, « *Honorable homme* » à un petit-bourgeois ou un artisan.
4. **métayers** : agriculteurs exploitant les terres d'un riche propriétaire.
5. **établissements** : ascensions sociales.
6. **dispensation qu'il en fait** : façon qu'il a de les distribuer.

que l'on vous prépare ; si vous regardez par quelles mains elles passent, et toutes les formes différentes qu'elles prennent avant de devenir un mets exquis, et d'arriver à cette propreté[1] et à cette élégance qui charment vos yeux, vous font hésiter sur le choix et prendre le parti d'essayer de tout ; si vous voyez tout le repas ailleurs que sur une table bien servie, quelles saletés, quel dégoût ! Si vous allez derrière un théâtre, et si vous nombrez les poids, les roues, les cordages, qui font les vols et les machines[2] ; si vous considérez combien de gens entrent dans l'exécution de ces mouvements, quelle force de bras, et quelle extension de nerfs[3] ils y emploient, vous direz : sont-ce là les principes et les ressorts de ce spectacle si beau, si naturel, qui paraît animé et agir de soi-même ? vous vous récrierez[4] : quels efforts, quelle violence ! De même n'approfondissez pas la fortune des partisans.

26 [I] Ce garçon si frais, si fleuri[5], et d'une si belle santé est seigneur d'une abbaye[6] et de dix autres bénéfices : tous ensemble lui rapportent six vingt[7] mille livres de revenu, dont il n'est payé qu'en médailles d'or. Il y a ailleurs six vingt familles indigentes qui ne se chauffent point pendant l'hiver, qui n'ont point d'habits pour se couvrir, et qui souvent manquent de pain ; leur pauvreté est extrême et honteuse. Quel partage ! Et cela ne prouve-t-il pas clairement un avenir[8] ?

27 [V] *Chrysippe*, homme nouveau[9], et le premier noble de sa race, aspirait, il y a trente années, à se voir un jour deux mille livres de rente pour tout bien : c'était là le comble de ses souhaits et sa plus haute ambition ; il l'a dit ainsi, et on s'en

Notes

1. **propreté** : belle apparence.
2. **machines** : effets spéciaux au théâtre.
3. **nerfs** : muscles.
4. **récrierez** : exclamerez.
5. **fleuri** : florissant.
6. Les abbayes et les bénéfices étaient des charges religieuses qui rapportaient de gros revenus.
7. **six vingt** : cent vingt.
8. L'avenir qu'envisage La Bruyère est celui de la vie éternelle après la mort.
9. **homme nouveau** : récemment anobli.

souvient. Il arrive, je ne sais par quels chemins, jusques à donner en revenu à l'une de ses filles pour sa dot, ce qu'il désirait lui-même d'avoir en fonds[1] pour toute fortune pendant sa vie. Une pareille somme est comptée dans ses coffres pour chacun de ses autres enfants qu'il doit pourvoir, et il a un grand nombre d'enfants ; ce n'est qu'en avancement d'hoirie[2], il y a d'autres biens à espérer après sa mort. Il vit encore, quoique assez avancé en âge, et il use le reste de ses jours à travailler pour s'enrichir.

28 [IV] Laissez faire *Ergaste*, et il exigera un droit de tous ceux qui boivent de l'eau de la rivière, ou qui marchent sur la terre ferme : il sait convertir en or jusques aux roseaux, aux joncs et à l'ortie. Il écoute tous les avis, et propose tous ceux qu'il a écoutés. Le prince ne donne aux autres qu'aux dépens d'Ergaste, et ne leur fait de grâces que celles qui lui étaient dues. C'est une faim insatiable d'avoir et de posséder. Il trafiquerait des arts et des sciences, et mettrait en parti jusques à l'harmonie[3] ; il faudrait, s'il en était cru, que le peuple, pour avoir le plaisir de le voir riche, de lui voir une meute et une écurie, pût perdre le souvenir de la musique d'*Orphée*, et se contenter de la sienne.

29 [V] Ne traitez pas avec *Criton*, il n'est touché que de ses seuls avantages. Le piège est tout dressé à ceux à qui sa charge, sa terre, ou ce qu'il possède, feront envie ; il vous imposera des conditions extravagantes. Il n'y a nul ménagement et nulle composition à attendre d'un homme si plein de ses intérêts et si ennemi des vôtres : il lui faut une dupe.

30 [IV] *Brontin*, dit le peuple, fait des retraites, et s'enferme huit jours avec des saints ; ils ont leurs méditations, et il a les siennes.

Notes

1. **fonds** : capital.
2. **hoirie** : héritage.
3. **mettrait [...] l'harmonie** : s'enrichirait en faisant payer un impôt sur l'harmonie.

31 [I] Le peuple souvent a le plaisir de la tragédie : il voit périr sur le théâtre du monde les personnages les plus odieux, qui ont fait le plus de mal dans diverses scènes, et qu'il a le plus haïs.

32 [IV] Si l'on partage la vie des PTS en deux portions égales ; la première, vive et agissante, est toute occupée à vouloir affliger[1] le peuple, et la seconde, voisine de la mort, à se déceler[2] et à se ruiner les uns les autres.

33 [IV] Cet homme qui a fait la fortune de plusieurs, qui a fait la vôtre, n'a pu soutenir[3] la sienne, ni assurer avant sa mort celle de sa femme et de ses enfants : ils vivent cachés et malheureux. Quelque bien instruit que vous soyez de la misère de leur condition, vous ne pensez pas à l'adoucir, vous ne le pouvez pas en effet, vous tenez table, vous bâtissez ; mais vous conservez par reconnaissance le portrait de votre bienfacteur[4], qui a passé à la vérité du cabinet à l'antichambre : quels égards ! il pouvait aller au garde-meuble.

34 [IV] Il y a une dureté de complexion[5] ; il y en a une autre de condition[6] et d'état. L'on tire de celle-ci comme de la première de quoi s'endurcir sur la misère des autres, dirai-je même, de quoi ne pas plaindre les malheurs de sa famille : un bon financier ne pleure ni ses amis, ni sa femme, ni ses enfants.

35 [V] Fuyez, retirez-vous ; vous n'êtes pas assez loin : je suis, dites-vous, sous l'autre tropique. Passez sous le pôle, et dans l'autre hémisphère ; montez aux étoiles si vous le pouvez. M'y voilà. Fort bien, vous êtes en sûreté. Je découvre sur la terre un homme avide, insatiable, inexorable, qui veut aux dépens de tout ce qui se trouvera sur son chemin et à sa rencontre,

Notes

1. **affliger** : ruiner.
2. **déceler** : repérer.
3. **soutenir** : conserver.
4. **bienfacteur** : bienfaiteur.
5. **complexion** : tempérament.
6. **condition** : statut social.

et quoi qu'il en puisse coûter aux autres, pourvoir à lui seul, grossir sa fortune, et regorger de bien.

36 [IV] Faire fortune est une si belle phrase, et qui dit une si bonne chose, qu'elle est d'un usage universel : on la reconnaît dans toutes les langues, elle plaît aux étrangers et aux barbares, elle règne à la Cour et à la ville, elle a percé les cloîtres et franchi les murs des abbayes de l'un et de l'autre sexe ; il n'y a point de lieux sacrés où elle n'ait pénétré, point de désert ni de solitude où elle soit inconnue.

37 [VII] À force de faire de nouveaux contrats, ou de sentir son argent grossir dans ses coffres, on se croit enfin une bonne tête[1], et presque capable de gouverner.

38 [I] Il faut une sorte d'esprit pour faire fortune, et surtout une grande fortune : ce n'est ni le bon ni le bel esprit, ni le grand ni le sublime, ni le fort, ni le délicat ; je ne sais précisément lequel c'est, et j'attends que quelqu'un veuille m'en instruire.

[V] Il faut moins d'esprit que d'habitude ou d'expérience pour faire sa fortune ; l'on y songe trop tard, et quand enfin l'on s'en avise, l'on commence par des fautes que l'on n'a pas toujours le loisir de réparer : de là vient peut-être que les fortunes sont si rares.

[V] Un homme d'un petit génie peut vouloir s'avancer[2]. Il néglige tout, il ne pense du matin au soir, il ne rêve la nuit qu'à une seule chose, qui est de s'avancer. Il a commencé de bonne heure et dès son adolescence à se mettre dans les voies de la fortune ; s'il trouve une barrière de front qui ferme son passage, il biaise naturellement, et va à droit[3] ou à gauche selon qu'il y voit de jour[4] et d'apparence[5] ; et si de nouveaux obs-

Notes

1. **bonne tête** : personne dotée d'intelligence et de jugement.
2. **s'avancer** : progresser dans la société.
3. **à droit** : à droite.
4. **jour** : occasion favorable.
5. **apparence** : possibilité.

tacles l'arrêtent, il rentre dans le sentier qu'il avait quitté ; il est déterminé, par la nature des difficultés, tantôt à les surmonter, tantôt à les éviter, ou à prendre d'autres mesures ; son intérêt, l'usage, les conjonctures[1] le dirigent. Faut-il de si grands talents et une si bonne tête à un voyageur pour suivre d'abord le grand chemin, et s'il est plein et embarrassé, prendre la terre et aller à travers champs, puis regagner sa première route, la continuer, arriver à son terme ? Faut-il tant d'esprit pour aller à ses fins ? Est-ce donc un prodige qu'un sot riche et accrédité[2] ?

[V] Il y a même des stupides, et j'ose dire des imbéciles qui se placent en de beaux postes, et qui savent mourir dans l'opulence, sans qu'on les doive soupçonner en nulle manière d'y avoir contribué de leur travail ou de la moindre industrie[3] : quelqu'un les a conduits à la source d'un fleuve, ou bien le hasard seul les y a fait rencontrer ; on leur a dit, voulez-vous de l'eau ? puisez ; et ils ont puisé.

39 [V] Quand on est jeune, souvent on est pauvre ; ou l'on n'a pas encore fait d'acquisitions, ou les successions ne sont pas échues. L'on devient riche et vieux en même temps ; tant il est rare que les hommes puissent réunir tous leurs avantages ! et si cela arrive à quelques-uns, il n'y a pas de quoi leur porter envie : ils ont assez à perdre par la mort pour mériter d'être plaints.

40 [I] Il faut avoir trente ans pour songer à sa fortune, elle n'est pas faite à cinquante ; l'on bâtit dans la vieillesse, et l'on meurt quand on en est aux peintres et aux vitriers.

41 [V] Quel est le fruit d'une grande fortune, si ce n'est de jouir de la vanité, de l'industrie, du travail, et de la dépense de

Notes

1. **conjonctures** : circonstances.
2. **accrédité** : qui a de l'influence, qui est reconnu.
3. **industrie** : savoir-faire, habileté.

ceux qui sont venus avant nous ; et de travailler nous-mêmes, de planter, de bâtir, d'acquérir pour la postérité ?

42 [I] L'on ouvre[1] et l'on étale tous les matins pour tromper son monde ; et l'on ferme le soir après avoir trompé tout le jour.

43 [VIII] Le marchand fait des montres[2] pour donner de sa marchandise ce qu'il y a de pire ; il a le cati[3] et les faux jours afin d'en cacher les défauts, et qu'elle paraisse bonne ; il la surfait pour la vendre plus cher qu'elle ne vaut ; il a des marques fausses et mystérieuses, afin qu'on croie n'en donner que son prix ; un mauvais aunage[4] pour en livrer le moins qu'il se peut ; et il a un trébuchet[5], afin que celui à qui il l'a livrée la lui paye en or qui soit de poids.

44 [I] Dans toutes les conditions, le pauvre est bien proche de l'homme de bien, et l'opulent n'est guère éloigné de la friponnerie. Le savoir-faire et l'habileté ne mènent pas jusques aux énormes richesses.

L'on peut s'enrichir dans quelque art, ou dans quelque commerce que ce soit, par l'ostentation[6] d'une certaine probité.

45 [V] De tous les moyens de faire sa fortune, le plus court et le meilleur est de mettre[7] les gens à voir clairement leurs intérêts à vous faire du bien.

46 [I] Les hommes pressés par les besoins de la vie, et quelquefois par le désir du gain ou de la gloire, cultivent des talents profanes[8], ou s'engagent dans des professions équivoques, et dont ils se cachent longtemps à eux-mêmes le péril et les

Notes

1. **ouvre** : ouvre sa boutique.
2. **montres** : étalages.
3. **cati** : apprêt qui rend les étoffes brillantes.
4. **aunage** : façon de mesurer des tissus.
5. **trébuchet** : petite balance pour mesurer la qualité d'une pièce d'or.
6. **ostentation** : fait de montrer.
7. **mettre** : amener.
8. **profanes** : en dehors du domaine religieux.

conséquences ; ils les quittent ensuite par une dévotion discrète qui ne leur vient jamais qu'après qu'ils ont fait leur récolte, et qu'ils jouissent d'une fortune bien établie.

47 [V] Il y a des misères sur la terre qui saisissent le cœur ; il manque à quelques-uns jusqu'aux aliments, ils redoutent l'hiver, ils appréhendent de vivre. L'on mange ailleurs des fruits précoces ; l'on force la terre et les saisons pour fournir à sa délicatesse[1] : de simples bourgeois, seulement à cause qu'ils étaient riches, ont eu l'audace d'avaler en un seul morceau la nourriture de cent familles. Tienne[2] qui voudra contre de si grandes extrémités ; je ne veux être, si je le puis, ni malheureux, ni heureux : je me jette et me réfugie dans la médiocrité[3].

48 [V] On sait que les pauvres sont chagrins[4] de ce que tout leur manque, et que personne ne les soulage ; mais s'il est vrai que les riches soient colères[5], c'est de ce que la moindre chose puisse leur manquer, ou que quelqu'un veuille leur résister.

49 [VII] Celui-là est riche, qui reçoit plus qu'il ne consume[6] ; celui-là est pauvre dont la dépense excède la recette.

Tel avec deux millions de rente peut être pauvre chaque année de cinq cent mille livres.

Il n'y a rien qui se soutienne plus longtemps qu'une médiocre fortune ; il n'y a rien dont on voie mieux la fin que d'une grande fortune.

L'occasion prochaine[7] de la pauvreté, c'est de grandes richesses.

S'il est vrai que l'on soit riche de tout ce dont on n'a pas besoin, un homme fort riche, c'est un homme qui est sage.

Notes

1. **délicatesse** : raffinement luxueux.
2. **Tienne** : résiste.
3. **médiocrité** : juste milieu (sans nuance péjorative).
4. **chagrins** : affligés.
5. **colères** : coléreux.
6. **consume** : consomme.
7. **occasion prochaine** : dans le langage religieux, occasion *« qui peut porter facilement au péché »* (dictionnaire Littré).

S'il est vrai que l'on soit pauvre par toutes les choses que l'on désire, l'ambitieux et l'avare languissent dans une extrême pauvreté.

50 [IV] Les passions tyrannisent l'homme, et l'ambition suspend en lui les autres passions, et lui donne pour un temps les apparences de toutes les vertus. Ce *Tryphon* qui a tous les vices, je l'ai cru sobre, chaste, libéral[1], humble, et même dévot : je le croirais encore, s'il n'eût enfin fait sa fortune.

51 [IV] L'on ne se rend[2] point sur le désir de posséder et de s'agrandir; la bile gagne, et la mort approche, qu'avec un visage flétri, et des jambes déjà faibles, l'on dit *ma fortune, mon établissement.*

52 [IV] Il n'y a au monde que deux manières de s'élever, ou par sa propre industrie, ou par l'imbécillité des autres.

53 [I] Les traits découvrent la complexion[3] et les mœurs; mais la mine désigne les biens de fortune; le plus ou le moins de mille livres de rente se trouve écrit sur les visages.

54 [IV] *Chrysante*, homme opulent et impertinent[4], ne veut pas être vu avec *Eugène*, qui est homme de mérite, mais pauvre; il croirait en être déshonoré. Eugène est pour Chrysante dans les mêmes dispositions : ils ne courent pas risque de se heurter.

55 [VIII] Quand je vois de certaines gens qui me prévenaient[5] autrefois par leurs civilités[6], attendre au contraire que je les salue, et en être avec moi sur le plus ou sur le moins[7], je dis en moi-même : fort bien, j'en suis ravi, tant mieux pour eux; vous verrez que cet homme-ci est mieux logé, mieux meublé et mieux nourri qu'à l'ordinaire, qu'il sera entré de-

Notes

1. **libéral** : généreux.
2. **se rend** : cède.
3. **complexion** : constitution physique.
4. **impertinent** : insolent.
5. **prévenaient** : devançaient.
6. **civilités** : politesses.
7. **en être [...] moins** : faire des différences entre lui et moi.

puis quelques mois dans quelque affaire, où il aura déjà fait un gain raisonnable. Dieu veuille qu'il en vienne dans peu de temps jusqu'à me mépriser.

56 [V] Si les pensées, les livres et leurs auteurs dépendaient des riches et de ceux qui ont fait une belle fortune, quelle proscription[1] ! Il n'y aurait plus de rappel[2]. Quel ton, quel ascendant[3] ne prennent-ils pas sur les savants[4] ! Quelle majesté n'observent-ils pas à l'égard de ces hommes *chétifs*[5] que leur mérite n'a ni placés ni enrichis, et qui en sont encore à penser et à écrire judicieusement ! Il faut l'avouer, le présent est pour les riches, et l'avenir pour les vertueux et les habiles[6]. HOMÈRE est encore, et sera toujours : les receveurs de droits, les publicains[7] ne sont plus ; ont-ils été ? Leur patrie, leurs noms sont-ils connus ? y a-t-il eu dans la Grèce des partisans ? Que sont devenus ces importants personnages qui méprisaient Homère, qui ne songeaient dans la place qu'à l'éviter, qui ne lui rendaient pas le salut, ou qui le saluaient par son nom, qui ne daignaient pas l'associer à leur table ; qui le regardaient comme un homme qui n'était pas riche, et qui faisait un livre ? Que deviendront les *Fauconnets*[8] ? iront-ils aussi loin dans la postérité que DESCARTES[9] *né Français* et *mort en Suède* ?

57 [I] Du même fonds d'orgueil dont l'on s'élève fièrement au-dessus de ses inférieurs, l'on rampe vilement devant ceux qui sont au-dessus de soi. C'est le propre de ce vice, qui n'est

Notes

1. **proscription** : action d'exiler ou, plus largement, de rejeter.
2. **rappel** : rappel d'exil ; grâce d'une condamnation.
3. **ascendant** : suprématie.
4. **savants** : au sens d'« hommes de lettres ».
5. ***chétifs*** : pauvres, sans valeur ; l'italique indique que c'est l'expression employée par les riches.
6. **habiles** : savants.
7. **publicains** : dans la Rome antique, collecteurs d'impôts ; donc, pour La Bruyère, prédécesseurs des partisans.
8. ***Fauconnets*** : avec le pluriel, La Bruyère fait de ce personnage, riche fermier général, un type général.
9. René Descartes (1596-1650), philosophe français très estimé de La Bruyère.

fondé ni sur le mérite personnel ni sur la vertu, mais sur les richesses, les postes, le crédit, et sur de vaines sciences, de nous porter également à mépriser ceux qui ont moins que nous de cette espèce de biens, et à estimer trop ceux qui en ont une mesure qui excède la nôtre.

58 [I] Il y a des âmes sales pétries de boue et d'ordure, éprises du gain et de l'intérêt, comme les belles âmes le sont de la gloire et de la vertu ; capables d'une seule volupté, qui est celle d'acquérir ou de ne point perdre ; curieuses et avides du denier dix[1], uniquement occupées de leurs débiteurs, toujours inquiètes sur le rabais ou sur le décri[2] des monnaies, enfoncées, et comme abîmées dans les contrats, les titres et les parchemins. De telles gens ne sont ni parents, ni amis, ni citoyens, ni chrétiens, ni peut-être des hommes : ils ont de l'argent.

59 [VI] Commençons par excepter ces âmes nobles et courageuses, s'il en reste encore sur la terre, secourables, ingénieuses à faire du bien, que nuls besoins, nulle disproportion, nuls artifices ne peuvent séparer de ceux qu'ils se sont une fois choisis pour amis ; et après cette précaution, disons hardiment une chose triste et douloureuse à imaginer : il n'y a personne au monde si bien liée avec nous de société et de bienveillance, qui nous aime, qui nous goûte[3], qui nous fait mille offres de services, et qui nous sert quelquefois ; qui n'ait en soi par l'attachement à son intérêt des dispositions très proches à rompre avec nous, et à devenir notre ennemi.

60 [I] Pendant qu'*Oronte* augmente avec ses années son fonds et ses revenus, une fille naît dans quelque famille, s'élève, croît, s'embellit, et entre dans sa seizième année. Il se fait prier à cinquante ans pour l'épouser, jeune, belle, spirituelle : cet

Notes

1. **denier dix** : pourcentage de l'intérêt d'un prêt.

2. **décri** : suppression du cours d'une monnaie.

3. **goûte** : apprécie.

homme sans naissance, sans esprit et sans le moindre mérite est préféré à tous ses rivaux.

61 [I] Le mariage, qui devrait être à l'homme une source de tous les biens, lui est souvent, par la disposition de sa fortune, un lourd fardeau sous lequel il succombe : c'est alors qu'une femme et des enfants sont une violente tentation à la fraude, au mensonge, et aux gains illicites ; il se trouve entre la friponnerie et l'indigence : étrange situation !

[IV] Épouser une veuve en bon français signifie faire sa fortune : il[1] n'opère pas toujours ce qu'il signifie.

62 [IV] Celui qui n'a de partage[2] avec ses frères que pour vivre à l'aise bon praticien, veut être officier[3] ; le simple officier se fait magistrat et le magistrat veut présider[4] ; et ainsi de toutes les conditions, où les hommes languissent serrés[5] et indigents, après avoir tenté au-delà de leur fortune, et forcé, pour ainsi dire, leur destinée ; incapables tout à la fois de ne pas vouloir être riches et de demeurer riches.

63 [V] Dîne[6] bien, *Cléarque*, soupe le soir, mets du bois au feu, achète un manteau, tapisse ta chambre : tu n'aimes point ton héritier, tu ne le connais point, tu n'en as point.

64 [V] Jeune, on conserve pour sa vieillesse ; vieux, on épargne pour la mort. L'héritier prodigue[7] paye de superbes funérailles, et dévore le reste.

65 [V] L'avare dépense plus mort en un seul jour, qu'il ne faisait vivant en dix années ; et son héritier plus en dix mois, qu'il n'a su faire lui-même en toute sa vie.

Notes

1. **il** : cela.
2. **partage** : part d'héritage.
3. **praticien, officier** : charges de justice.
4. **présider** : être président de tribunal, charge juridique très élevée.
5. **serrés** : avares.
6. Le dîner est l'équivalent de notre déjeuner.
7. **prodigue** : dépensier.

66 [V] Ce que l'on prodigue, on l'ôte à son héritier ; ce que l'on épargne sordidement, on se l'ôte à soi-même. Le milieu est justice pour soi et pour les autres.

67 [V] Les enfants peut-être seraient plus chers à leurs pères ; et réciproquement les pères à leurs enfants, sans le titre d'héritiers.

68 [V] Triste condition de l'homme, et qui dégoûte de la vie : il faut suer, veiller, fléchir, dépendre pour avoir un peu de fortune ; ou la devoir à l'agonie de nos proches. Celui qui s'empêche de souhaiter que son père y passe[1] bientôt, est homme de bien.

69 [V] Le caractère de celui qui veut hériter de quelqu'un rentre dans celui du complaisant : nous ne sommes point mieux flattés, mieux obéis, plus suivis, plus entourés, plus cultivés, plus ménagés, plus caressés[2] de personne pendant notre vie, que de celui qui croit gagner à notre mort, et qui désire qu'elle arrive.

70 [VII] Tous les hommes par les postes différents, par les titres et par les successions se regardent comme héritiers les uns des autres, et cultivent par cet intérêt pendant tout le cours de leur vie un désir secret et enveloppé[3] de la mort d'autrui ; le plus heureux dans chaque condition est celui qui a plus de choses à perdre par sa mort et à laisser à son successeur.

71 [VI] L'on dit du jeu qu'il égale[4] les conditions ; mais elles se trouvent quelquefois si étrangement disproportionnées, et il y a entre telle et telle condition un abîme d'intervalle si immense et si profond, que les yeux souffrent de voir de telles extrémités se rapprocher : c'est comme une musique qui détonne[5] ; ce sont comme des couleurs mal assorties, comme

Notes

1. **y passe** : meure.
2. **caressés** : flattés.
3. **enveloppé** : dissimulé.
4. **égale** : égalise.
5. **détonne** : devient discordante.

des paroles qui jurent et qui offensent l'oreille; comme de ces bruits ou de ces sons qui font frémir; c'est en un mot un renversement de toutes les bienséances[1]. Si l'on m'oppose que c'est la pratique de tout l'Occident, je réponds que c'est peut-être aussi l'une de ces choses qui nous rendent barbares à l'autre partie du monde, et que les Orientaux qui viennent jusqu'à nous remportent sur leurs tablettes : je ne doute pas même que cet excès de familiarité ne les rebute davantage que nous ne sommes blessés de leur *zombaye*[2] et de leurs autres prosternations.

72 [VI] Une tenue d'états[3], ou les chambres[4] assemblées pour une affaire très capitale, n'offrent point aux yeux rien de si grave et de si sérieux qu'une table de gens qui jouent un grand jeu; une triste sévérité règne sur leurs visages; implacables l'un pour l'autre et irréconciliables ennemis pendant que la séance dure, ils ne reconnaissent plus ni liaisons, ni alliance, ni naissance, ni distinctions : le hasard seul, aveugle et farouche divinité, préside au cercle et y décide souverainement; ils l'honorent tous par un silence profond, et par une attention dont ils sont partout ailleurs fort incapables : toutes les passions comme suspendues cèdent à une seule; le courtisan alors n'est ni doux, ni flatteur, ni complaisant, ni même dévot.

73 [I] L'on ne reconnaît plus en ceux que le jeu et le gain ont illustrés la moindre trace de leur première condition : ils perdent de vue leurs égaux, et atteignent les plus grands seigneurs. Il est vrai que la fortune du dé ou du lansquenet[5] les remet souvent où elle les a pris.

Notes

1. **bienséances** : convenances autant morales que sociales.
2. ***zombaye*** : dans le royaume de Siam (actuelle Thaïlande), protocole de salutation du souverain qui oblige à se présenter à genoux.
3. **états** : assemblées qui régissaient les provinces.
4. **chambres** : chambres du Parlement.
5. **lansquenet** : jeu de cartes.

74 [V] Je ne m'étonne pas qu'il y ait des brelans[1] publics, comme autant de pièges tendus à l'avarice[2] des hommes, comme des gouffres où l'argent des particuliers tombe et se précipite sans retour, comme d'affreux écueils où les joueurs viennent se briser et se perdre ; qu'il parte de ces lieux des émissaires[3] pour savoir à heure marquée qui a descendu à terre avec un argent frais d'une nouvelle prise, qui a gagné un procès d'où on lui a compté une grosse somme, qui a reçu un don, qui a fait au jeu un gain considérable ; quel fils de famille vient de recueillir une riche succession, ou quel commis imprudent veut hasarder sur une carte les deniers de sa caisse. C'est un sale et indigne métier, il est vrai, que de tromper, mais c'est un métier qui est ancien, connu, pratiqué de tout temps par ce genre d'hommes que j'appelle des brelandiers. L'enseigne est à leur porte, on y lirait presque : *Ici l'on trompe de bonne foi* ; car se voudraient-ils donner pour irréprochables ? Qui ne sait pas qu'entrer et perdre dans ces maisons est une même chose ? Qu'ils trouvent donc sous leur main autant de dupes qu'il en faut pour leur subsistance, c'est ce qui me passe[4].

75 [V] Mille gens se ruinent au jeu, et vous disent froidement qu'ils ne sauraient se passer de jouer : quelle excuse ! Y a-t-il une passion, quelque violente ou honteuse qu'elle soit, qui ne pût tenir ce même langage ? Serait-on reçus[5] à dire qu'on ne peut se passer de voler, d'assassiner, de se précipiter[6] ? Un jeu effroyable, continuel, sans retenue, sans bornes, où l'on n'a en vue que la ruine totale de son adversaire, où l'on est transporté du désir du gain, désespéré sur la perte, consumé par l'avarice, où l'on expose sur une carte ou à la fortune du dé, la sienne propre, celle de sa femme et de ses enfants, est-ce une chose qui soit permise ou dont l'on doive se passer ?

Notes

1. **brelans** : maisons de jeu.
2. **avarice** : cupidité.
3. **émissaires** : envoyés.
4. **passe** : dépasse.
5. **reçus** : autorisés.
6. **se précipiter** : se suicider.

Ne faut-il pas quelquefois se faire une plus grande violence, lorsque poussé par le jeu jusques à une déroute universelle, il faut même que l'on se passe d'habits et de nourriture, et de les fournir à sa famille ?

Je ne permets à personne d'être fripon ; mais je permets à un fripon de jouer un grand jeu : je le défends à un honnête homme. C'est une trop grande puérilité que de s'exposer à une grande perte.

76 [I] Il n'y a qu'une affliction qui dure, qui est celle qui vient de la perte de biens : le temps qui adoucit toutes les autres aigrit celle-ci. Nous sentons à tous moments pendant le cours de notre vie, où le bien que nous avons perdu nous manque.

77 [IV] Il fait bon avec celui qui ne se sert pas de son bien à marier ses filles, à payer ses dettes, ou à faire des contrats, pourvu que l'on ne soit ni ses enfants ni sa femme.

78 [VIII] Ni les troubles, *Zénobie*[1], qui agitent votre empire, ni la guerre que vous soutenez virilement contre une nation puissante depuis la mort du roi votre époux, ne diminuent rien de votre magnificence. Vous avez préféré à toute autre contrée les rives de l'Euphrate pour y élever un superbe édifice : l'air y est sain et tempéré, la situation en est riante, un bois sacré l'ombrage du côté du couchant, les dieux de Syrie qui habitent quelquefois la terre n'y auraient pu choisir une plus belle demeure. La campagne autour est couverte d'hommes qui taillent et qui coupent, qui vont et qui viennent, qui roulent ou qui charrient le bois du Liban, l'airain et le porphyre[2] ; les grues et les machines gémissent dans l'air, et font espérer à ceux qui voyagent vers l'Arabie, de revoir à leur retour

Notes

1. Zénobie (IIIe s. ap. J.-C.), reine de Palmyre, conquit un vaste empire et défia la puissance romaine, mais fut finalement vaincue.

2. **porphyre** : roche de couleur rouge ou verte.

en leurs foyers ce palais achevé, et dans cette splendeur où vous désirez de le porter, avant de l'habiter vous et les princes vos enfants. N'y épargnez rien, grande Reine ; employez-y l'or et tout l'art des plus excellents ouvriers ; que les Phidias et les Zeuxis[1] de votre siècle déploient toute leur science sur vos plafonds et sur vos lambris ; tracez-y de vastes et de délicieux jardins, dont l'enchantement soit tel qu'ils ne paraissent pas faits de la main des hommes ; épuisez vos trésors et votre industrie sur cet ouvrage incomparable ; et après que vous y aurez mis, Zénobie, la dernière main, quelqu'un de ces pâtres qui habitent les sables voisins de Palmyre, devenu riche par les péages[2] de vos rivières, achètera un jour à deniers comptants cette royale maison pour l'embellir, et la rendre plus digne de lui et de sa fortune.

79 [IV] Ce palais, ces meubles, ces jardins, ces belles eaux vous enchantent et vous font récrier d'une première vue sur une maison si délicieuse, et sur l'extrême bonheur du maître qui la possède. Il n'est plus, il n'en a pas joui si agréablement ni si tranquillement que vous ; il n'y a jamais eu un jour serein, ni une nuit tranquille ; il s'est noyé de dettes pour la porter à ce degré de beauté où elle vous ravit. Ses créanciers l'en ont chassé, il a tourné la tête, et il l'a regardée de loin une dernière fois ; et il est mort de saisissement.

80 [V] L'on ne saurait s'empêcher de voir dans certaines familles ce qu'on appelle les caprices du hasard ou les jeux de la fortune. Il y a cent ans qu'on ne parlait point de ces familles, qu'elles n'étaient point : le ciel tout d'un coup s'ouvre en leur faveur ; les biens, les honneurs, les dignités fondent sur elles à plusieurs reprises ; elles nagent dans la prospérité. *Eumolpe*, l'un de ces hommes qui n'ont point de grands-pères, a eu un père du moins qui s'était élevé si haut, que tout ce qu'il a pu sou-

Notes

1. **Phidias, Zeuxis** : sculpteur et peintre grecs du Ve s. av. J.-C.

2. **devenu riche par les péages** : c'est un ancêtre des partisans.

haiter pendant le cours d'une longue vie, ç'a été de l'atteindre, et il l'a atteint. Était-ce dans ces deux personnages éminence[1] d'esprit, profonde capacité, était-ce les conjonctures ? La fortune enfin ne leur rit plus, elle se joue ailleurs, et traite leur postérité comme leurs ancêtres.

81 [IV] La cause la plus immédiate de la ruine et de la déroute des personnes des deux conditions, de la robe et de l'épée[2], est que l'état seul[3], et non le bien, règle la dépense.

82 [IV] Si vous n'avez rien oublié pour votre fortune, quel travail ! Si vous avez négligé la moindre chose, quel repentir !

83 [VI] *Giton* a le teint frais, le visage plein et les joues pendantes, l'œil fixe et assuré, les épaules larges, l'estomac[4] haut, la démarche ferme et délibérée[5]. Il parle avec confiance, il fait répéter celui qui l'entretient, et il ne goûte que médiocrement tout ce qu'il lui dit. Il déploie un ample mouchoir et se mouche avec grand bruit ; il crache fort loin, et il éternue fort haut. Il dort le jour, il dort la nuit, et profondément, il ronfle en compagnie. Il occupe à table et à la promenade plus de place qu'un autre. Il tient le milieu en se promenant avec ses égaux, il s'arrête et l'on s'arrête, il continue de marcher, et l'on marche : tous se règlent sur lui. Il interrompt, il redresse[6] ceux qui ont la parole ; on ne l'interrompt pas, on l'écoute aussi longtemps qu'il veut parler, on est de son avis, on croit les nouvelles qu'il débite. S'il s'assied, vous le voyez s'enfoncer dans un fauteuil, croiser les jambes l'une sur l'autre, froncer

Notes

1. **éminence** : supériorité.
2. La noblesse d'épée, la plus prestigieuse, regroupe les anciennes familles nobles qui se sont illustrées dans la carrière militaire ; la noblesse de robe a obtenu l'anoblissement dans les charges de gouvernement, de magistrature distribuées par le roi.
3. La noblesse doit soutenir son rang : ce qui engage à des dépenses excessives.
4. **estomac** : poitrine.
5. **délibérée** : décidée.
6. **redresse** : contredit.

le sourcil, abaisser son chapeau sur ses yeux pour ne voir personne, ou le relever ensuite et découvrir son front par fierté et par audace. Il est enjoué, grand rieur, impatient, présomptueux, colère, libertin[1], politique[2], mystérieux sur les affaires du temps ; il se croit des talents et de l'esprit : il est riche.

Phédon a les yeux creux, le teint échauffé[3], le corps sec et le visage maigre : il dort peu, et d'un sommeil fort léger ; il est abstrait[4], rêveur, et il a avec de l'esprit l'air d'un stupide ; il oublie de dire ce qu'il sait, ou de parler d'événements qui lui sont connus ; et s'il le fait quelquefois, il s'en tire mal, il croit peser à ceux à qui il parle, il conte brièvement, mais froidement, il ne se fait pas écouter, il ne fait point rire. Il applaudit, il sourit à ce que les autres lui disent, il est de leur avis, il court, il vole pour leur rendre de petits services. Il est complaisant, flatteur, empressé ; il est mystérieux sur ses affaires, quelquefois menteur ; il est superstitieux, scrupuleux, timide. Il marche doucement et légèrement, il semble craindre de fouler la terre ; il marche les yeux baissés, et il n'ose les lever sur ceux qui passent. Il n'est jamais du nombre de ceux qui forment un cercle pour discourir ; il se met derrière celui qui parle, recueille furtivement ce qui se dit, et il se retire si on le regarde. Il n'occupe point de lieu, il ne tient point de place, il va les épaules serrées, le chapeau abaissé sur ses yeux pour n'être point vu ; il se replie et se renferme dans son manteau ; il n'y a point de rues ni de galeries si embarrassées et si remplies de monde, où il ne trouve moyen de passer sans effort, et de se couler sans être aperçu. Si on le prie de s'asseoir, il se met à peine sur le bord d'un siège ; il parle bas dans la conversation, et il articule mal ; libre néanmoins sur les affaires

Notes

1. **libertin** : qui ne respecte pas les codes moraux ni religieux.
2. **politique** : habile.
3. **échauffé** : couvert de rougeurs.
4. **abstrait** : distrait.

publiques, chagrin[1] contre le siècle, médiocrement prévenu[2] des ministres et du ministère. Il n'ouvre la bouche que pour répondre ; il tousse, il se mouche sous son chapeau ; il crache presque sur soi, et il attend qu'il soit seul pour éternuer, ou si cela lui arrive, c'est à l'insu de la compagnie : il n'en coûte à personne ni salut ni compliment[3]. Il est pauvre.

Notes

1. **chagrin** : ici, au sens de « critique », « pessimiste ».
2. **médiocrement prévenu** : assez peu connu.
3. L'usage était de saluer une personne qui éternue ou de lui dire : « Dieu vous bénisse », car l'éternuement était considéré comme un présage.

Dame de qualité en habit d'hiver, illustration datant de 1695.

CHAPITRE VII

De la Ville

1 [I] L'on se donne à Paris, sans se parler, comme un rendez-vous public, mais fort exact, tous les soirs au Cours[1], ou aux Tuileries, pour se regarder au visage et se désapprouver[2] les uns les autres.

[I] L'on ne peut se passer de ce même monde que l'on n'aime point, et dont l'on se moque.

[VII] L'on s'attend au passage réciproquement dans une promenade publique ; l'on y passe en revue l'un devant l'autre : carrosse, chevaux, livrées, armoiries[3], rien n'échappe aux yeux, tout est curieusement ou malignement[4] observé ; et selon le plus ou le moins de l'équipage, ou l'on respecte les personnes, ou on les dédaigne.

2 [V] Tout le monde connaît cette longue levée[5] qui borne et qui resserre le lit de la Seine, du côté où elle entre à Paris avec la Marne qu'elle vient de recevoir ; les hommes s'y

Notes

1. **Cours** : Cours-la-Reine, promenade à la mode pour la haute société parisienne.
2. **se désapprouver** : se critiquer.
3. **armoiries** : emblèmes liés à une famille noble, souvent peints sur les carrosses.
4. **malignement** : avec méchanceté.
5. Le quai Saint-Bernard.

baignent au pied pendant les chaleurs de la canicule ; on les voit de fort près se jeter dans l'eau ; on les en voit sortir : c'est un amusement. Quand cette saison n'est pas venue, les femmes de la ville ne s'y promènent pas encore ; et quand elle est passée, elles ne s'y promènent plus.

3 [V] Dans ces lieux d'un concours général[1], où les femmes se rassemblent pour montrer une belle étoffe, et pour recueillir le fruit de leur toilette, on ne se promène pas avec une compagne par la nécessité de la conversation : on se joint ensemble pour se rassurer sur le théâtre[2], s'apprivoiser avec le public, et se raffermir contre la critique ; c'est là précisément qu'on se parle sans se rien dire, ou plutôt qu'on parle pour les passants, pour ceux même en faveur de qui l'on hausse sa voix, l'on gesticule et l'on badine[3], l'on penche négligemment la tête, l'on passe et l'on repasse.

4 [I] La ville est partagée en diverses sociétés, qui sont comme autant de petites républiques, qui ont leurs lois, leurs usages, leur jargon, et leurs mots pour rire. Tant que cet assemblage est dans sa force, et que l'entêtement[4] subsiste, l'on ne trouve rien de bien dit ou de bien fait, que ce qui part des siens, et l'on est incapable de goûter ce qui vient d'ailleurs ; cela va jusques au mépris pour les gens qui ne sont pas initiés dans leurs mystères. L'homme du monde d'un meilleur esprit, que le hasard a porté au milieu d'eux, leur est étranger : il se trouve là comme dans un pays lointain, dont il ne connaît ni les routes, ni la langue, ni les mœurs, ni la coutume ; il voit un peuple qui cause, bourdonne, parle à l'oreille, éclate de rire, et qui retombe ensuite dans un morne silence ; il y perd son maintien, ne trouve pas où placer un seul mot, et n'a pas même

Notes

1. **d'un concours général** : où tout le monde se presse.
2. La promenade est comme un théâtre social.
3. **badine** : plaisante.
4. **entêtement** : goût extrême pour quelque chose.

de quoi écouter. Il ne manque jamais là un mauvais plaisant[1] qui domine, et qui est comme le héros de la société ; celui-ci s'est chargé de la joie des autres, et fait toujours rire avant que d'avoir parlé. Si quelquefois une femme survient qui n'est point de leurs plaisirs, la bande joyeuse ne peut comprendre qu'elle ne sache point rire des choses qu'elle n'entend[2] point, et paraisse insensible à des fadaises[3] qu'ils n'entendent eux-mêmes que parce qu'ils les ont faites ; ils ne lui pardonnent ni son ton de voix, ni son silence, ni sa taille, ni son visage, ni son habillement, ni son entrée, ni la manière dont elle est sortie. Deux années cependant ne passent point sur une même *coterie*[4] : il y a toujours, dès la première année, des semences de division pour rompre dans celle qui doit suivre ; l'intérêt de la beauté, les incidents du jeu, l'extravagance des repas, qui modestes au commencement dégénèrent bientôt en pyramides de viandes et en banquets somptueux dérangent la république et lui portent enfin le coup mortel : il n'est en fort peu de temps non plus parlé de cette nation que des mouches de l'année passée.

5 [IV] Il y a dans la ville la grande et la petite robe[5] ; et la première se venge sur l'autre des dédains de la Cour, et des petites humiliations qu'elle y essuie. De savoir quelles sont leurs limites, où la grande finit, et où la petite commence, ce n'est pas une chose facile. Il se trouve même un corps considérable[6] qui refuse d'être du second ordre, et à qui l'on conteste le

Notes

1. **mauvais plaisant** : quelqu'un qui fait des plaisanteries sans esprit.
2. **n'entend** : ne comprend.
3. **fadaises** : paroles sans intérêt.
4. ***coterie*** : groupe restreint de personnes ayant les mêmes goûts ou les mêmes intérêts ; l'italique indique la valeur péjorative que La Bruyère donne à ce terme.
5. Dans la société juridique se sont établies des castes : la « grande robe » comprend les magistrats et la « petite robe » les notaires, avocats ou procureurs.
6. **considérable** : digne de considération ; il s'agit des avocats, qui pouvaient, parfois, siéger comme juges.

premier ; il ne se rend pas néanmoins, il cherche au contraire par la gravité et par la dépense à s'égaler à la magistrature, ou ne lui cède qu'avec peine : on l'entend dire que la noblesse de son emploi, l'indépendance de sa profession, le talent de la parole et le mérite personnel balancent[1] au moins les sacs de mille francs que le fils du partisan ou du banquier a su payer pour son office.

6 [V] Vous moquez-vous de rêver[2] en carrosse, ou peut-être de vous y reposer ? *Vite*, prenez votre livre ou vos papiers, lisez, ne saluez qu'à peine ces gens qui passent dans leur équipage, ils vous en croiront plus occupé ; ils diront : cet homme est laborieux, infatigable ; il lit, il travaille jusque dans les rues ou sur la route. Apprenez du moindre avocat qu'il faut paraître accablé d'affaires, froncer le sourcil, et rêver à rien très profondément ; savoir à propos perdre le boire et le manger ; ne faire qu'apparoir[3] dans sa maison, s'évanouir et se perdre comme un fantôme dans le sombre de son cabinet[4] ; se cacher au public, éviter le théâtre, le laisser à ceux qui ne courent aucun risque à s'y montrer, qui en ont à peine le loisir, aux GOMONS, aux DUHAMELS[5].

7 [IV] Il y a un certain nombre de jeunes magistrats que les grands biens et les plaisirs ont associés à quelques-uns de ceux qu'on nomme à la Cour de *petits-maîtres*[6] ; ils les imitent, ils se tiennent fort au-dessus de la gravité de la robe, et se croient dispensés par leur âge et par leur fortune d'être sages et modérés. Ils prennent de la Cour ce qu'elle a de pire : ils s'appro-

Notes

1. **balancent** : compensent.
2. **rêver** : méditer.
3. **apparoir** : être manifeste, apparaître (terme juridique).
4. **cabinet** : bureau.
5. Gomon et Duhamel étaient des avocats célèbres.
6. ***petits-maîtres*** : jeunes gens élégants et séducteurs.

prient la vanité, la mollesse, l'intempérance[1], le libertinage[2], comme si tous ces vices leur étaient dus ; et affectant ainsi un caractère éloigné de celui qu'ils ont à soutenir, ils deviennent enfin, selon leurs souhaits, des copies fidèles de très méchants originaux.

8 [IV] Un homme de robe à la ville, et le même à la Cour, ce sont deux hommes. Revenu chez soi, il reprend ses mœurs, sa taille et son visage qu'il y avait laissés ; il n'est plus ni si embarrassé, ni si honnête[3].

9 [IV] Les *Crispins* se cotisent et rassemblent dans leur famille jusques à six chevaux pour allonger un équipage, qui avec un essaim de gens de livrées, où ils ont fourni chacun leur part, les fait triompher au Cours ou à Vincennes, et aller de pair avec les nouvelles mariées, avec *Jason* qui se ruine, et avec *Thrason* qui veut se marier, et qui a consigné[4].

10 [V] J'entends dire des *Sannions*[5] : même nom, mêmes armes[6] ; la branche aînée, la branche cadette, les cadets de la seconde branche ; ceux-là portent les armes pleines, ceux-ci brisent d'un lambel, et les autres d'une bordure dentelée. Ils ont avec les BOURBONS, sur une même couleur, un même métal, ils portent comme eux deux et une ; ce ne sont pas des fleurs de lis, mais ils s'en consolent ; peut-être dans leur cœur trouvent-ils leurs pièces aussi honorables, et ils les ont communes avec de grands seigneurs qui en sont contents ; on les voit sur les litres et sur les vitrages, sur la porte de leur

Notes

1. **intempérance** : débauche.
2. **libertinage** : ici, au sens religieux d'« impiété ».
3. **honnête** : poli.
4. **consigné** : *« déposé son argent au trésor public pour une grande charge »* (note de La Bruyère).
5. Nom d'un proxénète dans une comédie du latin Térence.
6. Toute cette remarque est remplie de termes d'héraldique (la science des blasons des familles nobles), que La Bruyère connaissait en tant que précepteur du jeune Condé, de la famille des Bourbons.

château, sur le pilier de leur haute-justice, où ils viennent de faire pendre un homme qui méritait le bannissement, elles s'offrent aux yeux de toutes parts, elles sont sur les meubles et sur les serrures, elles sont semées sur les carrosses ; leurs livrées ne déshonorent point leurs armoiries. Je dirais volontiers aux Sannions : Votre folie est prématurée ; attendez du moins que le siècle s'achève sur votre race[1] ; ceux qui ont vu votre grand-père, qui lui ont parlé, sont vieux, et ne sauraient plus vivre longtemps. Qui pourra dire comme eux : Là il étalait[2], et vendait très cher ?

[VII] Les Sannions et les Crispins veulent encore davantage que l'on dise d'eux qu'ils font une grande dépense, qu'ils n'aiment à la faire. Ils font un récit long et ennuyeux d'une fête ou d'un repas qu'ils ont donné ; ils disent l'argent qu'ils ont perdu au jeu, et ils plaignent[3] fort haut celui qu'ils n'ont pas songé à perdre. Ils parlent jargon et mystère sur de certaines femmes ; *ils ont* réciproquement *cent choses plaisantes à se conter ; ils ont fait depuis peu des découvertes* ; ils se passent[4] les uns aux autres qu'ils sont gens à belles aventures. L'un d'eux qui s'est couché tard à la campagne et qui voudrait dormir, se lève matin, chausse des guêtres[5], endosse un habit de toile, passe un cordon où pend le fourniment[6], renoue ses cheveux, prend un fusil : le voilà chasseur, s'il tirait bien. Il revient de nuit, mouillé et recru[7], sans avoir tué. Il retourne à la chasse le lendemain, et il passe tout le jour à manquer des grives ou des perdrix.

[VII] Un autre, avec quelques mauvais chiens, aurait envie de dire : *Ma meute.* Il sait un rendez-vous de chasse, il s'y trouve,

Notes

1. **race** : famille, lignée.
2. **étalait** : était commerçant (donc pas noble).
3. **plaignent** : regrettent.
4. **se passent** : se confient.
5. **guêtres** : pièces de tissu ou de cuir qui couvrent les chevilles et le bas des jambes.
6. **fourniment** : poire à poudre pour le fusil.
7. **recru** : épuisé.

il est au laisser-courre[1], il entre dans le fort[2], se mêle avec les piqueurs[3], il a un cor. Il ne dit pas comme *Ménalippe* : *Ai-je du plaisir ?* il croit en avoir. Il oublie lois et procédure : c'est un Hippolyte[4]. *Ménandre*, qui le vit hier sur un procès qui est en ses mains, ne reconnaîtrait pas aujourd'hui son rapporteur. Le voyez-vous le lendemain à sa chambre[5], où l'on va juger une cause grave et capitale ? Il se fait entourer de ses confrères, il leur raconte comme il n'a point perdu le cerf de meute, comme il s'est étouffé de crier après les chiens qui étaient en défaut[6], ou après ceux des chasseurs qui prenaient le change[7], qu'il a vu donner les six chiens. L'heure presse ; il achève de leur parler des abois et de la curée, et il court s'asseoir avec les autres pour juger.

11 [V] Quel est l'égarement de certains particuliers, qui, riches du négoce de leurs pères, dont ils viennent de recueillir la succession, se moulent sur[8] les princes pour leur garde-robe et pour leur équipage, excitent par une dépense excessive et par un faste ridicule, les traits et la raillerie de toute une ville qu'ils croient éblouir, et se ruinent ainsi à se faire moquer de soi.

Quelques-uns n'ont pas même le triste avantage de répandre leurs folies plus loin que le quartier où ils habitent : c'est le seul théâtre de leur vanité. L'on ne sait point dans l'Île qu'*André* brille au Marais[9], et qu'il y dissipe son patrimoine : du moins, s'il était connu dans toute la ville et dans ses faubourgs, il serait difficile qu'entre un si grand nombre de citoyens qui ne savent pas tous juger sainement de toutes choses, il ne s'en trouvât

Notes

1. **laisser-courre** : moment où on lâche les chiens.
2. **fort** : là où la forêt est la plus épaisse.
3. **piqueurs** : qui s'occupent des chiens à la chasse.
4. **Hippolyte** : dans la mythologie grecque, fils de Thésée et grand chasseur.
5. **chambre** : chambre de justice.
6. **étaient en défaut** : avaient perdu la trace de l'animal.
7. **le change** : une fausse piste.
8. **se moulent sur** : se conforment à.
9. L'île Saint-Louis et le Marais sont des quartiers du centre de Paris.

quelqu'un qui dirait de lui : *Il est magnifique*[1], et qui lui tiendrait compte des régals qu'il fait à *Xanthe* et à *Ariston*, et des fêtes qu'il donne à *Elamire*; mais il se ruine obscurément[2]; ce n'est qu'en faveur de deux ou trois personnes qui ne l'estiment point, qu'il court à l'indigence, et qu'aujourd'hui en carrosse, il n'aura pas dans six mois le moyen d'aller à pied[3].

12 [I] *Narcisse* se lève le matin pour se coucher le soir; il a ses heures de toilette comme une femme : il va tous les jours fort régulièrement à la belle messe[4] aux Feuillants ou aux Minimes[5]; il est homme d'un bon commerce, et l'on compte sur lui au quartier de** pour un tiers ou pour un cinquième à l'hombre ou au reversi[6]. Là il tient le fauteuil quatre heures de suite chez *Aricie*, où il risque chaque soir cinq pistoles d'or. Il lit exactement la *Gazette de Hollande* et le *Mercure galant*; il a lu Bergerac, des Marets, Lesclache, les *Historiettes* de Barbin[7], et quelques recueils de poésies. Il se promène avec des femmes à la Plaine ou au Cours, et il est d'une ponctualité religieuse sur les visites. Il fera demain ce qu'il fait aujourd'hui et ce qu'il fit hier; et il meurt ainsi après avoir vécu.

Notes

1. ***magnifique*** : qui fait preuve de magnificence.
2. **obscurément** : sans éclat.
3. Il n'aura plus de quoi se vêtir correctement pour sortir.
4. **la belle messe** : messe où se rend la haute société.
5. **Feuillants, Minimes** : couvents où la bonne société allait à la messe.
6. L'hombre et le reversi sont des jeux de cartes.
7. Cyrano de Bergerac (1619-1655), écrivain et libre penseur; Desmarets (1595-1676), écrivain et académicien; Lesclache (1620-1671), écrivain; Claude Barbin (1628-1698), imprimeur-éditeur des auteurs les plus célèbres de l'époque.

La folie du paraître

Analyse de l'extrait (l. 161, p. 85, à l. 193, p. 86)

Explication linéaire

1. Remarque 11 (l. 161-167) : Relevez le champ lexical de la moquerie et commentez sa place. Quels sont la cible et le défaut dénoncé ? Relevez les termes de jugement.

2. Remarque 11 (l. 168-180) : En vous appuyant, en particulier, sur les temps et les modes, montrez comment est organisé ce paragraphe. En quoi marque-t-il une progression par rapport au 1er paragraphe ?

3. Remarque 11 (l. 168-180) : Relevez le champ lexical de la célébrité. Sur quoi repose-t-elle ? Montrez comment La Bruyère expose l'échec d'André (vocabulaire, oppositions, structure des phrases…).

4. Remarque 12 : Quel effet produisent la longueur des phrases, leur enchaînement et le temps des verbes ?

5. Relevez les occupations de Narcisse, ainsi que les notations de temps et de lieu : vous paraissent-elles sérieuses ou futiles ? quel type de personnage Narcisse représente-t-il ?

6. En comparant la première phrase *(«* Narcisse *se lève le matin pour se coucher le soir »)* et la dernière *(« et il meurt ainsi après avoir vécu »)* de la remarque 12, montrez comment La Bruyère se moque de son personnage. Peut-on le rapprocher d'André évoqué dans la remarque précédente ?

Grammaire

L'irréel du présent

• On parle d'« irréel du présent » si la condition exprimée par la subordonnée hypothétique n'est pas réalisée au moment de l'énonciation.
• Dans un système conditionnel à l'irréel du présent, la subordonnée est construite avec « *si* + imparfait » et la principale est au conditionnel présent : « Si tu étais là maintenant, je serais rassuré. »
• Une phrase à l'irréel du présent est souvent suivie d'une opposition, introduite par *mais*, *en réalité*, etc., qui exprime le retour à la réalité.

7) Aux lignes 170 à 180, relevez la subordonnée circonstancielle de condition. En étudiant les temps et les modes de la subordonnée et de la principale, précisez de quel système conditionnel il s'agit.

Histoire des Arts

8) En quoi la « folie du paraître » se retrouve-t-elle dans la réception du Grand Condé par Louis XIV et sur l'image de la couverture ?

Document 2 au verso de la couverture

13 [V] Voilà un homme, dites-vous, que j'ai vu quelque part : de savoir où, il est difficile ; mais son visage m'est familier. Il l'est à bien d'autres, et je vais, s'il se peut, aider votre mémoire : est-ce au boulevard[1] sur un strapontin[2], ou aux Tuileries dans la grande allée, ou dans le balcon à la comédie ? Est-ce au sermon, au bal, à Rambouillet[3] ? Où pourriez-vous ne l'avoir point vu ? où n'est-il point ? S'il y a dans la place une fameuse exécution, ou un feu de joie, il paraît à une fenêtre de l'hôtel de ville ; si l'on attend une magnifique entrée, il a sa place sur un échafaud[4] ; s'il se fait un carrousel[5], le voilà entré, et placé sur l'amphithéâtre ; si le roi reçoit des ambassadeurs, il voit leur marche, il assiste à leur audience, il est en haie[6] quand ils reviennent de leur audience. Sa présence est aussi essentielle aux serments des ligues suisses que celle du chancelier et des ligues mêmes. C'est son visage que l'on voit aux almanachs[7] représenter le peuple ou l'assistance. Il y a une chasse publique, une *Saint-Hubert*[8], le voilà à cheval ; on parle d'un camp et d'une revue, il est à Ouilles, il est à Achères[9]. Il aime les troupes, la milice, la guerre ; il la voit de près, et jusques au fort de Bernardi[10]. CHANLEY sait les marches. JACQUIER les vivres, DU METZ[11] l'artillerie ; celui-ci voit, il a vieilli sous

Notes

1. **boulevard** : boulevard Saint-Antoine, lieu de promenade à la mode.
2. **strapontin** : petit banc que l'on rajoutait dans un carrosse.
3. Grand jardin dans le faubourg Saint-Antoine.
4. **échafaud** : gradins.
5. **carrousel** : revue militaire.
6. **est en haie** : se place sur leur parcours ; nous dirions : « il leur fait une haie ».
7. **almanachs** : livres avec illustrations relatant les grands événements de l'année.
8. ***Saint-Hubert*** : fête du saint patron des chasseurs où le roi donnait une chasse ouverte au public.
9. Lieux près de Paris où se déroulaient des revues (Ouilles/Houilles) et où Louis XIV avait fait construire un camp militaire (Achères).
10. **Bernardi** : directeur d'une Académie militaire.
11. **Chanley, du Metz** : célèbres officiers de l'armée de Louis XIV. Jacquier était chargé des vivres.

le harnois[1] en voyant, il est spectateur de profession ; il ne fait rien de ce qu'un homme doit faire, il ne sait rien de ce qu'il doit savoir, mais il a vu, dit-il, tout ce qu'on peut voir, et il n'aura point regret de mourir. Quelle perte alors pour toute la ville ! Qui dira après lui : le Cours est fermé, on ne s'y promène point ; le bourbier de Vincennes est desséché et relevé, on n'y versera plus ? Qui annoncera un concert, un beau salut, un prestige[2] de la Foire ? Qui vous avertira que Beaumavielle mourut hier ; que Rochois[3] est enrhumée, et ne chantera de huit jours ? Qui connaîtra comme lui un bourgeois à ses armes et à ses livrées ? Qui dira : *Scapin* porte des fleurs de lis, et qui en sera plus édifié ? Qui prononcera avec plus de vanité et d'emphase le nom d'une simple bourgeoise ? Qui sera mieux fourni de vaudevilles[4] ? Qui prêtera aux femmes les *Annales galantes* et le *Journal amoureux*[5] ? Qui saura comme lui chanter à table tout un dialogue de l'*Opéra*, et les fureurs de Roland[6] dans une ruelle[7] ? Enfin, puisqu'il y a à la ville comme ailleurs de fort sottes gens, des gens fades, oisifs, désoccupés, qui pourra aussi parfaitement leur convenir ?

14 [V] *Théramène* était riche et avait du mérite ; il a hérité, il est donc très riche et d'un très grand mérite. Voilà toutes les femmes en campagne pour l'avoir pour galant[8], et toutes les filles pour *épouseur*[9]. Il va de maisons en maisons faire espérer aux mères qu'il épousera. Est-il assis, elles se retirent pour laisser à leurs filles toute la liberté d'être aimables, et à Thé-

Notes

1. **vieilli sous le harnois** : vieilli dans le métier des armes ou, plus largement, dans un métier quelconque.
2. **prestige** : tour de prestidigitation.
3. Beaumavielle et Rochois sont des chanteurs célèbres de l'Opéra.
4. **vaudevilles** : chansons à la mode.
5. Les *Annales galantes* et le *Journal amoureux* sont des recueils de nouvelles de Mme de Villedieu, très à la mode dans les années 1670.
6. **Roland** : personnage d'un opéra de Lulli.
7. **ruelle** : alcôve attenante à la chambre où les femmes tenaient salon.
8. **galant** : soupirant.
9. ***épouseur*** : terme inventé par Molière dans *Dom Juan*.

ramène de faire ses déclarations. Il tient ici contre le mortier[1]; là il efface le cavalier[2] ou le gentilhomme. Un jeune homme fleuri, vif, enjoué, spirituel n'est pas souhaité plus ardemment ni mieux reçu; on se l'arrache des mains, on a à peine le loisir de sourire à qui se trouve avec lui dans une même visite. Combien de galants va-t-il mettre en déroute? quels bons partis ne fera-t-il point manquer? pourra-t-il suffire à tant d'héritières qui le recherchent? Ce n'est pas seulement la terreur des maris, c'est l'épouvantail de tous ceux qui ont envie de l'être, et qui attendent d'un mariage à remplir le vide de leur consignation[3]. On devrait proscrire de tels personnages si heureux, si pécunieux[4] d'une ville bien policée ou condamner le sexe[5], sous peine de folie ou d'indignité à ne les traiter pas mieux, que s'ils n'avaient que du mérite.

15 [VIII] Paris, pour l'ordinaire le singe de la Cour, ne sait pas toujours la contrefaire[6]; il ne l'imite en aucune manière dans ces dehors agréables et caressants que quelques courtisans et surtout les femmes y ont naturellement pour un homme de mérite, et qui n'a même que du mérite : elles ne s'informent ni de ses contrats ni de ses ancêtres; elles le trouvent à la Cour, cela leur suffit; elles le souffrent, elles l'estiment, elles ne demandent pas s'il est venu en chaise ou à pied, s'il a une charge, une terre ou un équipage; comme elles regorgent de train[7], de splendeur et de dignités, elles se délassent volontiers avec la philosophie ou la vertu. Une femme de ville entend-elle le bruissement d'un carrosse qui s'arrête à sa porte, elle pétille de

Notes

1. **tient [...] contre le mortier** : rivalise avec les personnes haut placées (le mortier est la toque portée par un président de parlement).
2. **cavalier** : noble qui porte l'épée (par opposition au noble de robe).
3. **consignation** : dépôt d'argent au Trésor public pour acheter une charge.
4. **pécunieux** : riches.
5. **le sexe** : le beau sexe, les femmes.
6. **la contrefaire** : l'imiter.
7. **train** : ensemble des véhicules et des domestiques qui montrent le haut rang d'une personne.

goût[1] et de complaisance pour quiconque est dedans sans le connaître; mais si elle a vu de sa fenêtre un bel attelage, beaucoup de livrées, et que plusieurs rangs de clous[2] parfaitement dorés l'aient éblouie, quelle impatience n'a-t-elle pas de voir déjà dans sa chambre[3] le cavalier ou le magistrat! quelle charmante réception ne lui fera-t-elle point! ôtera-t-elle les yeux de dessus lui! Il ne perd rien auprès d'elle, on lui tient compte des doubles soupentes, et des ressorts[4] qui le font rouler plus mollement; elle l'en estime davantage, elle l'en aime mieux.

16 [IV] Cette fatuité[5] de quelques femmes de la ville, qui cause en elles une mauvaise imitation de celles de la Cour, est quelque chose de pire que la grossièreté des femmes du peuple, et que la rusticité des villageoises : elle a sur toutes deux l'affectation[6] de plus.

17 [IV] La subtile invention de faire de magnifiques présents de noces qui ne coûtent rien, et qui doivent être rendus en espèce[7]!

18 [IV] L'utile et la louable pratique de perdre en frais de noces le tiers de la dot[8] qu'une femme apporte! de commencer par s'appauvrir de concert par l'amas et l'entassement de choses superflues, et de prendre déjà sur son fonds de quoi payer Gaultier[9], les meubles et la toilette.

19 [IV] Le bel et le judicieux usage que celui qui, préférant une sorte d'effronterie aux bienséances et à la pudeur, expose une femme d'une seule nuit sur un lit comme sur un théâtre[10],

Notes

1. **goût** : sympathie.
2. **clous** : ornements des carrosses.
3. **chambre** : pièce où l'on reçoit des visites.
4. **des doubles soupentes, et des ressorts** : nous dirions « la suspension de son carrosse ».
5. **fatuité** : vanité ridicule.
6. **affectation** : manque de naturel.
7. **en espèce** : en argent comptant.
8. **dot** : somme d'argent qu'une femme apporte en se mariant.
9. **Gaultier** : marchand d'étoffes de luxe.
10. Certaines femmes qui venaient de se marier recevaient, pendant quelques jours, sur leur lit.

pour y faire pendant quelques jours un ridicule personnage, et la livre en cet état à la curiosité des gens de l'un et de l'autre sexe, qui, connus ou inconnus, accourent de toute une ville à ce spectacle pendant qu'il dure ! Que manque-t-il à une telle coutume pour être entièrement bizarre et incompréhensible, que d'être lue dans quelque relation[1] de la Mingrélie[2] ?

20 [I] Pénible coutume, asservissement incommode ! se chercher incessamment[3] les unes les autres avec l'impatience de ne se point rencontrer ; ne se rencontrer que pour se dire des riens, que pour s'apprendre réciproquement des choses dont on est également instruite, et dont il importe peu que l'on soit instruite ; n'entrer dans une chambre précisément que pour en sortir ; ne sortir de chez soi l'après-dînée que pour y rentrer le soir, fort satisfaite d'avoir vu en cinq petites heures trois Suisses[4], une femme que l'on connaît à peine, et une autre que l'on n'aime guère. Qui considérerait bien le prix du temps, et combien sa perte est irréparable, pleurerait amèrement sur de si grandes misères.

21 [VII] On s'élève à la ville dans une indifférence grossière des choses rurales et champêtres ; on distingue à peine la plante qui porte le chanvre d'avec celle qui produit le lin, et le blé froment d'avec les seigles, et l'un ou l'autre d'avec le méteil[5] : on se contente de se nourrir et de s'habiller. Ne parlez à un grand nombre de bourgeois ni de guérets, ni de baliveaux, ni de provins, ni de regains[6], si vous voulez être entendu : ces termes pour eux ne sont pas français. Parlez aux uns d'aunage, de tarif ou de sol pour livre[7], et aux autres de

Notes

1. **relation** : récit de voyage.
2. **Mingrélie** : région côtière de l'actuelle Géorgie.
3. **incessamment** : sans cesse.
4. **Suisses** : concierges.
5. **méteil** : froment et seigle semés dans le même champ.
6. **guérets, baliveaux, provins, regains** : termes d'agriculture.
7. **aunage, tarif, sol pour livre** : termes de commerce.

voie d'appel, de requête civile, d'appointement, d'évocation[1]. Ils connaissent le monde, et encore par ce qu'il a de moins beau et de moins spécieux[2]; ils ignorent la nature, ses commencements, ses progrès, ses dons et ses largesses. Leur ignorance souvent est volontaire, et fondée sur l'estime qu'ils ont pour leur profession et pour leurs talents. Il n'y a si vil praticien[3] qui au fond de son étude sombre et enfumée, et l'esprit occupé d'une plus noire chicane[4], ne se préfère au laboureur, qui jouit du ciel, qui cultive la terre, qui sème à propos, et qui fait de riches moissons; et s'il entend quelquefois parler des premiers hommes ou des patriarches[5], de leur vie champêtre et de leur économie, il s'étonne qu'on ait pu vivre en de tels temps, où il n'y avait encore ni offices[6], ni commissions, ni présidents, ni procureurs; il ne comprend pas qu'on ait jamais pu se passer du greffe[7], du parquet[8] et de la buvette[9].

22 [V] Les empereurs n'ont jamais triomphé à Rome si mollement[10], si commodément, ni si sûrement même contre le vent, la pluie, la poudre[11] et le soleil, que le bourgeois sait à Paris se faire mener par toute la ville : quelle distance de cet usage à la mule de leurs ancêtres! Ils ne savaient point encore se priver du nécessaire pour avoir le superflu, ni préférer le faste aux choses utiles. On ne les voyait point s'éclairer avec des bougies[12], et se chauffer à un petit feu[13] : la cire était pour l'autel et pour le Louvre[14]. Ils ne sortaient point d'un mauvais dîner, pour monter dans leur carrosse; ils se persuadaient que

Notes

1. **voie d'appel, requête civile, appointement, évocation** : termes de procédure.
2. **spécieux** : de belle apparence.
3. **praticien** : avocat, notaire.
4. **chicane** : procédure.
5. **patriarches** : ancêtres du peuple d'Israël dans la Bible.
6. **offices** : charges.
7. **greffe** : bureau du tribunal.
8. **parquet** : métonymie désignant le tribunal.
9. **buvette** : cabaret situé près du Palais de Justice.
10. **mollement** : confortablement.
11. **poudre** : poussière.
12. Les bougies de cire étaient un luxe; les chandelles courantes étaient de suif.
13. Pour économiser sur le chauffage.
14. Le Louvre était alors le palais du roi.

l'homme avait des jambes pour marcher, et ils marchaient. Ils se conservaient propres quand il faisait sec, et dans un temps humide ils gâtaient[1] leur chaussure, aussi peu embarrassés de franchir les rues et les carrefours, que le chasseur de traverser un guéret[2], ou le soldat de se mouiller dans une tranchée. On n'avait pas encore imaginé d'atteler deux hommes à une litière ; il y avait même plusieurs magistrats qui allaient à pied à la chambre, ou aux enquêtes[3] d'aussi bonne grâce qu'Auguste autrefois allait de son pied au Capitole[4]. L'étain[5] dans ce temps brillait sur les tables et sur les buffets, comme le fer et le cuivre dans les foyers ; l'argent et l'or étaient dans les coffres. Les femmes se faisaient servir par des femmes ; on mettait[6] celles-ci jusqu'à la cuisine. Les beaux noms de gouverneurs et de gouvernantes n'étaient pas inconnus à nos pères : ils savaient à qui l'on confiait les enfants des rois et des plus grands princes ; mais ils partageaient le service de leurs domestiques avec leurs enfants, contents de veiller eux-mêmes immédiatement[7] à leur éducation. Ils comptaient en toutes choses avec eux-mêmes : leur dépense était proportionnée à leur recette[8] ; leurs livrées, leurs équipages, leurs meubles, leur table, leurs maisons de la ville et de la campagne, tout était mesuré sur leurs rentes et sur leur condition. Il y avait entre eux des distinctions extérieures qui empêchaient qu'on ne prît la femme du praticien pour celle du magistrat, et le roturier ou le simple valet pour le gentilhomme. Moins appliqués à dissiper ou à grossir leur patrimoine qu'à le maintenir, ils le laissaient entier à leurs héritiers, et passaient ainsi d'une vie modérée à une mort tranquille. Ils ne disaient point : *Le siècle est dur, la misère est grande, l'argent*

Notes

1. **gâtaient** : salissaient.
2. **guéret** : terre labourée.
3. **aux enquêtes** : nom d'une des chambres de justice.
4. **Capitole** : centre religieux de la Rome antique.
5. **étain** : métal peu coûteux dont on faisait la vaisselle.
6. **mettait** : employait.
7. **immédiatement** : sans intermédiaire.
8. **recette** : revenu.

est rare ; ils en avaient moins que nous, et en avaient assez, plus riches par leur économie et par leur modestie[1] que de leurs revenus et de leurs domaines. Enfin l'on était alors pénétré de cette maxime, que ce qui est dans les Grands splendeur, somptuosité, magnificence, est dissipation[2], folie, ineptie dans le particulier.

Notes

1. **modestie** : simplicité de vie.

2. **dissipation** : gaspillage.

CHAPITRE VIII

De la Cour

1 [I] Le reproche en un sens le plus honorable que l'on puisse faire à un homme, c'est de lui dire qu'il ne sait pas la Cour[1] : il n'y a sorte de vertus qu'on ne rassemble en lui par ce seul mot.

2 [I] Un homme qui sait la Cour est maître de son geste, de ses yeux et de son visage ; il est profond, impénétrable ; il dissimule les mauvais offices[2], sourit à ses ennemis, contraint son humeur, déguise ses passions, dément[3] son cœur, parle, agit contre ses sentiments. Tout ce grand raffinement n'est qu'un vice, que l'on appelle fausseté, quelquefois aussi inutile au courtisan pour sa fortune, que la franchise, la sincérité et la vertu.

3 [IV] Qui peut nommer de certaines couleurs changeantes, et qui sont diverses selon les divers jours dont on les regarde ? de même, qui peut définir la Cour ?

Notes

1. ne sait pas la Cour : n'adopte pas les manières de la Cour.

2. mauvais offices : tout ce qui peut desservir quelqu'un.

3. dément : contredit.

4 [IV] Se dérober à la Cour un seul moment, c'est y renoncer : le courtisan qui l'a vue le matin, la voit le soir, pour la reconnaître le lendemain, ou afin que lui-même y soit connu.

5 [IV] L'on est petit à la Cour, et quelque vanité que l'on ait, on s'y trouve tel ; mais le mal est commun, et les Grands mêmes y sont petits.

6 [I] La province est l'endroit d'où la Cour, comme dans son point de vue, paraît une chose admirable ; si l'on s'en approche, ses agréments diminuent comme ceux d'une perspective que l'on voit de trop près.

7 [I] L'on s'accoutume difficilement à une vie qui se passe dans une antichambre, dans des cours ou sur l'escalier.

8 [VII] La Cour ne rend pas content, elle empêche qu'on ne le soit ailleurs.

9 [I] Il faut qu'un honnête homme[1] ait tâté de la Cour ; il découvre en y entrant comme un nouveau monde qui lui était inconnu, où il voit régner également le vice et la politesse, et où tout lui est utile, le bon et le mauvais.

10 [VI] La Cour est comme un édifice bâti de marbre : je veux dire qu'elle est composée d'hommes fort durs, mais fort polis[2].

11 [I] L'on va quelquefois à la Cour pour en revenir, et se faire par là respecter du noble de sa province, ou de son diocésain[3].

12 [I] Le brodeur et le confiseur seraient superflus et ne feraient qu'une montre inutile[4], si l'on était modeste[5] et sobre :

Notes

1. **honnête homme** : idéal social du XVIIe siècle, cultivé, poli, honnête, discret et mesuré.
2. La Bruyère joue sur les deux sens du mot.
3. **diocésain** : évêque.
4. **ne feraient qu'une montre inutile** : exposeraient leur marchandise inutilement.
5. **modeste** : modéré, simple.

les cours seraient désertes, et les rois presque seuls, si l'on était guéri de la vanité et de l'intérêt. Les hommes veulent être esclaves quelque part, et puiser là de quoi dominer ailleurs. Il semble qu'on livre en gros aux premiers de la Cour l'air de hauteur, de fierté et commandement, afin qu'ils le distribuent en détail dans les provinces : ils font précisément comme on leur fait, vrais singes de la royauté.

13 [I] Il n'y a rien qui enlaidisse certains courtisans comme la présence du prince : à peine les puis-je reconnaître à leurs visages, leurs traits sont altérés, et leur contenance est avilie. Les gens fiers et superbes[1] sont les plus défaits[2], car ils perdent plus du leur[3]; celui qui est honnête et modeste s'y soutient mieux : il n'a rien à réformer.

14 [I] L'air de Cour est contagieux : il se prend à V★★[4], comme l'accent normand à Rouen ou à Falaise; on l'entrevoit en des fourriers[5], en de petits contrôleurs[6] et en des chefs de fruiterie[7]; l'on peut avec une portée d'esprit fort médiocre y faire de grands progrès. Un homme d'un génie[8] élevé et d'un mérite solide ne fait pas assez de cas de cette espèce de talent pour faire son capital[9] de l'étudier et se le rendre propre; il l'acquiert sans réflexion, et il ne pense point à s'en défaire.

15 [IV] N★★ arrive avec grand bruit; il écarte le monde, se fait faire place; il gratte[10], il heurte presque, il se nomme : on respire[11], et il n'entre qu'avec la foule.

Notes

1. **superbes** : orgueilleux.
2. **défaits** : décontenancés.
3. **du leur** : de ce qui leur appartient.
4. **V**** : Versailles.
5. **fourriers** : personnes qui s'occupent du logement des courtisans suivant la Cour en déplacement.
6. **contrôleurs** : chargés de surveiller les dépenses pour la table du roi.
7. **chefs de fruiterie** : préposés au dessert.
8. **génie** : ensemble des facultés innées.
9. **son capital** : sa principale préoccupation.
10. Il gratte à la porte car il n'est pas permis de frapper à la porte du roi.
11. Les autres courtisans sont soulagés car le nom de ce personnage n'a rien d'illustre.

16 [I] Il y a dans les cours des apparitions de gens aventuriers et hardis, d'un caractère libre et familier, qui se produisent eux-mêmes, protestent qu'ils ont dans leur art[1] toute l'habileté qui manque aux autres, et qui sont crus sur leur parole. Ils profitent cependant de l'erreur publique, ou de l'amour qu'ont les hommes pour la nouveauté ; ils percent la foule, et parviennent jusqu'à l'oreille du prince, à qui le courtisan les voit parler, pendant qu'il se trouve heureux d'en être vu. Ils ont cela de commode pour les Grands, qu'ils en sont soufferts[2] sans conséquence, et congédiés de même : alors ils disparaissent tout à la fois riches et décrédités[3] ; et le monde qu'ils viennent de tromper est encore prêt[4] d'être trompé par d'autres.

17 [IV] Vous voyez des gens qui entrent sans saluer que légèrement, qui marchent des épaules[5], et qui se rengorgent[6] comme une femme : ils vous interrogent sans vous regarder ; ils parlent d'un ton élevé, et qui marque qu'ils se sentent au-dessus de ceux qui se trouvent présents ; ils s'arrêtent, et on les entoure ; ils ont la parole, président au cercle, et persistent dans cette hauteur ridicule et contrefaite, jusqu'à ce qu'il survienne un Grand, qui la faisant tomber tout d'un coup par sa présence, les réduise à leur naturel, qui est moins mauvais.

18 [IV] Les cours ne sauraient se passer d'une certaine espèce de courtisans, homme flatteurs, complaisants, insinuants[7], dévoués aux femmes, dont ils ménagent[8] les plaisirs, étudient les faibles et flattent toutes les passions ; ils leur soufflent à l'oreille des grossièretés, leur parlent de leurs maris et de leurs amants dans les termes convenables, devinent leurs chagrins,

Notes

1. **art** : méthode, savoir-faire.
2. **soufferts** : supportés.
3. **décrédités** : déconsidérés.
4. **prêt** : sur le point.
5. **marchent des épaules** : marchent en se donnant un air important.
6. **se rengorgent** : gonflent leur poitrine pour en imposer.
7. **insinuants** : qui s'introduisent habilement dans l'esprit de quelqu'un.
8. **ménagent** : règlent.

leurs maladies, et fixent leurs couches[1] ; ils font les modes, raffinent sur le luxe et sur la dépense, et apprennent à ce sexe de prompts moyens de consumer de grandes sommes en habits, en meubles et en équipages ; ils ont eux-mêmes des habits où brillent l'invention et la richesse, et ils n'habitent d'anciens palais qu'après les avoir renouvelés et embellis ; ils mangent délicatement et avec réflexion ; il n'y a sorte de volupté qu'ils n'essayent, et dont ils ne puissent rendre compte. Ils doivent à eux-mêmes leur fortune, et ils la soutiennent avec la même adresse qu'ils l'ont élevée. Dédaigneux et fiers, ils n'abordent plus leurs pareils, ils ne les saluent plus ; ils parlent où tous les autres se taisent, entrent, pénètrent en des endroits et à des heures où les Grands n'osent se faire voir : ceux-ci, avec de longs services, bien des plaies sur le corps, de beaux emplois ou de grandes dignités, ne montrent pas un visage si assuré, ni une contenance si libre. Ces gens ont l'oreille[2] des plus grands princes, sont de tous leurs plaisirs et de toutes leurs fêtes, ne sortent pas du Louvre ou du Château[3], où ils marchent et agissent comme chez eux et dans leur domestique[4], semblent se multiplier en mille endroits, et sont toujours les premiers visages qui frappent les nouveaux venus à une cour : ils embrassent, ils sont embrassés ; ils rient, ils éclatent, ils sont plaisants, ils font des contes ; personnes commodes, agréables, riches, qui prêtent, et qui sont sans conséquence[5].

19 [V] Ne croirait-on pas de *Cimon* et de *Clitandre* qu'ils sont seuls chargés des détails de tout l'État, et que seuls aussi ils en doivent répondre ? L'un a du moins les affaires de terre, et l'autre les maritimes. Qui pourrait les représenter exprimerait l'empressement, l'inquiétude[6], la curiosité, l'activité,

Notes

1. **couches** : accouchements.
2. **l'oreille** : la faveur.
3. **Château** : Versailles.
4. **leur domestique** : leur intérieur.
5. **sans conséquence** : un homme auquel on ne doit pas faire attention car il n'a aucun poids.
6. **inquiétude** : fait de n'être jamais en repos, agitation.

saurait peindre le mouvement. On ne les a jamais vus assis, jamais fixes et arrêtés; qui même les a vus marcher? on les voit courir, parler en courant, et vous interroger sans attendre de réponse. Ils ne viennent d'aucun endroit, ils ne vont nulle part : ils passent et ils repassent. Ne les retardez pas dans leur course précipitée, vous démonteriez leur machine[1]; ne leur faites pas de questions, ou donnez-leur du moins le temps de respirer et de se ressouvenir qu'ils n'ont nulle affaire[2], qu'ils peuvent demeurer avec vous et longtemps, vous suivre même où il vous plaira de les emmener. Ils ne sont pas les *Satellites de Jupiter*, je veux dire ceux qui pressent[3] et qui entourent le prince, mais ils l'annoncent et le précèdent; ils se lancent impétueusement dans la foule des courtisans, tout ce qui se trouve sur leur passage est en péril. Leur profession est d'être vus et revus, et ils ne se couchent jamais sans s'être acquittés d'un emploi si sérieux et si utile à la République[4]. Ils sont au reste instruits à fond de toutes les nouvelles indifférentes[5], et ils savent à la Cour tout ce que l'on peut y ignorer : il ne leur manque aucun des talents nécessaires pour s'avancer[6] médiocrement[7]. Gens néanmoins éveillés et alertes[8] sur tout ce qu'ils croient leur convenir, un peu entreprenants[9], légers et précipités; le dirai-je, ils portent au vent[10], attelés tous deux au char de la fortune[11], et tous deux fort éloignés de s'y voir assis.

Notes

1. **machine** : mécanique.
2. **affaire** : occupation.
3. **pressent** : suivent de près.
4. **République** : État.
5. **indifférentes** : sans importance.
6. **s'avancer** : faire carrière, monter dans la faveur du roi ou des Grands.
7. **médiocrement** : moyennement, modérément.
8. **alertes** : vigilants.
9. **entreprenants** : trop hardis ou empressés.
10. **portent au vent** : se dit d'un cheval qui porte la tête très haut.
11. La déesse antique de la Fortune (au double sens de « la richesse » et du « destin changeant ») était souvent représentée sur un char.

Un double portrait ironique

Analyse de l'extrait (l. 116, p. 101, à l. 143, p. 102)

Explication linéaire

1. En observant la présentation des personnages, la thématique et les intentions du portrait, montrez en quoi les lignes 116 à 121 constituent une introduction à toute la remarque. Pourquoi La Bruyère choisit-il un portrait double ?

2. Par quels procédés La Bruyère parvient-il à *« peindre le mouvement »* aux lignes 121 à 130 ?

3. Comment le moraliste fait-il sentir la vacuité de ses personnages aux lignes 121 à 130 ?

4. Aux lignes 130 à 140, observez le changement dans l'énonciation (*cf.* p. 20). Montrez la progression dans la construction du portrait.

5. Relevez les procédés ironiques aux lignes 130 à 140. Que veut dénoncer La Bruyère ?

6. Montrez en quoi la dernière phrase (l. 140 à 143) constitue une conclusion du portrait en forme de chute.

Grammaire

Les déterminants indéfinis *nul* et *aucun*

• *Nul* et *aucun* s'accordent en genre avec le nom auquel ils se rapportent et sont accompagnés de l'adverbe de négation *ne* (mais jamais de *pas*).
Ex. : « Ils n'ont eu aucune difficulté à venir. »
• Il ne faut pas confondre le déterminant indéfini *nul* avec l'adjectif qualificatif qui signifie « inexistant » et qui ne s'emploie pas forcément avec l'adverbe de négation *ne*.
Ex. : « L'inflation sera nulle cette année » (l'adjectif qualificatif *nulle* est attribut du sujet *inflation*).

7 Dans la phrase *« Ils ne viennent d'aucun endroit, ils ne vont nulle part : ils passent et ils repassent. Ne les retardez pas dans leur course précipitée, vous démonteriez leur machine »*, relevez les tournures négatives et expliquez leur fonctionnement.

Histoire des Arts

8 Quels procédés communs de la caricature retrouvez-vous entre ce portrait écrit par La Bruyère et le dessin d'Honoré Daumier ?

Document 5 au verso de la couverture

20 [IV] Un homme de la Cour qui n'a pas un assez beau nom[1], doit l'ensevelir sous un meilleur; mais s'il l'a tel qu'il ose le porter, il doit alors insinuer qu'il est de tous les noms le plus illustre, comme sa maison de toutes les maisons la plus ancienne : il doit tenir aux PRINCES LORRAINS, aux ROHANS, aux CHASTILLONS, aux MONTMORENCIS, et, s'il se peut, aux PRINCES DU SANG; ne parler que de ducs, de cardinaux et de ministres; faire entrer dans toutes les conversations ses aïeuls paternels et maternels, et y trouver place pour l'oriflamme[2] et pour les croisades; avoir des salles parées d'arbres généalogiques, d'écussons chargés de seize quartiers[3], et de tableaux de ses ancêtres et des alliés de ses ancêtres; se piquer[4] d'avoir un ancien château à tourelles, à créneaux et à mâchecoulis[5]; dire en toute rencontre : *ma race, ma branche, mon nom* et *mes armes ;* dire de celui-ci qu'il n'est pas homme de qualité[6]; de celle-là qu'elle n'est pas demoiselle[7]; ou si on lui dit qu'*Hyacinthe* a eu le gros lot, demander s'il est gentilhomme. Quelques-uns riront de ces contre-temps[8], mais il les laissera rire; d'autres en feront des contes, et il leur permettra de conter; il dira toujours qu'il marche après la maison régnante, et à force de le dire, il sera cru.

21 [IV] C'est une grande simplicité[9] que d'apporter à la Cour la moindre roture[10], et de n'y être pas gentilhomme.

22 [VI] L'on se couche à la Cour et l'on se lève sur l'intérêt; c'est ce que l'on digère[11] le matin et le soir, le jour et la nuit; c'est ce qui fait que l'on pense, que l'on parle, que l'on se tait, que l'on agit; c'est dans cet esprit qu'on aborde les uns et

Notes

1. Un nom qui montre sa noblesse.
2. **oriflamme** : étendard.
3. **quartiers** : degrés d'ascendance noble.
4. **se piquer** : se vanter.
5. **mâchecoulis** : ouvertures en haut de remparts pour envoyer des projectiles.
6. **homme de qualité** : noble.
7. **demoiselle** : fille de gentilhomme.
8. **contre-temps** : paroles inopportunes, déplacées.
9. **simplicité** : naïveté.
10. **roture** : absence de noblesse.
11. **digère** : rumine.

qu'on néglige les autres, que l'on monte et que l'on descend; c'est sur cette règle que l'on mesure ses soins[1], ses complaisances, son estime, son indifférence, son mépris. Quelques pas que quelques-uns fassent par vertu vers la modération et la sagesse, un premier mobile d'ambition les emmène avec les plus avares, les plus violents dans leurs désirs et les plus ambitieux : quel moyen de demeurer immobile où tout marche, où tout se remue, et de ne pas courir où les autres courent? On croit même être responsable à soi-même de son élévation[2] et de sa fortune; celui qui ne l'a point faite à la Cour est censé ne l'avoir pas dû faire, on n'en appelle pas[3]. Cependant s'en éloignera-t-on avant d'en avoir tiré le moindre fruit, ou persistera-t-on à y demeurer sans grâces[4] et sans récompenses? question si épineuse[5], si embarrassée, et d'une si pénible décision, qu'un nombre infini de courtisans vieillissent sur le oui et sur le non[6], et meurent dans le doute.

23 [VI] Il n'y a rien à la Cour de si méprisable et de si indigne qu'un homme qui ne peut contribuer en rien à notre fortune; je m'étonne qu'il ose se montrer.

24 [IV] Celui qui voit loin derrière soi un homme de son temps et de sa condition, avec qui il est venu à la Cour la première fois, s'il croit avoir une raison solide d'être prévenu[7] de son propre mérite et de s'estimer davantage que cet autre qui est demeuré en chemin, ne se souvient plus de ce qu'avant sa faveur il pensait de soi-même et de ceux qui l'avaient devancé.

25 [I] C'est beaucoup tirer de notre ami, si, ayant monté à une grande faveur, il est encore un homme de notre connaissance.

Notes

1. **soins** : marques de dévouement envers quelqu'un.
2. **élévation** : ascension sociale.
3. **on n'en appelle pas** : on ne le conteste pas.
4. **grâces** : faveurs.
5. **épineuse** : difficile.
6. **sur le oui et sur le non** : sans se décider.
7. **être prévenu** : avoir bonne opinion.

26 [IV] Si celui qui est en faveur ose s'en prévaloir[1] avant qu'elle lui échappe, s'il se sert d'un bon vent qui souffle pour faire son chemin, s'il a les yeux ouverts sur tout ce qui vaque[2], poste, abbaye, pour les demander et les obtenir, et qu'il soit muni de pensions, de brevets[3] et de survivances[4], vous lui reprochez son avidité et son ambition, vous dites que tout le tente, que tout lui est propre[5], aux siens, à ses créatures[6], et que par le nombre et la diversité des grâces dont il se trouve comblé, lui seul a fait plusieurs fortunes. Cependant qu'a-t-il dû[7] faire ? Si j'en juge moins par vos discours que par le parti que vous auriez pris vous-même en pareille situation, c'est ce qu'il a fait.

L'on blâme les gens qui font une grande fortune pendant qu'ils en ont les occasions, parce que l'on désespère, par la médiocrité de la sienne, d'être jamais en état de faire comme eux, et de s'attirer ce reproche. Si l'on était à portée de leur succéder, l'on commencerait à sentir qu'ils ont moins de tort, et l'on serait plus retenu, de peur de prononcer d'avance sa condamnation.

27 [IV] Il ne faut rien exagérer, ni dire des cours le mal qui n'y est point ; l'on n'y attente[8] rien de pis contre le vrai mérite que de le laisser quelquefois sans récompense ; on ne l'y méprise pas toujours, quand on a pu une fois le discerner ; on l'oublie, et c'est là où l'on sait parfaitement ne faire rien, ou faire très peu de chose, pour ceux que l'on estime beaucoup.

28 [V] Il est difficile à la Cour que de toutes les pièces[9] que l'on emploie à l'édifice de sa fortune, il n'y en ait quelqu'une

Notes

1. **s'en prévaloir** : en tirer avantage.
2. **vaque** : est vacant, disponible.
3. **brevets** : écrits royaux accordant un titre ou une charge.
4. **survivances** : privilèges pour succéder à quelqu'un dans une charge.
5. **tout lui est propre** : il veut tout s'approprier.
6. **créatures** : protégés.
7. **qu'a-t-il dû** : qu'aurait-il dû.
8. **attente** : entreprend.
9. **pièces** : pierres de l'édifice.

qui porte à faux[1] : l'un de mes amis qui a promis de parler[2] ne parle point; l'autre parle mollement; il échappe à un troisième de parler contre mes intérêts et contre ses intentions : à celui-là manque la bonne volonté, à celui-ci l'habileté et la prudence; tous n'ont pas assez de plaisir à me voir heureux pour contribuer de tout leur pouvoir à me rendre tel. Chacun se souvient assez de tout ce que son établissement[3] lui a coûté à faire, ainsi que des secours qui lui en ont frayé le chemin : on serait même assez porté à justifier les services qu'on a reçus des uns par ceux qu'en de pareils besoins on rendrait aux autres, si le premier et l'unique soin qu'on a après sa fortune faite n'était pas de songer à soi.

29 [VII] Les courtisans n'emploient pas ce qu'ils ont d'esprit, d'adresse et de finesse pour trouver les expédients[4] d'obliger[5] ceux de leurs amis qui implorent leur secours, mais seulement pour leur trouver des raisons apparentes, de spécieux[6] prétextes, ou ce qu'ils appellent une impossibilité de le pouvoir faire; et ils se persuadent d'être quittes par là en leur endroit[7] de tous les devoirs de l'amitié ou de la reconnaissance.

[VI] Personne à la Cour ne veut entamer[8]; on s'offre d'appuyer, parce que jugeant des autres par soi-même, on espère que nul n'entamera, et qu'on sera ainsi dispensé d'appuyer : c'est une manière douce et polie de refuser son crédit[9], ses offices et sa médiation à qui en a besoin.

30 [I] Combien de gens vous étouffent de caresses[10] dans le particulier, vous aiment et vous estiment, qui sont embarrassés

Notes

1. **porte à faux** : soit en déséquilibre.
2. **parler** : parler en ma faveur.
3. **établissement** : ascension sociale.
4. **expédients** : moyens.
5. **obliger** : rendre service à.
6. **spécieux** : faux.
7. **en leur endroit** : à leur égard.
8. **entamer** : faire la première démarche de sollicitation.
9. **crédit** : influence.
10. **caresses** : marques d'estime.

de vous[1] dans le public, et qui, au lever[2] ou à la messe, évitent vos yeux et votre rencontre ! Il n'y a qu'un petit nombre de courtisans qui par grandeur, ou par une confiance qu'ils ont d'eux-mêmes, osent honorer devant le monde le mérite qui est seul et dénué de grands établissements.

31 [IV] Je vois un homme entouré et suivi, mais il est en place[3]. J'en vois un autre que tout le monde aborde, mais il est en faveur. Celui-ci est embrassé et caressé, même des Grands, mais il est riche. Celui-là est regardé de tous avec curiosité, on le montre du doigt, mais il est savant et éloquent. J'en découvre un que personne n'oublie de saluer, mais il est méchant. Je veux un homme qui soit bon, qui ne soit rien davantage, et qui soit recherché.

32 [V] Vient-on de placer quelqu'un dans un nouveau poste, c'est un débordement de louanges en sa faveur qui inonde les cours et la chapelle, qui gagne l'escalier, les salles, la galerie, tout l'appartement ; on en a au-dessus des yeux, on n'y tient pas. Il n'y a pas deux voix différentes sur ce personnage ; l'envie, la jalousie parlent comme l'adulation[4] ; tous se laissent entraîner au torrent qui les emporte, qui les force de dire d'un homme ce qu'ils en pensent ou ce qu'ils n'en pensent pas, comme de louer souvent celui qu'ils ne connaissent point. L'homme d'esprit, de mérite ou de valeur devient en un instant un génie du premier ordre, un héros, un demi-dieu. Il est si prodigieusement flatté dans toutes les peintures que l'on fait de lui, qu'il paraît difforme près de ses portraits ; il lui est impossible d'arriver jamais jusqu'où la bassesse et la complaisance viennent de le porter ; il rougit de sa propre réputation. Commence-t-il à chanceler[5] dans ce poste où on l'avait

Notes

1. **embarrassés de vous** : dérangés par votre présence.
2. Le lever du roi était une cérémonie où seuls quelques favoris étaient admis.
3. **en place** : haut placé.
4. **adulation** : basse flatterie.
5. **chanceler** : être moins en faveur.

mis, tout le monde passe facilement à un autre avis : en est-il entièrement déchu, les machines qui l'avaient guindé[1] si haut par l'applaudissement et les éloges sont encore toutes dressées pour le faire tomber dans le dernier mépris : je veux dire qu'il n'y en a point qui le dédaignent mieux, qui le blâment plus aigrement et qui en disent plus de mal, que ceux qui s'étaient comme dévoués à la fureur[2] d'en dire du bien.

33 [VII] Je crois pouvoir dire d'un poste éminent et délicat qu'on y monte plus aisément qu'on ne s'y conserve.

34 [VII] L'on voit des hommes tomber d'une haute fortune par les mêmes défauts qui les y avaient fait monter.

35 [VIII] Il y a dans les cours deux manières de ce que l'on appelle congédier son monde ou se défaire des gens : se fâcher contre eux, ou faire si bien qu'ils se fâchent contre vous et s'en dégoûtent.

36 [IV] L'on dit à la Cour du bien de quelqu'un pour deux raisons : la première, afin qu'il apprenne que nous disons du bien de lui ; la seconde, afin qu'il en dise de nous.

37 [I] Il est aussi dangereux à la Cour de faire les avances, qu'il est embarrassant de ne les point faire.

38 [I] Il y a des gens à qui ne connaître point[3] le nom et le visage d'un homme est un titre[4] pour en rire et le mépriser. Ils demandent qui est cet homme ; ce n'est ni *Rousseau*[5], ni un *Fabry*[6], ni *La Couture*[7] ; ils ne pourraient le méconnaître.

Notes

1. **guindé** : hissé.
2. **fureur** : frénésie.
3. **à qui ne connaître point** : pour qui ne pas connaître.
4. **titre** : raison.
5. ***Rousseau*** : cabaretier célèbre.
6. ***Fabry*** : condamné à mort et exécuté en 1661 pour impiété.
7. ***La Couture*** : ancien tailleur de la Dauphine, devenu fou.

39 [I] L'on me dit tant de mal de cet homme, et j'y en vois si peu, que je commence à soupçonner qu'il n'ait un mérite importun qui éteigne celui des autres.

40 [I] Vous êtes homme de bien, vous ne songez ni à plaire ni à déplaire aux favoris, uniquement attaché à votre maître, et à votre devoir : vous êtes perdu.

41 [IV] On n'est point effronté par choix, mais par complexion[1] ; c'est un vice de l'être, mais naturel ; celui qui n'est pas né tel est modeste, et ne passe pas aisément de cette extrémité à l'autre ; c'est une leçon assez inutile que de lui dire : soyez effronté, et vous réussirez ; une mauvaise imitation ne lui profiterait pas, et le ferait échouer. Il ne faut rien de moins dans les cours qu'une vraie et naïve impudence pour réussir.

42 [IV] On cherche, on s'empresse, on brigue[2], on se tourmente, on demande, on est refusé, on demande et on obtient ; mais, dit-on, sans l'avoir demandé, et dans le temps que[3] l'on n'y pensait pas, et que l'on songeait même à toute autre chose : vieux style[4], menterie innocente, et qui ne trompe personne.

43 [V] On fait sa brigue pour parvenir à un grand poste, on prépare toutes ses machines, toutes les mesures sont bien prises, et l'on doit être servi selon ses souhaits ; les uns doivent entamer, les autres appuyer ; l'amorce[5] est déjà conduite, et la mine prête à jouer : alors on s'éloigne de la Cour. Qui oserait soupçonner *d'Artémon* qu'il ait pensé à se mettre dans une si belle place lorsqu'on le tire de sa terre ou de son gouvernement pour l'y faire asseoir ? Artifice grossier, finesses usées, et dont le courtisan s'est servi tant de fois que, si je voulais don-

Notes

1. **complexion** : disposition naturelle.
2. **brigue** : cherche à obtenir une faveur ou à être bien placé.
3. **dans le temps que** : au moment où.
4. **style** : manière d'agir.
5. **amorce** : mèche préparée avec de la poudre pour faire exploser une mine.

ner le change[1] à tout le public et lui dérober mon ambition, je me trouverais sous l'œil et sous la main du Prince, pour recevoir de lui la grâce que j'aurais recherchée avec le plus d'emportement[2].

44 [V] Les hommes ne veulent pas que l'on découvre les vues[3] qu'ils ont sur leur fortune, ni que l'on pénètre qu'ils pensent à une telle dignité, parce que, s'ils ne l'obtiennent point, il y a de la honte, se persuadent-ils, à être refusés ; et s'ils y parviennent, il y a plus de gloire pour eux d'en être crus dignes par celui qui la leur accorde, que de s'en juger dignes eux-mêmes par leurs brigues et par leurs cabales[4] : ils se trouvent parés tout à la fois de leur dignité et de leur modestie.

Quelle plus grande honte y a-t-il d'être refusé d'un poste que l'on mérite, ou d'y être placé sans le mériter !

Quelques grandes difficultés qu'il y ait à se placer à la Cour, il est encore plus âpre et plus difficile de se rendre digne d'être placé.

Il coûte moins à faire dire de soi : Pourquoi a-t-il obtenu ce poste ? qu'à faire demander : Pourquoi ne l'a-t-il pas obtenu ?

L'on se présente encore pour les charges de ville[5], l'on postule une place dans l'Académie française, l'on demandait le consulat : quelle moindre raison y aurait-il de travailler les premières années de sa vie à se rendre capable d'un grand emploi, et de demander ensuite, sans nul mystère et sans nulle intrigue, mais ouvertement et avec confiance, d'y servir sa patrie, son Prince, la République ?

45 [IV] Je ne vois aucun courtisan à qui le Prince vienne d'accorder un bon gouvernement[6], une place éminente ou

Notes

1. **donner le change** : tromper, mener sur une fausse piste.
2. **emportement** : ardeur passionnée.
3. **vues** : visées.
4. **cabales** : intrigues.
5. **charges de ville** : fonctions municipales pour lesquelles on était élu.
6. **gouvernement** : gouvernement d'une province.

une forte pension, qui n'assure par vanité, ou pour marquer son désintéressement, qu'il est bien moins content du don que de la manière dont il lui a été fait. Ce qu'il y a en cela de sûr et d'indubitable, c'est qu'il le dit ainsi.

C'est rusticité[1] que de donner de mauvaise grâce : le plus fort et le plus pénible est de donner ; que coûte-t-il d'y ajouter un sourire ?

Il faut avouer néanmoins qu'il s'est trouvé des hommes qui refusaient plus honnêtement[2] que d'autres ne savaient donner ; qu'on a dit de quelques-uns qu'ils se faisaient si longtemps prier, qu'ils donnaient si sèchement, et chargeaient une grâce qu'on leur arrachait, de conditions si désagréables, qu'une plus grande grâce était d'obtenir d'eux d'être dispensés de rien recevoir.

46 [IV] L'on remarque dans les cours des hommes avides, qui se revêtent de toutes les conditions pour en avoir les avantages : gouvernement, charge, bénéfice, tout leur convient ; ils se sont si bien ajustés[3], que par leur état ils deviennent capables[4] de toutes les grâces ; ils sont *amphibies*[5] ; ils vivent de l'Église et de l'épée, et auront le secret d'y joindre la robe[6]. Si vous demandez : Que font ces gens à la Cour ? Ils reçoivent et envient tous ceux à qui l'on donne.

47 [VIII] Mille gens à la Cour y traînent leur vie à embrasser, serrer et congratuler ceux qui reçoivent, jusqu'à ce qu'ils y meurent sans rien avoir.

48 [VI] *Ménophile* emprunte ses mœurs d'une profession, et d'une autre son habit ; il masque[7] toute l'année, quoiqu'à visage découvert ; il paraît à la Cour, à la ville, ailleurs, tou-

Notes

1. **rusticité** : grossièreté.
2. **honnêtement** : convenablement, avec politesse.
3. **ajustés** : adaptés.
4. **capables** : en état de recevoir.
5. ***amphibies*** : qui peuvent vivre dans l'air et dans l'eau ; ici, dans différents milieux.
6. **robe** : le milieu de la magistrature.
7. **masque** : se masque.

jours sous un certain nom et sous le même déguisement. On le reconnaît et on sait quel il est à son visage.

49 [VI] Il y a pour arriver aux dignités ce qu'on appelle la grande voie ou le chemin battu; il y a le chemin détourné ou de traverse, qui est le plus court.

50 [V] L'on court les malheureux[1] pour les envisager[2]; l'on se range en haie, ou l'on se place aux fenêtres pour observer les traits, et la contenance d'un homme qui est condamné, et qui sait qu'il va mourir : vaine, maligne[3], inhumaine curiosité; si les hommes étaient sages, la place publique serait abandonnée, et il serait établi qu'il y aurait de l'ignominie seulement à voir de tels spectacles. Si vous êtes si touchés de curiosité, exercez-la du moins en un sujet noble : voyez un heureux, contemplez-le dans le jour même où il a été nommé à un nouveau poste, et qu'il en reçoit les compliments; lisez dans ses yeux et au travers d'un calme étudié et d'une feinte modestie, combien il est content et pénétré de soi-même[4]; voyez quelle sérénité cet accomplissement de ses désirs répand dans son cœur et sur son visage, comme il ne songe plus qu'à vivre et à avoir de la santé, comme ensuite sa joie lui échappe et ne peut plus se dissimuler; comme il plie sous le poids de son bonheur, quel air froid et sérieux il conserve pour ceux qui ne sont plus ses égaux : il ne leur répond pas, il ne les voit pas; les embrassements[5] et les caresses des Grands, qu'il ne voit plus de si loin, achèvent de lui nuire; il se déconcerte[6], il s'étourdit[7], c'est une courte aliénation[8]. Vous voulez être heureux, vous désirez des grâces; que de choses pour vous à éviter!

Notes

1. **court les malheureux** : se précipite aux exécutions publiques.
2. **envisager** : dévisager.
3. **maligne** : méchante, mauvaise.
4. **pénétré de soi-même** : imbu de lui-même, prétentieux.
5. **embrassements** : marques de faveur.
6. **se déconcerte** : perd ses moyens, ne joue plus son rôle.
7. **s'étourdit** : perd la tête.
8. **aliénation** : folie.

51 [VI] Un homme qui vient d'être placé ne se sert plus de sa raison et de son esprit pour régler sa conduite et ses dehors à l'égard des autres; il emprunte sa règle de son poste et de son état : de là l'oubli, la fierté, l'arrogance, la dureté, l'ingratitude.

52 [VIII] *Théonas*, abbé[1] depuis trente ans, se lassait de l'être. On a moins d'ardeur et d'impatience de se voir habillé de pourpre[2], qu'il en avait de porter une croix d'or[3] sur sa poitrine; et parce que les grandes fêtes se passaient toujours sans rien changer à sa fortune, il murmurait contre le temps présent, trouvait l'État mal gouverné, et n'en prédisait rien que de sinistre. Convenant en son cœur que le mérite est dangereux dans les cours à qui veut s'avancer, il avait enfin pris son parti et renoncé à la prélature[4], lorsque quelqu'un accourt lui dire qu'il est nommé à un évêché. Rempli de joie et de confiance sur une nouvelle si peu attendue : vous verrez, dit-il, que je n'en demeurerai pas là, et qu'ils me feront archevêque.

53 [I] Il faut des fripons à la Cour auprès des Grands, et des ministres, même les mieux intentionnés; mais l'usage en est délicat, et il faut savoir les mettre en œuvre. Il y a des temps et des occasions où ils ne peuvent être suppléés[5] par d'autres. Honneur, vertu, conscience, qualités toujours respectables, souvent inutiles : que voulez-vous quelquefois que l'on fasse d'un homme de bien?

54 [IV] Un vieil auteur[6], et dont j'ose rapporter ici les propres termes, de peur d'en affaiblir le sens par ma traduction, dit que *s'élongner des petits, voire de ses pareils, et iceulx vilainer et dépri-*

Notes

1. **abbé** : prêtre.
2. **pourpre** : couleur de l'habit d'un cardinal, haut titre ecclésiastique.
3. **croix d'or** : insigne de l'évêque.
4. **prélature** : distinction ecclésiastique (titre d'archevêque, de cardinal).
5. **suppléés** : remplacés.
6. Il s'agit, en réalité, d'une parodie de La Bruyère imitant les écrivains humanistes du siècle précédent.

ser ; s'accointer de grands et puissans en tous biens et chevances et en cette leur cointise et privauté estre de tous ébats, gabs, mommeries, et vilaines besoignes ; estre eshonté, saffranier et sans point de vergogne ; endurer brocards et gausseries de tous chacuns, sans pour ce feindre de cheminer en avant, et à tout son entregent, engendre heur et fortune.[1]

55 [IV] Jeunesse du Prince, source des belles fortunes.

56 [IV] *Timante*, toujours le même, et sans rien perdre de ce mérite qui lui a attiré la première fois de la réputation et des récompenses, ne laissait pas de dégénérer[2] dans l'esprit des courtisans ; ils étaient las de l'estimer ; ils le saluaient froidement, ils ne lui souriaient plus, ils commençaient à ne le plus joindre[3], ils ne l'embrassaient plus, ils ne le tiraient plus à l'écart pour lui parler mystérieusement d'une chose indifférente, ils n'avaient plus rien à lui dire. Il lui fallait cette pension ou ce nouveau poste dont il vient d'être honoré pour faire revivre ses vertus à demi effacées de leur mémoire, et en rafraîchir l'idée : ils lui font comme dans les commencements, et encore mieux.

57 [V] Que d'amis, que de parents naissent en une nuit au nouveau ministre ! Les uns font valoir leurs anciennes liaisons, leur société d'études[4], les droits du voisinage ; les autres feuillettent leur généalogie, remontent jusqu'à un trisaïeul, rappellent le côté paternel et le maternel ; l'on veut tenir[5] à cet homme par quelque endroit, et l'on dit plusieurs fois le jour que l'on y tient ; on l'imprimerait volontiers : *C'est mon ami, et je suis fort aise de son élévation ; j'y dois prendre part, il m'est assez*

Notes

1. *« S'éloigner des petits, voire de ses pareils, et les rabaisser et mépriser ; fréquenter des grands et des puissants en biens et en propriétés, et, dans leur fréquentation et leur familiarité, être de tous les ébats, plaisanteries, mascarades et mauvaises actions ; être impudent, malhonnête, sans point d'honneur ; supporter moqueries et railleries de tout un chacun, sans pour cela hésiter à faire son chemin avec habileté, procure bonheur et fortune. »*

2. **ne laissait pas de dégénérer** : ne cessait d'être déconsidéré.

3. **joindre** : aborder.

4. **leur société d'études** : leur camaraderie.

5. **tenir** : être lié.

proche. Hommes vains et dévoués à la fortune, fades courtisans, parliez-vous ainsi il y a huit jours ? Est-il devenu, depuis ce temps, plus homme de bien, plus digne du choix que le prince en vient de faire ? Attendiez-vous cette circonstance pour le mieux connaître ?

58 [V] Ce qui me soutient et me rassure contre les petits dédains que j'essuie quelquefois des Grands et de mes égaux, c'est que je me dis à moi-même : ces gens n'en veulent peut-être qu'à ma fortune, et ils ont raison : elle est bien petite. Ils m'adoreraient sans doute si j'étais ministre.

Dois-je bientôt être en place ? le sait-il ? est-ce en lui un pressentiment ? il me prévient[1], il me salue.

59 [VII] Celui qui dit : *Je dînai hier à Tibur*[2], ou : *j'y soupe ce soir*, qui le répète, qui fait entrer dix fois le nom de *Plancus* dans les moindres conversations, qui dit : *Plancus me demandait… Je disais à Plancus…* celui-là même apprend dans ce moment que son héros vient d'être enlevé par une mort extraordinaire. Il part de la main[3], il rassemble le peuple dans les places ou sur les portiques, accuse le mort, décrie sa conduite, dénigre son consulat[4], lui ôte jusqu'à la science des détails que la voix publique lui accorde, ne lui passe[5] point une mémoire heureuse, lui refuse l'éloge d'un homme sévère et laborieux, ne lui fait pas l'honneur de lui croire, parmi les ennemis de l'Empire, un ennemi.

60 [VI] Un homme de mérite se donne, je crois, un joli spectacle, lorsque la même place à une assemblée ou à un spec-

Notes

1. **prévient** : n'attend pas que je le salue.
2. Tibur, près de Rome, était le palais de l'empereur romain Hadrien (76-138) ; avec *Plancus*, La Bruyère fait, sans doute, allusion à Louvois (1641-1691), ministre très puissant de Louis XIV, qui possédait un château à Meudon près de Versailles.
3. **part de la main** : se dit d'un cheval qui part au galop.
4. **consulat** : gouvernement ; La Bruyère reste dans le contexte latin (*cf.*, plus loin, « *Empire* »).
5. **passe** : accorde.

tacle dont il est refusé, il la voit accorder à un homme qui n'a point d'yeux pour voir, ni d'oreilles pour entendre, ni d'esprit pour connaître et pour juger, qui n'est recommandable que par de certaines livrées[1], que même il ne porte plus.

61 [VII] *Théodote* avec un habit austère a un visage comique[2] et d'un homme qui entre sur la scène ; sa voix, sa démarche, son geste, son attitude accompagnent[3] son visage. Il est fin, *cauteleux*[4], doucereux[5], mystérieux ; il s'approche de vous et il vous dit à l'oreille : *Voilà un beau temps, voilà un grand dégel.* S'il n'a pas les grandes manières, il a du moins toutes les petites, et celles même qui ne conviennent guère qu'à une jeune précieuse[6]. Imaginez-vous l'application d'un enfant à élever un château de carte ou à se saisir d'un papillon, c'est celle de Théodote pour une affaire de rien, et qui ne mérite pas qu'on s'en remue[7] ; il la traite sérieusement et comme quelque chose qui est capital ; il agit, il s'empresse, il la fait réussir ; le voilà qui respire et qui se repose, et il a raison, elle lui a coûté beaucoup de peine. L'on voit des gens enivrés, ensorcelés de la faveur[8] ; ils y pensent le jour, ils y rêvent la nuit ; ils montent l'escalier d'un ministre et ils en descendent ; ils sortent de son antichambre et ils y rentrent ; ils n'ont rien à lui dire et ils lui parlent ; ils lui parlent une seconde fois : les voilà contents, ils lui ont parlé. Pressez-les, tordez-les, ils dégouttent[9] l'orgueil, l'arrogance, la présomption[10] ; vous leur adressez la parole, ils ne vous répondent point, ils ne vous connaissent point, ils

Notes

1. C'est-à-dire qu'il était auparavant domestique.
2. **comique** : propre à un acteur comique, donc capable de prendre beaucoup d'expressions.
3. **accompagnent** : sont en accord avec.
4. ***cauteleux*** : d'une prudence rusée.
5. **doucereux** : mielleux, d'une amabilité excessive.
6. **précieuse** : femme qui cultivait la délicatesse et le raffinement dans les manières et le langage.
7. **remue** : occupe.
8. **faveur** : appui, protection du roi.
9. **dégouttent** : dégoulinent.
10. **présomption** : excessif contentement de soi.

ont les yeux égarés et l'esprit aliéné ; c'est à leurs parents à en prendre soin et à les renfermer[1], de peur que leur folie ne devienne fureur[2] et que le monde n'en souffre. Théodote a une plus douce manie : il aime la faveur éperdument, mais sa passion a moins d'éclat ; il lui fait des vœux en secret, il la cultive, il la sert mystérieusement ; il est au guet et à la découverte sur tout ce qui paraît de nouveau avec les livrées de la faveur[3] : ont-ils une prétention, il s'offre à eux, il s'intrigue[4] pour eux, il leur sacrifie sourdement mérite, alliance, amitié, engagement, reconnaissance. Si la place d'un CASSINI[5] devenait vacante, et que le Suisse ou le postillon[6] du favori s'avisât de la demander, il appuierait sa demande, il le jugerait digne de cette place, il le trouverait capable d'observer et de calculer, de parler de parélies et de parallaxes[7]. Si vous demandiez de Théodote s'il est auteur ou plagiaire[8], original ou copiste, je vous donnerais ses ouvrages, et je vous dirais : Lisez et jugez. Mais s'il est dévot ou courtisan, qui pourrait le décider sur le portrait que j'en viens de faire ? Je prononcerais[9] plus hardiment sur son étoile. Oui, Théodote, j'ai observé le point[10] de votre naissance ; vous serez placé, et bientôt ; ne veillez plus, n'imprimez plus : le public vous demande quartier[11].

62 [VIII] N'espérez plus de candeur[12], de franchise, d'équité, de bons offices, de services, de bienveillance, de générosité,

Notes

1. **renfermer** : enfermer.
2. **fureur** : folie furieuse.
3. **avec les livrées de la faveur** : c'est-à-dire « qui sont les valets, les esclaves de la faveur royale ».
4. **s'intrigue** : s'active beaucoup pour faire réussir une affaire.
5. Jean-Dominique Cassini (1625-1712), astronome, fondateur et directeur de l'Observatoire de Paris.
6. **postillon** : cocher d'un carrosse.
7. **parélies, parallaxes** : parhélies, phénomènes astronomiques.
8. **plagiaire** : auteur qui copie l'œuvre d'un autre.
9. **prononcerais** : me prononcerais, émettrais un jugement.
10. **point** : position des astres au moment de la naissance de quelqu'un et qui permet de prédire son avenir (sens astrologique).
11. **quartier** : grâce.
12. **candeur** : innocence.

de fermeté dans un homme qui s'est depuis quelque temps livré à la Cour, et qui secrètement veut sa fortune. Le reconnaissez-vous à son visage, à ses entretiens? il ne nomme plus chaque chose par son nom; il n'y a plus pour lui de fripons, de fourbes, de sots et d'impertinents; celui dont il lui échapperait de dire ce qu'il en pense, est celui-là même qui venant à le savoir l'empêcherait de *cheminer*[1]; pensant mal de tout le monde, il n'en dit de personne; ne voulant du bien qu'à lui seul, il veut persuader qu'il en veut à tous, afin que tous lui en fassent, ou que nul du moins lui soit contraire. Non content de n'être pas sincère, il ne souffre pas que personne le soit; la vérité blesse son oreille, il est froid et indifférent sur les observations que l'on fait sur la Cour et sur le courtisan; et parce qu'il les a entendues, il s'en croit complice et responsable. Tyran de la société et martyr de son ambition, il a une triste circonspection[2] dans sa conduite et dans ses discours, une raillerie innocente, mais froide et contrainte, un ris forcé, des caresses contrefaites[3], une conversation interrompue, et des distractions fréquentes : il a une profusion, le dirai-je, des torrents de louanges pour ce qu'a fait ou ce qu'a dit un homme placé et qui est en faveur, et pour tout autre une sécheresse de pulmonique[4]; il a des formules de compliments différents pour l'entrée et pour la sortie à l'égard de ceux qu'il visite ou dont il est visité, et il n'y a personne de ceux qui se payent de mines[5] et de façons de parler, qui ne sorte d'avec lui fort satisfait : il vise également à se faire des patrons et des créatures[6]; il est médiateur, confident, entremetteur, il veut gouverner. Il a une ferveur de novice pour toutes les petites pratiques de Cour; il sait où il faut se placer pour être vu; il sait vous em-

Notes

1. *cheminer* : parvenir à son but.
2. **circonspection** : prudence.
3. **caresses contrefaites** : marques de sympathie hypocrites.
4. **pulmonique** : malade du poumon.
5. **se payent de mines** : se laissent duper par certaines attitudes.
6. **des patrons et des créatures** : des gens dont il dépend et d'autres qui dépendent de lui.

brasser, prendre part à votre joie, vous faire coup sur coup des questions empressées sur votre santé, sur vos affaires ; et pendant que vous lui répondez, il perd le fil de sa curiosité, vous interrompt, entame un autre sujet ; ou s'il survient quelqu'un à qui il doive un discours tout différent, il sait, en achevant de vous congratuler[1], lui faire un compliment de condoléance : il pleure d'un œil et il rit de l'autre. Se formant[2] quelquefois sur les ministres ou sur le favori, il parle en public de choses frivoles, du vent, de la gelée ; il se tait au contraire, et fait le mystérieux sur ce qu'il sait de plus important, et plus volontiers encore sur ce qu'il ne sait point.

63 [I] Il y a un pays où les joies sont visibles, mais fausses, et les chagrins cachés, mais réels. Qui croirait que l'empressement pour les spectacles, que les éclats[3] et les applaudissements aux théâtres de Molière et d'Arlequin[4], les repas, la chasse, les ballets, les carrousels couvrissent tant d'inquiétudes, de soins et de divers intérêts, tant de craintes, et d'espérances, des passions si vives et des affaires si sérieuses.

64 [IV] La vie de la Cour est un jeu sérieux, mélancolique, qui applique[5] ; il faut arranger ses pièces et ses batteries[6], avoir un dessein, le suivre, parer celui de son adversaire, hasarder quelquefois, et jouer de caprice[7] ; et après toutes ses rêveries[8] et toutes ses mesures on est échec, quelquefois mat ; souvent avec des pions qu'on ménage[9] bien, on va à dame[10], et l'on gagne la partie ; le plus habile l'emporte, ou le plus heureux.

Notes

1. **congratuler** : féliciter.
2. **Se formant** : se conformant, imitant.
3. **éclats** : éclats de rire.
4. **Arlequin** : personnage de la *commedia dell'arte*, jouée au Théâtre des Italiens.
5. **applique** : demande de l'application.
6. **pièces, batteries** : canons et pièces d'artillerie.
7. **de caprice** : d'intuition.
8. **rêveries** : réflexions.
9. **ménage** : manœuvre.
10. **on va à dame** : on gagne au jeu de dames.

65 [V] Les roues, les ressorts, les mouvements sont cachés, rien ne paraît d'une montre que son aiguille, qui insensiblement s'avance et achève son tour ; image du courtisan, d'autant plus parfaite qu'après avoir fait assez de chemin, il revient souvent au même point d'où il est parti.

66 [I] Les deux tiers de ma vie sont écoulés ; pourquoi tant m'inquiéter sur ce qui m'en reste ? La plus brillante fortune ne mérite point ni le tourment que je me donne, ni les petitesses où je me surprends, ni les humiliations, ni les hontes que j'essuie : trente années détruiront ces colosses de puissance qu'on ne voyait bien qu'à force de lever la tête ; nous disparaîtrons, moi qui suis si peu de chose, et ceux que je contemplais si avidement, et de qui j'espérais toute ma grandeur ; le meilleur de tous les biens, s'il y a des biens, c'est le repos, la retraite, et un endroit qui soit son domaine. N★★ a pensé cela dans sa disgrâce, et l'a oublié dans la prospérité.

67 [I] Un noble, s'il vit chez lui dans sa province, il vit libre, mais sans appui ; s'il vit à la Cour, il est protégé, mais il est esclave ; cela se compense.

68 [IV] *Xantippe* au fond de sa province, sous un vieux toit et dans un mauvais lit, a rêvé pendant la nuit qu'il voyait le Prince, qu'il lui parlait, et qu'il en ressentait une extrême joie : il a été triste à son réveil ; il a conté son songe, et il a dit : Quelles chimères[1] ne tombent point dans l'esprit des hommes pendant qu'ils dorment ! Xantippe a continué de vivre, il est venu à la Cour, il a vu le Prince, il lui a parlé ; et il a été plus loin que son songe, il est favori.

69 [I] Qui est plus esclave qu'un courtisan assidu, si ce n'est un courtisan plus assidu ?

Note

1. **chimères** : produits de l'imagination.

70 [I] L'esclave n'a qu'un maître : l'ambitieux en a autant qu'il y a de gens utiles à sa fortune.

71 [I] Mille gens à peine connus font la foule au lever pour être vus du Prince qui n'en saurait voir mille à la fois ; et s'il ne voit aujourd'hui que ceux qu'il vit hier, et qu'il verra demain, combien de malheureux !

72 [I] De tous ceux qui s'empressent auprès des Grands et qui leur font la cour, un petit nombre les honore dans le cœur, un grand nombre les recherche par des vues d'ambition et d'intérêt, un plus grand nombre par une ridicule vanité, ou par une sotte impatience de se faire voir.

73 [VII] Il y a de certaines familles qui, par les lois du monde ou ce qu'on appelle de la bienséance, doivent être irréconciliables. Les voilà réunies[1] ; et où la religion a échoué quand elle a voulu l'entreprendre, l'intérêt s'en joue, et le fait sans peine.

74 [I] L'on parle d'une région où les vieillards sont galants, polis et civils ; les jeunes gens au contraire durs, féroces[2], sans mœurs[3] ni politesse. Ils[4] se trouvent affranchis de la passion des femmes dans un âge où l'on commence ailleurs à la sentir ; ils leur préfèrent des repas, des viandes et des amours ridicules. Celui-là chez eux est sobre et modéré, qui ne s'enivre que de vin ; l'usage trop fréquent qu'ils en ont fait le leur a rendu insipide ; ils cherchent à réveiller leur goût déjà éteint par des eaux-de-vie, et par toutes les liqueurs les plus violentes ; il ne manque à leur débauche que de boire de l'eau-forte[5]. Les femmes du pays précipitent le déclin de leur beauté par des artifices qu'elles croient servir à les rendre belles : leur coutume est de peindre leurs lèvres, leurs joues, leurs sourcils, et leurs épaules qu'elles étalent avec leur gorge, leurs bras et leurs

Notes

1. **réunies** : réconciliées.
2. **féroces** : brutaux.
3. **mœurs** : morale.
4. **Ils** : les jeunes gens.
5. **eau-forte** : acide.

oreilles, comme si elles craignaient de cacher l'endroit par où elles pourraient plaire, ou de ne pas se montrer assez. Ceux qui habitent cette contrée ont une physionomie qui n'est pas nette, mais confuse, embarrassée dans une épaisseur de cheveux étrangers qu'ils préfèrent aux naturels, et dont ils font un long tissu pour couvrir leur tête ; il descend à la moitié du corps, change les traits, et empêche qu'on ne connaisse les hommes à leur visage. Ces peuples d'ailleurs ont leur Dieu et leur Roi : les Grands de la nation s'assemblent tous les jours à une certaine heure dans un temple qu'ils nomment église[1] ; il y a au fond de ce temple un autel consacré à leur Dieu, où un prêtre célèbre des mystères qu'ils appellent saints, sacrés et redoutables ; les Grands forment un vaste cercle au pied de cet autel, et paraissent debout[2], le dos tourné directement au prêtre et aux saints mystères, et les faces élevées vers leur roi, que l'on voit à genoux sur une tribune, et à qui ils semblent avoir tout l'esprit et tout le cœur appliqué. On ne laisse pas[3] de voir dans cet usage une espèce de subordination ; car ce peuple paraît adorer le Prince, et le Prince adorer Dieu. Les gens du pays le nomment*** ; il est à quelques quarante-huit degrés d'élévation du pôle[4], et à plus d'onze cents lieues[5] de mer des Iroquois et des Hurons[6].

Notes

1. La chapelle royale de Versailles.
2. **paraissent debout** : se font voir debout (et non à genoux, comme il convient à l'église).
3. **ne laisse pas** : ne peut s'empêcher.
4. **élévation du pôle** : latitude ; c'est la latitude de Versailles.
5. **onze cents lieues** : un peu plus de 6 100 km (la lieue marine vaut 5,556 km).
6. **Iroquois, Hurons** : Indiens d'Amérique du Nord. Les Iroquois étaient connus pour leur férocité.

Une étude ethnographique de la Cour

Analyse de l'extrait (l. 639, p. 123, à l. 674, p. 124)

Explication linéaire

1. Repérez les différentes étapes du texte. Montrez que cette remarque s'apparente à une étude ethnographique*.

2. En vous appuyant sur la dernière phrase (l. 671 à 674), montrez quel est le point de vue adopté pour décrire la Cour. Quels termes ou expressions révèlent ce point de vue ? Quel est l'intérêt de ce choix pour le moraliste ?

*** *Ethnographique* : propre à l'ethnographie, étude descriptive de l'organisation sociale, des comportements et des coutumes d'un peuple.**

3. Lignes 639 à 648 : En vous appuyant en particulier sur les oppositions, montrez ce qui est choquant dans l'attitude des jeunes courtisans. Quel type idéal de comportement social, à l'époque de La Bruyère, mettent-ils à mal ?

4. Aux lignes 648 à 654, relevez le champ lexical dominant et montrez comment le moraliste critique la « coutume » des femmes de la Cour.

5. Quel procédé comique est employé aux lignes 654 à 660 ? En quoi sert-il la dénonciation ?

6. Observez la mise en scène de la cérémonie (désignation du lieu, places, attitudes) aux lignes 660 à 671. Que dénonce La Bruyère ? Par quels procédés (point de vue, vocabulaire, syntaxe, progression…) ?

7. Comparez ce passage avec la remarque 4 du chapitre VII (p. 80). Quel procédé commun retrouvez-vous ?

Grammaire

Le pronom relatif *dont*

Le pronom relatif *dont* est obligatoire quand le mot qu'il remplace dans la relative est précédé de la préposition *de* :
– « Je parle de l'homme » → « L'homme dont je parle » (*dont* est complément d'objet indirect du verbe *parle*) ;
– « La couverture du livre est sale » → « Le livre dont la couverture est sale » (*dont* est complément du nom *couverture*) ;
– « Je suis fier du succès » → « Le succès dont je suis fier » (*dont* est complément de l'adjectif *fier*) ;
– « Elle est aimée de cet homme » → « L'homme dont elle est aimée » (*dont* est complément d'agent du verbe *est aimée*).

8 Relevez les pronoms relatifs et analysez leur fonction dans le passage *« Ceux qui habitent cette contrée ont une physionomie qui n'est pas nette, mais confuse, embarrassée dans une épaisseur de cheveux étrangers qu'ils préfèrent aux naturels, et dont ils font un long tissu pour couvrir leur tête »*.

Histoire des Arts

9 En quoi le cérémonial évoqué dans cette remarque peut-il être rapproché de celui décrit dans le tableau de Jean-Léon Gérôme ?

Document 2 au verso de la couverture

75 [I] Qui considérera que le visage du Prince fait toute la félicité du courtisan, qu'il s'occupe et se remplit pendant toute sa vie de le voir et d'en être vu, comprendra un peu comment voir Dieu peut faire toute la gloire et tout le bonheur des saints.

76 [IV] Les grands seigneurs sont pleins d'égards pour les princes : c'est leur affaire[1], ils ont des inférieurs. Les petits courtisans se relâchent sur ces devoirs, font les familiers, et vivent comme gens qui n'ont d'exemples à donner à personne.

77 [IV] Que manque-t-il de nos jours à la jeunesse ? Elle peut[2] et elle sait ; ou du moins quand elle saurait autant qu'elle peut, elle ne serait pas plus décisive[3].

78 [IV] Faibles hommes ! Un grand dit de *Timagène*, votre ami, qu'il est un sot, et il se trompe. Je ne demande pas que vous répliquiez qu'il est homme d'esprit : osez seulement penser qu'il n'est pas un sot.

De même il prononce d'*Iphicrate* qu'il manque de cœur[4] ; vous lui avez vu faire une belle action : rassurez-vous, je vous dispense de la raconter, pourvu qu'après ce que vous venez d'entendre, vous vous souveniez encore de la lui avoir vu faire.

79 [V] Qui sait[5] parler aux rois, c'est peut-être où se termine toute la prudence et toute la souplesse du courtisan. Une parole échappe et elle tombe de l'oreille du Prince, bien avant dans sa mémoire, et quelquefois jusque dans son cœur : il est impossible de la ravoir[6] ; tous les soins que l'on prend et toute l'adresse dont on use pour l'expliquer ou pour l'affaiblir, servent à la graver plus profondément et à l'enfoncer davantage. Si ce n'est que contre nous-mêmes que nous ayons parlé, outre que ce malheur n'est pas ordinaire, il y a encore un

Notes

1. **c'est leur affaire** : ils y ont intérêt.
2. **Elle peut** : tout lui est permis.
3. **décisive** : prompte à décider.
4. **cœur** : courage.
5. **Qui sait** : si l'on sait.
6. **ravoir** : rattraper.

prompt remède, qui est de nous instruire par notre faute, et de souffrir la peine de notre légèreté ; mais si c'est contre quelque autre, quel abattement ! quel repentir[1] ! Y a-t-il une règle plus utile contre un si dangereux inconvénient, que de parler des autres au souverain, de leurs personnes, de leurs ouvrages, de leurs actions, de leurs mœurs, ou de leur conduite, du moins avec l'attention, les précautions et les mesures dont on parle de soi ?

80 [IV] Diseur de bons mots, mauvais caractère[2] : je le dirais, s'il n'avait été dit. Ceux qui nuisent à la réputation, ou à la fortune des autres plutôt que de perdre un bon mot, méritent une peine infamante[3] ; cela n'a pas été dit, et je l'ose dire.

81 [I] Il y a un certain nombre de phrases toutes faites, que l'on prend comme dans un magasin, et dont l'on se sert pour se féliciter les uns les autres sur les événements. Bien qu'elles se disent souvent sans affection, et qu'elles soient reçues sans reconnaissance, il n'est pas permis avec cela de les omettre, parce que du moins elles sont l'image de ce qu'il y a au monde de meilleur, qui est l'amitié, et que les hommes ne pouvant guère compter les uns sur les autres pour la réalité, semblent être convenus entre eux de se contenter des apparences.

82 [I] Avec cinq ou six termes de l'art, et rien de plus, l'on se donne pour connaisseur en musique, en tableaux, en bâtiments, et en bonne chère ; l'on croit avoir plus de plaisir qu'un autre à entendre, à voir et à manger ; l'on impose[4] à ses semblables, et l'on se trompe soi-même.

83 [VI] La Cour n'est jamais dénuée d'un certain nombre de gens en qui l'usage du monde, la politesse ou la fortune tiennent lieu d'esprit et suppléent au mérite. Ils savent entrer

Notes

1. **repentir** : regret.
2. Citation des *Pensées* de Pascal.
3. **infamante** : déshonorante.
4. **on impose** : on en impose, on impressionne.

et sortir ; ils se tirent de la conversation en ne s'y mêlant point ; ils plaisent à force de se taire, et se rendent importants par un silence longtemps soutenu, ou tout au plus par quelques monosyllabes ; ils payent de mines[1], d'une inflexion de voix, d'un geste ou d'un sourire ; ils n'ont pas, si je l'ose dire, deux pouces de profondeur ; si vous les enfoncez, vous rencontrez le tuf[2].

84 [VI] Il y a des gens à qui la faveur arrive comme un accident ; ils en sont les premiers surpris et consternés. Ils se reconnaissent enfin et se trouvent dignes de leur étoile ; et comme si la stupidité et la fortune étaient deux choses incompatibles, ou qu'il fût impossible d'être heureux et sot tout à la fois, ils se croient de l'esprit ; ils hasardent, que dis-je, ils ont la confiance de[3] parler en toute rencontre, et sur quelque matière qui puisse s'offrir, et sans nul discernement des personnes qui les écoutent. Ajouterai-je qu'ils épouvantent[4], ou qu'ils donnent le dernier dégoût par leur fatuité et par leurs fadaises ? Il est vrai du moins qu'ils déshonorent sans ressource ceux qui ont quelque part au hasard de leur élévation.

85 [IV] Comment nommerai-je cette sorte de gens qui ne sont fins que pour les sots ? Je sais du moins que les habiles les confondent avec[5] ceux qu'ils savent tromper.

[I] C'est avoir fait un grand pas dans la finesse[6], que de faire penser de soi, que l'on n'est que médiocrement fin.

[IV] La finesse n'est ni une trop bonne, ni une trop mauvaise qualité : elle flotte entre le vice et la vertu. Il n'y a point de rencontre[7] où elle ne puisse, et peut-être, ou elle ne doive être suppléée par la prudence.

Notes

1. **payent de mines** : ont belle apparence.
2. **tuf** : couche de pierre blanche que l'on trouve, souvent, sous la bonne terre.
3. **ils ont la confiance de** : ils ont assez de confiance en eux pour.
4. **épouvantent** : choquent.
5. **confondent avec** : rangent dans la même catégorie que.
6. **finesse** : adresse rusée.
7. **rencontre** : occasion.

[IV] La finesse est l'occasion prochaine de la fourberie ; de l'un à l'autre le pas est glissant ; le mensonge seul en fait la différence : si on l'ajoute à la finesse, c'est fourberie.

[IV] Avec les gens qui par finesse écoutent tout, et parlent peu, parlez encore moins ; ou si vous parlez beaucoup, dites peu de chose.

86 [V] Vous dépendez, dans une affaire qui est juste et importante, du consentement de deux personnes. L'un vous dit : J'y donne les mains[1] pourvu qu'un tel y condescende[2] ; et ce tel y condescend, et ne désire plus que d'être assuré des intentions de l'autre. Cependant rien n'avance ; les mois, les années s'écoulent inutilement : je m'y perds, dites-vous, et je n'y comprends rien ; il ne s'agit que de faire qu'ils s'abouchent[3], et qu'ils se parlent. Je vous dis, moi, que j'y vois clair, et que j'y comprends tout : ils se sont parlés.

87 [VII] Il me semble que qui sollicite pour les autres a la confiance d'un homme qui demande justice, et qu'en parlant ou en agissant pour soi-même, on a l'embarras et la pudeur de celui qui demande grâce.

88 [I] Si l'on ne se précautionne[4] à la Cour contre les pièges que l'on y tend sans cesse pour faire tomber dans le ridicule, l'on est étonné, avec tout son esprit, de se trouver la dupe de plus sots que soi.

89 [I] Il y a quelques rencontres dans la vie où la vérité et la simplicité sont le meilleur manège[5] du monde.

90 [VI] Êtes-vous en faveur, tout manège est bon, vous ne faites point de fautes, tous les chemins vous mènent au terme :

Notes

1. **donne les mains** : consens.
2. **condescende** : cède.
3. **s'abouchent** : se rencontrent pour discuter.
4. **se précautionne** : se munit de précautions.
5. **manège** : manière de se comporter.

autrement, tout est faute, rien n'est utile, il n'y a point de sentier qui ne vous égare.

91 [I] Un homme qui a vécu dans l'intrigue un certain temps ne peut plus s'en passer ; toute autre vie pour lui est languissante[1].

92 [I] Il faut avoir de l'esprit pour être homme de cabale ; l'on peut cependant en avoir à un certain point, que[2] l'on est au-dessus de l'intrigue et de la cabale, et que l'on ne saurait s'y assujettir[3] ; l'on va alors à une grande fortune ou à une haute réputation par d'autres chemins.

93 [IV] Avec un esprit sublime, une doctrine[4] universelle, une probité à toutes épreuves, et un mérite très accompli, n'appréhendez pas, ô *Aristide*, de tomber à la Cour ou de perdre la faveur des Grands, pendant tout le temps qu'ils auront besoin de vous.

94 [I] Qu'un favori s'observe de fort près ; car s'il me fait moins attendre dans son antichambre qu'à l'ordinaire, s'il a le visage plus ouvert, s'il fronce moins le sourcil, s'il m'écoute plus volontiers, et s'il me reconduit un peu plus loin, je penserai qu'il commence à tomber[5], et je penserai vrai.

L'homme a bien peu de ressources dans soi-même, puisqu'il lui faut une disgrâce ou une mortification[6] pour le rendre plus humain, plus traitable, moins féroce, plus honnête homme.

95 [V] L'on contemple, dans les cours, de certaines gens, et l'on voit bien à leurs discours et à toute leur conduite qu'ils ne songent ni à leurs grands-pères ni à leurs petits-fils : le présent est pour eux ; ils n'en jouissent pas, ils en abusent.

Notes

1. **languissante** : sans intérêt.
2. **à un certain point, que** : à ce point que.
3. **assujettir** : obliger, soumettre.
4. **doctrine** : savoir.
5. **tomber** : tomber en disgrâce.
6. **mortification** : humiliation.

96 [VI] *Straton*[1] est né sous deux étoiles : malheureux, heureux dans le même degré[2]. Sa vie est un roman : non, il lui manque le vraisemblable. Il n'a point eu d'aventures ; il a eu de beaux songes, il en a eu de mauvais : que dis-je, on ne rêve point comme il a vécu. Personne n'a tiré d'une destinée plus qu'il a fait ; l'extrême et le médiocre lui sont connus ; il a brillé, il a souffert, il a mené une vie commune : rien ne lui est échappé. Il s'est fait valoir par des vertus qu'il assurait fort sérieusement qui étaient en lui ; il a dit de soi : *J'ai de l'esprit, j'ai du courage ;* et tous ont dit après lui : *Il a de l'esprit, il a du courage.* Il a exercé dans l'une et l'autre fortune le génie du courtisan, qui a dit de lui plus de bien peut-être et plus de mal qu'il n'y en avait. Le joli, l'aimable, le rare, le merveilleux, l'héroïque ont été employés à son éloge ; et tout le contraire a servi depuis pour le ravaler[3] : caractère équivoque, mêlé, enveloppé[4] ; une énigme, une question presque indécise.

97 [V] La faveur met l'homme au-dessus de ses égaux ; et sa chute, au-dessous.

98 [I] Celui qui un beau jour sait renoncer fermement, ou à un grand nom, ou à une grande autorité, ou à une grande fortune, se délivre en un moment de bien des peines, de bien des veilles, et quelquefois de bien des crimes.

99 [V] Dans cent ans le monde subsistera encore en son entier : ce sera le même théâtre et les mêmes décorations, ce ne seront plus les mêmes acteurs. Tout ce[5] qui se réjouit sur une grâce reçue, ou ce qui s'attriste et se désespère sur un refus, tous auront disparu de dessus la scène. Il s'avance déjà sur le

Notes

1. Allusion, sans doute, au duc de Lauzun (1632-1723), qui a mené une vie aventureuse ; favori de Louis XIV, lieutenant général des armées, puis emprisonné et exilé, enfin revenu en grâce à la fin de sa vie, il a participé à la révolution en Angleterre. Séducteur invétéré, il eut des maîtresses illustres.
2. **dans le même degré** : au même degré.
3. **ravaler** : rabaisser.
4. **enveloppé** : embrouillé.
5. **Tout ce** : tous ceux.

théâtre d'autres hommes qui vont jouer dans une même pièce les mêmes rôles ; ils s'évanouiront à leur tour ; et ceux qui ne sont pas encore, un jour ne seront plus : de nouveaux acteurs ont pris leur place. Quel fond[1] à faire sur un personnage de comédie !

100 [VII] Qui a vu la Cour a vu du monde ce qui est le plus beau, le plus spécieux[2] et le plus orné ; qui méprise la Cour après l'avoir vue, méprise le monde.

101 [VI] La ville dégoûte de la province : la Cour détrompe de la ville et guérit de la Cour.

[I] Un esprit sain puise à la Cour le goût de la solitude et de la retraite.

Notes

1. **fond** : confiance (*faire fond sur* signifie « compter sur »).

2. **spécieux** : ici, « qui a belle apparence ».

La scène du bal dans le petit parc de Versailles, gravure de Jean Le Pautre (1678).

CHAPITRE IX

Des Grands

1 [I] La prévention[1] du peuple en faveur des Grands est si aveugle, et l'entêtement[2] pour leur geste[3], leur visage, leur ton de voix et leurs manières si général, que, s'ils s'avisaient d'être bons, cela irait à l'idolâtrie.

2 [VI] Si vous êtes né vicieux, ô *Théagène*, je vous plains ; si vous le devenez par faiblesse pour ceux qui ont intérêt que vous le soyez, qui ont juré entre eux de vous corrompre, et qui se vantent déjà de pouvoir y réussir, souffrez que je vous méprise. Mais si vous êtes sage, tempérant[4], modeste[5], civil, généreux, reconnaissant, laborieux[6], d'un rang d'ailleurs et d'une naissance à donner des exemples plutôt qu'à les prendre d'autrui, et à faire les règles plutôt qu'à les recevoir, convenez avec cette sorte de gens[7] de suivre par complaisance[8] leurs dérèglements, leurs vices et leur folie, quand ils auront, par

Notes

1. **prévention** : préjugé favorable.
2. **entêtement** : engouement, admiration déraisonnable.
3. **geste** : ensemble de leurs gestes.
4. **tempérant** : qui sait se maîtriser.
5. **modeste** : modéré.
6. **laborieux** : travailleur.
7. **cette sorte de gens** : ceux qui veulent vous corrompre.
8. **complaisance** : désir de faire plaisir.

la déférence qu'ils vous doivent, exercé toutes les vertus que vous chérissez : ironie[1] forte, mais utile, très propre à mettre vos mœurs en sûreté, à renverser tous leurs projets, et à les jeter dans le parti de continuer d'être ce qu'ils sont, et de vous laisser tel que vous êtes.

3 [I] L'avantage des Grands sur les autres hommes est immense par un endroit ; je leur cède leur bonne chère, leurs riches ameublements, leurs chiens, leurs chevaux, leurs singes, leurs nains, leurs fous et leurs flatteurs ; mais je leur envie le bonheur d'avoir à leur service[2] des gens qui les égalent par le cœur et par l'esprit, et qui les passent[3] quelquefois.

4 [I] Les Grands se piquent d'ouvrir une allée dans une forêt, de soutenir des terres par de longues murailles, de dorer des plafonds, de faire venir dix pouces d'eau[4], de meubler une orangerie ; mais de rendre un cœur content, de combler une âme de joie, de prévenir d'extrêmes besoins[5] ou d'y remédier, leur curiosité[6] ne s'étend point jusque-là.

5 [IV] On demande si en comparant ensemble les différentes conditions des hommes, leurs peines, leurs avantages, on n'y remarquerait pas un mélange ou une espèce de compensation de bien et de mal, qui établirait entre elles l'égalité, ou qui ferait du moins que l'un ne serait guère plus désirable que l'autre. Celui qui est puissant, riche, et à qui il ne manque rien, peut former[7] cette question ; mais il faut que ce soit un homme pauvre qui la décide[8].

Notes

1. **ironie** : Théagène ne cédera jamais à ces corrupteurs puisque eux-mêmes ne seront jamais vertueux ; il est donc ironique en disant le contraire de ce qu'il pense réellement.
2. Comme le fut La Bruyère pour les Condé.
3. **passent** : surpassent.
4. Pour créer des bassins dans son parc.
5. **prévenir d'extrêmes besoins** : éviter que quelqu'un soit dans le besoin.
6. **curiosité** : intérêt que l'on prend à quelque chose.
7. **former** : concevoir.
8. **décide** : tranche.

Il ne laisse pas[1] d'y avoir comme un charme attaché à chacune des différentes conditions, et qui y demeure jusques à ce que la misère l'en ait ôté. Ainsi les Grands se plaisent dans l'excès, et les petits aiment la modération ; ceux-là ont le goût de dominer et de commander, et ceux-ci sentent du plaisir et même de la vanité à les servir et à leur obéir : les Grands sont entourés, salués, respectés ; les petits entourent, saluent, se prosternent, et tous sont contents[2].

6 [IV] Il coûte si peu aux Grands à ne donner que des paroles, et leur condition les dispense si fort de tenir les belles promesses qu'ils vous ont faites, que c'est modestie[3] à eux de ne promettre pas encore plus largement.

7 [IV] Il est vieux et usé, dit un Grand, il s'est crevé[4] à me suivre, qu'en faire ? Un autre, plus jeune, enlève ses espérances[5], et obtient le poste qu'on ne refuse à ce malheureux que parce qu'il l'a trop mérité.

8 [IV] Je ne sais, dites-vous avec un air froid et dédaigneux ; *Philanthe* a du mérite, de l'esprit, de l'agrément[6], de l'exactitude[7] sur son devoir, de la fidélité et de l'attachement pour son maître, et il en est médiocrement considéré ; il ne plaît pas, il n'est pas goûté[8]. Expliquez-vous : est-ce Philanthe, ou le Grand qu'il sert, que vous condamnez ?

9 [VI] Il est souvent plus utile de quitter les Grands que de s'en plaindre.

10 [I] Qui peut dire pourquoi quelques-uns ont le gros lot, ou quelques autres la faveur des Grands ?

Notes

1. **Il ne laisse pas** : il ne manque pas.
2. **contents** : satisfaits de ce qu'ils ont.
3. **modestie** : modération.
4. **crevé** : épuisé (se dit d'un cheval).
5. **enlève ses espérances** : prend pour lui ce qu'il espérait.
6. **agrément** : charme.
7. **exactitude** : souci de perfection.
8. **goûté** : apprécié.

11 [IV] Les Grands sont si heureux, qu'ils n'essuient pas même, dans toute leur vie, l'inconvénient de regretter la perte de leurs meilleurs serviteurs, ou des personnes illustres dans leur genre, et dont ils ont tiré le plus de plaisir et le plus d'utilité. La première chose que la flatterie sait faire après la mort de ces hommes uniques, et qui ne se réparent[1] point, est de leur supposer des endroits faibles, dont elle prétend que ceux qui leur succèdent sont très exempts[2] : elle assure que l'un, avec toute la capacité et toutes les lumières[3] de l'autre dont il prend la place, n'en a point les défauts, et ce style sert aux princes à se consoler du grand et de l'excellent par le médiocre.

12 [I] Les Grands dédaignent les gens d'esprit qui n'ont que de l'esprit; les gens d'esprit méprisent les Grands qui n'ont que de la grandeur. Les gens de bien plaignent les uns et les autres, qui ont ou de la grandeur ou de l'esprit, sans nulle vertu.

13 [IV] Quand je vois d'une part auprès des Grands, à leur table, et quelquefois dans leur familiarité, de ces hommes alertes, empressés, intrigants, aventuriers[4], esprits dangereux et nuisibles, et que je considère d'autre part quelle peine ont les personnes de mérite à en approcher, je ne suis pas toujours disposé à croire que les méchants soient soufferts par intérêt, ou que les gens de bien soient regardés comme inutiles; je trouve plus mon compte à me confirmer dans cette pensée, que grandeur et discernement sont deux choses différentes, et l'amour pour la vertu et pour les vertueux une troisième chose.

14 [I] *Lucile*[5] aime mieux user sa vie à se faire supporter de quelques Grands, que d'être réduit à vivre familièrement avec ses égaux.

Notes

1. **réparent** : remplacent.
2. **exempts** : dépourvus.
3. **lumières** : qualités intellectuelles.
4. **aventuriers** : qui recherchent la gloire sans s'embarrasser de scrupules.
5. Traduction du prénom latin masculin Lucilius.

La règle de voir[1] de plus grands que soi doit avoir ses restrictions. Il faut quelquefois d'étranges talents pour la réduire en pratique[2].

15 [VI] Quelle est l'incurable maladie de *Théophile*[3] ? Elle lui dure depuis plus de trente années, il ne guérit point : il a voulu, il veut, et il voudra gouverner[4] les Grands ; la mort seule lui ôtera avec la vie cette soif d'empire et d'ascendant[5] sur les esprits. Est-ce en lui zèle[6] du prochain ? Est-ce habitude ? Est-ce une excessive opinion de soi-même ? Il n'y a point de palais où il ne s'insinue ; ce n'est pas au milieu d'une chambre qu'il s'arrête, il passe à une embrasure[7] ou au cabinet, on attend qu'il ait parlé, et longtemps et avec action[8], pour avoir audience, pour être vu. Il entre dans le secret des familles, il est de quelque chose dans tout ce qui leur arrive de triste ou d'avantageux ; il prévient, il s'offre, il se fait de fête[9], il faut l'admettre. Ce n'est pas assez pour remplir son temps ou son ambition, que le soin de dix mille âmes dont il répond à Dieu comme de la sienne propre ; il y en a d'un plus haut rang et d'une plus grande distinction dont il ne doit aucun compte, et dont il se charge plus volontiers. Il écoute, il veille sur tout ce qui peut servir de pâture à son esprit d'intrigue, de médiation et de manège[10]. À peine un Grand est-il débarqué qu'il l'empoigne et s'en saisit ; on entend plus tôt dire à Théophile qu'il le gouverne, qu'on n'a pu soupçonner qu'il pensait à le gouverner.

Notes

1. **voir** : fréquenter.
2. **la réduire en pratique** : l'adapter à la pratique.
3. ***Théophile*** : prénom grec qui signifie « qui aime Dieu » ; le personnage décrit est un ecclésiastique.
4. **gouverner** : diriger leur esprit.
5. **d'empire et d'ascendant** : d'autorité et d'influence.
6. **zèle** : amour (terme religieux).
7. **embrasure** : renfoncement d'une fenêtre, lieu pour des conversations intimes.
8. **action** : ardeur.
9. **se fait de fête** : s'insinue dans des affaires qui ne le regardent pas.
10. **manège** : manigance.

16 [I] Une froideur ou une incivilité qui vient de ceux qui sont au-dessus de nous, nous les fait haïr; mais un salut ou un sourire nous les réconcilie.

17 [VI] Il y a des hommes superbes, que l'élévation de leurs rivaux humilie et apprivoise[1]; ils en viennent, par cette disgrâce, jusqu'à rendre le salut; mais le temps, qui adoucit toutes choses, les remet enfin dans leur naturel.

18 [IV] Le mépris que les Grands ont pour le peuple les rend indifférents sur les flatteries ou sur les louanges qu'ils en reçoivent, et tempère leur vanité. De même les princes[2] loués sans fin et sans relâche des Grands ou des courtisans, en seraient plus vains s'ils estimaient davantage ceux qui les louent.

19 [I] Les Grands croient être seuls parfaits, n'admettent qu'à peine[3] dans les autres hommes la droiture d'esprit, l'habileté, la délicatesse[4], et s'emparent de ces riches talents, comme de choses dues à leur naissance. C'est cependant en eux une erreur grossière de se nourrir de si fausses préventions : ce qu'il y a jamais eu de mieux pensé, de mieux dit, de mieux écrit, et peut-être d'une conduite plus délicate, ne nous est pas toujours venu de leur fonds[5]. Ils ont de grands domaines, et une longue suite d'ancêtres : cela ne leur peut être contesté.

20 [VI] Avez-vous de l'esprit, de la grandeur, de l'habileté, du goût, du discernement? en croirai-je la prévention et la flatterie, qui publient[6] hardiment votre mérite? Elles me sont suspectes, et je les récuse. Me laisserai-je éblouir par un air de capacité[7] ou de hauteur qui vous met au-dessus de tout ce qui

Notes

1. **apprivoise** : rend plus sociables, moins fiers.
2. **princes** : le souverain et les membres de la famille royale (les princes du sang).
3. **à peine** : avec peine.
4. **délicatesse** : ici, dans un sens positif, intellectuel et moral; sensibilité et élévation de sentiment et d'esprit.
5. **fonds** : ensemble de ressources matérielles ou, au sens moral, de qualités.
6. **publient** : vantent.
7. **capacité** : compétence.

se fait, de ce qui se dit, et de ce qui s'écrit, qui vous rend sec sur les louanges, et empêche qu'on ne puisse arracher de vous la moindre approbation ? Je conclus de là plus naturellement que vous avez de la faveur, du crédit et de grandes richesses. Quel moyen de vous définir, *Téléphon* ? on n'approche de vous que comme du feu, et dans une certaine distance, et il faudrait vous développer[1], vous manier[2], vous confronter avec vos pareils, pour porter de vous un jugement sain et raisonnable. Votre homme de confiance, qui est dans votre familiarité, dont vous prenez conseil, pour qui vous quittez *Socrate* et *Aristide*[3], avec qui vous riez, et qui rit plus haut que vous, *Dave*[4] enfin m'est très connu : serait-ce assez pour vous bien connaître ?

21 [V] Il y en a de tels, que, s'ils pouvaient connaître leurs subalternes et se connaître eux-mêmes, ils auraient honte de primer[5].

Notes

1. **vous développer** : enlever votre enveloppe.
2. **manier** : étudier.
3. ***Socrate* et *Aristide*** : philosophe et homme d'État athéniens des ve et vi^e-ve siècles avant J.-C.
4. Nom d'esclave dans la comédie latine.
5. **primer** : avoir la primauté sur eux.

Vrai ou faux mérite

Analyse de l'extrait (l. 131, p. 140, à l. 160, p. 141)

Explication linéaire

1. À quel type de forme brève appartient chacune de ces trois remarques (maxime, réflexion ou portrait) ? Indiquez-en les principales caractéristiques. En quoi vous semblent-elles proches, malgré tout (question posée, cibles visées, thématiques) ? Comment la forme discontinue se met-elle au service du fond ?

2. Remarque 19 : En quoi consiste le vrai mérite, selon La Bruyère ? Quelle est l'erreur des Grands ? Relevez-en le champ lexical.

3. Remarque 19 : Étudiez la progression logique de cette remarque. Sur quel procédé s'appuie la dernière phrase ? Qu'est-ce qui la rend si cinglante ?

4. Remarque 20 : Quel est le but de La Bruyère dans cette remarque ? Quelle méthode va-t-il suivre ? À quoi voit-on qu'il est lucide ?

5. Remarque 20, l. 140 à 148 : En vous appuyant sur le jeu des questions/réponses, le lexique argumentatif et les champs lexicaux de l'être et du paraître, vous montrerez quelles sont les opinions sur Téléphon et comment elles sont démenties.

6. Remarque 20 : Quelles critiques implicites et explicites le moraliste fait-il à Téléphon ? En quoi la dernière phrase de cette remarque est-elle cruelle pour Téléphon ?

7. Remarque 21 : Commentez l'efficacité de cette remarque. Que veut-elle montrer et par quels moyens littéraires (syntaxe, vocabulaire, modes…) ?

Grammaire

Interrogation totale et interrogation partielle

• L'interrogation est **totale** quand elle porte sur l'ensemble de la phrase et qu'on peut y répondre par *oui* ou par *non*. Elle s'exprime, généralement, par l'inversion du sujet, la tournure « Est-ce que » ou la simple intonation. *Ex. :* « Viens-tu ? » ; « Est-ce que tu viens ? » ; « Tu viens ? ».

• L'interrogation **partielle** porte sur un élément de la phrase (sujet, COD, compléments...), et l'on ne peut pas y répondre par *oui* ou par *non*. Elle est introduite par un mot interrogatif : pronom, adjectif, adverbe. *Ex. :* « Qui vient ? » ; « Quel enfant vient ? » ; « Quand viens-tu ? ».

8 Aux lignes 140 à 149, relevez et analysez les tournures interrogatives. S'agit-il d'interrogations totales ou partielles ?

Histoire des Arts

9 Comment le tableau de Nicolas Régnier peut-il illustrer, à sa façon, la démarche de La Bruyère pour *« peindre les hommes »* ?

Document 1 au verso de la couverture

22 [V] S'il y a peu d'excellents orateurs, y a-t-il bien des gens qui puissent les entendre ? S'il n'y a pas assez de bons écrivains, où sont ceux qui savent les lire ? De même on s'est toujours plaint du petit nombre de personnes capables de conseiller les rois, et de les aider dans l'administration de leurs affaires ; mais s'ils naissent enfin, ces hommes habiles et intelligents, s'ils agissent selon leurs vues[1] et leurs lumières, sont-ils aimés, sont-ils estimés autant qu'ils le méritent ? Sont-ils loués de ce qu'ils pensent et de ce qu'ils font pour la patrie ? Ils vivent, il suffit, on les censure[2] s'ils échouent, et on les envie s'ils réussissent : blâmons le peuple où il serait ridicule de vouloir l'excuser ; son chagrin[3] et sa jalousie, regardés des Grands ou des puissants comme inévitables, les ont conduits insensiblement à le[4] compter pour rien, et à négliger ses suffrages[5] dans toutes leurs entreprises[6], à s'en faire même une règle de politique.

Les petits se haïssent les uns les autres lorsqu'ils se nuisent réciproquement. Les Grands sont odieux aux petits par le mal qu'ils leur font, et par tout le bien qu'ils ne leur font pas : ils leur sont responsables[7] de leur obscurité[8], de leur pauvreté et de leur infortune, ou du moins ils leur paraissent tels.

23 [V] C'est déjà trop d'avoir avec le peuple une même religion et un même Dieu : quel moyen encore de s'appeler *Pierre, Jean, Jacques*, comme le marchand ou le laboureur ? Évitons d'avoir rien de commun avec la multitude ; affectons[9] au contraire toutes les distinctions qui nous en séparent. Qu'elle s'approprie les douze apôtres, leurs disciples, les premiers martyrs (telles gens, tels patrons[10]) ; qu'elle voie avec plaisir reve-

Notes

1. **vues** : idées.
2. **censure** : critique.
3. **chagrin** : mécontentement.
4. **le** : le peuple.
5. **ses suffrages** : son approbation.
6. **entreprises** : décisions.
7. **ils leur sont responsables** : ils les tiennent pour responsables.
8. **obscurité** : basse condition sociale.
9. **affectons** : manifestons.
10. Les disciples du Christ et les premiers chrétiens étaient, majoritairement, de classes sociales basses.

nir toutes les années ce jour particulier que chacun célèbre comme sa fête. Pour nous autres Grands, ayons recours aux noms profanes[1], faisons-nous baptiser sous ceux d'*Annibal*, de *César* et de *Pompée*[2] : c'étaient de grands hommes; sous celui de *Lucrèce* : c'était une illustre Romaine; sous ceux de *Renaud*, de *Roger*, d'*Olivier* et de *Tancrède*[3] : c'étaient des paladins[4], et le roman n'a point de héros plus merveilleux; sous ceux d'*Hector*, d'*Achille*, d'*Hercule*[5], tous demi-dieux; sous ceux même de *Phébus* et de *Diane*; et qui nous empêchera de nous faire nommer *Jupiter*, ou *Mercure*, ou *Vénus*, ou *Adonis*?

24 [VII] Pendant que les Grands négligent de rien[6] connaître, je ne dis pas seulement aux intérêts des princes et aux affaires publiques, mais à leurs propres affaires; qu'ils ignorent l'économie[7] et la science d'un père de famille, et qu'ils se louent eux-mêmes de cette ignorance; qu'ils se laissent appauvrir et maîtriser par des intendants; qu'ils se contentent d'être gourmets ou *coteaux*[8], d'aller chez *Thaïs* ou chez *Phryné*[9], de parler de la meute et de la vieille meute[10], de dire combien il y a de postes[11] de Paris à Besançon, ou à Philisbourg : des citoyens[12] s'instruisent du dedans et du dehors d'un royaume, étudient le gouvernement, deviennent fins et politiques[13], savent le fort et le faible de tout un État, songent à se mieux placer, se

Notes

1. **profanes** : qui ne sont pas ceux des saints.
2. ***Annibal, César, Pompée*** : chefs militaires et politiques de l'Antiquité.
3. Ces personnages sont tirés de deux célèbres poèmes épiques : *Roland furieux* (1516, 1532) de l'Arioste et la *Jérusalem délivrée* (1581) du Tasse.
4. **paladins** : chevaliers.
5. ***Hector, Achille, Hercule*** : héros de la mythologie antique.
6. **rien** : quoi que ce soit.
7. **économie** : gestion de leurs affaires.
8. ***coteaux*** : connaisseurs en vins.
9. ***Thaïs, Phryné*** : courtisanes célèbres de l'Antiquité.
10. La meute et la vieille meute sont les chiens qu'on lâche en premier, puis en second à la chasse.
11. **postes** : relais de poste.
12. **citoyens** : qui n'ont pas de titre de noblesse.
13. **politiques** : qui connaissent l'art de gouverner.

placent[1], s'élèvent, deviennent puissants, soulagent le prince d'une partie des soins publics ; les Grands qui les dédaignaient les révèrent, heureux s'ils deviennent leurs gendres[2] !

25 [V] Si je compare ensemble les deux conditions des hommes les plus opposées, je veux dire les Grands avec le peuple, ce dernier me paraît content du nécessaire, et les autres sont inquiets[3] et pauvres avec le superflu. Un homme du peuple ne saurait faire aucun mal ; un Grand ne veut faire aucun bien et est capable de grands maux. L'un ne se forme et ne s'exerce que dans les choses qui sont utiles ; l'autre y joint les pernicieuses[4]. Là se montrent ingénument[5] la grossièreté[6] et la franchise ; ici se cache une sève maligne[7] et corrompue sous l'écorce de la politesse. Le peuple n'a guère d'esprit, et les Grands n'ont point d'âme : celui-là a un bon fond et n'a point de dehors ; ceux-ci n'ont que des dehors et qu'une simple superficie[8]. Faut-il opter ? Je ne balance[9] pas, je veux être peuple.

26 [I] Quelque profonds que soient les Grands de la Cour, et quelque part qu'ils aient pour paraître ce qu'ils ne sont pas, et pour ne point paraître ce qu'ils sont, ils ne peuvent cacher leur malignité, leur extrême pente[10] à rire aux dépens d'autrui, et à jeter un ridicule[11] souvent où il n'y en peut avoir. Ces beaux talents se découvrent en eux du premier coup d'œil, admirables sans doute pour envelopper une dupe et rendre sot celui qui l'est déjà, mais encore plus propres à leur ôter tout le plaisir qu'ils pourraient tirer d'un homme d'esprit, qui saurait se tourner et se plier en mille manières agréables et réjouissantes,

Notes

1. **se placent** : accèdent à un haut emploi.
2. On peut penser à Colbert, fils d'un marchand et ministre de Louis XIV, dont les trois filles ont été mariées à des ducs.
3. **inquiets** : jamais satisfaits.
4. **pernicieuses** : nuisibles.
5. **ingénument** : naturellement, avec sincérité.
6. **grossièreté** : rudesse de manières.
7. **maligne** : mauvaise, nocive.
8. **superficie** : surface.
9. **ne balance** : n'hésite.
10. **pente** : tendance.
11. **ridicule** : moquerie.

si le dangereux caractère du courtisan ne l'engageait pas à une fort grande retenue. Il lui oppose un caractère sérieux dans lequel il se retranche ; et il fait si bien que les railleurs avec des intentions si mauvaises manquent d'occasions de se jouer de lui.

27 [I] Les aises de la vie, l'abondance, le calme d'une grande prospérité font que les princes ont de la joie de reste[1] pour rire d'un nain, d'un singe, d'un imbécile, et d'un mauvais conte[2]. Les gens moins heureux ne rient qu'à propos[3].

28 [VIII] Un Grand aime la Champagne, abhorre[4] la Brie[5], il s'enivre de meilleur vin que l'homme du peuple : seule différence que la crapule[6] laisse entre les conditions les plus disproportionnées, entre le seigneur et l'estafier[7].

29 [I] Il semble d'abord qu'il entre dans les plaisirs des princes un peu de celui d'incommoder les autres. Mais non, les princes ressemblent aux hommes ; ils songent à eux-mêmes, suivent leur goût[8], leurs passions, leur commodité[9], cela est naturel.

30 [I] Il semble que la première règle des compagnies[10], des gens en place, ou des puissants, est de donner à ceux qui dépendent d'eux pour le besoin de leurs affaires toutes les traverses[11] qu'ils en peuvent craindre.

31 [IV] Si un Grand a quelque degré de bonheur sur les[12] autres hommes, je ne devine pas lequel, si ce n'est peut-être de se trouver souvent dans le pouvoir et dans l'occasion de faire plaisir ; et si elle naît, cette conjoncture, il semble qu'il

Notes

1. **de la joie de reste** : assez de joie.
2. **conte** : anecdote, petite histoire.
3. **à propos** : lorsque c'est opportun.
4. **abhorre** : déteste.
5. Le vin de Champagne ou de Brie.
6. **crapule** : ivrognerie.
7. **estafier** : valet (péjoratif).
8. **goût** : plaisir.
9. **commodité** : agrément.
10. **compagnies** : associations de personnes.
11. **traverses** : obstacles.
12. **sur les** : au-dessus des.

doive s'en servir. Si c'est en faveur d'un homme de bien, il doit appréhender qu'elle ne lui échappe ; mais comme c'est en une chose juste, il doit prévenir[1] la sollicitation, et n'être vu que pour être remercié ; et si elle est facile, il ne doit pas même la lui faire valoir. S'il la lui refuse, je les plains tous deux.

32 [VI] Il y a des hommes nés inaccessibles, et ce sont précisément ceux de qui les autres ont besoin, de qui ils dépendent. Ils ne sont jamais que sur un pied ; mobiles, comme le mercure ils pirouettent, ils gesticulent, ils crient, ils s'agitent ; semblables à ces figures de carton qui servent de montre[2] à une fête publique, ils jettent feu et flamme, tonnent et foudroient ; on n'en approche pas, jusqu'à ce que venant à s'éteindre ils tombent, et par leur chute deviennent traitables[3], mais inutiles.

33 [IV] Le Suisse, le valet de chambre, l'homme de livrée, s'ils n'ont plus[4] d'esprit que ne porte[5] leur condition, ne jugent plus d'eux-mêmes par leur première bassesse[6], mais par l'élévation et la fortune des gens qu'ils servent, et mettent tous ceux qui entrent par leur porte, et montent leur escalier, indifféremment[7] au-dessous d'eux et de leurs maîtres : tant il est vrai qu'on est destiné à souffrir des Grands et de ce qui leur appartient !

34 [IV] Un homme en place doit aimer son prince, sa femme, ses enfants et après eux les gens d'esprit : il les doit adopter[8], il doit s'en fournir et n'en jamais manquer. Il ne saurait payer, je ne dis pas de trop de pensions et de bienfaits, mais de trop

Notes

1. **prévenir** : ne pas attendre.
2. **figures de carton qui servent de montre** : figurines de cartons qui servaient de décor aux feux d'artifice et que l'on brûlait ensuite.
3. **traitables** : accessibles.
4. **plus** : pas plus.
5. **porte** : comporte.
6. **première bassesse** : leur condition inférieure d'origine.
7. **indifféremment** : sans faire de différence.
8. **adopter** : admettre dans son cercle de famille.

de familiarité et de caresses les secours et les services qu'il en tire, même sans le savoir. Quels petits bruits[1] ne dissipent-ils pas? quelles histoires ne réduisent-ils pas à la fable et à la fiction? Ne savent-ils pas justifier les mauvais succès par les bonnes intentions, prouver la bonté d'un dessein et la justesse des mesures par le bonheur[2] des événements, s'élever contre la malignité et l'envie pour accorder à de bonnes entreprises de meilleurs motifs, donner des explications favorables à des apparences qui étaient mauvaises; détourner[3] les petits défauts, ne montrer que les vertus, et les mettre dans leur jour[4]; semer en mille occasions des faits et des détails qui soient avantageux, et tourner le ris et la moquerie contre ceux qui oseraient en douter, ou avancer des faits contraires? Je sais que les Grands ont pour maxime de laisser parler[5] et de continuer d'agir; mais je sais aussi qu'il leur arrive en plusieurs rencontres, que laisser dire les empêche de faire.

35 [IV] Sentir[6] le mérite; et quand il est une fois connu, le bien traiter, deux grandes démarches à faire tout de suite, et dont la plupart des Grands sont fort incapables.

36 [IV] Tu es Grand, tu es puissant, ce n'est pas assez; fais que je t'estime, afin que je sois triste d'être déchu de tes bonnes grâces, ou de n'avoir pu les acquérir.

37 [IV] Vous dites d'un Grand ou d'un homme en place qu'il est prévenant, officieux[7], qu'il aime à faire plaisir; et vous le confirmez par un long détail[8] de ce qu'il a fait en une affaire où il a su que vous preniez intérêt. Je vous entends : on va pour vous au-devant de la sollicitation, vous avez du crédit, vous

Notes

1. **bruits** : rumeurs.
2. **bonheur** : issue heureuse.
3. **détourner** : dissimuler.
4. **dans leur jour** : en lumière.
5. **laisser parler** : laisser parler les médisants.
6. **Sentir** : discerner, percevoir.
7. **officieux** : obligeant, serviable.
8. **détail** : récit détaillé.

êtes connu du ministre, vous êtes bien avec les puissances[1]; désiriez-vous que je susse autre chose?

[VII] Quelqu'un vous dit : *Je me plains d'un tel, il est fier depuis son élévation, il me dédaigne, il ne me connaît plus. Je n'ai pas, pour moi*, lui répondez-vous, *sujet à m'en plaindre; au contraire, je m'en loue fort, et il me semble même qu'il est assez civil.* Je crois encore vous entendre : vous voulez qu'on sache qu'un homme en place a de l'attention pour vous, et qu'il vous démêle[2] dans l'antichambre entre mille honnêtes gens de qui il détourne ses yeux, de peur de tomber dans l'inconvénient de leur rendre le salut ou de leur sourire.

[IV] Se louer de quelqu'un, se louer d'un Grand, phrase délicate[3] dans son origine, et qui signifie sans doute se louer soi-même, en disant d'un Grand tout le bien qu'il nous a fait, ou qu'il n'a pas songé à nous faire.

[IV] On loue les Grands pour marquer qu'on les voit de près, rarement par estime ou par gratitude; on ne connaît pas souvent ceux que l'on loue : la vanité ou la légèreté[4] l'emportent quelquefois sur le ressentiment, on est mal content[5] d'eux, et on les loue.

38 [IV] S'il est périlleux de tremper dans une affaire suspecte, il l'est encore davantage de s'y trouver complice d'un Grand; il s'en tire, et vous laisse payer doublement, pour lui et pour vous.

39 [V] Le Prince n'a point assez de toute sa fortune pour payer une basse complaisance, si l'on en juge par tout ce que celui qu'il veut récompenser y a mis du sien; et il n'a pas trop de toute sa puissance pour le punir, s'il mesure sa vengeance au tort qu'il en a reçu.

Notes

1. **puissances** : puissants.
2. **démêle** : distingue.
3. **délicate** : difficile à expliquer.
4. **légèreté** : inconstance.
5. **on est mal content** : on n'est pas content.

40 [IV] La noblesse expose sa vie pour le salut de l'État et pour la gloire du souverain. Le magistrat décharge le prince d'une partie du soin de juger les peuples : voilà de part et d'autre des fonctions bien sublimes et d'une merveilleuse[1] utilité ; les hommes ne sont guère capables de plus grandes choses, et je ne sais d'où la robe et l'épée[2] ont puisé de quoi se mépriser réciproquement.

41 [IV] S'il est vrai qu'un Grand donne plus à la fortune lorsqu'il hasarde une vie destinée à couler dans les ris, le plaisir et l'abondance, qu'un particulier qui ne risque que des jours qui sont misérables, il faut avouer aussi qu'il a un tout autre dédommagement, qui est la gloire et la haute réputation. Le soldat ne sent pas qu'il soit connu[3], il meurt obscur[4] et dans la foule, il vivait de même, à la vérité, mais il vivait ; et c'est l'une des sources du défaut de courage dans les conditions basses et serviles. Ceux au contraire que la naissance démêle d'avec le peuple, et expose aux yeux des hommes, à leur censure et à leurs éloges, sont même capables de sortir par effort de leur tempérament, s'il ne les portait pas à la vertu[5], et cette disposition de cœur et d'esprit, qui passe des aïeuls par les pères dans leurs descendants, est cette bravoure si familière aux personnes nobles, et peut-être la noblesse même.

[V] Jetez-moi dans les troupes comme un simple soldat, je suis Thersite[6] ; mettez-moi à la tête d'une armée dont j'aie à répondre à toute l'Europe, je suis ACHILLE[7].

42 [I] Les princes, sans autre science ni autre règle, ont un goût de comparaison ; ils sont nés et élevés au milieu et comme

Notes

1. **merveilleuse :** extraordinaire.
2. **la robe et l'épée :** l'armée et la magistrature.
3. **ne sent pas qu'il soit connu :** rien ne lui fait sentir qu'il soit connu.
4. **obscur :** anonyme.
5. **vertu :** courage.
6. **Thersite :** personnage vil et lâche dans l'*Iliade* d'Homère.
7. **Achille :** le plus grand guerrier de l'*Iliade*.

dans le centre des meilleures choses, à quoi ils rapportent[1] ce qu'ils lisent, ce qu'ils voient et ce qu'ils entendent. Tout ce qui s'éloigne trop de LULLI, de RACINE et de LE BRUN[2] est condamné.

43 [I] Ne parler aux jeunes princes que du soin de leur rang est un excès de précaution, lorsque[3] toute une Cour met son devoir et une partie de sa politesse à les respecter, et qu'ils sont bien moins sujets[4] à ignorer aucun des égards dus à leur naissance, qu'à confondre les personnes et les traiter indifféremment et sans distinction des conditions et des titres. Ils ont une fierté naturelle qu'ils retrouvent dans les occasions ; il ne leur faut des leçons que pour la régler, que pour leur inspirer la bonté, l'honnêteté[5] et l'esprit de discernement.

44 [I] C'est une pure hypocrisie à un homme d'une certaine élévation de ne pas prendre d'abord[6] le rang qui lui est dû, et que tout le monde lui cède ; il ne lui coûte rien[7] d'être modeste, de se mêler dans la multitude qui va s'ouvrir pour lui, de prendre dans une assemblée une dernière place, afin que tous l'y voient et s'empressent de l'en ôter. La modestie est d'une pratique plus amère aux hommes d'une condition ordinaire : s'ils se jettent dans la foule, on les écrase ; s'ils choisissent un poste incommode[8], il leur demeure[9].

45 [V] *Aristarque* se transporte dans la place avec un héraut[10] et un trompette ; celui-ci commence, toute la multitude ac-

Notes

1. **rapportent** : comparent.
2. Lulli, Racine et Le Brun étaient respectivement compositeur, auteur et peintre (puis architecte) officiels du roi ; ils avaient la faveur de Louis XIV et devaient donc être considérés comme des modèles par les membres de la Cour.
3. **lorsque** : puisque.
4. **sont bien moins sujets** : ont bien moins tendance.
5. **l'honnêteté** : la politesse et la modération de l'honnête homme.
6. **d'abord** : d'emblée.
7. **il ne lui coûte rien** : il n'a aucun mérite.
8. **incommode** : désavantageux.
9. **il leur demeure** : ils y restent.
10. **héraut** : officier chargé de proclamer les nouvelles en public.

court et se rassemble. Écoutez, peuple, dit le héraut ; soyez attentifs ; silence, silence ! *Aristarque, que vous voyez présent, doit faire demain une bonne action.* Je dirai plus simplement et sans figure[1] : quelqu'un fait bien[2] ? Veut-il faire mieux ? que je ne sache pas qu'il fait bien, ou que je ne le soupçonne pas du moins de me l'avoir appris.

46 [VI] Les meilleures actions s'altèrent et s'affaiblissent par la manière dont on les fait, et laissent même douter des intentions. Celui qui protège ou qui loue la vertu pour la vertu, qui corrige ou qui blâme le vice à cause du vice, agit simplement, naturellement, sans aucun tour[3], sans nulle singularité[4], sans faste[5], sans affectation ; il n'use point de réponses graves et sentencieuses, encore moins de traits piquants et satiriques : ce n'est jamais une scène qu'il joue pour le public, c'est un bon exemple qu'il donne, et un devoir dont il s'acquitte ; il ne fournit rien aux visites[6] des femmes, ni au cabinet[7], ni aux nouvellistes[8] ; il ne donne point à un homme agréable la matière d'un joli conte. Le bien qu'il vient de faire est un peu moins su à la vérité, mais il a fait ce bien : que voudrait-il davantage ?

47 [I] Les Grands ne doivent point aimer les premiers temps[9], ils ne leur sont point favorables ; il est triste pour eux d'y voir que nous sortions tous du frère et de la sœur[10]. Les hommes composent ensemble une même famille ; il n'y a que le plus ou le moins dans le degré de parenté.

Notes

1. **figure** : figure de rhétorique.
2. **fait bien** : fait une bonne action.
3. **sans aucun tour** : sans fausses manières.
4. **singularité** : caractère remarquable, admirable.
5. **faste** : étalage ostentatoire.
6. **visites** : conversations.
7. **cabinet** : *« Rendez-vous à Paris de quelques honnêtes gens pour la conversation »* (note de La Bruyère).
8. **nouvellistes** : personnes qui répandent des nouvelles.
9. **les premiers temps** : les premiers temps de l'humanité tels qu'ils sont racontés dans la Bible.
10. **du frère et de la sœur** : Adam et Ève dans la *Genèse*.

48 [VI] *Théognis* est recherché dans son ajustement[1], et il sort paré comme une femme ; il n'est pas hors de sa maison, qu'il a déjà ajusté ses yeux et son visage[2], afin que ce soit une chose faite quand il sera dans le public, qu'il y paraisse tout concerté[3], que ceux qui passent le trouvent déjà gracieux et leur souriant, et que nul ne lui échappe. Marche-t-il dans les salles[4], il se tourne à droit où il y a un grand monde et à gauche où il n'y a personne ; il salue ceux qui y sont et ceux qui n'y sont pas : il embrasse un homme qu'il trouve sous sa main[5], il lui presse la tête contre sa poitrine, il demande ensuite qui est celui qu'il a embrassé. Quelqu'un a besoin de lui dans une affaire qui est facile, il va le trouver, lui fait sa prière[6] : Théognis l'écoute favorablement, il est ravi de lui être bon à quelque chose, il le conjure de faire naître des occasions de lui rendre service ; et comme celui-ci insiste sur son affaire, il lui dit qu'il ne la fera point, il le prie de se mettre en[7] sa place, il l'en fait juge. Le client sort, reconduit[8], caressé, confus[9], presque content d'être refusé[10].

49 [I] C'est avoir une très mauvaise opinion des hommes, et néanmoins les bien connaître, que de croire dans un grand poste leur imposer par des caresses étudiées, par de longs et stériles embrassements.

50 [IV] *Pamphile* ne s'entretient pas avec les gens qu'il rencontre dans les salles ou dans les cours ; si l'on en croit sa gravité et l'élévation de sa voix, il les reçoit, leur donne audience, les

Notes

1. **son ajustement** : son habillement et ses manières.
2. **ajusté ses yeux et son visage** : les a composés de manière à bien jouer son rôle.
3. **concerté** : préparé, étudié.
4. **salles** : salons.
5. **qu'il trouve sous sa main** : qu'il rencontre par hasard.
6. **prière** : demande.
7. **en** : à.
8. **reconduit** : accompagné par politesse jusqu'à la porte.
9. **confus** : embarrassé.
10. **être refusé** : avoir essuyé un refus.

congédie; il a des termes tout à la fois civils[1] et hautains, une honnêteté impérieuse[2] et qu'il emploie sans discernement; il a une fausse grandeur qui l'abaisse et qui embarrasse fort ceux qui sont ses amis, et qui ne veulent pas le mépriser.

[VI] Un Pamphile[3] est plein de lui-même, ne se perd pas de vue; ne sort point de l'idée de sa grandeur, de ses alliances, de sa charge, de sa dignité : il ramasse, pour ainsi dire, toutes ses pièces[4], s'en enveloppe pour se faire valoir; il dit : *Mon ordre, mon cordon bleu*[5] ; il l'étale ou il le cache par ostentation. Un Pamphile en un mot veut être grand, il croit l'être, il ne l'est pas, il est d'après un Grand[6]. Si quelquefois il sourit à un homme du dernier ordre[7], à un homme d'esprit, il choisit son temps si juste[8] qu'il n'est jamais pris sur le fait; aussi la rougeur lui monterait-elle au visage s'il était malheureusement surpris dans la moindre familiarité avec quelqu'un qui n'est ni opulent, ni puissant, ni ami d'un ministre, ni son allié, ni son domestique[9]. Il est sévère et inexorable à qui n'a point encore fait sa fortune. Il vous aperçoit un jour dans une galerie, et il vous fuit; et le lendemain s'il vous trouve en un endroit moins public, ou s'il est public en la compagnie d'un Grand, il prend courage, il vient à vous, et il vous dit : *Vous ne faisiez pas hier semblant*[10] *de nous voir.* Tantôt il vous quitte brusquement pour joindre[11] un seigneur ou un premier commis[12], et tantôt s'il les

Notes

1. **civils** : courtois.
2. **honnêteté impérieuse** : politesse hautaine et autoritaire.
3. **Un Pamphile** : La Bruyère utilise, ici, la figure de l'antonomase qui consiste à faire d'un nom propre un nom commun, et passer ainsi du particulier au général.
4. **pièces** : pièces de l'écu, qui montrent sa noblesse.
5. Insigne de l'ordre du Saint-Esprit, très haute distinction.
6. **d'après un Grand** : la copie d'un Grand.
7. **du dernier ordre** : qui n'est pas noble.
8. **son temps si juste** : si bien son moment.
9. **domestique** : étaient ainsi nommés ceux qui avaient un emploi auprès d'un Grand, même s'il s'agissait de gentilshommes.
10. ***Vous ne faisiez pas* [...] *semblant*** : vous n'aviez pas l'air.
11. **joindre** : rejoindre.
12. Le premier commis d'un secrétaire d'État était un personnage très important.

trouve avec vous en conversation, il vous coupe[1] et vous les enlève. Vous l'abordez une autre fois, et il ne s'arrête pas ; il se fait suivre, vous parle si haut que c'est une scène pour ceux qui passent. Aussi les Pamphiles sont-ils toujours comme sur un théâtre : gens nourris dans le faux, et qui ne haïssent rien tant que d'être naturels ; vrais personnages de comédie, des *Floridors*, des *Mondoris*[2].

[VII] On ne tarit point sur les Pamphiles : ils sont bas et timides devant les princes et les ministres, pleins de hauteur et de confiance avec ceux qui n'ont que de la vertu ; muets et embarrassés avec les savants, vifs, hardis et décisifs[3] avec ceux qui ne savent rien. Ils parlent de guerre à un homme de robe[4], et de politique à un financier ; ils savent l'histoire avec les femmes ; ils sont poètes avec un docteur[5], et géomètres avec un poète. De maximes[6], ils ne s'en chargent pas ; de principes, encore moins : ils vivent à l'aventure, poussés et entraînés par le vent de la faveur et par l'attrait des richesses. Ils n'ont point d'opinion qui soit à eux, qui leur soit propre ; ils en empruntent à mesure qu'ils en ont besoin ; et celui à qui ils ont recours n'est guère un homme sage, ou habile[7], ou vertueux : c'est un homme à la mode.

51 [VI] Nous avons pour les Grands et pour les gens en place une jalousie stérile, ou une haine impuissante, qui ne nous venge point de leur splendeur et de leur élévation, et qui ne fait qu'ajouter à notre propre misère le poids insupportable du bonheur d'autrui. Que faire contre une maladie de l'âme si invétérée[8] et si contagieuse ? Contentons-nous de peu, et de moins encore s'il est possible ; sachons perdre dans l'occasion : la recette est infaillible, et je consens à l'éprouver. J'évite par

Notes

1. **vous coupe** : s'interpose.
2. Floridor et Mondory sont des acteurs célèbres.
3. **décisifs** : tranchants.
4. **homme de robe** : magistrat.
5. **docteur** : théologien.
6. **maximes** : règles morales.
7. **habile** : au sens de « capable ».
8. **invétérée** : enracinée.

là d'apprivoiser un Suisse ou de fléchir un commis ; d'être repoussé à une porte par la foule innombrable de clients ou de courtisans dont la maison d'un ministre se dégorge[1] plusieurs fois le jour ; de languir dans sa salle d'audience, de lui demander en tremblant et en balbutiant une chose juste, d'essuyer[2] sa gravité, son ris amer, et son *laconisme*[3]. Alors je ne le hais plus, je ne lui porte plus d'envie ; il ne me fait aucune prière, je ne lui en fais pas ; nous sommes égaux, si ce n'est peut-être qu'il n'est pas tranquille[4], et que je le suis.

52 [I] Si les Grands ont les occasions de nous faire du bien, ils en ont rarement la volonté ; et s'ils désirent de nous faire du mal, ils n'en trouvent pas toujours les occasions. Ainsi l'on peut être trompé dans l'espèce de culte qu'on leur rend, s'il n'est fondé que sur l'espérance, ou sur la crainte ; et une longue vie se termine quelquefois, sans qu'il arrive de dépendre d'eux pour le moindre intérêt, ou qu'on leur doive sa bonne ou sa mauvaise fortune. Nous devons les honorer parce qu'ils sont grands, et que nous sommes petits, et qu'il y en a d'autres plus petits que nous qui nous honorent.

53 [VI] À la Cour, à la Ville, mêmes passions, mêmes faiblesses, mêmes petitesses, mêmes travers[5] d'esprit, mêmes brouilleries dans les familles et entre les proches, mêmes envies, mêmes antipathies. Partout des brus et des belles-mères, des maris et des femmes, des divorces, des ruptures, et de mauvais raccommodements[6] ; partout des humeurs, des colères, des partialités[7], des rapports[8], et ce qu'on appelle de mauvais discours. Avec de bons yeux on voit sans peine la

Notes

1. **se dégorge** : se vide.
2. **essuyer** : subir.
3. ***laconisme*** : manière de s'exprimer avec très peu de mots.
4. **tranquille** : serein, sans souci.
5. **travers** : défauts.
6. **raccommodements** : réconciliations.
7. **partialités** : divisions.
8. **rapports** : *« discours de flatteurs qui viennent redire à une personne ce qu'on aura dit d'elle »* (dictionnaire de Furetière, 1690).

petite ville, la rue Saint-Denis comme transportées à V★★ ou à F★★[1]. Ici l'on croit se haïr avec plus de fierté et de hauteur, et peut-être avec plus de dignité ; on se nuit réciproquement avec plus d'habileté et de finesse ; les colères sont plus éloquentes, et l'on se dit des injures plus poliment et en meilleurs termes, l'on n'y blesse point la pureté de la langue, l'on n'y offense que les hommes ou que leur réputation ; tous les dehors du vice y sont spécieux, mais le fond encore une fois y est le même que dans les conditions les plus ravalées[2] ; tout le bas, tout le faible et tout l'indigne s'y trouvent. Ces hommes si grands ou par leur naissance, ou par leur faveur, ou par leurs dignités ; ces têtes si fortes et si habiles ; ces femmes si polies et si spirituelles, tous méprisent le peuple, et ils sont peuple.

[IV] Qui dit le peuple dit plus d'une chose ; c'est une vaste expression, et l'on s'étonnerait de voir ce qu'elle embrasse, et jusques où elle s'étend[3]. Il y a le peuple qui est opposé aux Grands : c'est la populace et la multitude ; il y a le peuple qui est opposé aux sages, aux habiles et aux vertueux : ce sont les Grands comme les petits.

54 [VI] Les Grands se gouvernent par sentiment[4], âmes oisives sur lesquelles tout fait d'abord une vive impression. Une chose arrive, ils en parlent trop ; bientôt ils en parlent peu ; ensuite ils n'en parlent plus, et ils n'en parleront plus. Action, conduite, ouvrage, événement, tout est oublié ; ne leur demandez ni correction[5], ni prévoyance, ni réflexion, ni reconnaissance, ni récompense.

55 [I] L'on se porte aux extrémités opposées à l'égard de certains personnages. La satire après leur mort court parmi

Notes

1. **à V** ou à F**** : à Versailles ou à Fontainebleau.
2. **ravalées** : basses.
3. *Cf.* *« J'appelle peuple tout ce qui pense bassement et communément : la Cour en est remplie »* (Mme de Lambert, *Avis d'une mère à sa fille*).
4. **par sentiment** : suivant leur affectivité.
5. **correction** : qu'ils se corrigent.

le peuple, pendant que les voûtes des temples retentissent de leurs éloges. Ils ne méritent quelquefois ni libelles[1] ni discours funèbres, quelquefois aussi ils sont dignes de tous les deux.

56 [I] L'on doit se taire sur les puissants ; il y a presque toujours de la flatterie à en dire du bien ; il y a du péril à en dire du mal pendant qu'ils vivent, et de la lâcheté quand ils sont morts.

Note

1. **libelles** : écrits injurieux.

Portrait de Louis XIV en costume de sacre
par Hyacinthe Rigaud (1701).

CHAPITRE X

Du Souverain ou de la République[1]

1 [I] Quand l'on parcourt, sans la prévention[2] de son pays, toutes les formes du gouvernement, l'on ne sait à laquelle se tenir ; il y a dans toutes le moins bon et le moins mauvais. Ce qu'il y a de plus raisonnable et de plus sûr, c'est d'estimer celle où l'on est né la meilleure de toutes, et de s'y soumettre.

2 [I] Il ne faut ni art ni science pour exercer la tyrannie ; et la politique qui ne consiste qu'à répandre le sang est fort bornée et de nul raffinement ; elle inspire de tuer ceux dont la vie est un obstacle à notre ambition : un homme né cruel fait cela sans peine. C'est la manière la plus horrible et la plus grossière de se maintenir[3] ou de s'agrandir.

3 [IV] C'est une politique sûre et ancienne dans les républiques que d'y laisser le peuple s'endormir dans les fêtes, dans les spectacles, dans le luxe, dans le faste, dans les plaisirs, dans la vanité et la mollesse ; le laisser se remplir du vide et savourer

Notes

1. **République** : État.
2. **prévention** : préjugé favorable.
3. **se maintenir** : se maintenir au pouvoir.

la bagatelle[1] : quelles grandes démarches[2] ne fait-on pas au despotique[3] par cette indulgence !

4 [VII] Il n'y a point de patrie dans le despotique ; d'autres choses y suppléent : l'intérêt, la gloire, le service du Prince.

5 [IV] Quand on veut changer et innover dans une République, c'est moins les choses que le temps que l'on considère. Il y a des conjonctures où l'on sent bien qu'on ne saurait trop attenter contre le peuple ; et il y en a d'autres où il est clair qu'on ne peut trop le ménager. Vous pouvez aujourd'hui ôter à cette ville ses franchises[4], ses droits, ses privilèges ; mais demain ne songez pas même à réformer ses enseignes[5].

6 [IV] Quand le peuple est en mouvement[6], on ne comprend pas par où le calme peut y rentrer ; et quand il est paisible, on ne voit pas par où le calme peut en sortir.

7 [IV] Il y a de certains maux dans la République qui y sont soufferts, parce qu'ils préviennent ou empêchent de plus grands maux. Il y a d'autres maux qui sont tels seulement par leur établissement[7], et qui étant dans leur origine un abus ou un mauvais usage, sont moins pernicieux dans leurs suites et dans la pratique qu'une loi plus juste ou une coutume plus raisonnable. L'on voit une espèce de maux que l'on peut corriger par le changement ou la nouveauté, qui est un mal, et fort dangereux. Il y en a d'autres cachés et enfoncés comme des ordures dans un cloaque[8], je veux dire ensevelis sous la honte, sous le secret et dans l'obscurité ; on ne peut les fouiller et les remuer qu'ils[9] n'exhalent le poison et l'infamie ; les plus sages

Notes

1. **bagatelle** : chose sans importance.
2. **démarches** : pas vers quelque chose.
3. **despotique** : despotisme.
4. **franchises** : liberté de commerce.
5. Le lieutenant de police La Reynie avait échoué, en 1669, dans une réforme sur la taille des enseignes.
6. **mouvement** : révolte.
7. **établissement** : manière dont ils ont été établis.
8. **cloaque** : égout.
9. **qu'ils** : sans qu'ils.

doutent quelquefois s'il est mieux de connaître ces maux que de les ignorer. L'on tolère quelquefois dans un État un assez grand mal, mais qui détourne un million de petits maux ou d'inconvénients qui tous seraient inévitables et irrémédiables. Il se trouve des maux dont chaque particulier gémit, et qui deviennent néanmoins un bien public, quoique le public ne soit autre chose que tous les particuliers. Il y a des maux personnels qui concourent au bien et à l'avantage de chaque famille. Il y en a qui affligent, ruinent ou déshonorent les familles, mais qui tendent au bien et à la conservation de la machine de l'État et du gouvernement. D'autres maux renversent des États, et sur leurs ruines en élèvent de nouveaux. On en a vu enfin qui ont sapé par les fondements de grands empires, et qui les ont fait évanouir de dessus la terre, pour varier et renouveler la face de l'univers.

8 [VIII] Qu'importe à l'État qu'*Ergaste* soit riche, qu'il ait des chiens qui arrêtent[1] bien, qu'il crée les modes sur les équipages et sur les habits, qu'il abonde en superfluités[2] ? Où il s'agit de l'intérêt et des commodités[3] de tout le public, le particulier est-il compté ? La consolation des peuples dans les choses qui lui pèsent un peu est de savoir qu'ils soulagent le Prince[4], ou qu'ils n'enrichissent que lui ; ils ne se croient point redevables à Ergaste de l'embellissement de sa fortune.

9 [IV] La guerre a pour elle l'antiquité, elle a été dans tous les siècles : on l'a toujours vue remplir le monde de veuves et d'orphelins, épuiser les familles d'héritiers, et faire périr les frères à une même bataille. Jeune SOYECOUR[5] ! je regrette ta vertu, ta pudeur, ton esprit déjà mûr, pénétrant[6], élevé, sociable ; je plains cette mort prématurée qui te joint à ton

Notes

1. **arrêtent** : chassent.
2. **superfluités** : choses superflues.
3. **commodités** : agrément.
4. Le Prince personnifie l'État.
5. Le chevalier de Soyécourt est mort des blessures reçues à la bataille de Fleurus (1690) où a péri aussi son frère aîné.
6. **pénétrant** : intelligent.

intrépide frère, et t'enlève à une Cour où tu n'as fait que te montrer : malheur déplorable, mais ordinaire ! De tout temps les hommes, pour quelque morceau de terre de plus ou de moins, sont convenus entre eux de se dépouiller, se brûler, se tuer, s'égorger les uns les autres ; et pour le faire plus ingénieusement et avec plus de sûreté, ils ont inventé de belles règles qu'on appelle l'art militaire ; ils ont attaché à la pratique de ces règles la gloire ou la plus solide réputation, et ils ont depuis enchéri[1] de siècle en siècle sur la manière de se détruire réciproquement. De l'injustice des premiers hommes comme de son unique source est venue la guerre, ainsi que la nécessité où ils se sont trouvés de se donner des maîtres qui fixassent leurs droits et leurs prétentions[2]. Si, content du sien[3], on eût pu s'abstenir du bien de ses voisins, on avait pour toujours la paix et la liberté.

10 [IV] Le peuple paisible dans ses foyers, au milieu des siens, et dans le sein d'une grande ville où il n'a rien à craindre ni pour ses biens ni pour sa vie, respire le feu et le sang, s'occupe[4] de guerres, de ruines, d'embrasements et de massacres, souffre impatiemment que des armées qui tiennent la campagne ne viennent point à se rencontrer, ou si elles sont une fois en présence, qu'elles ne combattent point, ou si elles se mêlent, que le combat ne soit pas sanglant et qu'il y ait moins de dix mille hommes sur la place[5]. Il va même souvent jusques à oublier ses intérêts les plus chers, le repos et la sûreté, par l'amour qu'il a pour le changement, et par le goût de la nouveauté ou des choses extraordinaires. Quelques-uns consentiraient à voir une autre fois les ennemis aux portes de Dijon ou de Corbie[6],

Notes

1. **ils ont [...] enchéri** : ils en ont rajouté.
2. **prétentions** : volonté de posséder.
3. **content du sien** : se contentant de son propre bien.
4. **s'occupe** : se passionne pour.
5. **sur la place** : morts sur le champ de bataille.
6. Les Espagnols ont pris la ville de Corbie, dans la Somme, en 1636 – ce qui a provoqué la panique des Parisiens.

à voir tendre des chaînes[1] et faire des barricades, pour le seul plaisir d'en dire ou d'en apprendre la nouvelle.

11 [VI] *Démophile*[2], à ma droite, se lamente et s'écrie : Tout est perdu, c'est fait de l'État ; il est du moins sur le penchant de sa ruine. Comment résister à une si forte et si générale conjuration[3] ? Quel moyen, je ne dis pas d'être supérieur, mais de suffire seul à tant et de si puissants ennemis ? Cela est sans exemple dans la monarchie. Un héros, un ACHILLE y succomberait. On a fait, ajoute-t-il, de lourdes fautes ; je sais bien ce que je dis, je suis du métier, j'ai vu la guerre, et l'histoire m'en a beaucoup appris. Il parle là-dessus avec admiration d'Olivier le Daim[4] et de Jacques Cœur[5] : C'étaient là des hommes, dit-il, c'étaient des ministres. Il débite ses nouvelles, qui sont toutes les plus tristes et les plus désavantageuses que l'on pourrait feindre : tantôt un parti des nôtres a été attiré dans une embuscade et taillé en pièces : tantôt quelques troupes renfermées dans un château se sont rendues aux ennemis à discrétion[6] et ont passé par le[7] fil de l'épée ; et si vous lui dites que ce bruit est faux et qu'il ne se confirme point, il ne vous écoute pas, il ajoute qu'un tel général a été tué ; et bien qu'il soit vrai qu'il n'a reçu qu'une légère blessure, et que vous l'en assuriez, il déplore sa mort, il plaint sa veuve, ses enfants, l'État, il se plaint lui-même : *il a perdu un bon ami, et une grande protection.* Il dit que la cavalerie allemande est invincible ; il pâlit au seul nom des cuirassiers de l'Empereur. Si l'on attaque cette

Notes

1. Allusion à la Fronde où l'on mettait des chaînes pour fermer les rues et les quartiers.
2. ***Démophile*** : nom grec qui signifie « qui aime le peuple ».
3. **conjuration** : coalition. La Ligue d'Augsbourg a rassemblé la plupart des souverains européens contre Louis XIV de 1688 à 1697.
4. **Olivier Le Daim** : barbier et favori de Louis XI, exécuté sous Charles VII.
5. **Jacques Cœur** : grand financier sous Charles VII.
6. **à discrétion** : sans conditions.
7. **ont passé par le** : ont été passées au.

place[1], continue-t-il, on lèvera le siège. Ou l'on demeurera sur la défensive sans livrer de combat, ou, si on le livre, on le doit perdre ; et, si on le perd, voilà l'ennemi sur la frontière ; et comme Démophile le fait voler, le voilà dans le cœur du royaume ; il entend déjà sonner le beffroi[2] des villes, et crier à l'alarme ; il songe à son bien et à ses terres : où conduira-t-il son argent, ses meubles, sa famille ? où se réfugiera-t-il, en Suisse ou à Venise ?

Mais, à ma gauche, *Basilide*[3] met tout d'un coup sur pied une armée de trois cent mille hommes ; il n'en rabattrait pas une seule brigade : il a la liste des escadrons et des bataillons, des généraux et des officiers ; il n'oublie pas l'artillerie ni le bagage. Il dispose absolument de toutes ces troupes : il en envoie tant en Allemagne et tant en Flandre ; il réserve un certain nombre pour les Alpes, un peu moins pour les Pyrénées, et il fait passer la mer à ce qui lui reste. Il connaît les marches de ces armées, il sait ce qu'elles feront et ce qu'elles ne feront pas ; vous diriez qu'il ait l'oreille du Prince ou le secret du ministre. Si les ennemis viennent de perdre une bataille où il soit demeuré sur la place quelque[4] neuf à dix mille hommes des leurs, il en compte jusqu'à trente mille, ni plus ni moins ; car ses nombres sont toujours fixes et certains, comme de celui qui est bien informé. S'il apprend le matin que nous avons perdu une bicoque[5], non seulement il envoie s'excuser[6] à ses amis qu'il a la veille conviés à dîner, mais même ce jour-là il ne dîne point ; et s'il soupe, c'est sans appétit. Si les nôtres assiègent une place très forte, très régulière[7], pourvue de vivres et de munitions, qui a une bonne garnison, commandée par

Notes

1. **place** : place forte.
2. **beffroi** : tour munie d'une cloche servant à donner l'alarme.
3. ***Basilide*** : nom grec signifiant « affilié au roi ».
4. **quelque** : environ.
5. **bicoque** : petite ville mal fortifiée.
6. **envoie s'excuser** : envoie un message pour décommander.
7. **régulière** : terme technique de fortification signifiant « conforme aux lois de la géométrie ».

un homme d'un grand courage, il dit que la ville a des endroits faibles et mal fortifiés, qu'elle manque de poudre, que son gouverneur manque d'expérience, et qu'elle capitulera après huit jours de tranchée ouverte. Une autre fois il accourt tout hors d'haleine, et après avoir respiré un peu : Voilà, s'écrie-t-il, une grande nouvelle, ils sont défaits et à plate couture ; le général, les chefs, du moins une bonne partie, tout est tué, tout a péri. Voilà, continue-t-il, un grand massacre, et il faut convenir que nous jouons d'un grand bonheur. Il s'assit[1], il souffle après avoir débité sa nouvelle, à laquelle il ne manque qu'une circonstance, qui est qu'il est certain qu'il n'y a point eu de bataille. Il assure d'ailleurs qu'un tel Prince renonce à la ligue et quitte ses confédérés, qu'un autre se dispose à prendre le même parti : il croit fermement avec la populace qu'un troisième est mort, il nomme le lieu où il est enterré, et quand on est détrompé aux halles et aux faubourgs[2], il parie encore pour l'affirmative. Il sait par une voie indubitable que T.K.L.[3] fait de grands progrès contre l'Empereur, que le Grand Seigneur[4] arme *puissamment*, ne veut point de paix, et que son vizir va se montrer une autre fois aux portes de Vienne. Il frappe des mains, et il tressaille sur cet événement dont il ne doute plus : la triple alliance[5] chez lui est un Cerbère[6], et les ennemis autant de monstres à assommer. Il ne parle que de lauriers, que de palmes[7], que de triomphes et que de trophées. Il dit dans le discours familier : *Notre auguste Héros, notre grand Potentat*[8], *notre invincible Monarque*. Réduisez-le si vous pouvez à dire

Notes

1. **s'assit** : s'assoit.
2. **aux halles et aux faubourgs** : quartiers populaires de Paris.
3. **T.K.L.** : Tékéli, patriote hongrois révolté contre l'empereur d'Autriche.
4. **Grand Seigneur** : ou Grand Turc, sultan de Constantinople et souverain de l'Empire ottoman. En 1683, ses armées avaient assiégé Vienne mais avaient été finalement battues.
5. **triple alliance** : alliance de l'Angleterre, de la Hollande et de l'Empire.
6. **Cerbère** : chien monstrueux à trois têtes qui garde l'entrée des Enfers antiques.
7. **lauriers, palmes** : symboles de victoire.
8. ***Potentat*** : souverain absolu.

simplement : *Le Roi a beaucoup d'ennemis, ils sont puissants, ils sont unis, ils sont aigris ; il les a vaincus, j'espère toujours qu'il les pourra vaincre.* Ce style, trop ferme et trop décisif pour Démophile, n'est pour Basilide ni assez pompeux ni assez exagéré : il a bien d'autres expressions en tête ; il travaille aux inscriptions des arcs[1] et des pyramides, qui doivent orner la ville capitale un jour d'entrée[2] ; et dès qu'il entend dire que les armées sont en présence, ou qu'une place est investie, il fait déplier sa robe et la mettre à l'air, afin qu'elle soit toute prête pour la cérémonie de la cathédrale[3].

12 [IV] Il faut que le capital[4] d'une affaire qui assemble dans une ville les plénipotentiaires[5] ou les agents des couronnes et des républiques soit d'une longue et extraordinaire discussion, si elle leur coûte plus de temps, je ne dis pas que les seuls préliminaires, mais que le simple règlement des rangs, des préséances et des autres cérémonies.

Le ministre ou le plénipotentiaire est un caméléon, est un Protée[6]. Semblable quelquefois à un joueur habile, il ne montre ni humeur ni complexion[7], soit pour ne point donner lieu aux conjectures[8] ou se laisser pénétrer[9], soit pour ne rien laisser échapper de son secret par passion ou par faiblesse. Quelquefois aussi il sait feindre le caractère le plus conforme aux vues qu'il a et aux besoins où il se trouve, et paraître tel qu'il a intérêt que les autres croient qu'il est en effet[10]. Ainsi dans une grande puissance, ou dans une grande faiblesse qu'il veut dissimuler, il est ferme et inflexible, pour ôter l'envie de

Notes

1. **arcs** : arcs de triomphe.
2. **entrée** : entrée en triomphe du roi et de son armée.
3. **la cérémonie de la cathédrale** : où l'on chantait le *Te Deum*, chant d'action de grâce pour une victoire militaire.
4. **capital** : point central.
5. **plénipotentiaires** : personnes chargées par l'État d'une négociation.
6. **Protée** : personnage mythologique qui a la propriété de se métamorphoser.
7. **complexion** : mouvement de caractère.
8. **conjectures** : idées fausses.
9. **pénétrer** : percer à jour.
10. **en effet** : en réalité.

beaucoup obtenir; ou il est facile[1], pour fournir aux autres les occasions de lui demander, et se donner la même licence[2]. Une autre fois, ou il est profond et dissimulé, pour cacher une vérité en l'annonçant, parce qu'il lui importe qu'il l'ait dite, et qu'elle ne soit pas crue; ou il est franc et ouvert, afin que, lorsqu'il dissimule ce qui ne doit être su, l'on croie néanmoins qu'on n'ignore rien de ce que l'on veut savoir, et que l'on se persuade qu'il a tout dit. De même, ou il est vif et grand parleur pour faire parler les autres, pour empêcher qu'on ne lui parle de ce qu'il ne veut pas ou de ce qu'il ne doit pas savoir, pour dire plusieurs choses différentes qui se modifient ou qui se détruisent les unes les autres, qui confondent dans les esprits la crainte et la confiance, pour se défendre d'une ouverture[3] qui lui est échappée par une autre qu'il aura faite; ou il est froid et taciturne[4], pour jeter les autres dans l'engagement[5] de parler, pour écouter longtemps, pour être écouté quand il parle, pour parler avec ascendant et avec poids, pour faire des promesses ou des menaces qui portent un grand coup, et qui ébranlent. Il s'ouvre et parle le premier, pour, en découvrant les oppositions, les contradictions, les brigues et les cabales des ministres étrangers sur les propositions qu'il aura avancées, prendre ses mesures et avoir la réplique; et, dans une autre rencontre, il parle le dernier, pour ne point parler en vain, pour être précis, pour connaître parfaitement les choses sur quoi il est permis de faire fond[6] pour lui ou pour ses alliés, pour savoir ce qu'il doit demander et ce qu'il peut obtenir. Il sait parler en termes clairs et formels[7]; il sait encore mieux parler ambigument, d'une manière enveloppée, user de tours ou de mots équivoques qu'il peut faire valoir ou diminuer dans les occasions, et selon ses intérêts. Il demande peu quand il ne

Notes

1. **facile** : complaisant, accommodant.
2. **licence** : possibilité.
3. **ouverture** : avance, proposition.
4. **taciturne** : qui parle peu.
5. **engagement** : obligation.
6. **sur quoi il est permis de faire fond** : sur quoi il est permis de compter.
7. **formels** : sans équivoque.

veut pas donner beaucoup. Il demande beaucoup pour avoir peu et l'avoir plus sûrement. Il exige d'abord de petites choses, qu'il prétend ensuite lui devoir être comptées pour rien, et qui ne l'excluent[1] pas d'en demander une plus grande ; et il évite au contraire de commencer par obtenir un point important, s'il l'empêche d'en gagner plusieurs autres de moindre conséquence, mais qui tous ensemble l'emportent sur le premier. Il demande trop, pour être refusé, mais dans le dessein de se faire un droit ou une bienséance[2] de refuser lui-même ce qu'il sait bien qu'il lui sera demandé, et qu'il ne veut pas octroyer : aussi soigneux alors d'exagérer l'énormité de la demande, et de faire convenir, s'il se peut, des raisons qu'il a de n'y pas entendre[3] que d'affaiblir celles qu'on prétend avoir de ne lui pas accorder ce qu'il sollicite avec instance ; également appliqué à faire sonner haut et à grossir dans l'idée des autres le peu qu'il offre, et à mépriser ouvertement le peu que l'on consent de lui donner. Il fait de fausses offres, mais extraordinaires, qui donnent de la défiance, et obligent de rejeter ce que l'on accepterait inutilement ; qui lui sont cependant une occasion de faire des demandes exorbitantes, et mettent dans leur tort ceux qui les lui refusent. Il accorde plus qu'on ne lui demande, pour avoir encore plus qu'il ne doit donner. Il se fait longtemps prier, presser, importuner sur une chose médiocre, pour éteindre les espérances et ôter la pensée d'exiger de lui rien de plus fort ; ou s'il se laisse fléchir jusques à l'abandonner, c'est toujours avec des conditions qui lui font partager le gain et les avantages avec ceux qui reçoivent. Il prend directement ou indirectement l'intérêt d'un allié, s'il y trouve son utilité et l'avancement de ses prétentions. Il ne parle que de paix, que d'alliances, que de tranquillité publique, que d'intérêt public ; et en effet il ne songe qu'aux siens, c'est-à-dire à ceux de son maître ou de sa République. Tantôt il réunit quelques-uns qui

Notes

1. **excluent** : empêchent.
2. **bienséance** : raison de dignité.
3. **n'y pas entendre** : ne pas accepter.

étaient contraires les uns aux autres, et tantôt il divise quelques autres qui étaient unis. Il intimide les forts et les puissants, il encourage les faibles. Il unit d'abord d'intérêt plusieurs faibles contre un plus puissant pour rendre la balance égale ; il se joint ensuite aux premiers pour la faire pencher, et il leur vend cher sa protection et son alliance. Il sait intéresser[1] ceux avec qui il traite ; et par un adroit manège, par de fins et de subtils détours il leur fait sentir leurs avantages particuliers, les biens et les honneurs qu'ils peuvent espérer par une certaine facilité[2], qui ne choque[3] point leur commission[4] ni les intentions de leurs maîtres. Il ne veut pas aussi être cru imprenable par cet endroit ; il laisse voir en lui quelque peu de sensibilité pour sa fortune ; il s'attire par là des propositions qui lui découvrent les vues des autres les plus secrètes, leurs desseins les plus profonds et leur dernière ressource, et il en profite. Si quelquefois il est lésé dans quelques chefs[5] qui ont enfin été réglés, il crie haut ; si c'est le contraire, il crie plus haut, et jette ceux qui perdent sur la justification et la défensive. Il a son fait digéré[6] par la Cour, toutes ses démarches sont mesurées, les moindres avances qu'il fait lui sont prescrites, et il agit néanmoins dans les points difficiles et dans les articles contestés, comme s'il se relâchait de lui-même sur-le-champ, et comme par un esprit d'accommodement ; il ose même promettre à l'assemblée qu'il fera goûter[7] la proposition, et qu'il n'en sera pas désavoué. Il fait courir un bruit faux des choses seulement dont il est chargé, muni d'ailleurs de pouvoirs particuliers, qu'il ne découvre jamais qu'à l'extrémité, et dans les moments où il lui serait pernicieux de ne les pas mettre en usage. Il tend surtout par ses intrigues au solide et à l'essentiel, toujours prêt de leur

Notes

1. **intéresser** : faire qu'ils trouvent leur intérêt.
2. **facilité** : complaisance.
3. **choque** : porte atteinte à.
4. **commission** : mandat.
5. **chefs** : points.
6. **Il a son fait digéré** : le cas qu'il traite est précisément réglé.
7. **goûter** : approuver par le souverain.

sacrifier les minuties[1] et les points d'honneur imaginaires. Il a du flegme[2], il s'arme de courage et de patience, il ne se lasse point, il fatigue les autres, et les pousse jusqu'au découragement. Il se précautionne et s'endurcit contre les lenteurs et les remises[3], contre les reproches, les soupçons, les défiances, contre les difficultés et les obstacles, persuadé que le temps seul et les conjonctures amènent les choses et conduisent les esprits au point où on les souhaite. Il va jusques à feindre un intérêt secret à la rupture de la négociation, lorsqu'il désire le plus ardemment qu'elle soit continuée; et si au contraire il a des ordres précis de faire les derniers efforts pour la rompre, il croit devoir, pour y réussir, en presser la continuation et la fin. S'il survient un grand événement, il se raidit ou il se relâche selon qu'il lui est utile ou préjudiciable; et si par une grande prudence[4] il sait le prévoir, il presse et il temporise selon que l'État pour qui il travaille en doit craindre ou espérer; et il règle sur ses besoins ses conditions. Il prend conseil du temps, du lieu, des occasions, de sa puissance ou de sa faiblesse, du génie des nations[5] avec qui il traite, du tempérament et du caractère des personnes avec qui il négocie. Toutes ses vues, toutes ses maximes, tous les raffinements de sa politique tendent à une seule fin, qui est de n'être point trompé, et de tromper les autres.

13 [I] Le caractère des Français demande du sérieux dans le souverain.

14 [I] L'un des malheurs du Prince est d'être souvent trop plein de son secret, par le péril qu'il y a à le répandre; son bonheur est de rencontrer une personne sûre qui l'en décharge.

Notes

1. **minuties** : détails.
2. **flegme** : sang-froid.
3. **remises** : retards.
4. **prudence** : prévoyance.
5. **génie des nations** : tendances naturelles que l'on prêtait alors à chaque peuple.

15 [I] Il ne manque rien à un roi que les douceurs d'une vie privée ; il ne peut être consolé d'une si grande perte que par le charme de l'amitié, et par la fidélité de ses amis.

16 [I] Le plaisir d'un roi qui mérite de l'être est de l'être moins quelquefois, de sortir du théâtre, de quitter le bas de saye et les brodequins[1], et de jouer avec une personne de confiance un rôle plus familier.

17 [I] Rien ne fait plus d'honneur au Prince que la modestie de son favori.

18 [I] Le favori n'a point de suite[2] ; il est sans engagement et sans liaisons ; il peut être entouré de parents et de créatures, mais il n'y tient pas[3] ; il est détaché de tout, et comme isolé.

19 [IV[4]] Une belle ressource pour celui qui est tombé dans la disgrâce du Prince, c'est la retraite[5]. Il est avantageux de disparaître, plutôt que de traîner dans le monde le débris d'une faveur qu'il a perdue, et d'y faire un nouveau personnage si différent du premier qu'il a soutenu. Il conserve au contraire le merveilleux de sa vie dans la solitude ; et mourant pour ainsi dire avant la caducité[6], il ne laisse de soi qu'une brillante idée et une mémoire agréable.

Une plus belle ressource pour le favori disgrâcié[7] que de se perdre dans la solitude et ne faire plus parler de soi, c'est d'en faire parler magnifiquement, et de se jeter, s'il le peut, dans

Notes

1. **le bas de saye et les brodequins** : vêtement et chaussures qui font partie du costume d'un roi au théâtre.
2. **suite** : famille.
3. **il n'y tient pas** : il n'y est pas attaché.
4. Cette remarque 19 a été supprimée à partir de l'édition de 1691 [VI]. Nous la donnons ici malgré tout.
5. Cette remarque fait, sans doute, allusion à Bussy-Rabutin, resté dans sa terre de Bourgogne de 1666 à 1681.
6. **caducité** : infirmité de la vieillesse.
7. Allusion, sans doute, au duc de Lauzun, chargé, par le roi d'Écosse Jacques VII, d'escorter sa femme et son fils dans leur fuite – mission périlleuse dont le succès lui a valu son rappel à la Cour (*cf.* VIII, 96, p. 132).

quelque haute et généreuse entreprise, qui relève ou confirme du moins son caractère, et rende raison de son ancienne faveur ; qui fasse qu'on le plaigne dans sa chute, et qu'on en rejette une partie[1] sur son étoile[2].

20 [VI] Je ne doute point qu'un favori, s'il a quelque force et quelque élévation[3], ne se trouve souvent confus et déconcerté des bassesses, des petitesses, de la flatterie, des soins superflus et des attentions frivoles de ceux qui le courent[4], qui le suivent, et qui s'attachent à lui comme ses viles créatures ; et qu'il ne se dédommage dans le particulier[5] d'une si grande servitude par le ris et la moquerie.

21 [VI] Hommes en place, ministres, favoris, me permettrez-vous de le dire ? ne vous reposez point sur vos descendants pour le soin de votre mémoire et pour la durée de votre nom : les titres passent, la faveur s'évanouit, les dignités se perdent, les richesses se dissipent, et le mérite dégénère[6]. Vous avez des enfants, il est vrai, dignes de vous, j'ajoute même capables de soutenir[7] toute votre fortune ; mais qui peut vous en promettre autant de vos petits-fils ? Ne m'en croyez pas[8], regardez cette unique fois[9] de certains hommes que vous ne regardez jamais, que vous dédaignez ; ils ont des aïeuls[10], à qui tout grands que vous êtes, vous ne faites que succéder. Ayez de la vertu et de l'humanité, et si vous me dites : Qu'aurons-nous de plus ? je vous répondrai : De l'humanité et de la vertu. Maîtres alors de l'avenir, et indépendants d'une postérité, vous êtes sûrs de durer autant que la monarchie ; et dans le temps que l'on montrera les ruines de vos châteaux, et peut-être la seule place[11] où

Notes

1. Une partie de sa chute.
2. **son étoile** : les hasards de sa destinée.
3. **élévation** : grandeur morale.
4. **courent** : recherchent.
5. **dans le particulier** : en privé.
6. **dégénère** : s'affaiblit au fil des générations.
7. **soutenir** : maintenir.
8. **Ne m'en croyez pas** : si vous ne me croyez pas.
9. **cette unique fois** : au moins.
10. **aïeuls** : qui ont été jadis ministres ou favoris.
11. **la seule place** : seulement l'endroit.

ils étaient construits, l'idée de vos louables actions sera encore fraîche dans l'esprit des peuples ; ils considéreront avidement vos portraits et vos médailles ; ils diront : Cet homme dont vous regardez la peinture a parlé à son maître avec force et avec liberté, et a plus craint de lui nuire que de lui déplaire ; il lui a permis d'être bon et bienfaisant, de dire de ses villes, *Ma bonne ville*, et de son peuple, *Mon peuple*. Cet autre[1] dont vous voyez l'image, et en qui l'on remarque une physionomie forte, jointe à un air grave, austère et majestueux, augmente d'année à autre[2] de réputation ; les plus grands politiques souffrent de lui être comparés. Son grand dessein a été d'affermir l'autorité du Prince et la sûreté des peuples par l'abaissement des Grands : ni les partis, ni les conjurations, ni les trahisons, ni le péril de la mort, ni ses infirmités n'ont pu l'en détourner. Il a eu du temps de reste pour entamer un ouvrage, continué ensuite et achevé par l'un de nos plus grands et de nos meilleurs princes, l'extinction de l'hérésie[3].

22 [VIII] Le panneau le plus délié[4] et le plus spécieux qui dans tous les temps ait été tendu aux Grands par leurs gens d'affaires, et aux rois par leurs ministres, est la leçon qu'ils leur font de s'acquitter et de s'enrichir. Excellent conseil ! maxime utile, fructueuse, une mine d'or, un Pérou, du moins pour ceux qui ont su jusqu'à présent l'inspirer à leurs maîtres.

23 [IV] C'est un extrême bonheur pour les peuples quand le Prince admet dans sa confiance et choisit pour le ministère ceux mêmes qu'ils auraient voulu lui donner, s'ils en avaient été les maîtres.

Notes

1. Il s'agit de Richelieu (1585-1642), ministre de Louis XIII.
2. d'année à autre : d'année en année.
3. Louis XIV a révoqué, en 1685, l'édit de Nantes (1598) qui accordait aux protestants une certaine liberté de culte.
4. Le panneau le plus délié : le piège le plus subtil.

24 [IV] La science des détails, ou une diligente attention aux moindres besoins de la République[1], est une partie essentielle au bon gouvernement, trop négligée à la vérité dans les derniers temps par les rois ou par les ministres, mais qu'on ne peut trop souhaiter dans le souverain qui l'ignore, ni assez estimer dans celui qui la possède. Que sert en effet au bien des peuples, et à la douceur de leurs jours, que le Prince place les bornes de son empire au-delà des terres de ses ennemis, qu'il fasse de leurs souverainetés des provinces de son royaume ; qu'il leur soit également supérieur par les sièges et par les batailles, et qu'ils ne soient devant lui en sûreté ni dans les plaines ni dans les plus forts bastions ; que les nations s'appellent les unes les autres, se liguent ensemble pour se défendre et pour l'arrêter : qu'elles se liguent en vain, qu'il marche toujours, et qu'il triomphe toujours ; que leurs dernières espérances soient tombées par le raffermissement d'une santé[2] qui donnera au monarque le plaisir de voir les princes ses petits-fils soutenir ou accroître ses destinées, se mettre en campagne, s'emparer de redoutables forteresses, et conquérir de nouveaux États ; commander de vieux et expérimentés capitaines, moins par leur rang et leur naissance que par leur génie et leur sagesse ; suivre les traces augustes de leur victorieux père, imiter sa bonté, sa docilité, son équité, sa vigilance, son intrépidité ? Que me servirait en un mot, comme à tout le peuple, que le Prince fût heureux et comblé de gloire par lui-même et par les siens, que ma patrie fût puissante et formidable[3], si, triste et inquiet, j'y vivais dans l'oppression ou dans l'indigence ; si, à couvert des courses[4] de l'ennemi, je me trouvais exposé dans les places ou dans les rues d'une ville au fer d'un assassin, et que je craignisse moins dans l'horreur de la nuit d'être pillé

Notes

1. Louis XIV était connu pour être extrêmement minutieux.
2. Louis XIV avait été opéré d'une fistule en 1686.
3. **formidable** : qui inspire la crainte.
4. **courses** : incursions.

ou massacré dans d'épaisses forêts que dans ses carrefours ; si la sûreté, l'ordre et la propreté ne rendaient pas le séjour des villes si délicieux, et n'y avaient pas amené, avec l'abondance, la douceur de la société ; si, faible et seul de mon parti[1], j'avais à souffrir dans ma métairie[2] du voisinage d'un Grand, et si l'on avait moins pourvu à me faire justice de ses entreprises[3] ; si je n'avais pas sous ma main autant de maîtres, et d'excellents maîtres, pour élever mes enfants dans les sciences ou dans les arts qui feront un jour leur établissement[4] ; si, par la facilité du commerce, il m'était moins ordinaire de m'habiller de bonnes étoffes, et de me nourrir de viandes saines, et de les acheter peu[5] ; si enfin, par les soins du Prince, je n'étais pas aussi content de ma fortune[6], qu'il doit lui-même par ses vertus l'être de la sienne ?

25 [VII] Les huit ou les dix mille hommes sont au souverain comme une monnaie dont il achète une place ou une victoire ; s'il fait qu'il lui en coûte moins, s'il épargne les hommes, il ressemble à celui qui marchande et qui connaît mieux qu'un autre le prix de l'argent.

26 [VII] Tout prospère dans une monarchie, où l'on confond les intérêts de l'État avec ceux du Prince.

27 [VII] Nommer un roi PÈRE DU PEUPLE est moins faire son éloge que l'appeler par son nom, ou faire sa définition.

28 [VII] Il y a un commerce ou un retour[7] de devoirs du souverain à ses sujets, et de ceux-ci au souverain : quels sont les plus assujettissants[8] et les plus pénibles, je ne le déciderai pas. Il s'agit de juger d'un côté entre les étroits engagements du

Notes

1. **seul de mon parti** : sans personne pour me soutenir.
2. **métairie** : petit domaine.
3. **entreprises** : usurpations.
4. **établissement** : métier.
5. **peu** : peu cher.
6. **content de ma fortune** : satisfait de mon sort.
7. **un commerce ou un retour** : un échange ou une réciprocité.
8. **assujettissants** : contraignants.

respect, des secours, des services, de l'obéissance, de la dépendance, et, d'un autre, les obligations indispensables de bonté, de justice, de soins, de défense, de protection. Dire qu'un Prince est arbitre de la vie des hommes, c'est dire seulement que les hommes par leurs crimes deviennent naturellement soumis aux lois et à la justice, dont le Prince est le dépositaire ; ajouter qu'il est maître absolu de tous les biens de ses sujets, sans égards, sans compte[1] ni discussion, c'est le langage de la flatterie, c'est l'opinion d'un favori qui se dédira à l'agonie.

29 [VII] Quand vous voyez quelquefois un nombreux troupeau, qui répandu sur une colline vers le déclin d'un beau jour, paît tranquillement le thym et le serpolet[2], ou qui broute dans une prairie une herbe menue et tendre qui a échappé à la faux du moissonneur, le berger, soigneux et attentif, est debout auprès de ses brebis ; il ne les perd pas de vue, il les suit, il les conduit, il les change de pâturage ; si elles se dispersent, il les rassemble ; si un loup avide paraît, il lâche son chien, qui le met en fuite ; il les nourrit, il les défend ; l'aurore le trouve déjà en pleine campagne, d'où il ne se retire qu'avec le soleil : quels soins ! quelle vigilance ! quelle servitude ! Quelle condition vous paraît la plus délicieuse et la plus libre, ou du berger ou des brebis ? le troupeau est-il fait pour le berger, ou le berger pour le troupeau ? Image naïve des peuples et du Prince qui les gouverne, s'il est bon Prince.

Le faste et le luxe dans un souverain, c'est le berger habillé d'or et de pierreries, la houlette[3] d'or en ses mains ; son chien a un collier d'or, il est attaché avec une laisse d'or et de soie. Que[4] sert tant d'or à son troupeau ou contre les loups ?

30 [VII] Quelle heureuse place que celle qui fournit dans tous les instants l'occasion à un homme de faire du bien à

Notes

1. **sans compte** : sans qu'il ait à en rendre compte.
2. **serpolet** : plante aromatique.
3. **houlette** : bâton du berger.
4. **Que** : à quoi.

tant de milliers d'hommes ! Quel dangereux poste que celui qui expose à tous moments un homme à nuire à un million d'hommes !

31 [VII] Si les hommes ne sont point capables sur la terre d'une joie plus naturelle, plus flatteuse et plus sensible[1] que de connaître qu'ils sont aimés, et si les rois sont hommes, peuvent-ils jamais trop acheter[2] le cœur de leurs peuples ?

32 [I] Il y a peu de règles générales et de mesures certaines[3] pour bien gouverner : l'on suit le temps et les conjonctures, et cela roule sur[4] la prudence et sur les vues de ceux qui règnent ; aussi le chef-d'œuvre de l'esprit, c'est le parfait gouvernement ; et ce ne serait peut-être pas une chose possible, si les peuples, par l'habitude où ils sont de la dépendance et de la soumission, ne faisaient la moitié de l'ouvrage.

33 [I] Sous un très grand roi, ceux qui tiennent les premières places n'ont que des devoirs faciles, et que l'on remplit sans nulle peine : tout coule de source ; l'autorité et le génie du Prince leur aplanissent les chemins, leur épargnent les difficultés, et font tout prospérer au-delà de leur attente : ils ont le mérite de subalternes.

34 [V] Si c'est trop de se trouver chargé d'une seule famille, si c'est assez d'avoir à répondre de soi seul, quel poids, quel accablement que celui de tout un royaume ! Un souverain est-il payé de ses peines par le plaisir que semble donner une puissance absolue, par toutes les prosternations des courtisans ? Je songe aux pénibles, douteux et dangereux chemins qu'il est quelquefois obligé de suivre pour arriver à la tranquillité publique ; je repasse[5] les moyens extrêmes, mais nécessaires, dont il use souvent pour une bonne fin ; je sais qu'il doit répondre

Notes

1. **sensible** : que l'on ressent vivement.
2. **trop acheter** : acheter trop cher.
3. **certaines** : assurées.
4. **roule sur** : dépend de.
5. **repasse** : me remémore.

à Dieu même de la félicité de ses peuples, que le bien et le mal est en ses mains, et que toute ignorance ne l'excuse pas; et je me dis à moi-même : Voudrais-je régner? Un homme un peu heureux dans une condition privée devrait-il y renoncer pour une monarchie? N'est-ce pas beaucoup pour celui qui se trouve en place par un droit héréditaire, de supporter d'être né roi?

35 [I] Que de dons du ciel ne faut-il pas pour bien régner! Une naissance auguste[1], un air d'empire[2] et d'autorité, un visage qui remplisse la curiosité des peuples empressés de voir le Prince, et qui conserve le respect dans le courtisan. Une parfaite égalité d'humeur, un grand éloignement pour la raillerie piquante, ou assez de raison pour ne se la permettre point; ne faire jamais ni menaces ni reproches; ne point céder à la colère, et être toujours obéi. L'esprit facile, insinuant[3]; le cœur ouvert, sincère, et dont on croit voir le fond, et ainsi très propre à se faire des amis, des créatures, et des alliés; être secret toutefois, profond et impénétrable dans ses motifs et dans ses projets. Du sérieux et de la gravité dans le public; de la brièveté, jointe à beaucoup de justesse et de dignité, soit dans les réponses aux ambassadeurs des princes, soit dans les conseils. Une manière de faire des grâces qui est comme un second bienfait, le choix des personnes que l'on gratifie; le discernement[4] des esprits, des talents et des complexions pour la distribution des postes et des emplois; le choix des généraux et des ministres. Un jugement ferme, solide, décisif dans les affaires, qui fait que l'on connaît le meilleur parti et le plus juste; un esprit de droiture et d'équité qui fait qu'on le suit, jusques à prononcer quelquefois contre soi-même en faveur du peuple, des alliés, des ennemis; une mémoire heureuse et

Notes

1. **auguste** : royale.
2. **empire** : pouvoir.
3. **insinuant** : séduisant.
4. **discernement** : jugement sûr pour choisir.

très présente qui rappelle les besoins des sujets, leurs visages, leurs noms, leurs requêtes. Une vaste capacité qui s'étende non seulement aux affaires de dehors, au commerce, aux maximes d'État[1], aux vues de la politique, au reculement des frontières par la conquête de nouvelles provinces, et à leur sûreté par un grand nombre de forteresses inaccessibles[2] ; mais qui sache aussi se renfermer au dedans, et comme dans les détails de tout un royaume qui en bannisse un culte[3] faux, suspect et ennemi de la souveraineté, s'il s'y rencontre ; qui abolisse des usages cruels et impies[4], s'ils y règnent ; qui réforme les lois et les coutumes, si elles étaient remplies d'abus ; qui donne aux villes plus de sûreté et plus de commodités par le renouvellement[5] d'une exacte[6] police[7], plus d'éclat et plus de majesté par des édifices somptueux. Punir sévèrement les vices scandaleux ; donner par son autorité et par son exemple du crédit à la piété et à la vertu ; protéger l'Église, ses ministres, ses droits, ses libertés ; ménager ses peuples comme ses enfants ; être toujours occupé de la pensée de les soulager, de rendre les subsides[8] légers, et tels qu'ils se lèvent[9] sur les provinces sans les appauvrir. De grands talents pour la guerre ; être vigilant, appliqué, laborieux ; avoir des armées nombreuses, les commander en personne ; être froid[10] dans le péril, ne ménager sa vie que pour le bien de son État, aimer le bien de son État et sa gloire plus que sa vie. Une puissance très absolue, qui ne laisse point d'occasion aux brigues, à l'intrigue et à la cabale ; qui ôte cette distance infinie qui est quelquefois entre les grands et les petits, qui les rapproche, et sous laquelle tous plient également. Une étendue de connaissance qui fait que le Prince voit

Notes

1. **maximes d'État** : règles politiques.
2. **inaccessibles** : imprenables.
3. Allusion au protestantisme.
4. Allusion aux duels.
5. **renouvellement** : rétablissement.
6. **exacte** : rigoureuse.
7. **police** : administration.
8. **subsides** : impôts.
9. **se lèvent** : soient perçus.
10. **froid** : de sang-froid.

tout par ses yeux, qu'il agit immédiatement[1] et par lui-même ; que ses généraux ne sont, quoique éloignés de lui, que ses lieutenants[2], et les ministres que ses ministres. Une profonde sagesse qui sait déclarer la guerre, qui sait vaincre et user de la victoire ; qui sait faire la paix, qui sait la rompre, qui sait quelquefois et selon les divers intérêts contraindre les ennemis à la recevoir ; qui donne des règles[3] à une vaste ambition, et sait jusques où l'on doit conquérir. Au milieu d'ennemis couverts[4] ou déclarés, se procurer le loisir des jeux, des fêtes, des spectacles ; cultiver les arts et les sciences ; former et exécuter des projets d'édifices surprenants. Un génie enfin supérieur et puissant, qui se fait aimer et révérer des siens, craindre des étrangers ; qui fait d'une Cour, et même de tout un royaume, comme une seule famille, unie parfaitement sous un même chef, dont l'union et la bonne intelligence est redoutable au reste du monde. Ces admirables vertus me semblent renfermées dans l'idée[5] du souverain ; il est vrai qu'il est rare de les voir réunies dans un même sujet : il faut que trop de choses concourent à la fois, l'esprit, le cœur, les dehors[6], le tempérament ; et il me paraît qu'un monarque qui les rassemble toutes en sa personne est bien digne du nom de Grand[7].

Notes

1. **immédiatement** : directement, sans intermédiaire.
2. **lieutenants** : au sens premier de « ceux qui tiennent lieu de chefs et commandent en l'absence de ces derniers », donc sous leur autorité.
3. **règles** : limites.
4. **couverts** : dissimulés.
5. **idée** : idéal.
6. **dehors** : qualités extérieures.
7. Cette épithète avait été donnée à Louis XIV après la paix de Nimègue en 1678.

LA BRUYÈRE

Les Caractères

(chapitre XI – BAC séries technologiques)

Ferdinand Van Kessel, *Le Singe fumeur de tabac*, XVIIe siècle (détail).

« Admonere voluimus, non mordere ; prodesse, non laedere ; consulere moribus hominum, non officere. »[1]
Érasme

La préface des *Caractères* est publiée aux pages 11 à 15 du présent ouvrage.

Note

1. *« J'ai voulu avertir et non mordre ; être utile et non blesser ; servir la moralité et non lui faire obstacle »* (traduction de J. Chomarat, *in* Érasme, *Œuvres choisies*, « Le Livre de Poche Classique », LGF, Paris, 1991, p. 286). Cette épigraphe apparaît à la 4e édition (1689). Elle est tirée d'une lettre d'Érasme à Martin Dorpius, où l'écrivain se défend contre les critiques que lui a values le caractère satirique d'*Éloge de la Folie* (1511).

CHAPITRE XI

De l'Homme

1 [I] Ne nous emportons point contre les hommes en voyant leur dureté, leur ingratitude, leur injustice, leur fierté[1], l'amour d'eux-mêmes, et l'oubli des autres ; ils sont ainsi faits, c'est leur nature ; c'est[2] ne pouvoir supporter que la pierre tombe, ou que le feu s'élève.

2 [I] Les hommes en un sens ne sont point légers, ou ne le sont que dans les petites choses : ils changent leurs habits, leur langage, les dehors, les bienséances ; ils changent de goût quelquefois ; ils gardent leurs mœurs[3] toujours mauvaises ; fermes et constants dans le mal, ou dans l'indifférence pour la vertu.

3 [IV] Le stoïcisme[4] est un jeu d'esprit et une idée semblable à la République de Platon[5]. Les stoïques ont feint[6] qu'on pou-

Notes

1. fierté : orgueil.
2. c'est : sous-entendu : « S'emporter contre eux, c'est... ».
3. mœurs : caractère, tempérament, conduite morale.
4. stoïcisme : courant philosophique de l'Antiquité recherchant la vertu, la constance, la fermeté morale devant les épreuves. Pour les penseurs du XVIIe siècle, les stoïciens s'étaient illusionnés sur les forces morales de l'homme.
5. *La République* est une œuvre de Platon (V-IVe s. av. J.-C.) où le philosophe imagine une cité idéale. La Bruyère veut montrer que les préceptes stoïciens ne sont pas tenables dans la réalité.
6. ont feint : ont fait semblant de croire.

vait rire dans la pauvreté ; être insensible aux injures, à l'ingratitude, aux pertes de biens, comme à celles des parents et des amis ; regarder froidement la mort, et comme une chose indifférente qui ne devait ni réjouir, ni rendre triste ; n'être vaincu ni par le plaisir, ni par la douleur ; sentir le fer ou le feu dans quelque partie de son corps sans pousser le moindre soupir, ni jeter une seule larme ; et ce fantôme de vertu et de constance ainsi imaginé, il leur a plu de l'appeler un sage. Ils ont laissé à l'homme tous les défauts qu'ils lui ont trouvés, et n'ont presque relevé aucun de ses faibles[1] : au lieu de faire de ses vices des peintures affreuses ou ridicules qui servissent à l'en corriger, ils lui ont tracé l'idée d'une perfection et d'un héroïsme dont il n'est point capable, et l'ont exhorté[2] à l'impossible. Ainsi le sage qui n'est pas, ou qui n'est qu'imaginaire[3], se trouve naturellement et par lui-même au-dessus de tous les événements et de tous les maux ; ni la goutte[4] la plus douloureuse, ni la colique la plus aiguë ne sauraient lui arracher une plainte ; le ciel et la terre peuvent être renversés sans l'entraîner dans leur chute, et il demeurerait ferme sur les ruines de l'univers ; pendant que[5] l'homme qui est en effet[6], sort de son sens[7], crie, se désespère, étincelle des yeux, et perd la respiration pour un chien perdu, ou pour une porcelaine qui est en pièces.

4 [IV] Inquiétude d'esprit, inégalité d'humeur, inconstance de cœur, incertitude de conduite. Tous vices de l'âme, mais différents, et qui avec tout le rapport[8] qui paraît entre eux, ne se supposent pas toujours l'un l'autre dans un même sujet[9].

Notes

1. **faibles** : points faibles.
2. **exhorté** : incité avec force.
3. **qui n'est qu'imaginaire** : qui n'existe qu'en imagination.
4. **goutte** : maladie des articulations, très douloureuse.
5. **pendant que** : alors que.
6. **qui est en effet** : qui existe en réalité (s'oppose au sage « *imaginaire* »).
7. **sort de son sens** : est hors de lui.
8. **avec tout le rapport** : malgré toute la ressemblance.
9. **sujet** : personne.

5 [VI] Il est difficile de décider si l'irrésolution rend l'homme plus malheureux que méprisable : de même s'il y a toujours plus d'inconvénient à prendre un mauvais parti, qu'à n'en prendre aucun.

6 [VI] Un homme inégal[1] n'est pas un seul homme, ce sont plusieurs ; il se multiplie autant de fois qu'il a de nouveaux goûts et de manières différentes : il est à chaque moment ce qu'il n'était point, et il va être bientôt ce qu'il n'a jamais été, il se succède à lui-même : ne demandez pas de quelle complexion[2] il est, mais quelles sont ses complexions : ni de quelle humeur, mais combien il a de sortes d'humeurs. Ne vous trompez-vous point ? est-ce *Euthycrate* que vous abordez ? aujourd'hui quelle glace[3] pour vous ! hier il vous recherchait, il vous caressait[4], vous donniez de la jalousie à ses amis : vous reconnaît-il bien ? dites-lui votre nom.

7 [VI] *Ménalque* descend son escalier, ouvre sa porte pour sortir, il la referme ; il s'aperçoit qu'il est en bonnet de nuit ; et venant à mieux s'examiner, il se trouve rasé à moitié, il voit que son épée est mise du côté droit[5], que ses bas sont rabattus sur ses talons, et que sa chemise est par-dessus ses chausses[6]. S'il marche dans les places, il se sent tout d'un coup rudement frapper à l'estomac, ou au visage ; il ne soupçonne point ce que ce peut être, jusqu'à ce qu'ouvrant les yeux et se réveillant, il se trouve ou devant un limon[7] de charrette, ou derrière un long ais[8] de menuiserie que porte un ouvrier sur ses épaules. On l'a vu une fois heurter du front contre celui d'un aveugle, s'embarrasser dans ses jambes, et tomber avec lui chacun de

Notes

1. **inégal** : changeant, capricieux.
2. **complexion** : tempérament.
3. **quelle glace** : quel visage glacial il a.
4. **caressait** : flattait.
5. Les hommes étant majoritairement droitiers, on portait l'épée à gauche pour pouvoir la tirer de la main droite.
6. **chausses** : sorte de pantalon.
7. **limon** : bras d'une charrette.
8. **ais** : planche.

Ménalque ou le Distrait, gravure de Gravelot pour l'édition de 1765 des *Caractères* de La Bruyère.

son côté à la renverse : il lui est arrivé plusieurs fois de se trouver tête pour tête à la rencontre d'un prince[1] et sur son passage, se reconnaître[2] à peine, et n'avoir que le loisir de se coller à un mur pour lui faire place. Il cherche, il brouille[3], il crie, il s'échauffe, il appelle ses valets l'un après l'autre, *on lui perd tout, on lui égare tout*; il demande ses gants qu'il a dans ses mains; semblable à cette femme qui prenait le temps de demander son masque[4], lorsqu'elle l'avait sur son visage. Il entre à l'appartement[5], et passe sous un lustre où sa perruque s'accroche et demeure suspendue, tous les courtisans regardent et rient; Ménalque regarde aussi, et rit plus haut que les autres, il cherche des yeux dans toute l'assemblée où est celui qui montre ses oreilles, et à qui il manque une perruque. S'il va par la ville, après avoir fait quelque chemin, il se croit égaré, il s'émeut, et il demande où il est à des passants, qui lui disent précisément le nom de sa rue; il entre ensuite dans sa maison, d'où il sort précipitamment, croyant qu'il s'est trompé. Il descend du Palais[6], et trouvant au bas du grand degré[7] un carrosse qu'il prend pour le sien, il se met dedans; le cocher touche[8] et croit ramener son maître dans sa maison; Ménalque se jette hors de la portière[9], traverse la cour, monte l'escalier, parcourt l'antichambre, la chambre, le cabinet, tout lui est familier, rien ne lui est nouveau, il s'assit[10], il se repose, il est chez soi[11]; le maître arrive, celui-ci se lève pour le recevoir, il le traite fort civilement, le prie de s'asseoir, et croit faire les honneurs de sa

Notes

1. **tête pour tête à la rencontre d'un prince** : face à face avec un prince.
2. **se reconnaître** : reprendre ses esprits.
3. **brouille** : dérange.
4. Les femmes de la haute société portaient, pour sortir, un masque orné de dentelle afin de protéger la blancheur de leur teint.
5. **l'appartement** : l'appartement du roi.
6. **Palais** : Palais de Justice (à Paris).
7. **degré** : escalier.
8. **touche** : fouette le cheval pour le faire avancer.
9. **portière** : porte du carrosse.
10. **s'assit** : s'assoit.
11. **il est chez soi** : il se croit chez lui. À l'époque classique, on employait le pronom réfléchi *soi* là où nous utilisons le pronom personnel *lui*.

chambre[1] ; il parle, il rêve[2], il reprend la parole ; le maître de la maison s'ennuie, et demeure étonné ; Ménalque ne l'est pas moins, et ne dit pas ce qu'il en pense ; il a affaire à un fâcheux, à un homme oisif, qui se retirera à la fin, il l'espère, et il prend patience ; la nuit arrive qu'il est à peine détrompé. Une autre fois il rend visite à une femme, et se persuadant bientôt que c'est lui qui la reçoit, il s'établit[3] dans son fauteuil, et ne songe nullement à l'abandonner ; il trouve ensuite que cette dame fait ses visites longues, il attend à tous moments qu'elle se lève et le laisse en liberté ; mais comme cela tire en longueur, qu'il a faim, et que la nuit est déjà avancée, il la prie à souper ; elle rit, et si haut, qu'elle le réveille. Lui-même se marie le matin, l'oublie le soir, et découche la nuit de ses noces : et quelques années après il perd sa femme, elle meurt entre ses bras, il assiste à ses obsèques, et le lendemain quand on lui vient dire qu'on a servi[4], il demande si sa femme est prête, et si elle est avertie. C'est lui encore qui entre dans une église, et prenant l'aveugle qui est collé à la porte pour un pilier, et sa tasse pour le bénitier, y plonge la main, la porte à son front, lorsqu'il entend tout d'un coup le pilier qui parle, et qui lui offre des oraisons[5] : il s'avance dans la nef[6], il croit voir un prie-Dieu[7], il se jette lourdement dessus ; la machine[8] plie, s'enfonce et fait des efforts pour crier ; Ménalque est surpris de se voir à genoux sur les jambes d'un fort petit homme, appuyé sur son dos, les deux bras passés sur ses épaules, et ses deux mains jointes et étendues qui lui prennent le nez et lui ferment la bouche, il se retire confus, et va s'agenouiller ailleurs : il tire un livre pour faire sa prière, et c'est sa pantoufle qu'il a prise

Notes

1. **faire les honneurs de sa chambre** : recevoir avec politesse des personnes dans sa chambre (chambre ou bureau).
2. **rêve** : est distrait.
3. **s'établit** : s'installe.
4. **on a servi** : le repas est servi.
5. **oraisons** : prières.
6. **nef** : partie centrale d'une église.
7. **prie-Dieu** : siège très bas sur lequel on se met à genoux pour prier.
8. **la machine** : l'objet.

pour ses Heures[1], et qu'il a mise dans sa poche avant que de[2] sortir; il n'est pas hors de l'église qu'un homme de livrée[3] court après lui, le joint, lui demande en riant s'il n'a point la pantoufle de Monseigneur; Ménalque lui montre la sienne, et lui dit, *Voilà toutes les pantoufles que j'ai sur moi*; il se fouille néanmoins et tire celle de l'évêque de★★ qu'il vient de quitter, qu'il a trouvé malade auprès de son feu, et dont avant de prendre congé de lui, il a ramassé la pantoufle, comme l'un de ses gants qui était à terre; ainsi Ménalque s'en retourne chez soi avec une pantoufle de moins. Il a une fois perdu au jeu tout l'argent qui est dans sa bourse, et voulant continuer de jouer, il entre dans son cabinet[4], ouvre une armoire, y prend sa cassette[5], en tire ce qu'il lui plaît, croit la remettre où il l'a prise; il entend aboyer dans son armoire qu'il vient de fermer; étonné de ce prodige, il l'ouvre une seconde fois, et il éclate de rire d'y voir son chien qu'il a serré pour[6] sa cassette. Il joue au trictrac[7], il demande à boire, on lui en apporte, c'est à lui à jouer, il tient le cornet d'une main et un verre de l'autre, et comme il a une grande soif, il avale les dés et presque le cornet, jette le verre d'eau dans le trictrac, et inonde celui contre qui il joue : et dans une chambre où il est familier[8], il crache[9] sur le lit et jette son chapeau à terre, en croyant faire tout le contraire. Il se promène sur l'eau, et il demande quelle heure il est; on lui présente une montre; à peine l'a-t-il reçue, que ne songeant plus ni à l'heure, ni à la montre, il la jette dans la rivière, comme une chose qui l'embarrasse. Lui-même écrit une longue lettre, met de la poudre[10] dessus à plusieurs re-

Notes

1. **Heures** : livre de prières.
2. **avant que de** : avant de.
3. **homme de livrée** : domestique, serviteur (vêtu de sa livrée, uniforme que portaient les domestiques).
4. **cabinet** : bureau.
5. **cassette** : boîte où l'on met à l'abri de l'argent.
6. **serré pour** : rangé à la place de.
7. **trictrac** : jeu qui se joue avec des pions et des dés lancés avec un cornet.
8. **où il est familier** : où il est connu, où on le reçoit habituellement.
9. Ce n'était pas impoli de cracher par terre à cette époque.
10. La poudre servait à sécher l'encre.

prises, et jette toujours la poudre dans l'encrier ; ce n'est pas tout, il écrit une seconde lettre, et après les avoir cachetées[1] toutes deux, il se trompe à l'adresse[2] ; un duc et pair[3] reçoit l'une de ces deux lettres, et en l'ouvrant y lit ces mots : *Maître Olivier, ne manquez, sitôt la présente reçue, de m'envoyer ma provision de foin...* Son fermier reçoit l'autre, il l'ouvre, et se la fait lire ; on y trouve : *Monseigneur, j'ai reçu avec une soumission aveugle les ordres qu'il a plu à Votre Grandeur...* Lui-même encore écrit une lettre pendant la nuit, et après l'avoir cachetée, il éteint sa bougie, il ne laisse pas[4] d'être surpris de ne voir *goutte*[5], et il sait à peine comment cela est arrivé. Ménalque descend l'escalier du Louvre, un autre le monte, à qui il dit : *C'est vous que je cherche* ; il le prend par la main, le fait descendre avec lui, traverse plusieurs cours, entre dans les salles, en sort ; il va, il revient sur ses pas ; il regarde enfin celui qu'il traîne après soi depuis un quart d'heure, il est étonné que ce soit lui, il n'a rien à lui dire, il lui quitte la main, et tourne d'un autre côté. Souvent il vous interroge, et il est déjà bien loin de vous quand vous songez à lui répondre ; ou bien il vous demande en courant comment se porte votre père, et comme vous lui dites qu'il est fort mal, il vous crie qu'il en est bien aise ; il vous trouve quelque autre fois sur son chemin, *Il est ravi de vous rencontrer, il sort de chez vous pour vous entretenir d'une certaine chose*[6] ; il contemple votre main : vous avez là, dit-il, un beau rubis ; est-il balais[7] ? il vous quitte et continue sa route : voilà l'affaire importante dont il avait à vous parler. Se trouve-t-il en cam-

Notes

1. **cachetées** : fermées avec un cachet de cire.
2. **à l'adresse** : en écrivant l'adresse.
3. **pair** : titre très honorifique, donnant accès au conseil du roi, réservé à six grands seigneurs du royaume.
4. **ne laisse pas** : ne manque pas.
5. **ne voir *goutte*** : ne rien voir ; « *goutte* » est en italique, car c'est le terme employé par Ménalque.
6. Les phrases en italique transcrivent les paroles de Ménalque en discours indirect libre.
7. Un rubis balais est une pierre précieuse de couleur rouge tirant vers le rose ou le violacé.

pagne[1], il dit à quelqu'un qu'il le trouve heureux d'avoir pu se dérober à la cour pendant l'automne, et d'avoir passé dans ses terres tout le temps de Fontainebleau[2]; il tient à d'autres[3] d'autres discours, puis revenant à celui-ci, vous avez eu, lui dit-il, de beaux jours à Fontainebleau, vous y avez sans doute beaucoup chassé. Il commence ensuite un conte[4] qu'il oublie d'achever, il rit en lui-même, il éclate[5] d'une chose qui lui passe par l'esprit, il répond à sa pensée, il chante entre ses dents, il siffle, il se renverse dans une chaise, il pousse un cri plaintif, il bâille, il se croit seul. S'il se trouve à un repas, on voit le pain se multiplier insensiblement sur son assiette; il est vrai que ses voisins en manquent, aussi bien que de couteaux et de fourchettes, dont il ne les laisse pas jouir longtemps. On a inventé aux tables[6] une grande cuillère pour la commodité du service; il la prend, la plonge dans le plat, l'emplit, la porte à sa bouche, et il ne sort pas d'étonnement[7] de voir répandu sur son linge et sur ses habits le potage qu'il vient d'avaler. Il oublie de boire pendant tout le dîner; ou s'il s'en souvient, et qu'il trouve que l'on lui donne trop de vin, il en *flaque*[8] plus de la moitié au visage de celui qui est à sa droite; il boit le reste tranquillement, et ne comprend pas pourquoi tout le monde éclate de rire, de ce qu'il a jeté à terre ce qu'on lui a versé de trop. Il est un jour retenu au lit pour quelque incommodité, on lui rend visite; il y a un cercle d'hommes et de femmes dans la ruelle[9] qui l'entretiennent[10], et en leur présence il soulève sa couverture et crache dans ses draps. On le mène aux

Notes

1. **en campagne** : à la campagne.
2. Chaque année, la Cour passait la saison de la chasse au château de Fontainebleau, au sud de Paris.
3. **à d'autres** : à d'autres personnes.
4. **un conte** : une histoire.
5. **éclate** : éclate de rire.
6. **aux tables** : pour les repas.
7. **il ne sort pas d'étonnement** : il est tout étonné.
8. ***flaque*** : flanque (terme en italique dans le texte car familier).
9. **ruelle** : espace laissé entre le lit et le mur, où l'on recevait des personnes.
10. **l'entretiennent** : lui parlent, lui font la conversation.

Chartreux[1], on lui fait voir un cloître[2] orné d'ouvrages, tous de la main d'un excellent peintre ; le religieux qui les lui explique, parle de saint BRUNO, du chanoine et de son aventure[3], en fait une longue histoire et la montre dans l'un de ses tableaux : Ménalque, qui pendant la narration est hors du cloître, et bien loin au delà, y revient enfin, et demande au père si c'est le chanoine ou saint Bruno qui est damné. Il se trouve par hasard avec une jeune veuve, il lui parle de son défunt mari, lui demande comment il est mort ; cette femme à qui ce discours renouvelle ses douleurs, pleure, sanglote, et ne laisse pas de reprendre tous les détails de la maladie de son époux, qu'elle conduit depuis la veille de sa fièvre qu'il[4] se portait bien, jusqu'à l'agonie. *Madame*, lui demande Ménalque qui l'avait apparemment écoutée avec attention, *n'aviez-vous que celui-là ?*[5] Il s'avise un matin de faire tout hâter[6] dans sa cuisine, il se lève avant le fruit[7], et prend congé de la compagnie ; on le voit ce jour-là en tous les endroits de la ville, hormis en celui où il a donné un rendez-vous précis pour cette affaire qui l'a empêché de dîner[8], et l'a fait sortir à pied, de peur que son carrosse ne le fît attendre. L'entendez-vous crier, gronder, s'emporter contre l'un de ses domestiques ? il est étonné de ne le point voir, où peut-il être ? dit-il ; que fait-il ? qu'est-il devenu ? qu'il ne se présente plus devant moi, je le chasse dès à cette heure[9] ; le valet arrive, à qui il demande fièrement[10] d'où il vient ; il lui répond qu'il vient de l'endroit où il l'a envoyé, et il lui rend un fidèle compte de sa commission. Vous le prendriez souvent pour tout ce qu'il n'est pas ; pour un

Notes

1. **aux Chartreux** : dans un monastère de chartreux, ordre monastique très strict.
2. **cloître** : centre du monastère.
3. On racontait que saint Bruno se retira du monde après avoir vu un prêtre (chanoine) sortir de son cercueil en criant qu'il était damné.
4. **qu'il** : quand il.
5. Ménalque croit qu'elle lui a parlé de la mort d'un de ses enfants.
6. **tout hâter** : se dépêcher tout le monde.
7. **fruit** : dessert.
8. **dîner** : déjeuner (à midi).
9. **dès à cette heure** : immédiatement.
10. **fièrement** : de manière arrogante, avec dédain.

stupide, car il n'écoute point, et il parle encore moins; pour un fou, car outre qu'il parle tout seul, il est sujet à de certaines grimaces et à des mouvements de tête involontaires; pour un homme fier et incivil, car vous le saluez, et il passe sans vous regarder, ou il vous regarde sans vous rendre le salut; pour un inconsidéré[1], car il parle de banqueroute[2] au milieu d'une famille où il y a cette tache; d'exécution et d'échafaud devant un homme dont le père y a monté; de roture[3] devant des roturiers qui sont riches, et qui se donnent pour nobles. De même il a dessein d'élever auprès de soi un fils naturel[4] sous le nom et le personnage d'un valet; et quoiqu'il veuille le dérober[5] à la connaissance de sa femme et de ses enfants, il lui échappe de l'appeler son fils dix fois le jour : il a pris aussi la résolution de marier son fils à la fille d'un homme d'affaires, et il ne laisse pas de dire de temps en temps en parlant de sa maison et de ses ancêtres, que les Ménalques ne se sont jamais mésalliés[6]. Enfin il n'est ni présent ni attentif dans une compagnie à ce qui fait le sujet de la conversation; il pense et il parle tout à la fois, mais la chose dont il parle, est rarement celle à laquelle il pense, aussi ne parle-t-il guère conséquemment[7] et avec suite; où il dit *non*, souvent il faut dire *oui*, et où il dit *oui*, croyez qu'il veut dire *non ;* il a en vous répondant si juste les yeux fort ouverts, mais il ne s'en sert point, il ne regarde ni vous, ni personne, ni rien qui soit au monde : tout ce que vous pouvez tirer de lui, et encore dans le temps qu'il est le plus appliqué[8] et d'un meilleur commerce[9], ce sont ces mots : *Oui vraiment. C'est vrai. Bon. Tout de bon ? Oui-da*[10] *! je pense qu'oui. Assuré-*

Notes

1. **inconsidéré** : irréfléchi, inconséquent.
2. **banqueroute** : faillite; elle était considérée comme une honte – d'où le mot «*tache*».
3. **roture** : état d'une personne qui n'est pas noble.
4. **fils naturel** : fils né d'une autre femme que l'épouse légitime.
5. **dérober** : cacher.
6. **mésalliés** : mariés avec une personne d'une condition sociale inférieure à la leur.
7. **conséquemment** : de manière logique.
8. **appliqué** : attentif.
9. **commerce** : comportement, relations avec les autres.
10. L'interjection «*da*» sert à insister.

ment. Ah ! ciel ! et quelques autres monosyllabes qui ne sont pas même placés à propos. Jamais aussi il n'est avec ceux avec qui il paraît être : il appelle sérieusement son laquais *Monsieur*; et son ami, il l'appelle *la Verdure*; il dit *Votre Révérence* à un prince du sang[1], et *Votre Altesse* à un jésuite[2]. Il entend la messe, le prêtre vient à éternuer, il lui dit : *Dieu vous assiste !* Il se trouve avec un magistrat; cet homme grave par son caractère, vénérable par son âge et par sa dignité, l'interroge sur un événement et lui demande si cela est ainsi; Ménalque lui répond : *Oui, Mademoiselle.* Il revient une fois de la campagne, ses laquais en livrées entreprennent de le voler et y réussissent, ils descendent de son carrosse, lui portent un bout de flambeau sous la gorge, lui demandent la bourse, et il la rend; arrivé chez soi, il raconte son aventure à ses amis, qui ne manquent pas de l'interroger sur les circonstances, et il leur dit : *demandez à mes gens*[3]*, ils y étaient.*

8 [IV] L'incivilité n'est pas un vice de l'âme, elle est l'effet de plusieurs vices; de la sotte vanité, de l'ignorance de ses devoirs, de la paresse, de la stupidité, de la distraction, du mépris des autres, de la jalousie : pour ne se répandre[4] que sur les dehors, elle n'en est que plus haïssable, parce que c'est toujours un défaut visible et manifeste; il est vrai cependant qu'il offense plus ou moins, selon la cause qui le produit.

9 [IV] Dire d'un homme colère[5], inégal, querelleux[6], chagrin[7], pointilleux[8], capricieux, c'est son humeur, n'est pas l'excuser, comme on le croit, mais avouer sans y penser que de si grands défauts sont irrémédiables.

Notes

1. **du sang** : de la famille royale.
2. **jésuite** : prêtre appartenant à la Compagnie de Jésus.
3. ***gens*** : domestiques.
4. **pour ne se répandre** : même si elle ne se répand.
5. **colère** : coléreux.
6. **querelleux** : querelleur.
7. **chagrin** : peu aimable, de mauvaise humeur.
8. **pointilleux** : susceptible.

Ce qu'on appelle humeur est une chose trop négligée parmi les hommes; ils devraient comprendre qu'il ne leur suffit pas d'être bons, mais qu'ils doivent encore paraître tels, du moins s'ils tendent à être sociables, capables d'union et de commerce, c'est-à-dire à être des hommes : l'on n'exige pas des âmes malignes[1] qu'elles aient de la douceur et de la souplesse; elle[2] ne leur manque jamais, et elle leur sert de piège pour surprendre les simples, et pour faire valoir[3] leurs artifices : l'on désirerait de ceux qui ont un bon cœur, qu'ils fussent toujours pliants[4], faciles, complaisants; et qu'il fût moins vrai quelquefois que ce sont les méchants qui nuisent, et les bons qui font souffrir.

10 [IV] Le commun des hommes va de la colère à l'injure : quelques-uns en usent autrement, ils offensent et puis ils se fâchent; la surprise où l'on est toujours de ce procédé ne laisse pas de place au ressentiment.

11 [I] Les hommes ne s'attachent pas assez à ne point manquer les occasions de faire plaisir : il semble que l'on n'entre dans un emploi que pour pouvoir obliger[5] et n'en rien faire; la chose la plus prompte et qui se présente d'abord, c'est le refus, et l'on n'accorde que par réflexion.

12 [VIII] Sachez précisément ce que vous pouvez attendre des hommes en général, et de chacun d'eux en particulier, et jetez-vous ensuite dans le commerce du monde[6].

13 [IV] Si la pauvreté est la mère des crimes, le défaut d'esprit en est le père.

14 [I] Il est difficile[7] qu'un fort malhonnête homme ait assez d'esprit, un génie[8] qui est droit et perçant conduit enfin[9] à

Notes

1. **malignes** : mauvaises, méchantes.
2. **elle** : reprend au singulier « *douceur* » et « *souplesse* », qui ont un sens approchant.
3. **valoir** : réussir.
4. **pliants** : souples.
5. **obliger** : rendre service.
6. **le commerce du monde** : la société.
7. **Il est difficile** : il arrive rarement.
8. **génie** : caractère naturel.
9. **conduit enfin** : finit par conduire.

la règle, à la probité[1], à la vertu : il manque du sens et de la pénétration[2] à celui qui s'opiniâtre[3] dans le mauvais comme dans le faux; l'on cherche en vain à le corriger par des traits de satire[4] qui le désignent aux autres, et où il ne se reconnaît pas lui-même; ce sont des injures dites à un sourd. Il serait désirable pour le plaisir des honnêtes gens et pour la vengeance publique qu'un coquin ne le fût pas au point d'être privé de tout sentiment[5].

15 [I] Il y a des vices que nous ne devons à personne, que nous apportons en naissant, et que nous fortifions par l'habitude; il y en a d'autres que l'on contracte, et qui nous sont étrangers; l'on est né quelquefois avec des mœurs faciles[6], de la complaisance et tout le désir de plaire; mais par les traitements que l'on reçoit de ceux avec qui l'on vit, ou de qui l'on dépend, l'on est bientôt jeté hors de ses mesures[7], et même de son naturel; l'on a des chagrins, et une bile[8] que l'on ne se connaissait point, l'on se voit une autre complexion[9], l'on est enfin étonné de se trouver dur et épineux[10].

16 [II] L'on demande pourquoi tous les hommes ensemble ne composent pas comme une seule nation et n'ont point voulu parler une même langue, vivre sous les mêmes lois, convenir entre eux des mêmes usages et d'un même culte : et moi pensant à la contrariété[11] des esprits, des goûts et des sentiments, je suis étonné de voir jusques[12] à sept ou huit personnes se

Notes

1. **probité** : honnêteté.
2. **de la pénétration** : de l'intelligence.
3. **s'opiniâtre** : s'obstine.
4. **traits de satire** : critiques moqueuses.
5. **d'être privé de tout sentiment** : de ne même pas sentir la critique.
6. **des mœurs faciles** : un caractère agréable.
7. **jeté hors de ses mesures** : dérangé dans sa ligne de conduite, déconcerté.
8. **bile** : colère.
9. **complexion** : tempérament.
10. **épineux** : qui fait des difficultés sur tout, susceptible, désagréable.
11. **la contrariété** : l'opposition, la contradiction.
12. **jusques** : jusque.

rassembler sous un même toit, dans une même enceinte, et composer une seule famille.

17 [I] Il y a d'étranges pères, et dont toute la vie ne semble occupée qu'à préparer à leurs enfants des raisons de se consoler de leur mort.

18 [I] Tout est étranger[1] dans l'humeur, les mœurs et les manières de la plupart des hommes : tel a vécu pendant toute sa vie chagrin, emporté[2], avare, rampant[3], soumis, laborieux, intéressé, qui[4] était né gai, paisible, paresseux, magnifique[5], d'un courage[6] fier, et éloigné de toute bassesse ; les besoins de la vie, la situation où l'on se trouve, la loi de la nécessité forcent la nature, et y causent ces grands changements. Ainsi tel homme au fond, et en lui-même ne se peut définir ; trop de choses qui sont hors de lui, l'altèrent, le changent, le bouleversent ; il n'est point précisément ce qu'il est, ou ce qu'il paraît être.

19 [I] La vie est courte et ennuyeuse ; elle se passe toute à désirer ; l'on remet à l'avenir son repos et ses joies, à cet âge souvent où les meilleurs biens ont déjà disparu, la santé et la jeunesse. Ce temps arrive qui nous surprend encore dans les désirs : on en est là, quand la fièvre nous saisit et nous éteint[7] ; si l'on eût guéri, ce n'était que pour désirer plus longtemps.

20 [VIII] Lorsqu'on désire, on se rend à discrétion à[8] celui de qui l'on espère : est-on sûr d'avoir, on temporise, on parlemente, on capitule[9].

Notes

1. **étranger :** extérieur à l'homme (*cf.* § 15).
2. **emporté :** coléreux.
3. **rampant :** bas, servile, obéissant.
4. **qui :** alors qu'il.
5. **magnifique :** généreux, dépensier.
6. **courage :** cœur.
7. **éteint :** fait mourir.
8. **se rend à discrétion à :** on est à la merci de, on dépend de.
9. **capitule :** négocie.

21 [I] Il est si ordinaire à l'homme de n'être pas heureux, et si essentiel à tout ce qui est un bien d'être acheté par mille peines, qu'une affaire qui se rend[1] facile, devient suspecte : l'on comprend à peine, ou que ce qui coûte si peu, puisse nous être fort avantageux ; ou qu'avec des mesures justes[2], l'on doive si aisément parvenir à la fin que l'on se propose : l'on croit mériter les bons succès, mais n'y devoir compter que fort rarement.

22 [IV] L'homme qui dit qu'il n'est pas né heureux, pourrait du moins le devenir par[3] le bonheur de ses amis ou de ses proches. L'envie[4] lui ôte cette dernière ressource.

23 [VI] Quoi que j'aie pu dire ailleurs, peut-être que les affligés ont tort, les hommes semblent être nés pour l'infortune, la douleur et la pauvreté, peu en[5] échappent ; et comme toute disgrâce[6] peut leur arriver, ils devraient être préparés à toute disgrâce[7].

24 [I] Les hommes ont tant de peine à s'approcher[8] sur les affaires, sont si épineux sur les moindres intérêts, si hérissés de difficultés, veulent si fort tromper, et si peu être trompés, mettent si haut ce qui leur appartient, et si bas ce qui appartient aux autres, que j'avoue que je ne sais par où et comment se peuvent conclure les mariages, les contrats, les acquisitions, la paix, la trêve, les traités, les alliances.

25 [V] À quelques-uns l'arrogance tient lieu de grandeur, l'inhumanité de fermeté, et la fourberie, d'esprit.

[I] Les fourbes croient aisément que les autres le sont ; ils ne peuvent guère être trompés, et ils ne trompent pas longtemps.

Notes

1. **se rend** : se montre.
2. **avec des mesures justes** : en prenant de bonnes mesures.
3. **par** : en voyant.
4. **L'envie** : la jalousie.
5. **en** : y.
6. **disgrâce** : malheur.
7. Et donc ne pas s'en affliger…
8. **s'approcher** : se mettre d'accord, s'entendre.

[V] Je me rachèterai toujours fort volontiers d'être fourbe par être stupide et passer pour tel[1].

[V] On ne trompe point en bien[2], la fourberie ajoute la malice[3] au mensonge.

26 [VIII] S'il y avait moins de dupes[4], il y aurait moins de ce qu'on appelle des hommes fins ou entendus[5], et de ceux qui tirent autant de vanité que de distinction d'avoir su pendant tout le cours de leur vie tromper les autres : comment voulez-vous qu'*Érophile*, à qui le manque de parole[6], les mauvais offices[7], la fourberie, bien loin de nuire, ont mérité des grâces[8] et des bienfaits de ceux mêmes qu'il a ou manqué de servir, ou désobligés[9], ne présume pas[10] infiniment de soi et de son industrie[11] ?

27 [IV] L'on n'entend dans les places et dans les rues des grandes villes, et de la bouche de ceux qui passent, que les mots *d'exploit*, de *saisie*, d'*interrogatoire*, de *promesse*, et de *plaider contre sa promesse*[12] ; est-ce qu'il n'y aurait pas dans le monde la plus petite équité ? Serait-il au contraire rempli de gens qui demandent froidement[13] ce qui ne leur est pas dû, ou qui refusent nettement de rendre ce qu'ils doivent ?

[VIII] Parchemins[14] inventés pour faire souvenir ou pour convaincre les hommes de leur parole : honte de l'humanité.

Notes

1. Je préférerais passer pour stupide qu'être fourbe.
2. **en bien** : pour le bien.
3. **malice** : méchanceté.
4. **dupes** : personnes que l'on trompe facilement.
5. **entendus** : connaisseurs.
6. **le manque de parole** : le fait de ne pas tenir sa parole.
7. **offices** : services.
8. **grâces** : faveurs.
9. **désobligés** : à qui il a causé du tort.
10. **ne présume pas** : ne se fasse pas une trop haute idée.
11. **industrie** : habileté.
12. Termes juridiques employés dans les procès.
13. **froidement** : sans hésiter, sans remords.
14. **Parchemins** : documents écrits.

[IV] Ôtez les passions, l'intérêt, l'injustice, quel calme dans les plus grandes villes ! Les besoins et la subsistance n'y font pas le tiers de l'embarras[1].

28 [I] Rien n'engage tant un esprit raisonnable à supporter tranquillement des parents et des amis les torts qu'ils ont à son égard, que la réflexion qu'il fait sur les vices de l'humanité ; et combien[2] il est pénible aux hommes d'être constants, généreux, fidèles, d'être touchés d'une amitié plus forte que leur intérêt : comme il connaît leur portée[3], il n'exige point d'eux qu'ils pénètrent[4] les corps, qu'ils volent dans l'air, qu'ils aient de l'équité : il peut haïr les hommes en général, où il y a si peu de vertu ; mais il excuse les particuliers, il les aime même par des motifs plus relevés, et il s'étudie à[5] mériter le moins qu'il se peut une pareille indulgence.

Notes

1. **de l'embarras** : des difficultés.
2. **et combien** : et que de réfléchir combien...
3. **portée** : capacité.
4. **pénètrent** : voient à travers.
5. **s'étudie à** : s'efforce de.

Le moraliste face aux vices humains

Analyse de l'extrait (l. 395, p. 201, à l. 417, p. 202)

Explication linéaire

1 Quelle notion unit ces deux remarques ? Relevez-en le champ lexical.

2 Remarque 27 (l. 395 à 401) : En vous appuyant sur les types de phrases*, montrez quels sont les deux mouvements qui structurent le raisonnement. Quel est l'effet produit sur le lecteur ?

*** *Types de phrases* : il en existe quatre (déclarative, interrogative, injonctive, exclamative).**

3 Remarque 27 (l. 402-403) : Quelle est la caractéristique syntaxique de cette phrase ? En quoi est-elle percutante ?

L'énonciation

L'énonciation désigne l'ensemble des moyens par lesquels le locuteur prend en charge son discours et s'y implique :
– en premier lieu, les pronoms personnels utilisés : *je/nous* pour le locuteur, *tu/vous* pour le destinataire, *on/il(s)/elle(s)* pour les personnes dont on parle ;
– les modalisateurs, qui impliquent, plus ou moins, le locuteur dans son énoncé : adverbes *(peut-être, certainement, vraiment…)*, verbes *(sembler, paraître, affirmer, douter…)*, modes (surtout le conditionnel, mode du doute), guillemets qui mettent à distance les termes d'autrui, etc. ;
– les marques de jugement : noms ou adjectifs péjoratifs ou mélioratifs, utilisation des connotations…

4 Remarque 27 (l. 404 à 406) : Étudiez l'énonciation. En quoi donne-t-elle de la vivacité à la remarque ? Comment les deux phrases s'opposent-elles ? Que veut montrer le moraliste ?

5 Remarque 28 : Dégagez les étapes du raisonnement. En quoi cette remarque constitue-t-elle la conclusion de la précédente ? Relevez les deux effets de chute qui surprennent le lecteur et le font sourire.

6 Quelle vision de l'homme La Bruyère nous donne-t-il ici ? Comment cette vision influence-t-elle sa conduite en tant qu'homme et en tant qu'écrivain ?

7 Comparez ces remarques avec les remarques 126 à 128 (p. 240) sur le thème de « l'injustice » : dans lesquelles la dénonciation vous semble-t-elle la plus forte ?

Grammaire

La subordonnée circonstancielle de cause

• La subordonnée de cause indique la raison pour laquelle s'accomplit l'action ; elle est complément de cause du verbe de la proposition dont elle dépend.
Ex. : « Vu que vous n'avez pas travaillé, vous avez raté votre examen. »
• Elle est introduite par des conjonctions de subordination ou des locutions conjonctives : *comme, parce que, puisque, du moment que, vu que, sous prétexte que,* etc.

8 Dans la remarque 28, relevez une subordonnée circonstancielle et indiquez sa fonction.

Histoire des Arts

9 Comment le tableau de Nicolas Régnier peut-il illustrer, à sa façon, la démarche de La Bruyère pour *« peindre les hommes »* ?

Document 1 au verso de la couverture

29 [I] Il y a de certains biens que l'on désire avec emportement[1], et dont l'idée seule nous enlève[2] et nous transporte ; s'il nous arrive de les obtenir, on les sent plus tranquillement qu'on ne l'eût pensé, on en jouit moins que l'on n'aspire encore à de plus grands.

30 [I] Il y a des maux effroyables et d'horribles malheurs où[3] l'on n'ose penser, et dont la seule vue fait frémir ; s'il arrive que l'on y tombe, l'on se trouve des ressources que l'on ne se connaissait point, l'on se raidit contre son infortune, et l'on fait mieux qu'on ne l'espérait.

31 [IV] Il ne faut quelquefois qu'une jolie maison dont on hérite, qu'un beau cheval ou un joli chien dont on se trouve le maître, qu'une tapisserie, qu'une pendule pour adoucir une grande douleur, et pour faire moins sentir une grande perte.

32 [V] Je suppose que les hommes soient éternels sur la terre, et je médite ensuite sur ce qui pourrait me faire connaître qu'ils se feraient alors une plus grande affaire de leur établissement[4], qu'ils ne s'en font dans l'état où sont les choses.

33 [I] Si la vie est misérable, elle est pénible à supporter ; si elle est heureuse, il est horrible de la perdre. L'un revient à l'autre.

34 [I] Il n'y a rien que les hommes aiment mieux à conserver[5], et qu'ils ménagent moins que leur propre vie.

35 [VIII] *Irène* se transporte à grands frais en Épidaure[6], voit Esculape dans son temple, et le consulte sur tous ses maux. D'abord elle se plaint qu'elle est lasse et recrue[7] de fatigue ; et

Notes

1. **emportement** : passion.
2. **enlève** : enthousiasme.
3. **où** : auxquels.
4. **établissement** : situation sociale.
5. **aiment mieux à conserver** : préfèrent conserver.
6. **Épidaure** : ville grecque dans laquelle se trouvaient un temple et un oracle d'Esculape, dieu de la Médecine.
7. **recrue** : épuisée.

le dieu prononce que cela lui arrive par la longueur du chemin qu'elle vient de faire. Elle dit qu'elle est le soir sans appétit; l'oracle lui ordonne de dîner peu. Elle ajoute qu'elle est sujette à des insomnies; et il lui prescrit de n'être au lit que pendant la nuit. Elle lui demande pourquoi elle devient pesante, et quel remède; l'oracle répond qu'elle doit se lever avant midi, et quelquefois se servir de ses jambes pour marcher. Elle lui déclare que le vin lui est nuisible; l'oracle lui dit de boire de l'eau; qu'elle a des indigestions, et il ajoute qu'elle fasse diète[1]. Ma vue s'affaiblit, dit Irène; prenez des lunettes, dit Esculape. Je m'affaiblis moi-même, continue-t-elle, et je ne suis ni si forte ni si saine que j'ai été; c'est, dit le dieu, que vous vieillissez. Mais quel moyen de guérir de cette langueur? Le plus court, Irène, c'est de mourir, comme ont fait votre mère et votre aïeule. Fils d'Apollon, s'écrie Irène, quel conseil me donnez-vous? Est-ce là toute cette science que les hommes publient[2], et qui vous fait révérer de toute la terre? Que m'apprenez-vous de rare et de mystérieux, et ne savais-je pas tous ces remèdes que vous m'enseignez? Que n'en usiez-vous donc, répond le dieu, sans venir me chercher de si loin, et abréger vos jours par un long voyage?

36 [I] La mort n'arrive qu'une fois, et se fait sentir à tous les moments de la vie; il est plus dur de l'appréhender que de la souffrir[3].

37 [V] L'inquiétude, la crainte, l'abattement n'éloignent pas la mort, au contraire : je doute seulement que le ris[4] excessif convienne aux hommes qui sont mortels.

Notes

1. **diète** : régime.
2. **publient** : célèbrent.
3. **de l'appréhender que de la souffrir** : de s'en inquiéter que de la subir.
4. **ris** : rire.

38 [V] Ce qu'il y a de certain dans la mort, est un peu adouci par ce qui est incertain ; c'est un indéfini dans le temps qui tient quelque chose de[1] l'infini, et de ce qu'on appelle éternité.

39 [I] Pensons que comme nous soupirons présentement pour la florissante jeunesse qui n'est plus, et ne reviendra point, la caducité[2] suivra qui nous fera regretter l'âge viril où nous sommes encore, et que nous n'estimons pas assez.

40 [I] L'on craint la vieillesse, que l'on n'est pas sûr de pouvoir atteindre.

41 [V] L'on espère de vieillir[3] et l'on craint la vieillesse ; c'est-à-dire, l'on aime la vie et l'on fuit la mort.

42 [VI] C'est plus tôt fait[4] de céder à la nature et de craindre la mort, que de faire de continuels efforts, s'armer de raisons et de réflexions, et être continuellement aux prises avec soi-même, pour ne la pas craindre.

43 [V] Si de tous les hommes les uns mouraient, les autres non, ce serait une désolante affliction que de mourir.

44 [V] Une longue maladie semble être placée entre la vie et la mort, afin que la mort même devienne un soulagement et à ceux qui meurent, et à ceux qui restent.

45 [V] À parler humainement, la mort a un bel endroit[5], qui est de mettre fin à la vieillesse.

La mort qui prévient[6] la caducité arrive plus à propos que celle qui la termine.

Notes

1. **tient quelque chose de** : a un rapport avec.
2. **caducité** : vieillesse.
3. **espère de vieillir** : espère vieillir.
4. **C'est plus tôt fait** : on a plus vite fait.
5. **un bel endroit** : un bon côté.
6. **prévient** : devance.

46 [I] Le regret qu'ont les hommes du mauvais emploi du temps qu'ils ont déjà vécu, ne les conduit pas toujours à faire de celui qui leur reste à vivre un meilleur usage.

47 [V] La vie est un sommeil, les vieillards sont ceux dont le sommeil a été plus long; ils ne commencent à se réveiller que quand il faut mourir. S'ils repassent[1] alors sur tout le cours de leurs années, ils ne trouvent souvent ni vertus, ni actions louables qui les distinguent les unes des autres : ils confondent leurs différents âges, ils n'y voient rien qui marque assez pour mesurer le temps qu'ils ont vécu. Ils ont eu un songe confus, uniforme et sans aucune suite; ils sentent néanmoins, comme ceux qui s'éveillent, qu'ils ont dormi longtemps.

48 [IV] Il n'y a pour l'homme que trois événements : naître, vivre et mourir. Il ne se sent pas naître, il souffre à mourir, et il oublie de vivre.

49 [IV] Il y a un temps où la raison n'est pas encore, où l'on ne vit que par instinct à la manière des animaux, et dont il ne reste dans la mémoire aucun vestige. Il y a un second temps où la raison se développe, où elle est formée, et où elle pourrait agir, si elle n'était pas obscurcie et comme éteinte par les vices de la complexion, et par un enchaînement de passions qui se succèdent les unes aux autres, et conduisent jusques au troisième et dernier âge : la raison alors dans sa force devrait produire; mais elle est refroidie[2] et ralentie par les années, par la maladie et la douleur; déconcertée ensuite par le désordre de la machine[3] qui est dans son déclin : et ces temps néanmoins sont la vie de l'homme.

50 [IV] Les enfants sont hautains, dédaigneux, colères, envieux, curieux, intéressés, paresseux, volages[4], timides[5],

Notes

1. **repassent** : reviennent.
2. **refroidie** : affaiblie.
3. **de la machine** : du corps.
4. **volages** : capricieux, inconstants.
5. **timides** : peureux.

intempérants[1], menteurs, dissimulés, ils rient et pleurent facilement; ils ont des joies immodérées et des afflictions amères sur de très petits sujets; ils ne veulent point souffrir de mal, et aiment à en faire : ils sont déjà des hommes.

51 [IV] Les enfants n'ont ni passé ni avenir; et ce qui ne nous arrive guère, ils jouissent du présent.

52 [IV] Le caractère de l'enfance paraît unique : les mœurs dans cet âge sont assez les mêmes, et ce n'est qu'avec une curieuse[2] attention qu'on en pénètre[3] la différence; elle augmente avec la raison, parce qu'avec celle-ci croissent les passions et les vices, qui seuls rendent les hommes si dissemblables entre eux, et si contraires à eux-mêmes.

53 [IV] Les enfants ont déjà de leur âme l'imagination et la mémoire[4], c'est-à-dire ce que les vieillards n'ont plus; et ils en tirent un merveilleux usage pour leurs petits jeux et pour tous leurs amusements : c'est par elles qu'ils répètent ce qu'ils ont entendu dire, qu'ils contrefont[5] ce qu'ils ont vu faire; qu'ils sont de tous métiers, soit qu'ils s'occupent en effet à mille petits ouvrages, soit qu'ils imitent les divers artisans par le mouvement et par le geste; qu'ils se trouvent à un grand festin, et y font bonne chère; qu'ils se transportent dans des palais et dans des lieux enchantés; que bien que seuls ils se voient un riche équipage[6] et un grand cortège; qu'ils conduisent des armées, livrent bataille, et jouissent du plaisir de la victoire; qu'ils parlent aux rois et aux plus grands princes; qu'ils sont rois eux-mêmes, ont des sujets, possèdent des trésors qu'ils peuvent faire de feuilles d'arbres ou de grains de sable; et ce

Notes

1. **intempérants** : excessifs.
2. **curieuse** : minutieuse.
3. **pénètre** : comprend.
4. L'imagination et la mémoire sont deux composantes de l'esprit humain pour les penseurs de cette époque; il manque la raison, qui viendra avec « l'âge de raison ».
5. **contrefont** : imitent.
6. **équipage** : voiture à chevaux et personnel domestique.

qu'ils ignorent dans la suite de leur vie, savent à cet âge être les arbitres de leur fortune[1], et les maîtres de leur propre félicité.

54 [IV] Il n'y a nuls vices extérieurs et nuls défauts du corps qui ne soient aperçus par les enfants : ils les saisissent d'une première vue, et ils savent les exprimer par des mots convenables, on ne nomme point plus heureusement[2] : devenus hommes, ils sont chargés à leur tour de toutes les imperfections dont ils se sont moqués.

L'unique soin des enfants est de trouver l'endroit faible de leurs maîtres, comme de tous ceux à qui ils sont soumis : dès qu'ils ont pu les entamer, ils gagnent le dessus, et prennent sur eux un ascendant qu'ils ne perdent plus. Ce qui nous fait déchoir[3] une première fois de cette supériorité à leur égard est toujours ce qui nous empêche de la recouvrer.

55 [IV] La paresse, l'indolence et l'oisiveté, vices si naturels aux enfants, disparaissent dans leurs jeux, où ils sont vifs, appliqués, exacts, amoureux des règles et de la symétrie, où ils ne se pardonnent nulle faute les uns aux autres, et recommencent eux-mêmes plusieurs fois une seule chose qu'ils ont manquée[4] : présages certains qu'ils pourront un jour négliger leurs devoirs, mais qu'ils n'oublieront rien pour leurs plaisirs.

56 [IV] Aux enfants tout paraît grand, les cours, les jardins, les édifices, les meubles, les hommes, les animaux; aux hommes les choses du monde paraissent ainsi, et j'ose dire par la même raison, parce qu'ils sont petits.

57 [IV] Les enfants commencent entre eux par l'état populaire[5], chacun y est le maître, et ce qui est bien naturel, ils ne s'en accommodent[6] pas longtemps, et passent au monarchique.

Notes

1. **arbitres de leur fortune** : maîtres de leur sort.
2. **heureusement** : justement.
3. **déchoir** : descendre.
4. **manquée** : ratée.
5. **populaire** : propre au peuple.
6. **s'en accommodent** : s'en satisfont.

Quelqu'un se distingue, ou par une plus grande vivacité, ou par une meilleure disposition du corps, ou par une connaissance plus exacte des jeux différents et des petites lois qui les composent; les autres lui défèrent[1], et il se forme alors un gouvernement absolu qui ne roule que sur le plaisir[2].

58 [IV] Qui doute que les enfants ne conçoivent[3], qu'ils ne jugent, qu'ils ne raisonnent conséquemment? Si c'est seulement sur de petites choses, c'est qu'ils sont enfants, et sans une longue expérience; et si c'est en mauvais termes, c'est moins leur faute que celle de leurs parents ou de leurs maîtres.

59 [IV] C'est perdre toute confiance dans l'esprit des enfants et leur devenir inutile, que de les punir des fautes qu'ils n'ont point faites, ou même sévèrement de celles qui sont légères; ils savent précisément et mieux que personne ce qu'ils méritent, et ils ne méritent guère que ce qu'ils craignent; ils connaissent si c'est à tort ou avec raison qu'on les châtie, et ne se gâtent[4] pas moins par des peines mal ordonnées[5] que par l'impunité.

60 [I] On ne vit point assez pour profiter de ses fautes; on en commet pendant tout le cours de sa vie, et tout ce que l'on peut faire à force de faillir[6], c'est de mourir corrigé.

Il n'y a rien qui rafraîchisse le sang[7] comme d'avoir su éviter de faire une sottise.

61 [I] Le récit de ses fautes est pénible; on veut les couvrir et en charger quelque autre : c'est ce qui donne le pas[8] au directeur sur le confesseur[9].

Notes

1. **défèrent** : obéissent.
2. **plaisir** : bon plaisir.
3. **conçoivent** : comprennent.
4. **se gâtent** : sont déformés, abîmés.
5. **mal ordonnées** : disproportionnées.
6. **faillir** : commettre une faute.
7. **rafraîchisse le sang** : revigore.
8. **le pas** : la supériorité.
9. Le directeur (de conscience) est un religieux qui conseille et guide une personne; le confesseur absout les péchés : le fidèle est obligé de lui avouer toute la vérité.

62 [VI] Les fautes des sots sont quelquefois si lourdes et si difficiles à prévoir, qu'elles mettent les sages en défaut, et ne sont utiles qu'à ceux qui les font.

63 [I] L'esprit de parti[1] abaisse les plus grands hommes jusques aux petitesses du peuple.

64 [I] Nous faisons par vanité ou par bienséance les mêmes choses, et avec les mêmes dehors que nous les ferions par inclination[2] ou par devoir. Tel vient de mourir à Paris de la fièvre qu'il a gagnée à veiller sa femme qu'il n'aimait point.

65 [IV] Les hommes dans le cœur veulent être estimés, et ils cachent avec soin l'envie qu'ils ont d'être estimés ; parce que les hommes veulent passer pour vertueux, et que vouloir tirer de la vertu tout autre avantage que la même vertu[3], je veux dire l'estime et les louanges, ce ne serait plus être vertueux, mais aimer l'estime et les louanges, ou être vain[4] ; les hommes sont très vains, et ils ne haïssent rien tant que de passer pour tels.

66 [IV] Un homme vain trouve son compte[5] à dire du bien ou du mal de soi ; un homme modeste ne parle point de soi.

On ne voit point mieux le ridicule de la vanité, et combien elle est un vice honteux, qu'en ce qu'elle n'ose se montrer, et qu'elle se cache souvent sous les apparences de son contraire.

La fausse modestie est le dernier raffinement de la vanité ; elle fait que l'homme vain ne paraît point tel, et se fait valoir au contraire par la vertu opposée au vice qui fait son caractère : c'est un mensonge. La fausse gloire est l'écueil de la vanité ; elle nous conduit à vouloir être estimés par des choses

Notes

1. **L'esprit de parti** : la partialité.
2. **inclination** : mouvement naturel d'affection ou d'amour.
3. **la même vertu** : la vertu même.
4. **vain** : vaniteux, sans valeur ni sérieux, inconsistant.
5. **compte** : intérêt.

qui à la vérité se trouvent en nous, mais qui sont frivoles et indignes qu'on les relève : c'est une erreur.

67 [IV] Les hommes parlent de manière sur ce qui les regarde, qu'ils n'avouent d'eux-mêmes que de petits défauts, et encore ceux qui supposent en leurs personnes de beaux talents ou de grandes qualités. Ainsi l'on se plaint de son peu de mémoire, content d'ailleurs[1] de son grand sens[2] et de son bon jugement; l'on reçoit[3] le reproche de la distraction et de la rêverie, comme s'il nous accordait le bel esprit; l'on dit de soi qu'on est maladroit, et qu'on ne peut rien faire de ses mains, fort consolé de la perte de ces petits talents par ceux de l'esprit, ou par les dons de l'âme que tout le monde nous connaît; l'on fait l'aveu de sa paresse en des termes qui signifient toujours son désintéressement[4], et que l'on est guéri de l'ambition; l'on ne rougit point de sa malpropreté qui n'est qu'une négligence pour les petites choses, et qui semble supposer qu'on n'a d'application que pour les solides et essentielles. Un homme de guerre aime à dire que c'était par trop d'empressement ou par curiosité qu'il se trouva un certain jour à la tranchée[5], ou en quelque autre poste très périlleux, sans être de garde ni commandé; et il ajoute qu'il en fut repris de[6] son général. De même une bonne tête[7], ou un ferme génie qui se trouve né avec cette prudence que les autres hommes cherchent vainement à acquérir; qui a fortifié la trempe[8] de son esprit par une grande expérience; que le nombre, le poids, la diversité, la difficulté, et l'importance des affaires occupent seulement, et n'accablent point; qui par l'étendue de ses vues et de sa pénétration se rend maître de tous les événements; qui bien loin

Notes

1. **d'ailleurs :** par ailleurs.
2. **sens :** faculté de comprendre, de raisonner.
3. **reçoit :** admet.
4. **désintéressement :** détachement de son intérêt personnel.
5. **à la tranchée :** dans une tranchée lors d'un siège.
6. **repris de :** réprimandé par.
7. **une bonne tête :** une personne intelligente, de bon jugement.
8. **trempe :** fermeté.

de consulter toutes les réflexions qui sont écrites sur le gouvernement et la politique, est peut-être de ces âmes sublimes nées pour régir les autres, et sur qui ces premières règles ont été faites; qui est détourné par les grandes choses qu'il fait, des belles ou des agréables qu'il pourrait lire, et qui au contraire ne perd rien à retracer et à feuilleter, pour ainsi dire, sa vie et ses actions : un homme ainsi fait peut dire aisément, et sans se commettre[1], qu'il ne connaît aucun livre, et qu'il ne lit jamais.

68 [V] On veut quelquefois cacher ses faibles, ou en diminuer l'opinion[2] par l'aveu libre que l'on en fait. Tel dit, je suis ignorant, qui ne sait rien : un homme dit, je suis vieux, il passe[3] soixante ans : un autre encore, je ne suis pas riche, et il est pauvre.

69 [IV] La modestie n'est point, ou est confondue avec une chose toute différente de soi[4], si on la prend pour un sentiment intérieur qui avilit l'homme[5] à ses propres yeux, et qui est une vertu surnaturelle qu'on appelle humilité[6]. L'homme de sa nature[7] pense hautement et superbement de lui-même, et ne pense ainsi que de lui-même; la modestie ne tend qu'à faire que personne n'en souffre; elle est une vertu du dehors qui règle ses yeux, sa démarche, ses paroles, son ton de voix; et qui le fait agir extérieurement avec les autres comme s'il n'était pas vrai qu'il les compte pour rien.

70 [I] Le monde est plein de gens qui, faisant intérieurement et par habitude la comparaison d'eux-mêmes avec les autres,

Notes

1. **se commettre** : se compromettre, se faire de tort.
2. **en diminuer l'opinion** : faire penser qu'ils sont moins grands.
3. **passe** : dépasse.
4. **de soi** : d'elle.
5. **avilit l'homme** : lui montre son peu de valeur.
6. Pour La Bruyère, l'humilité est de l'ordre de la religion, du « surnaturel », alors que la modestie n'est que « mondaine », apparente.
7. **de sa nature** : naturellement, par lui-même.

décident toujours en faveur de leur propre mérite, et agissent conséquemment.

71 [IV] Vous dites qu'il faut être modeste, les gens bien nés[1] ne demandent pas mieux ; faites seulement que les hommes n'empiètent pas[2] sur ceux qui cèdent par modestie, et ne brisent pas ceux qui plient.

De même l'on dit, il faut avoir des habits modestes ; les personnes de mérite ne désirent rien davantage : mais le monde veut de la parure, on lui en donne ; il est avide de la superfluité[3], on lui en montre. Quelques-uns n'estiment les autres que par le beau linge ou par une riche étoffe ; l'on ne refuse pas toujours d'être estimé à ce prix : il y a des endroits où il faut se faire voir, un galon[4] d'or plus large ou plus étroit vous fait entrer ou refuser.

72 [I] Notre vanité et la trop grande estime que nous avons de nous-mêmes, nous fait soupçonner dans les autres une fierté à notre égard qui y est quelquefois, et qui souvent n'y est pas : une personne modeste n'a point cette délicatesse[5].

73 [IV] Comme il faut se défendre de cette vanité qui nous fait penser que les autres nous regardent avec curiosité et avec estime, et ne parlent ensemble que pour s'entretenir de notre mérite et faire notre éloge, aussi devons-nous avoir une certaine confiance qui nous empêche de croire qu'on ne se parle à l'oreille que pour dire du mal de nous, ou que l'on ne rit que pour s'en moquer.

74 [IV] D'où vient qu'*Alcippe* me salue aujourd'hui, me sourit et se jette hors d'une portière de peur de me manquer ? Je ne suis pas riche, et je suis à pied ; il doit, dans les règles, ne me

Notes

1. **bien nés** : nés avec une bonne nature.
2. **n'empiètent pas** : ne se donnent pas des droits qu'ils n'ont pas.
3. **superfluité** : ce qui est superflu.
4. **galon** : bordure de tissu sur un vêtement.
5. **délicatesse** : susceptibilité.

La vanité, illustration du XVIIIe siècle.

pas voir. N'est-ce point pour être vu lui-même dans un même fond[1] avec un Grand ?

75 [IV] L'on est si rempli de soi-même, que tout s'y rapporte ; l'on aime à être vu, à être montré, à être salué, même des inconnus ; ils sont fiers s'ils l'oublient : l'on veut qu'ils nous devinent[2].

76 [I] Nous cherchons notre bonheur hors de nous-mêmes, et dans l'opinion des hommes que nous connaissons flatteurs, peu sincères, sans équité, pleins d'envie, de caprices et de préventions[3] : quelle bizarrerie !

Notes

1. **fond** : le fond du carrosse où se trouvaient les places les plus confortables et donc les plus à l'honneur.

2. **devinent** : reconnaissent.

3. **préventions** : préjugés.

Vanité et incohérence humaines

Analyse de l'extrait (l. 686, p. 215, à l. 721, p. 217)

EXPLICATION LINÉAIRE

1) Quel est le thème qui unit ces six remarques ? Relevez le champ lexical principal ainsi que ceux qui y sont associés. Observez les liens d'une remarque à l'autre.

2) Remarque 71 : Relevez les oppositions dans le vocabulaire et les catégories de personnes qu'elles font apparaître. Quel jugement porte La Bruyère ?

3) Remarques 72 et 73 : Quel défaut vise, ici, La Bruyère ? Quelles conséquences entraîne-t-il dans les relations aux autres ? Comment s'en préserver, d'après lui ?

4) Remarques 72 et 73 : Comment le moraliste se moque-t-il des comportements humains ?

5) Remarque 74 : Quelle est la logique qui organise ce portrait et dans quel but ? Comment paraît-il réaliste ? En quoi fait-il sourire le lecteur ?

6) Remarque 75 : Comment s'exprime, ici, la vanité ? Par quels procédés littéraires ?

7) Remarque 76 : Comment se manifeste le caractère paradoxal* de la conduite humaine ? Quelle est la position du moraliste ?

*** *Paradoxal* : qui contredit l'opinion généralement admise, le bon sens ou la logique.**

Grammaire

Interrogation totale et interrogation partielle

• L'interrogation est **totale** quand elle porte sur l'ensemble de la phrase et qu'on peut y répondre par *oui* ou par *non*. Elle s'exprime, généralement, par l'inversion du sujet, la tournure « Est-ce que » ou la simple intonation. *Ex. :* «Viens-tu ? » ; « Est-ce que tu viens ? » ; « Tu viens ? ».

• L'interrogation **partielle** porte sur un élément de la phrase (sujet, COD, compléments...), et l'on ne peut pas y répondre par *oui* ou par *non*. Elle est introduite par un mot interrogatif : pronom, adjectif, adverbe. *Ex. :* « Qui vient ? » ; « Quel enfant vient ? » ; « Quand viens-tu ? ».

8. Relevez et commentez les deux interrogations de la remarque 74. Quels sont les termes interrogatifs ? S'agit-il d'interrogations totales ou partielles ?

Histoire des Arts

9. En quoi la vanité de Simon Renard de Saint-André peut-elle illustrer ces remarques de La Bruyère ?

Document 4 au verso de la couverture

77 [I] Il semble que l'on ne puisse rire que des choses ridicules : l'on voit néanmoins de certaines gens[1] qui rient également des choses ridicules, et de celles qui ne le sont pas. Si vous êtes sot et inconsidéré, et qu'il vous échappe devant eux quelque impertinence[2], ils rient de vous ; si vous êtes sage, et que vous ne disiez que des choses raisonnables, et du ton qu'il les faut dire, ils rient de même.

78 [I] Ceux qui nous ravissent les biens par la violence, ou par l'injustice, et qui nous ôtent l'honneur par la calomnie, nous marquent assez leur haine pour nous ; mais ils ne nous prouvent pas également qu'ils aient perdu à notre égard toute sorte d'estime, aussi ne sommes-nous pas[3] incapables de quelque retour[4] pour eux, et de leur rendre un jour notre amitié. La moquerie au contraire est de toutes les injures celle qui se pardonne le moins ; elle est le langage du mépris, et l'une des manières dont il se fait le mieux entendre ; elle attaque l'homme dans son dernier retranchement, qui est l'opinion qu'il a de soi-même ; elle veut le rendre ridicule à ses propres yeux, et ainsi elle le convainc de la plus mauvaise disposition où l'on puisse être pour lui, et le rend irréconciliable.

C'est une chose monstrueuse que le goût et la facilité qui est en nous de railler, d'improuver[5] et de mépriser les autres ; et tout ensemble la colère que nous ressentons contre ceux qui nous raillent, nous improuvent et nous méprisent.

79 [VIII] La santé et les richesses, ôtant aux hommes l'expérience du mal, leur inspirent la dureté pour leurs semblables ; et les gens déjà chargés de leur propre misère sont ceux qui entrent davantage par la compassion dans celle d'autrui.

Notes

1. **de certaines gens** : certaines gens (on met fréquemment *de* devant *certains* au XVIIe s.).
2. **impertinence** : mot ou conduite déplacés.
3. **aussi ne sommes-nous pas** : c'est pourquoi nous ne sommes pas.
4. **retour** : revirement.
5. **d'improuver** : de désapprouver, de blâmer.

80 [VII] Il semble qu'aux âmes bien nées les fêtes, les spectacles, la symphonie[1] rapprochent et font mieux sentir l'infortune de nos proches ou de nos amis.

81 [I] Une grande âme est au-dessus de l'injure, de l'injustice, de la douleur, de la moquerie ; et elle serait invulnérable, si elle ne souffrait par la compassion.

82 [IV] Il y a une espèce de honte d'être heureux à la vue de certaines misères.

83 [IV] On est prompt à connaître ses plus petits avantages, et lent à pénétrer ses défauts : on n'ignore point qu'on a de beaux sourcils, les ongles bien faits ; on sait à peine que l'on est borgne, on ne sait point du tout que l'on manque d'esprit.

Argyre tire son gant pour montrer une belle main, et elle ne néglige pas de découvrir un petit soulier qui suppose[2] qu'elle a le pied petit ; elle rit des choses plaisantes ou sérieuses pour faire voir de belles dents ; si elle montre son oreille, c'est qu'elle l'a bien faite et si elle ne danse jamais, c'est qu'elle est peu contente de sa taille qu'elle a épaisse ; elle entend tous ses intérêts[3] à l'exception d'un seul : elle parle toujours, et n'a point d'esprit.

84 [IV] Les hommes comptent presque pour rien toutes les vertus du cœur, et idolâtrent les talents du corps et de l'esprit : celui qui dit froidement de soi, et sans croire blesser la modestie, qu'il est bon, qu'il est constant, fidèle, sincère, équitable, reconnaissant, n'ose dire qu'il est vif[4], qu'il a les dents belles et la peau douce ; cela est trop fort.

Il est vrai qu'il y a deux vertus que les hommes admirent, la bravoure et la libéralité[5] ; parce qu'il y a deux choses qu'ils

Notes

1. **la symphonie** : le concert.
2. **suppose** : fait supposer.
3. **entend tous ses intérêts** : sait tout ce qui l'avantage.
4. **vif** : vif d'esprit.
5. **libéralité** : qualité de celui qui donne avec générosité.

estiment beaucoup, et que ces vertus font négliger, la vie et l'argent : aussi personne n'avance de soi qu'il est brave ou libéral.

Personne ne dit de soi, et surtout sans fondement, qu'il est beau, qu'il est généreux, qu'il est sublime : on a mis ces qualités à un trop haut prix; on se contente de le penser.

85 [V] Quelque rapport qu'il paraisse de la jalousie à l'émulation[1], il y a entre elles le même éloignement que celui qui se trouve entre le vice et la vertu.

La jalousie et l'émulation s'exercent sur le même objet, qui est le bien ou le mérite des autres, avec cette différence, que celle-ci[2] est un sentiment volontaire, courageux, sincère, qui rend l'âme féconde, qui la fait profiter des grands exemples, et la porte souvent au-dessus de ce qu'elle admire; et que celle-là au contraire est un mouvement violent et comme un aveu contraint du mérite qui est hors d'elle; qu'elle va même jusques à nier la vertu dans les sujets où elle existe, ou qui forcée de la reconnaître, lui refuse les éloges ou lui envie les récompenses; une passion stérile qui laisse l'homme dans l'état où elle le trouve, qui le remplit de lui-même, de l'idée de sa réputation; qui le rend froid et sec sur les actions ou sur les ouvrages d'autrui, qui fait qu'il s'étonne de voir dans le monde d'autres talents que les siens, ou d'autres hommes avec les mêmes talents dont il se pique[3] : vice honteux, et qui par son excès rentre toujours dans la vanité et dans la présomption[4]; et ne persuade pas tant à[5] celui qui en est blessé[6], qu'il a plus d'esprit et de mérite que les autres, qu'il lui fait croire qu'il a lui seul de l'esprit et du mérite.

Notes

1. **émulation** : volonté, considérée comme positive, de s'égaler aux autres ou de les surpasser.
2. **celle-ci** : l'émulation.
3. **se pique** : se vante.
4. **présomption** : excessive confiance en soi et en ses qualités.
5. Au XVIIe siècle, on dit « persuader à quelqu'un » et non « persuader quelqu'un ».
6. **blessé** : atteint.

L'émulation et la jalousie ne se rencontrent guère que dans les personnes de même art, de mêmes talents et de même condition[1]. Les plus vils artisans sont les plus sujets à la jalousie ; ceux qui font profession des arts libéraux[2] ou des belles-lettres, les peintres, les musiciens, les orateurs, les poètes, tous ceux qui se mêlent d'écrire ne devraient être capables que d'émulation.

Toute jalousie n'est point exempte de quelque sorte d'envie[3], et souvent même ces deux passions se confondent. L'envie au contraire est quelquefois séparée de la jalousie ; comme est celle qu'excitent dans notre âme les conditions fort élevées[4] au-dessus de la nôtre, les grandes fortunes, la faveur, le ministère.

L'envie et la haine s'unissent toujours et se fortifient l'une l'autre dans un même sujet ; et elles ne sont reconnaissables entre elles qu'en ce que l'une s'attache à la personne, l'autre à l'état et à la condition.

Un homme d'esprit n'est point jaloux d'un ouvrier qui a travaillé une bonne épée, ou d'un statuaire qui vient d'achever une belle figure. Il sait qu'il y a dans ces arts des règles et une méthode qu'on ne devine point, qu'il y a des outils à manier dont il ne connaît ni l'usage, ni le nom, ni la figure[5] ; et il lui suffit de penser qu'il n'a point fait l'apprentissage d'un certain métier, pour se consoler de n'y être point maître ; il peut au contraire être susceptible d'envie et même de jalousie contre un ministre et contre ceux qui gouvernent, comme si la raison et le bon sens qui lui sont communs avec eux, étaient les seuls instruments qui servent à régir un État, et à présider aux

Notes

1. **condition** : condition sociale.
2. **arts libéraux** : arts de l'esprit (mathématiques, rhétorique, musique…).
3. **envie** : « *Chagrin et haine qu'on ressent du bonheur, des succès, des avantages d'autrui* » (dictionnaire Littré).
4. Si élevées que l'on ne peut même pas en être jaloux.
5. **figure** : forme.

affaires publiques ; et qu'ils dussent suppléer aux règles, aux préceptes, à l'expérience.

86 [I] L'on voit peu d'esprits entièrement lourds et stupides ; l'on en voit encore moins qui soient sublimes[1] et transcendants[2] ; le commun des hommes nage entre ces deux extrémités : l'intervalle est rempli par un grand nombre de talents ordinaires, mais qui sont d'un grand usage, servent à la république[3], et renferment en soi l'utile et l'agréable ; comme le commerce[4], les finances, le détail[5] des armées, la navigation, les arts[6], les métiers, l'heureuse mémoire, l'esprit du jeu, celui de la société et de la conversation.

87 [IV] Tout l'esprit qui est au monde est inutile à celui qui n'en a point ; il n'a nulles vues[7], et il est incapable de profiter de celles d'autrui.

88 [V] Le premier degré dans l'homme après la raison, ce serait de sentir qu'il l'a perdue ; la folie même est incompatible avec cette connaissance. De même ce qu'il y aurait en nous de meilleur après l'esprit, ce serait de connaître qu'il nous manque ; par là on ferait l'impossible[8], on saurait sans esprit n'être pas un sot, ni un fat[9], ni un impertinent[10].

89 [IV] Un homme qui n'a de l'esprit que dans une certaine médiocrité est sérieux et tout d'une pièce ; il ne rit point, il ne badine[11] jamais, il ne tire aucun fruit de la bagatelle[12] ; aussi

Notes

1. **sublimes** : très élevés.
2. **transcendants** : excellents.
3. **la république** : l'État.
4. **le commerce** : le talent pour le commerce, etc.
5. **le détail** : l'administration.
6. **les arts** : les arts « mécaniques » (artisanat, architecture...), opposés aux arts « libéraux ».
7. **vues** : idées, pensées.
8. **l'impossible** : quelque chose d'impossible.
9. **fat** : personne médiocre mais contente d'elle et prétentieuse.
10. **impertinent** : qui n'agit pas selon la raison ou les convenances.
11. **badine** : plaisante.
12. **bagatelle** : ce qui est futile et agréable.

incapable de s'élever aux grandes choses que de s'accommoder[1] même par relâchement[2] des plus petites, il sait à peine jouer avec ses enfants.

90 [I] Tout le monde dit d'un fat qu'il est un fat; personne n'ose le lui dire à lui-même, il meurt sans le savoir, et sans que personne se soit vengé.

91 [IV] Quelle mésintelligence[3] entre l'esprit et le cœur ! Le philosophe vit mal avec tous ses préceptes; et le politique rempli de vues et de réflexions ne sait pas se gouverner.

92 [I] L'esprit s'use comme toutes choses; les sciences sont ses aliments, elles le nourrissent et le consument[4].

93 [I] Les petits sont quelquefois chargés de mille vertus inutiles; ils n'ont pas de quoi les mettre en œuvre.

94 [I] Il se trouve des hommes qui soutiennent facilement le poids de la faveur et de l'autorité, qui se familiarisent avec leur propre grandeur, et à qui la tête ne tourne point dans les postes les plus élevés. Ceux au contraire que la fortune[5] aveugle sans choix et sans discernement a comme accablés de ses bienfaits, en jouissent avec orgueil et sans modération; leurs yeux, leur démarche, leur ton de voix et leur accès[6] marquent longtemps en eux l'admiration où ils sont d'eux-mêmes, et de se voir si éminents[7]; et ils deviennent si farouches[8], que leur chute seule peut les apprivoiser.

95 [IV] Un homme haut et robuste, qui a une poitrine large et de larges épaules, porte légèrement et de bonne grâce un lourd fardeau, il lui reste encore un bras de libre; un nain

Notes

1. **s'accommoder** : se satisfaire.
2. **relâchement** : délassement.
3. **mésintelligence** : désaccord.
4. **consument** : détruisent peu à peu.
5. **la fortune** : le destin.
6. **accès** : abord.
7. **éminents** : haut placés.
8. **farouches** : qui fuient les contacts, arrogants.

serait écrasé de la moitié de sa charge : ainsi les postes éminents rendent les grands hommes encore plus grands, et les petits beaucoup plus petits.

96 [VII] Il y a des gens qui gagnent à être extraordinaires ; ils voguent, ils cinglent dans une mer où les autres échouent et se brisent ; ils parviennent[1], en blessant toutes les règles de parvenir ; ils tirent de leur irrégularité et de leur folie tous les fruits d'une sagesse la plus consommée[2], hommes dévoués à d'autres hommes, aux Grands à qui ils ont sacrifié[3], en qui ils ont placé leurs dernières espérances : ils ne les servent point, mais ils les amusent ; les personnes de mérite et de service sont utiles aux Grands, ceux-ci leur sont nécessaires, ils blanchissent[4] auprès d'eux dans la pratique des bons mots, qui leur tiennent lieu d'exploits dont ils attendent la récompense : ils s'attirent, à force d'être plaisants, des emplois graves, et s'élèvent par un continuel enjouement jusqu'au sérieux des dignités ; ils finissent[5] enfin, et rencontrent inopinément[6] un avenir[7] qu'ils n'ont ni craint ni espéré ; ce qui reste d'eux sur la terre, c'est l'exemple de leur fortune, fatal à ceux qui voudraient le suivre.

97 [I] L'on exigerait de certains personnages qui ont une fois été capables d'une action noble, héroïque, et qui a été sue de toute la terre, que sans paraître comme épuisés par un si grand effort, ils eussent du moins dans le reste de leur vie cette conduite sage et judicieuse qui se remarque même dans les hommes ordinaires, qu'ils ne tombassent point dans des petitesses indignes de la haute réputation qu'ils avaient acquise ; que se mêlant moins dans le peuple, et ne lui laissant

Notes

1. **parviennent** : accèdent à une condition sociale élevée.
2. **consommée** : parfaite.
3. **à qui ils ont sacrifié** : de qui ils sont dépendants.
4. **blanchissent** : vieillissent.
5. **finissent** : meurent.
6. **inopinément** : sans qu'ils s'y soient préparés.
7. **un avenir** : la vie éternelle après la mort pour un chrétien.

pas le loisir de les voir de près, ils ne le fissent point passer de la curiosité et de l'admiration à l'indifférence, et peut-être au mépris.

98 [I] Il coûte moins à certains hommes de s'enrichir de mille vertus, que de se corriger d'un seul défaut. Ils sont même si malheureux, que ce vice est souvent celui qui convenait le moins à leur état, et qui pouvait leur donner dans le monde plus de ridicule ; il affaiblit l'éclat de leurs grandes qualités, empêche qu'ils ne soient des hommes parfaits et que leur réputation ne soit entière. On ne leur demande point qu'ils soient plus éclairés[1] et plus incorruptibles, qu'ils soient plus amis de l'ordre et de la discipline, plus fidèles à leurs devoirs, plus zélés pour le bien public, plus graves : on veut seulement qu'ils ne soient point amoureux.

99 [I] Quelques hommes dans le cours de leur vie sont si différents d'eux-mêmes par le cœur et par l'esprit, qu'on est sûr de se méprendre, si l'on en juge seulement par ce qui a paru d'eux dans leur première jeunesse. Tels étaient pieux, sages, savants, qui, par cette mollesse inséparable d'une trop riante[2] fortune, ne le sont plus. L'on en sait d'autres qui ont commencé leur vie par les plaisirs et qui ont mis ce qu'ils avaient d'esprit à les connaître ; que les disgrâces ensuite ont rendus religieux, sages, tempérants : ces derniers sont pour l'ordinaire de grands sujets, et sur qui l'on peut faire beaucoup de fond[3] ; ils ont une probité éprouvée par la patience[4] et par l'adversité ; ils entent[5] sur cette extrême politesse que le commerce des femmes leur a donnée, et dont ils ne se défont jamais, un esprit de règle, de

Notes

1. **éclairés** : avisés.
2. **riante** : heureuse.
3. **sur qui [...] de fond** : en qui l'on peut avoir une grande confiance.
4. **patience** : le fait d'avoir enduré des épreuves.
5. **entent** : greffent.

réflexion, et quelquefois une haute capacité, qu'ils doivent à la chambre[1] et au loisir[2] d'une mauvaise fortune.

Tout notre mal vient de ne pouvoir être seuls ; de là le jeu, le luxe, la dissipation[3], le vin, les femmes, l'ignorance, la médisance, l'envie, l'oubli de soi-même et de Dieu.

100 [I] L'homme semble quelquefois ne se suffire pas[4] à soi-même ; les ténèbres, la solitude le troublent, le jettent dans des craintes frivoles et dans de vaines terreurs ; le moindre mal alors qui puisse lui arriver est de s'ennuyer.

101 [V] L'ennui est entré dans le monde par la paresse, elle a beaucoup de part dans la recherche que font les hommes des plaisirs, du jeu, de la société ; celui qui aime le travail a assez de soi-même[5].

102 [I] La plupart des hommes emploient la meilleure partie de leur vie à rendre l'autre misérable.

103 [V] Il y a des ouvrages qui commencent par A et finissent par Z[6] : le bon, le mauvais, le pire, tout y entre, rien en un certain genre n'est oublié ; quelle recherche, quelle affectation[7] dans ces ouvrages ! On les appelle des jeux d'esprit. De même il y a un jeu dans la conduite ; on a commencé, il faut finir, on veut fournir toute la carrière[8], il serait mieux ou de changer ou de suspendre, mais il est plus rare et plus difficile de poursuivre, on poursuit, on s'anime par les contradictions, la vanité soutient, supplée à[9] la raison qui cède et qui se dé-

Notes

1. **à la chambre** : au temps qu'ils ont passé chez eux à étudier et à se cultiver.
2. **loisir** : temps libre que procure la mauvaise fortune en écartant l'homme de la vie mondaine.
3. **dissipation** : vie de plaisirs insouciante.
4. **ne se suffire pas** : ne pas se suffire.
5. **a assez de soi-même** : se suffit à lui-même.
6. Sans doute une allusion aux abécédaires, suites de poèmes dont le premier commençait par la lettre *A*, le deuxième par *B*, etc.
7. **affectation** : expression maniérée.
8. **fournir toute la carrière** : aller jusqu'au bout de la course.
9. **supplée à** : prend la place de.

siste ; on porte ce raffinement jusque dans les actions les plus vertueuses, dans celles mêmes où il entre de la religion.

104 [IV] Il n'y a que nos devoirs qui nous coûtent, parce que leur pratique ne regardant[1] que les choses que nous sommes étroitement obligés de faire, elle n'est pas suivie de grands éloges, qui est tout ce qui nous excite aux actions louables, et qui nous soutient dans nos entreprises. N** aime une piété fastueuse[2] qui lui attire l'intendance[3] des besoins des pauvres, le rend dépositaire de leur patrimoine, et fait de sa maison un dépôt public où se font les distributions ; les gens à petits collets[4], et les *sœurs grises*[5] y ont une libre entrée ; toute une ville voit ses aumônes, et les publie[6] : qui pourrait douter qu'il soit homme de bien, si ce n'est peut-être ses créanciers[7] ?

105 [IV] *Géronte* meurt de caducité, et sans avoir fait ce testament qu'il projetait depuis trente années ; dix têtes[8] viennent *ab intestat*[9] partager la succession : il ne vivait depuis longtemps que par les soins d'*Astérie* sa femme, qui, jeune encore, s'était dévouée à sa personne, ne le perdait pas de vue, secourait sa vieillesse, et lui a enfin fermé les yeux. Il ne lui laisse pas assez de bien pour pouvoir se passer pour vivre d'un autre vieillard[10].

106 [IV] Laisser perdre charges et bénéfices plutôt que de vendre ou de résigner[11] même dans son extrême vieillesse, c'est

Notes

1. **regardant** : concernant.
2. **fastueuse** : où se manifeste un grand luxe.
3. **intendance** : gestion.
4. **les gens à petits collets** : les ecclésiastiques, qui portaient une pièce de tissu blanc autour du cou appelée « le collet ».
5. ***sœurs grises*** : religieuses vêtues de gris qui s'occupaient des pauvres.
6. **les publie** : en parle.
7. **ses créanciers** : les gens à qui il doit de l'argent.
8. **têtes** : personnes.
9. ***ab intestat*** : sans qu'il y ait de testament.
10. Sa femme doit épouser un autre vieillard car elle n'a pas de quoi vivre.
11. Les charges et bénéfices constituaient des sortes de rentes que l'on pouvait vendre ou remettre à quelqu'un.

se persuader qu'on n'est pas du nombre de ceux qui meurent; ou si l'on croit que l'on peut mourir, c'est s'aimer soi-même et n'aimer que soi.

107 [IV] *Fauste* est un dissolu[1], un prodigue[2], un libertin[3], un ingrat, un emporté[4], qu'*Aurèle* son oncle n'a pu haïr ni déshériter.

Frontin, neveu d'Aurèle, après vingt années d'une probité connue, et d'une complaisance aveugle pour ce vieillard, ne l'a pu fléchir en sa faveur, et ne tire de sa dépouille[5] qu'une légère pension que Fauste, unique légataire[6], lui doit payer.

108 [I] Les haines sont si longues et si opiniâtrées[7], que le plus grand signe de mort dans un homme malade, c'est la réconciliation.

109 [I] L'on s'insinue auprès de[8] tous les hommes, ou en les flattant dans les passions qui occupent leur âme, ou en compatissant aux infirmités qui affligent leur corps; en cela seul consistent les soins que l'on peut leur rendre : de là vient que celui qui se porte bien, et qui désire peu de choses, est moins facile à gouverner.

110 [IV] La mollesse et la volupté naissent avec l'homme, et ne finissent qu'avec lui; ni les heureux ni les tristes événements ne l'en peuvent séparer : c'est pour lui ou le fruit de la bonne fortune, ou un dédommagement de la mauvaise.

111 [I] C'est une grande difformité[9] dans la nature qu'un vieillard amoureux.

Notes

1. **dissolu** : débauché.
2. **prodigue** : dépensier.
3. **libertin** : qui ne respecte ni la religion ni la morale.
4. **emporté** : entraîné à la débauche par la passion.
5. **dépouille** : succession.
6. **unique légataire** : qui bénéficie de tout l'héritage.
7. **opiniâtrées** : obstinées.
8. **s'insinue auprès de** : gagne la confiance de.
9. **difformité** : anomalie choquante.

112 [I] Peu de gens se souviennent d'avoir été jeunes, et combien il leur était difficile d'être chastes[1] et tempérants ; la première chose qui arrive aux hommes après avoir renoncé aux plaisirs, ou par bienséance, ou par lassitude, ou par régime, c'est de les condamner dans les autres : il entre dans cette conduite une sorte d'attachement pour les choses mêmes que l'on vient de quitter ; l'on aimerait qu'un bien qui n'est plus pour nous ne fût plus aussi[2] pour le reste du monde : c'est un sentiment de jalousie.

113 [I] Ce n'est pas le besoin d'argent où les vieillards peuvent appréhender de tomber un jour qui les rend avares, car il y en a de tels qui ont de si grands fonds[3] qu'ils ne peuvent guère avoir cette inquiétude ; et d'ailleurs comment pourraient-ils craindre de manquer dans leur caducité des commodités[4] de la vie, puisqu'ils s'en privent eux-mêmes volontairement pour satisfaire à leur avarice ? Ce n'est point aussi l'envie de laisser de plus grandes richesses à leurs enfants, car il n'est pas naturel d'aimer quelque autre chose plus que soi-même, outre qu'il se trouve des avares qui n'ont point d'héritiers. Ce vice est plutôt l'effet de l'âge et de la complexion des vieillards, qui s'y abandonnent aussi naturellement qu'ils suivaient leurs plaisirs dans leur jeunesse, ou leur ambition dans l'âge viril : il ne faut ni vigueur, ni jeunesse, ni santé pour être avare ; l'on n'a aussi nul besoin de s'empresser ou de se donner le moindre mouvement pour épargner ses revenus ; il faut laisser seulement son bien dans ses coffres et se priver de tout ; cela est commode aux vieillards à qui il faut une passion, parce qu'ils sont hommes.

114 [I] Il y a des gens qui sont mal logés, mal couchés, mal habillés et plus mal nourris ; qui essuient les rigueurs des saisons, qui se privent eux-mêmes de la société des hommes, et

Notes

1. **d'être chastes** : de s'abstenir d'amours illicites.
2. **aussi** : nous dirions « non plus ».
3. **fonds** : fortune.
4. **commodités** : agréments.

passent leurs jours dans la solitude ; qui souffrent du présent, du passé, et de l'avenir ; dont la vie est comme une pénitence continuelle, et qui ont ainsi trouvé le secret d'aller à leur perte[1] par le chemin le plus pénible : ce sont les avares.

115 [I] Le souvenir de la jeunesse est tendre dans les vieillards ; ils aiment les lieux où ils l'ont passée, les personnes qu'ils ont commencé de[2] connaître dans ce temps leur sont chères ; ils affectent[3] quelques mots du premier langage qu'ils ont parlé, ils tiennent pour[4] l'ancienne manière de chanter et pour la vieille danse ; ils vantent les modes qui régnaient alors dans les habits, les meubles et les équipages ; ils ne peuvent encore désapprouver des choses qui servaient à leurs passions, qui étaient si utiles à leurs plaisirs, et qui en rappellent la mémoire : comment pourraient-ils leur préférer de nouveaux usages et des modes toutes récentes, où ils n'ont nulle part[5], dont ils n'espèrent rien, que les jeunes gens ont faites, et dont ils tirent à leur tour de si grands avantages contre la vieillesse ?

116 [I] Une trop grande négligence comme une excessive parure dans les vieillards multiplient leurs rides, et font mieux voir leur caducité.

117 [I] Un vieillard est fier, dédaigneux, et d'un commerce difficile, s'il n'a pas beaucoup d'esprit.

118 [I] Un vieillard qui a vécu à la Cour, qui a un grand sens et une mémoire fidèle, est un trésor inestimable ; il est plein de faits et de maximes ; l'on y trouve l'histoire du siècle, revêtue de circonstances très curieuses, et qui ne se lisent nulle part ; l'on y apprend des règles pour la conduite et pour les mœurs qui sont toujours sûres, parce qu'elles sont fondées sur l'expérience.

Notes

1. **leur perte** : la perte de leur âme.
2. **de** : à.
3. **affectent** : utilisent souvent.
4. **tiennent pour** : sont partisans de.
5. **nulle part** : aucun intérêt.

119 [I] Les jeunes gens, à cause des passions qui les amusent[1], s'accommodent mieux de la solitude que les vieillards.

120 [IV] *Phidippe*, déjà vieux, raffine sur la propreté et sur la mollesse ; il passe aux petites délicatesses ; il s'est fait un art du boire, du manger, du repos et de l'exercice ; les petites règles qu'il s'est prescrites, et qui tendent toutes aux aises de sa personne, il les observe avec scrupule, et ne les romprait pas pour une maîtresse, si le régime lui avait permis d'en retenir[2] ; il s'est accablé de superfluités, que l'habitude enfin[3] lui rend nécessaires : il double ainsi et renforce les liens qui l'attachent à la vie, et il veut employer ce qui lui en reste à en rendre la perte plus douloureuse. N'appréhendait-il pas assez de mourir ?

121 [IV] *Gnathon*[4] ne vit que pour soi, et tous les hommes ensemble sont à son égard[5] comme s'ils n'étaient point : non content de remplir à une table la première place, il occupe lui seul celle de deux autres ; il oublie que le repas est pour lui et pour toute la compagnie ; il se rend maître du plat, et fait son propre[6] de chaque service ; il ne s'attache à aucun des mets, qu'il n'ait achevé d'essayer de tous ; il voudrait pouvoir les savourer tous tout à la fois. Il ne se sert à table que de ses mains, il manie les viandes[7], les remanie, démembre, déchire, et en use de manière qu'il faut que les conviés, s'ils veulent manger, mangent ses restes. Il ne leur épargne aucune de ces malpropretés dégoûtantes, capables d'ôter l'appétit aux plus affamés ; le jus et les sauces lui dégouttent du menton et de la barbe ; s'il enlève un ragoût[8] de dessus un plat, il le répand en chemin dans un autre plat et sur la nappe ; on le suit à la trace.

Notes

1. **amusent** : occupent, divertissent.
2. **d'en retenir** : d'avoir encore une maîtresse.
3. **enfin** : finalement.
4. Ce nom vient d'un mot grec signifiant « mâchoire ».
5. **à son égard** : de son point de vue.
6. **son propre** : sa propriété.
7. **viandes** : au XVIIe siècle, ce mot désigne tout type d'aliment.
8. **ragoût** : plat en sauce.

Il mange haut et avec grand bruit ; il roule les yeux en mangeant ; la table est pour lui un râtelier[1] ; il écure[2] ses dents, et il continue à manger. Il se fait, quelque part où[3] il se trouve, une manière d'établissement[4], et ne souffre pas d'être plus pressé au sermon[5] ou au théâtre que dans sa chambre. Il n'y a dans un carrosse que les places du fond qui lui conviennent ; dans toute autre, si on veut l'en croire, il pâlit et tombe en faiblesse. S'il fait un voyage avec plusieurs, il les prévient dans les hôtelleries, et il sait toujours se conserver dans la meilleure chambre le meilleur lit. Il tourne tout à son usage, ses valets, ceux d'autrui courent dans le même temps pour son service. Tout ce qu'il trouve sous sa main lui est propre, hardes[6], équipages. Il embarrasse tout le monde, ne se contraint pour personne, ne plaint personne, ne connaît de maux que les siens, que sa réplétion[7] et sa bile, ne pleure point la mort des autres, n'appréhende que la sienne, qu'il rachèterait volontiers de l'extinction du genre humain.

Notes

1. **râtelier** : mangeoire pour les animaux.
2. **écure** : nettoie.
3. **quelque part où** : où que.
4. **établissement** : résidence, lieu où l'on s'installe.
5. **pressé au sermon** : serré à l'église.
6. **hardes** : vêtements.
7. **réplétion** : sensation d'avoir trop mangé.

L'art de la caricature

Analyse de l'extrait (l. 1080, p. 233, à l. 1111, p. 234)

Explication linéaire

1. Quelles sont les grandes étapes de ce texte qui en montrent la progression ? Quel défaut Gnathon incarne-t-il ?

2. Aux lignes 1081 à 1097, quels éléments expriment la voracité du personnage ? Quel sentiment La Bruyère cherche-t-il à provoquer chez son lecteur ?

Les procédés de la caricature

- Grossir les caractéristiques du personnage : exagérations, vocabulaire de l'excès, accumulations…
- Réduire le personnage à quelques traits : répétitions, oppositions...
- Donner à voir au lecteur : détails concrets, vocabulaire des sensations...
- Rendre le personnage ridicule : situations comiques, images...

3. Relevez, aux lignes 1085 à 1107, les différents procédés d'exagération et de caricature. Comment s'exprime la critique de La Bruyère ?

4. Aux lignes 1097 à 1107, quels éléments permettent d'enrichir et de diversifier le portrait ? Quelle progression remarquez-vous dans ce passage ? Relevez les marques de possession et les différents verbes pronominaux : quel est l'effet produit ?

5. Relevez, aux lignes 1107 à 1111, les figures d'opposition et les différentes expressions de la négation. Quelle image donnent-elles du personnage ? En quoi cette phrase constitue-t-elle la conclusion du portrait ? Comparez-la avec la première.

6. En quoi ce personnage constitue-t-il l'antithèse de l'honnête homme (*cf.* p. 264) ?

GRAMMAIRE

La négation restrictive

• La négation restrictive *ne... que* exclut de la négation le syntagme qui suit *que*. Elle équivaut à une phrase positive où la négation serait remplacée par *seulement* ou *uniquement* :
– « Il ne s'intéresse qu'au cinéma (et à rien d'autre) » = « Il s'intéresse uniquement au cinéma » ;
– « Ils ne sont que blessés (et pas morts) » = « Ils sont seulement blessés ».
• Si l'on ajoute la négation *pas*, on annule la restriction : « Il ne s'intéresse pas qu'au cinéma » = « Il s'intéresse au cinéma et à d'autres choses ».

7) Aux lignes 1107 à 1111, relevez les termes négatifs et expliquez leur nature (adverbe, pronom...) ainsi que leur fonctionnement.

HISTOIRE DES ARTS

8) Quels procédés communs de la caricature retrouvez-vous dans ce portrait de La Bruyère et le dessin d'Honoré Daumier ?

Document 5 au verso de la couverture

122 [V] *Cliton* n'a jamais eu en toute sa vie que deux affaires, qui est de dîner le matin et de souper le soir; il ne semble né que pour la digestion. Il n'a de même qu'un entretien, il dit les entrées qui ont été servies au dernier repas où il s'est trouvé; il dit combien il y a eu de potages[1], et quels potages; il place ensuite le rôt[2] et les entremets[3]; il se souvient exactement de quels plats on a relevé le premier service; il n'oublie pas les *hors-d'œuvre*, le fruit et les assiettes[4], il nomme tous les vins et toutes les liqueurs dont il a bu; il possède le langage des cuisines autant qu'il peut s'étendre[5], et il me fait envie de manger à une bonne table où il ne soit point. Il a surtout un palais sûr, qui ne prend point le change[6], et il ne s'est jamais vu exposé à l'horrible inconvénient de manger un mauvais ragoût ou de boire d'un vin médiocre. C'est un personnage illustre dans son genre, et qui a porté le talent de se bien nourrir jusques où il pouvait aller : on ne reverra plus un homme qui mange tant et qui mange si bien[7]; aussi est-il l'arbitre[8] des bons morceaux, et il n'est guère permis d'avoir du goût pour ce qu'il désapprouve. Mais il n'est plus : il s'est fait du moins porter à table jusqu'au dernier soupir; il donnait à manger le jour qu'il est mort. Quelque part où il soit, il mange, et s'il revient au monde, c'est pour manger.

123 [IV] *Ruffin* commence à grisonner; mais il est sain, il a un visage frais et un œil vif qui lui promettent encore vingt années de vie; il est gai, *jovial*[9], familier[10], indifférent[11]; il rit de tout son cœur, et il rit tout seul et sans sujet; il est content de soi, des siens, de sa petite fortune; il dit qu'il est heureux.

Notes

1. **potages** : soupes.
2. **rôt** : viande rôtie.
3. **entremets** : plats d'accompagnement servis entre les plats principaux.
4. **assiettes** : même sens qu'*entremets*.
5. **autant qu'il peut s'étendre** : dans toute son étendue.
6. **qui ne prend point le change** : que l'on ne peut pas tromper.
7. **si bien** : en si bon connaisseur.
8. **l'arbitre** : le juge.
9. ***jovial*** : enjoué.
10. **familier** : simple.
11. **indifférent** : insensible à tout.

Il perd son fils unique, jeune homme de grande espérance, et qui pouvait un jour être l'honneur de sa famille ; il remet sur d'autres le soin de le pleurer ; il dit, *Mon fils est mort, cela fera mourir sa mère* et il est consolé. Il n'a point de passions, il n'a ni amis ni ennemis, personne ne l'embarrasse, tout le monde lui convient, tout lui est propre[1] ; il parle à celui qu'il voit une première fois avec la même liberté et la même confiance qu'à ceux qu'il appelle de vieux amis, et il lui fait part bientôt de ses *quolibets*[2] et de ses historiettes. On l'aborde, on le quitte sans qu'il y fasse attention, et le même conte qu'il a commencé de faire à quelqu'un, il l'achève à celui qui prend sa place.

124 [I] N** est moins affaibli par l'âge que par la maladie, car il ne passe point soixante-huit ans, mais il a la goutte, et il est sujet à une colique néphrétique[3] ; il a le visage décharné, le teint verdâtre, et qui menace ruine ; il fait marner[4] sa terre, et il compte que de quinze ans entiers il ne sera obligé de la fumer[5] ; il plante un jeune bois, et il espère qu'en moins de vingt années il lui donnera un beau couvert[6]. Il fait bâtir dans la rue** une maison de pierre de taille, raffermie dans les encoignures[7] par des mains de fer[8], et dont il assure en toussant et avec une voix frêle et débile[9], qu'on ne verra jamais la fin ; il se promène tous les jours dans ses ateliers sur le bras d'un valet qui le soulage ; il montre à ses amis ce qu'il a fait, et il leur dit ce qu'il a dessein de faire. Ce n'est pas pour ses enfants qu'il bâtit, car il n'en a point, ni pour ses héritiers, personnes viles, et qui se sont brouillées avec lui : c'est pour lui seul, et il mourra demain.

Notes

1. **tout lui est propre** : tout lui convient.
2. ***quolibets*** : mauvaises plaisanteries.
3. **colique néphrétique** : inflammation de la vessie.
4. **marner** : enrichir une terre avec de la marne.
5. **fumer** : mettre de l'engrais.
6. **couvert** : ombre.
7. **encoignures** : angles.
8. **mains de fer** : crampons.
9. **débile** : affaiblie.

125 [VIII] *Antagoras*[1] a un visage trivial[2] et populaire, un suisse[3] de paroisse ou le saint de pierre qui orne le grand autel n'est pas mieux connu que lui de toute la multitude. Il parcourt le matin toutes les chambres et tous les greffes d'un parlement, et le soir les rues et les carrefours d'une ville ; il plaide depuis quarante ans, plus proche de sortir de la vie que de sortir d'affaires[4] : il n'y a point eu au Palais depuis tout ce temps de causes célèbres ou de procédures longues et embrouillées où il n'ait[5] du moins intervenu ; aussi a-t-il un nom fait pour remplir la bouche de l'avocat, et qui s'accorde avec le demandeur ou le défendeur[6] comme le substantif et l'adjectif. Parent de tous et haï de tous, il n'y a guère de familles dont il ne se plaigne, et qui ne se plaignent de lui. Appliqué successivement à saisir[7] une terre, à s'opposer au sceau[8], à se servir d'un *committimus*[9] ou à mettre un arrêt à exécution, outre qu'il assiste chaque jour à quelques assemblées de créanciers ; partout syndic de directions[10], et perdant à toutes les banqueroutes, il a des heures de reste pour ses visites ; vieil[11] meuble de ruelle où il parle procès et dit des nouvelles. Vous l'avez laissé dans une maison au Marais, vous le retrouvez au Grand Faubourg[12], où il vous a prévenu, et où déjà il redit ses nouvelles et son procès. Si vous plaidez vous-même, et que vous alliez le lendemain à la pointe du jour chez l'un de vos juges pour le solliciter,

Notes

1. *Antagoras* signifie « celui qui parle contre ».
2. **trivial** : banal.
3. **suisse** : personne chargée de la garde d'une église.
4. **d'affaires** : d'un procès.
5. **n'ait** : ne soit.
6. **le demandeur ou le défendeur** : les deux personnes en procès.
7. **saisir** : confisquer.
8. **au sceau** : à une vente.
9. ***committimus*** : juridiction spéciale.
10. **syndic de directions** : mandataire agissant au nom des créanciers d'une personne qui ne peut rembourser sa dette.
11. **vieil** : cette forme s'employait même devant une consonne au XVIIe siècle.
12. Le Marais et le Grand Faubourg (Saint-Germain) sont des quartiers de Paris où habitait la haute société.

le juge attend pour vous donner audience qu'Antagoras soit expédié[1].

126 [I] Tels[2] hommes passent une longue vie à se défendre des uns et à nuire aux autres, et ils meurent consumés de vieillesse, après avoir causé autant de maux qu'ils en ont souffert.

127 [I] Il faut des saisies de terre et des enlèvements de meubles, des prisons et des supplices, je l'avoue : mais justice, lois et besoins à part, ce m'est une chose toujours nouvelle[3] de contempler avec quelle férocité les hommes traitent d'autres hommes.

128 [IV] L'on voit certains animaux farouches, des mâles et des femelles répandus par la campagne, noirs, livides et tout brûlés du soleil, attachés à la terre qu'ils fouillent et qu'ils remuent avec une opiniâtreté invincible ; ils ont comme une voix articulée, et quand ils se lèvent sur leurs pieds, ils montrent une face humaine, et en effet ils sont des hommes ; ils se retirent la nuit dans des tanières[4] où ils vivent de pain noir, d'eau, et de racine : ils épargnent aux autres hommes la peine de semer, de labourer et recueillir[5] pour vivre, et méritent ainsi de ne pas manquer de ce pain qu'ils ont semé.

129 [IV] *Don Fernand*, dans sa province, est oisif, ignorant, médisant, querelleux, fourbe, intempérant, impertinent ; mais il tire l'épée contre ses voisins, et pour un rien il expose sa vie ; il a tué des hommes, il sera tué.

130 [IV] Le noble de province, inutile à sa patrie, à sa famille et à lui-même, souvent sans toit, sans habits[6] et sans aucun

Notes

1. **qu'Antagoras soit expédié** : que son affaire soit réglée.
2. **Tels** : certains.
3. **nouvelle** : au sens fort d'« extraordinaire ».
4. **tanières** : gîtes pour les bêtes sauvages ; au sens figuré, « habitations misérables ».
5. **recueillir** : récolter.
6. Les nobles de province étaient souvent ruinés, car ils ne pouvaient pas concevoir, vu leur statut, d'exercer un métier lucratif.

mérite, répète dix fois le jour qu'il est gentilhomme, traite les fourrures[1] et les mortiers[2] de bourgeoisie[3], occupé toute sa vie de ses parchemins et de ses titres qu'il ne changerait pas contre les masses[4] d'un chancelier.

131 [IV] Il se fait généralement dans tous les hommes des combinaisons infinies de la puissance, de la faveur, du génie, des richesses, des dignités, de la noblesse, de la force, de l'industrie, de la capacité, de la vertu, du vice, de la faiblesse, de la stupidité, de la pauvreté, de l'impuissance, de la roture[5], et de la bassesse : ces choses mêlées ensemble en mille manière différentes, et compensées l'une par l'autre en divers sujets, forment aussi les divers états et les différentes conditions. Les hommes, d'ailleurs, qui tous savent le fort et le faible les uns des autres, agissent aussi réciproquement comme ils croient le devoir faire, connaissent ceux qui leur sont égaux, sentent la supériorité que quelques-uns ont sur eux, et celle qu'ils ont sur quelques autres; et de là naissent entre eux ou la familiarité, ou le respect et la déférence[6], ou la fierté et le mépris. De cette source vient que dans les endroits publics, et où le monde se rassemble, on se trouve à tous moments entre celui que l'on cherche à aborder ou à saluer, et cet autre que l'on feint de ne pas connaître, et dont l'on veut encore moins se laisser joindre[7]; que l'on se fait honneur de l'un, et qu'on a honte de l'autre; qu'il arrive même que celui dont vous vous faites honneur, et que vous voulez retenir, est celui aussi qui est embarrassé de vous, et qui vous quitte; et que le même est souvent celui qui rougit d'autrui, et dont on rougit, qui dédaigne ici, et qui là est dédaigné. Il est encore assez ordinaire de mépriser

Notes

1. **fourrures** : ornements portés par les docteurs d'université.
2. **mortiers** : toques de velours portées par les hauts magistrats.
3. **bourgeoisie** : en opposition à la noblesse.
4. **masses** : cannes ornées d'argent, signes honorifiques des recteurs d'université.
5. **roture** : état de ce qui n'est pas noble.
6. **déférence** : considération respectueuse.
7. **joindre** : aborder.

qui nous méprise. Quelle misère ! et puisqu'il est vrai que dans un si étrange commerce, ce que l'on pense gagner d'un côté, on le perd de l'autre, ne reviendrait-il pas au même de renoncer à toute hauteur[1] et à toute fierté, qui convient si peu aux faibles hommes, et de composer[2] ensemble, de se traiter tous avec une mutuelle bonté, qui, avec l'avantage de n'être jamais mortifiés[3], nous procurerait un aussi grand bien que celui de ne mortifier personne ?

Notes

1. **hauteur** : arrogance.
2. **composer** : s'arranger, s'accorder.
3. **mortifiés** : humiliés.

L'*« étrange commerce »* des relations sociales

Analyse de l'extrait (l. 1219, p. 241, à l. 1250, p. 242)

Explication linéaire

1. Étudiez la progression du texte : observez les connecteurs logiques*, la place des exemples, le raisonnement.

2. Dans la première phrase (l. 1219 à 1226), relevez précisément les termes qui s'opposent. Quelle vision La Bruyère donne-t-il de l'être humain ?

3. Lignes 1126 à 1232 : Relevez le champ lexical relatif aux relations sociales. Quelle progression remarquez-vous ? Quelle image de la société en ressort ?

4. Lignes 1232 à 1243 : Comment est construite cette phrase du point de vue de la syntaxe* ? Relevez aussi les oppositions. Quel est l'effet produit ?

5. Étudiez l'énonciation (*cf.* p. 203) aux lignes 1232 à 1243. Quels sont les choix de La Bruyère et les effets produits ?

6. Lignes 1243 à 1250 : Étudiez la progression logique de la phrase. Quel idéal défend le moraliste à la fin de cette remarque ? Comment l'exprime-t-il ?

*** *Connecteurs logiques* : termes (conjonctions, adverbes) marquant un rapport logique entre les propositions ou les phrases d'un texte et soulignant le raisonnement.**

*** *Syntaxe* : organisation et combinaison des propositions dans une phrase, qui en constituent la progression logique et le rythme.**

Grammaire

Le pronom relatif *dont*

• Le pronom relatif *dont* est obligatoire quand le mot qu'il remplace dans la relative est précédé de la préposition *de* :
– « Je parle de l'homme » → « L'homme dont je parle » (*dont* est complément d'objet indirect du verbe *parle*) ;
– « La couverture du livre est sale » → « Le livre dont la couverture est sale » (*dont* est complément du nom *couverture*) ;
– « Je suis fier du succès » → « Le succès dont je suis fier » (*dont* est complément de l'adjectif *fier*) ;
– « Elle est aimée de cet homme » → « L'homme dont elle est aimée » (*dont* est complément d'agent du verbe *est aimée*).

• À noter que *dont* est forcément remplacé par la forme composée *(duquel, de laquelle...)* quand il est complément d'un nom lui-même introduit par une préposition : « Il habite la rue au bout de laquelle j'ai ma maison. »

7. Aux lignes 1232 à 1242, relevez les pronoms relatifs *dont* et précisez leur fonction dans la subordonnée relative.

Histoire des Arts

8. En quoi le tableau de Jean-Léon Gérôme évoque-t-il la société hiérarchisée décrite par La Bruyère ?

Document 2 au verso de la couverture

132 [I] Bien loin de s'effrayer, ou de rougir même du nom de philosophe, il n'y a personne au monde qui ne dût avoir une forte teinture de philosophie[1]. Elle convient à tout le monde ; la pratique en est utile à tous les âges, à tous les sexes, et à toutes les conditions ; elle nous console du bonheur d'autrui, des indignes préférences, des mauvais succès, du déclin de nos forces ou de notre beauté ; elle nous arme contre la pauvreté, la vieillesse, la maladie, et la mort, contre les sots et les mauvais railleurs ; elle nous fait vivre sans une femme, ou nous fait supporter celle avec qui nous vivons.

133 [I] Les hommes en un même jour ouvrent leur âme à de petites joies, et se laissent dominer par de petits chagrins ; rien n'est plus inégal et moins suivi[2] que ce qui se passe en si peu de temps dans leur cœur et dans leur esprit. Le remède à ce mal est de n'estimer les choses du monde précisément que ce qu'elles valent.

134 [I] Il est aussi difficile de trouver un homme vain qui se croie assez heureux, qu'un homme modeste qui se croie trop malheureux.

135 [I] Le destin du vigneron, du soldat et du tailleur de pierre m'empêche de m'estimer malheureux par la fortune des princes ou des ministres qui me manque[3].

136 [I] Il n'y a pour l'homme qu'un vrai malheur, qui est de se trouver en faute, et d'avoir quelque chose à se reprocher.

137 [I] La plupart des hommes, pour arriver à leurs fins, sont plus capables d'un grand effort que d'une longue persévérance ; leur paresse ou leur inconstance leur fait perdre le fruit

Notes

1. *« L'on ne peut plus entendre que celle qui est dépendante de la religion chrétienne »* (note de La Bruyère), au sens de « philosophie morale », « sagesse héritée du christianisme ».

2. **suivi** : cohérent.

3. **par la fortune [...] qui me manque** : parce que la fortune me manque.

des meilleurs commencements ; ils se laissent souvent devancer par d'autres qui sont partis après eux, et qui marchent lentement, mais constamment[1].

138 [VII] J'ose presque assurer que les hommes savent encore mieux prendre des mesures que les suivre, résoudre ce qu'il faut faire et ce qu'il faut dire que de faire ou de dire ce qu'il faut. On se propose fermement, dans une affaire qu'on négocie, de taire une certaine chose, et ensuite ou par passion, ou par une intempérance de langue[2], ou dans la chaleur[3] de l'entretien, c'est la première qui échappe.

139 [I] Les hommes agissent mollement dans les choses qui sont de leur devoir, pendant qu'ils se font un mérite, ou plutôt une vanité, de s'empresser pour celles qui leur sont étrangères, et qui ne conviennent ni à leur état ni à leur caractère.

140 [IV] La différence d'un homme qui se revêt d'un caractère étranger à lui-même, quand il rentre dans le sien, est celle d'un masque à un visage.

141 *Télèphe* a de l'esprit, mais dix fois moins, de compte fait[4], qu'il ne présume d'en avoir : il est donc dans ce qu'il dit, dans ce qu'il fait, dans ce qu'il médite et ce qu'il projette, dix fois au-delà de ce qu'il a d'esprit ; il n'est donc jamais dans ce qu'il a de force et d'étendue[5] ; ce raisonnement est juste. Il a comme une barrière qui le ferme[6], et qui devrait l'avertir de s'arrêter en deçà ; mais il passe outre, il se jette hors de sa sphère ; il trouve lui-même son endroit faible, et se montre par cet endroit ; il parle de ce qu'il ne sait point, et de ce qu'il sait mal ; il entreprend au-dessus de son pouvoir, il désire au-delà de sa portée ; il s'égale à ce qu'il y a de meilleur en tout genre.

Notes

1. **constamment** : avec constance, persévérance.
2. **intempérance de langue** : liberté excessive de parole.
3. **chaleur** : vivacité, ardeur.
4. **de compte fait** : en fin de compte.
5. **d'étendue** : de capacité.
6. **ferme** : limite.

Il a du bon et du louable, qu'il offusque[1] par l'affectation du grand ou du merveilleux ; on voit clairement ce qu'il n'est pas, et il faut deviner ce qu'il est en effet. C'est un homme qui ne se mesure point, qui ne se connaît point ; son caractère est de ne savoir pas se renfermer[2] dans celui qui lui est propre[3], et qui est le sien.

142 [V] L'homme du meilleur esprit est inégal ; il souffre des accroissements et des diminutions ; il entre en verve[4], mais il en sort : alors, s'il est sage, il parle peu, il n'écrit point, il ne cherche point à imaginer ni à plaire. Chante-t-on avec un rhume ? ne faut-il pas attendre que la voix revienne ?

Le sot est *Automate*[5], il est machine, il est ressort ; le poids l'emporte, le fait mouvoir, le fait tourner, et toujours, et dans le même sens, et avec la même égalité ; il est uniforme, il ne se dément point[6] : qui l'a vu une fois, l'a vu dans tous les instants et dans toutes les périodes de sa vie ; c'est tout au plus le bœuf qui meugle ou le merle qui siffle, il est fixé et déterminé, par sa nature, et j'ose dire par son espèce. Ce qui paraît le moins en lui, c'est son âme ; elle n'agit point, elle ne s'exerce point, elle se repose.

143 [VI] Le sot ne meurt point ; ou si cela lui arrive selon notre manière de parler, il est vrai de dire qu'il gagne à mourir, et que dans ce moment où les autres meurent, il commence à vivre. Son âme alors pense, raisonne, infère[7], conclut, juge, prévoit, fait précisément tout ce qu'elle ne faisait point ; elle se trouve dégagée d'une masse de chair où elle était comme ensevelie sans fonction, sans mouvement, sans aucun du moins qui fut digne d'elle : je dirais presque qu'elle rougit de son

Notes

1. **offusque** : cache, empêche de voir.
2. **se renfermer** : se contenir.
3. **propre** : approprié.
4. **entre en verve** : est brillant, inspiré.
5. ***Automate*** : qui agit comme une machine programmée à l'avance.
6. **ne se dément point** : ne s'écarte pas de son caractère, ne se contredit pas.
7. **infère** : déduit.

propre corps et des organes bruts et imparfaits auxquels elle s'est vue attachée si longtemps, et dont elle n'a pu faire qu'un sot ou qu'un stupide ; elle va d'égal avec les grandes âmes, avec celles qui font les bonnes têtes, ou les hommes d'esprit. L'âme d'*Alain*[1] ne se démêle plus d'avec celles du grand CONDÉ[2], de RICHELIEU, de PASCAL, et de LINGENDES.

144 [IV] La fausse délicatesse dans les actions libres, dans les mœurs ou dans la conduite, n'est pas ainsi nommée parce qu'elle est feinte, mais parce qu'en effet elle s'exerce sur des choses et en des occasions qui n'en méritent point. La fausse délicatesse de goût et de complexion n'est telle au contraire que parce qu'elle est feinte ou affectée : c'est *Émilie* qui crie de toute sa force sur un petit péril qui ne lui fait pas de peur : c'est une autre qui par mignardise[3] pâlit à la vue d'une souris, ou qui veut aimer les violettes et s'évanouit aux tubéreuses[4].

145 [IV] Qui oserait se promettre de contenter les hommes ? Un prince, quelque bon et quelque puissant qu'il fût, voudrait-il l'entreprendre ? qu'il l'essaye. Qu'il se fasse lui-même une affaire de leurs plaisirs : qu'il ouvre son palais à ses courtisans, qu'il les admette jusque dans son domestique[5], que dans des lieux dont la vue seule est un spectacle, il leur fasse voir d'autres spectacles, qu'il leur donne le choix des jeux, des concerts et de tous les rafraîchissements, qu'il y ajoute une chère[6] splendide et une entière liberté ; qu'il entre avec eux en société[7] des mêmes amusements, que le grand homme devienne aimable,

Notes

1. *Alain* : nom courant des valets.
2. Le Grand Condé (1621-1686) était un prince du sang et général (La Bruyère fut le précepteur de son petit-fils) ; Richelieu (1585-1642), le plus important ministre de Louis XIII ; Blaise Pascal (1623-1662), un philosophe et scientifique, auteur des *Pensées* ; Claude de Lingendes (1591-1660), un célèbre prédicateur.
3. **mignardise** : délicatesse affectée, caprice.
4. **tubéreuses** : fleurs au parfum puissant.
5. **son domestique** : son espace privé.
6. **chère** : nourriture.
7. **entre avec eux en société** : participe avec eux.

et que le héros soit humain et familier, il n'aura pas assez fait. Les hommes s'ennuient enfin des mêmes choses qui les ont charmés dans leurs commencements, ils déserteraient la *table des Dieux*, et le *Nectar*[1] avec le temps leur devient insipide. Ils n'hésitent pas de[2] critiquer des choses qui sont parfaites ; il y entre de la vanité et une mauvaise délicatesse ; leur goût, si on les en croit, est encore au-delà de toute l'affectation[3] qu'on aurait à les satisfaire, et d'une dépense toute royale que l'on ferait pour y réussir ; il s'y mêle de la malignité[4] qui va jusques à vouloir affaiblir dans les autres la joie qu'ils auraient de les rendre contents. Ces mêmes gens, pour l'ordinaire si flatteurs et si complaisants, peuvent se démentir ; quelquefois on ne les reconnaît plus, et l'on voit l'homme jusque dans le courtisan.

146 [I] L'affectation dans le geste, dans le parler et dans les manières est souvent une suite de l'oisiveté ou de l'indifférence[5] ; et il semble qu'un grand attachement[6] ou de sérieuses affaires jettent l'homme dans son naturel.

147 [IV] Les hommes n'ont point de caractères, ou s'ils en ont, c'est celui de n'en avoir aucun qui soit suivi, qui ne se démente point, et où ils soient reconnaissables. Ils souffrent beaucoup à être toujours les mêmes, à persévérer dans la règle ou dans le désordre, et s'ils se délassent quelquefois d'une vertu par une autre vertu, ils se dégoûtent plus souvent d'un vice par un autre vice ; ils ont des passions contraires et des faibles qui se contredisent ; il leur coûte moins de joindre les extrémités[7] que d'avoir une conduite dont une partie naisse de l'autre. Ennemis de la modération, ils outrent toutes choses, les bonnes

Notes

1. ***Nectar*** : nourriture des dieux dans la mythologie antique.
2. **de** : à.
3. **affectation** : ici, au sens de « disposition », « volonté ».
4. **malignité** : méchanceté.
5. **indifférence** : absence de passion ou d'intérêt.
6. **un grand attachement** : une passion vive.
7. **joindre les extrémités** : allier les contraires, les extrêmes.

et les mauvaises, dont ne pouvant ensuite supporter l'excès, ils l'adoucissent par le changement. *Adraste* était si corrompu et si libertin, qu'il lui a été moins difficile de suivre la mode et se faire dévot[1] ; il lui eût coûté davantage d'être homme de bien.

148 [IV] D'où vient que les mêmes hommes qui ont un flegme[2] tout prêt pour recevoir indifféremment[3] les plus grands désastres, s'échappent[4], et ont une bile intarissable sur les plus petits inconvénients ? Ce n'est pas sagesse en eux qu'une telle conduite, car la vertu est égale et ne se dément point ; c'est donc un vice, et quel autre que la vanité qui ne se réveille et ne se recherche que dans les événements où il y a de quoi faire parler le monde, et beaucoup à gagner pour elle, mais qui se néglige sur tout le reste ?

149 [IV] L'on se repent rarement de parler peu, très souvent de trop parler ; maxime usée et triviale que tout le monde sait, et que tout le monde ne pratique pas.

150 [I] C'est se venger contre soi-même[5], et donner un trop grand avantage à ses ennemis, que de leur imputer des choses qui ne sont pas vraies, et de mentir pour les décrier.

151 [IV] Si l'homme savait rougir de soi, quels crimes[6] non seulement cachés, mais publics et connus, ne s'épargnerait-il pas ?

152 [I] Si certains hommes ne vont pas dans le bien jusques où ils pourraient aller, c'est par le vice de leur première instruction.

Notes

1. **dévot** : qui observe scrupuleusement la religion.
2. **flegme** : capacité de supporter les choses avec calme et sang-froid ; s'oppose à la *bile* (aigreur, anxiété).
3. **indifféremment** : avec indifférence.
4. **s'échappent** : se laissent aller.
5. **contre soi-même** : contre son intérêt.
6. **crimes** : actions blâmables.

153 [I] Il y a dans quelques hommes une certaine médiocrité d'esprit qui contribue à les rendre sages.

154 [I] Il faut aux enfants les verges[1] et la férule[2] ; il faut aux hommes faits[3] une couronne, un sceptre, un mortier, des fourrures, des faisceaux[4], des timbales[5], des hoquetons[6]. La raison et la justice dénuées de tous leurs ornements ni ne persuadent ni n'intimident : l'homme qui est esprit se mène par les yeux et les oreilles.

155 [V] *Timon*, ou le Misanthrope, peut avoir l'âme austère et farouche, mais extérieurement il est civil[7] et *cérémonieux*[8] ; il ne s'échappe pas, il ne s'apprivoise pas[9] avec les hommes ; au contraire, il les traite honnêtement[10] et sérieusement ; il emploie à leur égard tout ce qui peut éloigner leur familiarité ; il ne veut pas les mieux connaître ni s'en faire des amis, semblable en ce sens à une femme qui est en visite chez une autre femme.

156 [VII] La raison tient de la vérité, elle est une ; l'on n'y arrive que par un chemin, et l'on s'en écarte par mille. L'étude de la sagesse a moins d'étendue que celle que l'on ferait des sots et des impertinents. Celui qui n'a vu que des hommes polis et raisonnables, ou ne connaît pas l'homme ou ne le connaît qu'à demi ; quelque diversité qui se trouve dans les complexions ou dans les mœurs, le commerce du monde et la politesse donnent les mêmes apparences, font qu'on se ressemble les uns

Notes

1. **verges** : fouets.
2. **férule** : palette de bois dont on se servait pour frapper les enfants.
3. **hommes faits** : adultes.
4. **faisceaux** : symboles du pouvoir chez les Latins.
5. **timbales** : instruments à percussion que l'on peut utiliser dans la musique militaire.
6. **hoquetons** : casaques portées par les officiers de la garde du roi.
7. **civil** : poli.
8. ***cérémonieux*** : en italique car le mot était peu courant à l'époque.
9. **il ne s'apprivoise pas** : il ne devient pas plus sociable.
10. **honnêtement** : avec politesse.

aux autres par des dehors qui plaisent réciproquement, qui semblent communs à tous, et qui font croire qu'il n'y a rien ailleurs qui ne s'y rapporte[1]. Celui au contraire qui se jette dans le peuple ou dans la province y fait bientôt, s'il a des yeux, d'étranges découvertes, y voit des choses qui lui sont nouvelles, dont il ne se doutait pas, dont il ne pouvait avoir le moindre soupçon ; il avance par des expériences continuelles dans la connaissance de l'humanité, il calcule presque en combien de manières différentes l'homme peut être insupportable.

157 [IV] Après avoir mûrement approfondi les hommes, et connu le faux de leurs pensées, de leurs sentiments, de leurs goûts et de leurs affections, l'on est réduit à dire qu'il y a moins à perdre pour eux par l'inconstance que par l'opiniâtreté.

158 [IV] Combien d'âmes faibles, molles et indifférentes, sans de grands défauts, et qui puissent fournir à la satire. Combien de sortes de ridicules répandus parmi les hommes, mais qui par leur singularité ne tirent point à conséquence, et ne sont d'aucune ressource pour l'instruction et pour la morale. Ce sont des vices uniques qui ne sont pas contagieux, et qui sont moins de l'humanité que de la personne.

Note

1. **qui ne s'y rapporte** : qui ne leur ressemble.

Dossier bibliolycée

Les Caractères (V à XI)

STRUCTURE 1

Structure de l'œuvre

L'ensemble des *Caractères* est composé de seize chapitres, de longueurs inégales, qui regroupent les grands thèmes traités par les moralistes de l'époque. Malgré son apparent désordre, l'œuvre obéit à une structure interne qui fait passer le lecteur d'une réflexion sur l'esprit et quelques catégories sociales à la hiérarchie sociale, puis à l'homme en général, et enfin à Dieu et à la défense de la religion.

	Titre du chapitre	Résumé	Nombre de remarques (1re/9e éd.)	
I	**Des Ouvrages de l'Esprit**	Sorte de préface littéraire : contexte littéraire et principes d'écriture de La Bruyère.	35	69
II	**Du Mérite Personnel**	L'être humain en tant que tel, dans ses relations aux autres.	21	44
III	**Des Femmes**		39	81
IV	**Du Cœur**		18	85
V	**De la Société et de la Conversation**	Passage de l'individu au groupe social, avec la peinture d'une société instable, dominée par l'argent, l'ambition, l'hypocrisie, les fausses valeurs, où le vrai mérite n'est jamais reconnu. Chapitres VII à X : la hiérarchie des catégories sociales, de la bourgeoisie aux courtisans, jusqu'au souverain.	35	83
VI	**Des Biens de Fortune**		29	83
VII	**De la Ville**		4	22
VIII	**De la Cour**		39	101
IX	**Des Grands**		19	56
X	**Du Souverain ou de la République**		10	35
XI	**De l'Homme**	Passage à l'ordre général de l'humanité, à la nature humaine indépendamment du statut social, menée par l'amour-propre et la vanité.	73	158
XII	**Des Jugements**		30	119
XIII	**De la Mode**		10	31
XIV	**De Quelques Usages**	De l'homme, on passe à Dieu et à la défense de la religion contre ceux qui la tournent en dérision : les libertins ou « *esprits forts* ».	18	73
XV	**De la Chaire**		15	30
XVI	**Des Esprits Forts**		25	50
			420	1 120

I – Chapitres V à X (BAC voie générale)

Les six chapitres au programme observent le fonctionnement de la société. Plus précisément, les chapitres VII à X dessinent la hiérarchie des classes sociales.

	Titre du chapitre	Résumé
V	**De la Société et de la Conversation**	Ce chapitre évoque les règles de la politesse et de la sociabilité mondaine, gages de l'harmonie sociale.
VI	**Des Biens de Fortune**	Ce chapitre évoque la place croissante de l'argent, l'ascension des parvenus et la corruption qui menacent les relations humaines et l'ordre social.
VII	**De la Ville** (chapitre contenant le moins de remarques)	Ce chapitre évoque Paris, mené par l'argent, les coteries et les apparences. La ville opère un brassage social corrupteur, mêlant bourgeois, magistrats, nobles récents, nouveaux riches, tous « *singe*[s] *de la Cour* ». La Bruyère y oppose le regret d'un âge d'or antique, simple et moral.
VIII	**De la Cour** (chapitre qui figure parmi ceux contenant le plus de remarques)	Ce chapitre (ainsi que le chapitre IX) est enrichi par l'expérience de La Bruyère avec les Condé (les Grands) et sa fréquentation de la Cour en observateur. Il y dénonce l'ambition dévorante, la dissimulation, la faveur arbitraire et changeante, qui font de la Cour un cruel théâtre.
IX	**Des Grands**	Dans ce chapitre, l'auteur observe ceux qui dominent la Cour par leur haute naissance et font sentir avec arrogance leur suprématie. La frontière entre « *Grands* » et « *petits* », « *nobles* » et « *peuple* » n'est pas justifiée sur le plan du mérite et celui des qualités morales.
X	**Du Souverain ou de la République**	Au sommet de la hiérarchie, ce chapitre présente une sorte de traité politique et s'achève par une réflexion sur l'image du ministre et celle du monarque idéal.

II – Chapitre XI (BAC séries technologiques)

➥ Structure d'ensemble

Le chapitre XI est le plus long des *Caractères*, car il traite du sujet le plus général, l'homme, sans le lier à un statut social particulier. Il s'agit, pour le moraliste, de définir les constantes de la nature humaine, tout en en montrant les multiples combinaisons.

Étant donné le choix de La Bruyère d'écrire par fragments et d'augmenter son œuvre au fur et à mesure des éditions, il est délicat de discerner une structure globale du chapitre ; cependant, on y distingue clairement de grands ensembles cohérents.

Phrase d'ouverture (1) : les faiblesses de la nature humaine	
L'homme inconstant et inégal (2-32)	
• L'homme fait d'influences diverses	2, 4-7, 15, 16, 18, 30
• L'homme soumis à ses humeurs	9-10-11
• L'homme soumis à ses désirs, en particulier celui de posséder qui entraîne la fourberie	19-21, 24-27, 29, 31, 32
L'homme devant les différents âges de la vie (35-59)	
• L'homme devant la vie et la mort	35-49
• Les enfants	50-59
La vanité (60-85)	
• L'homme devant ses fautes	60-63
• Les facettes et les ruses de la vanité	64-76
• La susceptibilité à la moquerie	77-78
• La dureté et l'absence de compassion	79-82
• La jalousie	85
L'esprit et le manque d'esprit (86-92)	
L'incohérence de l'homme (93-110)	
• Grands et petits devant le sort ou le pouvoir	93-104
• L'incohérence avec l'argent	105-107
Les vieillards (111-120)	

Les « *combinaisons infinies* » dans l'homme (121-155)	
• Une série de portraits	121-125
• L'homme incapable de constance	131-139
• L'homme qui « *se dément lui-même* » : où est son naturel ?	140-148
• L'homme incohérent	149-155
Trois remarques en forme de conclusion qui affirment les principes du moraliste (156-158)	
• L'homme est « *insupportable* ».	156
• Le moraliste observe la société et parle d'expérience.	156-157
• Il faut s'intéresser à l'homme en général « *pour l'instruction et pour la morale* ».	158

Ce tableau montre comment La Bruyère procède par variations qui approfondissent le même objet de recherche. Cette forme en spirale met en valeur une des constantes de l'homme selon l'auteur : l'incohérence, le caractère « *inégal* » de sa personnalité, motifs traités en trois blocs (au début, au milieu et à la fin du chapitre), comme si l'auteur ne pouvait qu'y revenir sans cesse.

➡ Une galerie de portraits

Ce chapitre est le plus riche en portraits, rajoutés au fur et à mesure des éditions. Ils peuvent aller de quelques lignes à plusieurs pages, comme celui de Ménalque. Voici les principaux :

7	Ménalque	le distrait
35	Irène	la femme qui réclame des remèdes contre la vieillesse
83	Argyre	la sotte pleine d'affectation
105	Géronte	le vieillard incapable de faire un testament
120	Phidippe	le vieillard délicat
121	Gnathon	l'égoïste malotru
122	Cliton	le gourmet passionné
123	Ruffin	l'indifférent jovial
124	N**	le vieillard qui refuse de voir la mort
125	Antagoras	le procédurier malveillant
141	Télèphe	l'homme qui ne sait pas rester à sa juste place
155	Timon	le misanthrope

BIOGRAPHIE 2 La Bruyère : un moraliste discret

Identité :
Jean de La Bruyère

Naissance :
16 ou 17 août 1645, à Paris.

Décès :
10 mai 1696 (50 ans), à Versailles.

Genres pratiqués :
réflexions morales sous forme de fragments.

I – Une jeunesse obscure

➥ Naissance bourgeoise

Jean de La Bruyère naît à Paris en 1645, dans une famille roturière (c'est-à-dire qu'elle n'appartient pas à la noblesse). Son père exerce des fonctions d'administration juridique en tant que contrôleur général des rentes de l'Hôtel de Ville de Paris.
Les informations sur la jeunesse de La Bruyère restent lacunaires : on sait seulement qu'il a étudié les « humanités » (latin, grec, italien, histoire et géographie…) puis le droit à Orléans, où il a soutenu sa thèse en 1665, et que son père est décédé l'année suivante. Devenu avocat au parlement de Paris, il semble n'y avoir plaidé aucune cause.

➥ L'anoblissement d'un « officier »

En 1673, grâce à l'héritage laissé par son père et par un oncle paternel, il achète une charge de trésorier général à Caen. Cette charge lui procure un revenu et le titre de noblesse d'écuyer, mais elle l'intéresse si peu qu'il ne s'y rendra qu'une fois ! C'est à Paris qu'il s'installe, vivant modestement de ses rentes et en célibataire. Il consacre son temps à la lecture et commence, probablement, la rédaction des *Caractères* dans ces années-là.

Un roturier parmi les Grands

Jean de La Bruyère est un bourgeois issu du milieu de la « robe » (c'est-à-dire des magistrats). S'il est anobli par sa charge de trésorier, il n'est présent à la Cour que parce qu'il est au service des Condé. Il côtoie les Grands dans leur intimité par ses fonctions de précepteur puis de bibliothécaire, mais ne sort jamais de son rôle de « domestique », sauf dans son œuvre. C'est un « *petit* » qui saura, sa vie durant, jeter sur les « *Grands* » le regard acéré du moraliste.

II – Dans la cour des Grands

➠ Un « domestique » au service des Condé

Tout change pour La Bruyère en 1684 : sans doute recommandé par l'homme d'Église et écrivain français Bossuet qu'il fréquente, il est nommé précepteur du duc de Bourbon, petit-fils du Grand Condé. Avec deux autres maîtres jésuites, il lui enseigne des rudiments d'histoire et de géographie, ainsi que les institutions de France et la généalogie. Le duc, âgé de seize ans, est difficile de caractère et peu intéressé par les études : La Bruyère, qui l'accompagne dans tous ses déplacements, doit supporter nombre de *« petits dédains »* (VIII, 58) de la part de son jeune maître qui le traite en domestique.

➠ Un observateur à la Cour

Bourgeois qui n'a jamais connu la Cour, La Bruyère habite maintenant chez ces princes du sang, membres de la famille royale. Il fréquente la cour de Versailles et celle des Condé dans leur château de Chantilly : précieux vivier d'observations et de portraits pour les *« Mœurs de ce siècle »* !
En 1686, la mort du prince de Condé libère le moraliste de sa charge de précepteur : son élève, devenu duc d'Enghien, arrête les études. La Bruyère se voit alors gratifié du titre de *« gentilhomme ordinaire de M. le Duc »* ainsi que d'une pension. Il remplit, désormais, auprès du duc, les fonctions, peu contraignantes, de secrétaire et bibliothécaire.

III – L'œuvre d'une vie

➠ Un auteur à succès

En 1688, La Bruyère fait paraître sans nom d'auteur *Les Caractères*, auxquels il travaille depuis les années 1670. L'œuvre connaît un succès immédiat et bénéficie de deux rééditions à l'identique la 1re année. La Bruyère augmentera le nombre

LES CHARGES
Les charges (ou offices) sont des fonctions administratives que l'on achète, souvent très cher, et qui rapportent un revenu plus ou moins important. C'est, pour le roi, l'occasion de s'enrichir et de se constituer un corps de fonctionnaires, et, pour les « officiers », d'obtenir prestige, voire anoblissement.

LA FAMILLE DES CONDÉ
Saint-Simon, évoquant, dans ses *Mémoires*, l'élève de La Bruyère, relève sa *« malignité »*, sa *« férocité »* et le plaisir qu'il a à humilier les autres. Son père est un *« maître détestable, [...] jaloux, soupçonneux, inquiet sans aucune relâche, plein de manèges et d'artifices à découvrir et à scruter tout, à quoi il était occupé sans cesse »*.

LA FAMEUSE « QUERELLE »
Cette querelle oppose, depuis 1687, les Anciens (Boileau, La Bruyère, La Fontaine), qui défendent la tradition antique et l'imitation des auteurs grecs et latins, aux Modernes (Perrault, Fontenelle), qui veulent s'affranchir des modèles du passé et valorisent la pensée moderne et scientifique.

L'abbé d'Olivet évoque en La Bruyère un homme *« poli dans ses manières et sage dans ses discours ; craignant toute sorte d'ambition, même celle de montrer de l'esprit »*. Opinion confirmée par Saint-Simon décrivant *« un fort honnête homme, de très bonne compagnie, simple, sans rien de pédant, et fort désintéressé »*.

de remarques jusqu'à sa mort, au gré des huit éditions qui paraîtront de son vivant. Ce succès ne l'enrichira pas puisqu'il fait don des bénéfices de la vente à son libraire Michallet pour lui permettre de marier sa fille.

L'affirmation d'un écrivain

En 1691 paraît la 6e édition des *Caractères*, et La Bruyère se présente à l'Académie française où la « Querelle des Anciens et des Modernes » fait rage. Comme La Bruyère prend le parti des Anciens (avec La Fontaine et Boileau), il est refusé. Mais il parviendra à être élu deux ans plus tard (en 1693), malgré les oppositions du parti des Modernes mené par Fontenelle.
Lors de sa réception à l'Académie française, il prononce un discours assez polémique où il fait l'éloge des partisans des Anciens, en particulier Boileau. Malgré une véritable cabale contre lui, il se bat pour publier ce texte peu après. Ce discours figure, accompagné d'une préface, dans la 8e édition des *Caractères* qui paraît en 1694.
L'année suivante, sous l'influence de Bossuet, La Bruyère débute l'écriture d'un ouvrage religieux, *Dialogues sur le quiétisme*, mais sa mort brutale, en 1696, l'empêchera de l'achever.

CONTEXTE 3

Du désordre au classicisme triomphant

I – Vers la remise en ordre du royaume (1598-1661)

➠ La difficile affirmation du pouvoir royal (1598-1543)

En 1598, le roi Henri IV, par l'édit de Nantes, tente d'apaiser le royaume après les sanglantes guerres de Religion et de lui redonner une prospérité économique. Mais son assassinat, en 1610, laisse place à la régence de Marie de Médicis, mère du futur Louis XIII encore trop jeune. Les troubles politiques et religieux reprennent, et Louis XIII doit s'imposer par la force : s'appuyant sur son influent ministre Richelieu, il poursuit l'effort d'unification du royaume en reprenant les villes dominées par les protestants et en limitant l'ambition des grandes familles nobles qui contestent son autorité.

L'ÉDIT DE NANTES (1598)
Cet édit garantit la liberté de culte aux protestants et met une fin relative à près de quarante ans de guerre civile (1562-1598).
Il sera révoqué par Louis XIV en 1685.

➠ Les soubresauts de la régence et de la Fronde (1643-1661)

À la mort de Louis XIII, en 1643, son fils Louis XIV n'a que cinq ans ; sa mère Anne d'Autriche assure la régence en s'appuyant sur le cardinal Mazarin. Mais le royaume sombre dans une nouvelle guerre civile : la Fronde, violente rébellion contre le pouvoir royal. La victoire des troupes royales en 1652 est le premier pas vers la monarchie absolue qu'instaurera Louis XIV.

LA FRONDE (1648-1652)
Les bourgeois se soulèvent les premiers contre les réductions de pouvoir imposées aux parlements. Paris se révolte et oblige la Cour royale à s'enfuir de la capitale. Puis les nobles, menés par Condé, prennent les armes contre le roi, mais sont vaincus par les troupes royales.

II – L'apogée du Roi-Soleil (1661-1685)

➠ L'absolutisme politique

À partir de la mort de Mazarin, en 1661, Louis XIV concentre entre ses mains tous les pouvoirs : il élimine les ministres trop puissants (comme Fouquet) ; les nobles qui ont osé le défier pendant la Fronde sont cantonnés à la Cour et laissent la

LA FRANCE EN GUERRE
La volonté d'expansion de la France entraîne des conflits avec les puissances européennes (Espagne, Autriche, Angleterre, Hollande) : guerres de Dévolution, de Hollande, de la Succession d'Espagne, qui aboutissent à certains succès mais épuisent les finances du royaume.

GRATIFICATIONS
En 1663, Colbert charge le poète et critique Jean Chapelain de dresser une liste d'écrivains et de savants français et étrangers qui ont contribué à la gloire intellectuelle de la monarchie et qui seront gratifiés d'une somme d'argent. Ensuite, Charles Perrault occupera cette charge jusqu'en 1679.

place, pour les charges politiques, à des bourgeois (comme Colbert).

Le développement économique

Le ministre des Finances Colbert travaille à soutenir l'industrie, l'agriculture et le commerce, à construire routes et canaux, et à fonder des manufactures d'État. La noblesse décline au profit de la bourgeoisie, qui s'enrichit et acquiert des places importantes dans les offices des villes (situation analysée par La Bruyère [IX, 24]). Paysans et classes populaires restent, quant à eux, très pauvres.
Plusieurs famines, aggravées par des guerres successives, ravagent le royaume, dont celle, effroyable, de 1693-1694 qui fit sans doute plus de 1 million de morts (sur une population de 20 millions).

Une culture d'État

Par souci de sa gloire et du rayonnement culturel de son règne, le roi instaure une véritable culture d'État : par l'octroi de pensions et la création d'académies, il contrôle et influence toutes les productions intellectuelles et artistiques. Il contribue, ainsi, à établir les codes de l'art classique, fondés sur la clarté et la rigueur et relayés par la Cour et les salons littéraires des nobles parisiens.

III – Le statut ambigu de l'écrivain

Écrivains et lecteurs

La noblesse se tourne vers la littérature, dérivatif pour une classe privée peu à peu de sa puissance. Mais plus nombreux sont les écrivains issus de la bourgeoisie cultivée (La Bruyère, Molière, Racine, Corneille, Perrault…). Le public est restreint, constitué des classes riches (vu le prix élevé du livre) et cultivées, fréquentant les salons, mais s'étend à la petite bourgeoisie grâce au développement des libraires.

Difficultés et revendications

L'idée d'un « métier d'écrivain » s'esquisse dans la seconde moitié du XVIIe siècle où celui-ci acquiert une reconnaissance institutionnelle avec la création de l'Académie française et la politique de mécénat. Cependant, il ne peut vivre de sa plume : les droits d'auteur n'existent pas, et les éditeurs payent très peu cher les manuscrits. Les écrivains doivent se mettre au service du roi ou trouver un protecteur qui leur assure une rémunération.

Mais, surtout pour les aristocrates, il est impensable de considérer l'écriture comme un métier rapportant de l'argent. La Bruyère refuse, d'ailleurs, de toucher les bénéfices de son œuvre qu'il reverse à son éditeur. Néanmoins, il ne se présente pas en écrivain dilettante et revendique des connaissances, un talent et un savoir-faire spécifiques, comme tout professionnel.

IV – Une société hiérarchisée

Une pyramide sociale

Dans la société classique hiérarchisée, chacun doit rester à sa place – Molière ridiculise, ainsi, M. Jourdain, le *bourgeois* qui se croit *gentilhomme*. Les chapitres des *Caractères* font passer de « la Ville » (VII) – l'univers des bourgeois – à « la Cour » (VIII), puis à la haute aristocratie des « Grands » (IX), en montrant le mépris de chaque classe pour ceux qu'elle considère comme ses inférieurs…

La Bruyère, conservateur comme la plupart des écrivains classiques, déplore le désordre social et moral dû aux ascensions fulgurantes fondées sur l'enrichissement de parvenus ou l'arbitraire de la faveur royale.

Versailles et la Cour

Louis XIV contraint la noblesse à l'oisiveté à la Cour et la « domestique » en la soumettant à son

« C'est un métier que de faire un livre comme de faire une pendule ; il faut plus que de l'esprit pour être auteur » (Les Caractères, I, 3).

L'ACADÉMIE FRANÇAISE

Cette académie est fondée en 1634-1635 par Richelieu, dans le but de veiller à la correction de la langue mais aussi de juger les productions littéraires. Y être élu constitue une consécration et la garantie d'une certaine sécurité pour les écrivains.

PENSIONNÉS MAIS CONTRAINTS

Le système des pensions et des protections limite évidemment l'indépendance de l'écrivain, plus ou moins obligé de se soumettre aux ordres de son protecteur et à une production de circonstance.

> *« Un honnête homme, que je ne distingue pas de l'homme de bien, doit tâcher d'être utile à sa patrie, et, en se rendant agréable à tout le monde, il est obligé de ne pas profiter seulement à soi-même, mais encore au public »*
> Nicolas Faret, *L'Honnête Homme* (1630).

bon vouloir et en la divertissant par des chasses, des spectacles : il se met lui-même en scène dans les actes de la vie quotidienne (lever, repas, coucher), jusque dans l'église (VIII, 74). La Cour devient une cage dorée où il faut être vu pour exister et se livrer à une course effrénée et, souvent, vaine pour « s'avancer », au mépris des règles morales.

➥ La morale de l'honnête homme

Face au dérèglement de la société, La Bruyère s'appuie sur l'idéal de l'honnête homme : poli et respectueux des autres sans affectation, cultivé mais jamais pédant, mesuré dans son mode de vie et son comportement, conservant ses valeurs et ses opinions sans les imposer, vertueux sans rigorisme ni dogmatisme, il espère s'élever par son mérite personnel sans compromissions.

Le siècle de Louis XIV marque le triomphe du classicisme. Il a produit des écrivains qui ont su épanouir leur art à l'intérieur de règles littéraires et sociales très strictes. La Bruyère, en particulier, a trouvé comment développer sa vocation littéraire en critiquant de l'intérieur cette société à la fois hiérarchisée et mouvante.

4 Genèse et réception de l'œuvre

I – Le travail d'une vie

Un travail de longue haleine

La Bruyère a commencé la rédaction de ses *Caractères* dès les années 1670. L'architecture en était déjà prévue, puisque le titre et le plan des 16 chapitres n'ont pas changé, ni la première et la dernière remarque (terme employé par La Bruyère pour nommer ses écrits fragmentaires). Sans doute avait-il écrit beaucoup de remarques dont il ne publie d'abord qu'une partie en 1688, comme pour s'assurer de leur succès avant d'en doubler le nombre dans la 4e édition un an après.
Dans les éditions successives, La Bruyère va rajouter des remarques ou les étoffer. Il introduit beaucoup de portraits, de nouveaux sujets... Sa réflexion s'approfondit, les remarques s'allongent et deviennent plus argumentatives, les formes sont de plus en plus variées.

PASTICHE
La Bruyère ajoute la forme du pastiche du « vieux langage » en parodiant Montaigne (V, 30 ; VIII, 54).

Des éditions sans cesse augmentées

En 1688, la 1re édition des *Caractères* comprend 420 remarques constituées, en majorité, de maximes ou de réflexions et de quelques portraits. La traduction de Théophraste et le *Discours* qui lui est consacré occupent plus de la moitié de l'ouvrage. La même année, l'œuvre est rééditée deux fois, à l'identique.
En 1689, la 4e édition fait apparaître l'épigraphe d'Érasme et une préface remaniée. Elle comprend, désormais, 764 remarques.
En 1691, dans la 6e édition, le texte de Théophraste n'est plus présentée qu'en petits caractères. L'ouvrage s'étoffe encore et contient 997 remarques.
En 1694, dans la 8e édition, La Bruyère ajoute le *Discours de réception à l'Académie* et une

6e ÉDITION
C'est dans la 6e édition que La Bruyère glisse son nom dans une note ajoutée à une remarque, s'amusant à se vanter ironiquement d'une ascendance aristocratique remontant aux Croisades !

THÉOPHRASTE
L'écrivain grec Théophraste (v. 372-287 av. J.-C.) est un disciple du philosophe Aristote. Doué d'un immense savoir, il produit des œuvres de philosophie, morale, politique, botanique, météorologie…

L'IMITATION DES ANCIENS
La Fontaine emprunte le modèle de ses *Fables* à l'écrivain grec Ésope et au fabuliste latin Phèdre, Boileau celui de ses *Satires* au poète latin Horace. Molière s'inspire de l'auteur comique latin Plaute, et Racine du tragique grec Euripide…

nouvelle préface très polémique où il prend position pour les Anciens contre les Modernes. L'ouvrage compte 1 120 remarques (presque trois fois plus que dans la 1re édition).

En 1696, peu de temps après sa mort, paraît une 9e édition revue sans modification majeure.

Un auteur qui s'affirme

La Bruyère prend de l'assurance au fil des éditions, d'abord par des avant-textes plus polémiques. Le « *je* » intervient plus fréquemment ; son pessimisme sur la nature humaine et les aliénations de la vie sociale s'accentue, sans doute à cause de ses idéaux déçus. L'auteur affirme plus nettement une morale fondée sur la liberté intérieure, la simplicité et le retrait, et revendique la reconnaissance du vrai mérite.

II – *Les Caractères* de Théophraste : une caution plutôt qu'une imitation

Théophraste : le modèle

La Bruyère fait précéder ses *Caractères* d'une traduction personnelle des *Caractères* de Théophraste (ainsi que d'un « Discours sur Théophraste »). Cette œuvre antique présente des portraits en action de types psychologiques : le fanfaron, le distrait, le rustre…Théophraste sert de caution : pour un classique, il est impératif de se mettre sous le « patronage » d'un auteur antique, en empruntant une forme modèle et certaines idées.

La Bruyère choisit une forme brève, encore peu pratiquée en français. Celle-ci n'a pas le prestige ni la reconnaissance des grands genres, comme la tragédie ou l'épopée, mais, au moins, elle échappe aux règles établies et laisse à l'écrivain la liberté pour innover : à lui de donner ses lettres de noblesse au genre qu'il a choisi !

Innovation de La Bruyère : *« les Mœurs de ce siècle »*

La Bruyère s'inscrit dans la tradition antique en peignant la nature humaine à travers des caractères devenus des lieux communs (comme *L'Avare* ou *Le Misanthrope* de Molière...). Mais, en sous-titrant son œuvre « *les Mœurs de ce siècle* », il passe de la peinture des « *hommes en général* » à une actualisation, celle « *de la cour de France et des hommes de* [s]*a nation* » (préface, p. 11). Plutôt que de se limiter à des types psychologiques immuables, il les inscrit dans une société mouvante et nous donne aussi une lecture politique et sociale de ses contemporains.

« Il faut que mes peintures expriment bien l'homme en général, puisqu'elles ressemblent à tant de particuliers, et que chacun y croit voir ceux de sa ville et de sa province » (préface du *Discours de réception à l'Académie*).

III – Réception de l'œuvre

Les Caractères rencontrent un grand succès dès leur parution, plus important que pour d'autres œuvres de moralistes comme les *Maximes* de La Rochefoucauld (1665) ou les *Pensées* de Blaise Pascal (1670). Les lecteurs se livrent très vite au jeu des « clefs », pour trouver l'original sous le portrait, pratique que La Bruyère récuse dans son discours à l'Académie, en précisant que son œuvre est écrite « *contre les vices en général* » et ne fait pas la satire de personnes en particulier.

La postérité retient de La Bruyère son point de vue acéré et ironique et la variété de ses choix formels. Au XVIIIe siècle, les philosophes s'inspirent de la forme discontinue car elle se prête à la réflexion sur l'homme : Chamfort publie ses *Maximes et Pensées*, et Vauvenargues ses *Paradoxes mêlés de réflexions et de maximes*.

Les écrivains Proust et Gide et les philosophes Alain et Barthes sont de fervents lecteurs des *Caractères*, qui confirment la prédiction de Voltaire : « *Comme il y a des choses de tous les temps et de tous les lieux, il est à croire qu'il ne sera jamais oublié.* »

UNE ŒUVRE SANS « CLEFS »

La Bruyère s'en prend aux lecteurs qui cherchent, dans ses *Caractères*, des *« fausses clefs, et qui leur sont aussi inutiles qu'elles sont injurieuses aux personnes dont les noms s'y voient déchiffrés, et à l'écrivain qui en est la cause, quoique innocente »* (préface du *Discours de réception à l'Académie*).

GENRE 5 L'art de la forme brève

CONTEMPORAINS DE LA BRUYÈRE
La Rochefoucauld *(Maximes)*, Pascal *(Pensées)* et La Fontaine *(Fables)* utilisent aussi des formes brèves et discontinues : elles leur procurent une plus grande liberté car, contrairement aux genres codifiés (tragédie, comédie...), elles n'obéissent pas à des règles.

ÉNIGMES
Elles exposent des réalités surprenantes dont la clef est donnée à la fin : le *« pays »* lointain de la remarque 74 du chapitre VIII se révèle être la France – *cf. « Il y a des gens qui* [...] *: ce sont les avares »* (XI, 114) ; *« L'on voit certains animaux farouches,* [...], *et en effet ils sont des hommes »* (XI, 128 ; *cf.* VI, 35).

Pour bâtir ses *Caractères*, La Bruyère choisit une forme brève et innovante – la « remarque » – qui lui permet beaucoup de variété et de liberté. C'est, pour lui, celle qui est la plus appropriée à sa mission d'écrivain moraliste.

I – Le choix de la forme brève et discontinue

Des « remarques »

La Bruyère se détourne du genre du traité, qu'il juge pesant et trop injonctif, et opte pour la forme discontinue des « remarques ». Ce genre sans règles lui permet d'englober diverses formes, du portrait de Ménalque en plusieurs pages (XI, 7) à la phrase nominale d'une ligne : *« Jeunesse du Prince, source de belles fortunes »* (VIII, 55 ; *cf.* XI, 27).

Cette brièveté se retrouve aussi dans l'expression : La Bruyère privilégie les phrases courtes et la **parataxe**, c'est-à-dire l'absence de coordination et de liens logiques. Il juxtapose de courtes propositions, en employant le point-virgule et le deux-points. Ce style, que l'on appelle « coupé », rend compte de la vivacité de sa pensée et de l'acuité de son regard.

L'art de la conversation et de la « chute »

La Bruyère se conforme à son lectorat, celui des salons de la bonne société pratiquant l'art de la conversation : loin du pédantisme, du sérieux, du « docte » (dont il se moque), il faut donner à penser, mais toujours de façon légère et plaisante. Le moraliste use des divertissements spirituels des salons, comme le portrait, l'énigme, les jeux de mots : *« La Cour est comme un édifice bâti de marbre : je veux dire qu'elle est composée d'hommes fort durs, mais fort polis »* (VIII, 10).

Dans ces formes, il faut cultiver l'art de la chute : formule finale brillante, qui surprend, amuse et tire la leçon. La Bruyère se révèle un maître dans ce domaine : chute déceptive, qui dégonfle par une ironie cinglante les ballons de la vanité (VII, 10 et 12 ; VIII, 47 ; XI, 56 et 104), ou presque tragique (VII, 20 ; VIII, 22 ; XI, 124). Il crée la surprise avec un paradoxe (VI, 55 ; VIII, 40 ; XI, 147), une question qui revient comme un boomerang sur le lecteur (VIII, 26), ou une petite phrase qui éclaire toute la remarque (VI, 25 ; XI, 50).

II – Variétés et variations

➠ Variété de formes

Pour peindre les « *combinaisons infinies* » (XI, 131) de la nature humaine ou « *certaines couleurs changeantes* » (VIII 3) de la Cour, La Bruyère recourt à des formes variées :

– le portrait ;

– la maxime, énoncé très court édictant une règle ou une vérité morale (VI, 13 ; XI, 12) ;

– la sentence, moins normative, basée davantage sur le constat ;

– l'observation générale, plus longue que la maxime et qui permet un exposé plus nuancé (VI, 74, sur le jeu ; XI, 98-99, sur le cours de la vie) ;

– la réflexion, plus argumentative, fondée sur un raisonnement (XI, 85, sur la différence entre jalousie et émulation).

La variété des formes permet de conserver le caractère plaisant de la lecture et l'enjeu persuasif de l'œuvre : l'auteur frappe le lecteur par des formules percutantes, l'amuse par des portraits, l'invite à réfléchir aussi plus profondément. La pensée de La Bruyère se déploie, ainsi, librement dans des thématiques développées en plusieurs remarques de formes diverses (IX, 16-21, sur le mépris ; XI, 112-120, sur les vieillards).

SENTENCES

« Un caractère bien fade est celui de n'en avoir aucun » (V, 1 ; *cf.* VI, 10) ; *« Il n'y a rien que les hommes aiment mieux à conserver, et qu'ils ménagent moins que leur propre vie »* (XI, 34 ; *cf.* XI, 102).

ITALIQUE

La Bruyère l'utilise pour un mot qu'il ne prend pas à son compte (VI, 56 : *« chétifs »*), un peu osé (VII, 4 : *« coterie »*, qui était alors très péjoratif), familier (V, 50 : *« caquets »* ; XI, 7 : *« flaque »*), nouveau (V, 15 : *« puristes »*), ridicule (V, 73, citations pédantes) ou très spécialisé (XI, 27, et V, 44 : termes de droit).

DIALOGUE
Le moraliste peut dialoguer avec son lecteur (VI, 35 ; IX, 2 ; IX, 37 ; X, 21 ; XI, 6) ou le questionner (V, 58 ; VIII, 44 ; XI, 26).

HYPOTYPOSE
Cette figure de rhétorique consiste à décrire de façon si précise et suggestive que l'on croit voir la scène : ainsi de Théodecte le malotru (*« il rit, il crie, il éclate ; on bouche ses oreilles, c'est un tonnerre »*, V, 12) ou de Ménalque le distrait qui confond un cornet à dés avec un verre (XI, 6).

Variété d'énonciation

Si la **3e personne** du singulier ou du pluriel *(« on », « ils »)* est la plus fréquente, le moraliste s'implique de plus en plus au fur et à mesure des éditions, en employant le « ***je*** » – même s'il est à distinguer de l'auteur : *« Je veux un homme qui soit bon, qui ne soit rien davantage, et qui soit recherché »* (VIII, 31 ; VI, 47 ; VIII, 45 et 48 ; XI, 16, 25, 32 et 138).

Le « ***nous*** », également très courant, renvoie à une humanité commune en englobant auteur et lecteur et amène, ainsi, à réfléchir sur soi.

La Bruyère emploie beaucoup la **2e personne** et l'adresse au lecteur pour l'impliquer et le mettre en scène dans les portraits. Ce dernier, devenant spectateur et personnage, peut alors mieux se reconnaître et se corriger. Les personnages sont, parfois, apostrophés – ce qui leur confère une réalité saisissante (Théodote, VIII, 61).

L'art du portrait

La morale en acte et en mouvement

La Bruyère ne veut pas parler des vertus et des vices de façon abstraite, mais les mettre sous les yeux du lecteur, les incarner. Ainsi, il crée des personnages dotés de prénoms, généralement empruntés à l'Antiquité, pour éviter les identifications ou clefs.

Contrairement au philosophe grec Théophraste, La Bruyère n'annonce pas toujours le défaut visé en tête de remarque – elle peut même commencer par une question (IX, 15) : le portrait est à déchiffrer à travers le comportement du personnage. Il donne donc des précisions sur l'habillement, la façon de parler, voire des détails triviaux sur les *« malpropretés dégoûtantes »* de ses personnages, pour mieux les mettre sous les yeux du lecteur en créant des hypotyposes. Mais celui-ci n'a pas accès à leur intériorité ni à leurs pensées – ce qui les transforme en « machines » (*cf.* le sot, XI, 142). Les personnages montrés en action, souvent dans une succession de scènes très rapides, deviennent des marionnettes absurdes comme Cimon et Clitandre (VIII, 19).

- **Personnage type et caricature**

La Bruyère réduit souvent la psychologie des personnages à un trait grossi et obsessionnel, énoncé parfois dès le début de la remarque (XI, 120 ; VIII, 61). Comme chez Molière ou La Fontaine, le personnage incarne une manie qui l'occupe tout entier et en fait une sorte de monstre : Cliton *« n'a jamais eu en toute sa vie que deux affaires, qui est de dîner le matin et de souper le soir »* (XI, 122).
La Bruyère propose à son lecteur un miroir grossissant en utilisant les procédés de la caricature :
– l'**exagération** (Ménalque *« se marie le matin, l'oublie le soir, et découche la nuit de ses noces »*, XI, 7) ;
– la **comparaison dégradante** (Antagoras est un *« vieil meuble de ruelle »*, XI, 125) ou l'**animalisation** (Clitiphon est *« un ours »*, VI, 12 ; *cf.* Gnathon pour qui la table est un *« râtelier »*, XI, 121) ;
– le **contraste** et l'**antithèse** (portraits opposés de Giton et Phédon [VI, 83], de Démophile et Basilide [X, 11]).
La Bruyère met, ainsi, en valeur le ridicule, l'incongruité, l'excès, l'idée fixe de ses personnages.

III – L'œuvre d'un moraliste

Le sous-titre choisi par La Bruyère, *« les Mœurs de ce siècle »*, inscrit son œuvre dans la lignée des moralistes, au sens large d'« écrivains qui réfléchissent sur les mœurs et les comportements humains ». Ces auteurs se proposent plusieurs missions.

➠ Observer

- **La première mission du moraliste**

La composante essentielle des *Caractères* est bien l'observation des hommes et de leurs comportements, fondée sur l'expérience de l'auteur au fil

MARIONNETTE
« Il se tourne à droit où il y a un grand monde et à gauche où il n'y a personne ; il salue ceux qui y sont et ceux qui n'y sont pas » (*Les Caractères*, IX, 48).

ANTONOMASE
Cette figure de style consiste à transformer un nom propre en nom commun. La Bruyère l'utilise pour donner à ses personnages un statut de type (comme Molière avec l'avare Harpagon) : *« le monde est plein d'Euthyphrons »* (V, 24) ou de *« Pamphiles »* (IX, 50).

UNE LIGNÉE DE MORALISTES
Théophraste dans l'Antiquité, Érasme et Montaigne à la Renaissance, La Fontaine, La Rochefoucauld et Pascal au XVIIe siècle sont des écrivains moralistes.

L'OBSERVATEUR
Il *« avance par des expériences continuelles dans la connaissance de l'humanité, il calcule presque en combien de manières différentes l'homme peut être insupportable »* (XI, 156).

« Ce ne sont point au reste des maximes que j'ai voulu écrire : elles sont comme des lois dans la morale, et j'avoue que je n'ai ni assez d'autorité ni assez de génie pour faire le législateur » (préface des *Caractères*).

de ses fréquentations. Beaucoup de remarques débutent par le verbe *voir* ou *remarquer* (V, 6 ; VIII, 37 ; XI, 16…). Le moraliste prend même le regard de l'explorateur qui *« fait bientôt, s'il a des yeux, d'étranges découvertes »* (XI, 156) et parle de la Cour comme d'un pays lointain (VIII, 74).
L'observateur s'efforce donc, d'abord, de définir (d'où les nombreuses remarques introduites par des tournures comme *« c'est »*, *« il est »*, *« il y a »*) : définitions de notions psychologiques ou morales (finesse, vanité, humilité, politesse…) ou de comportements répandus (jalousie et émulation, XI, 85). Il propose des classements dans les catégories humaines, comme les provinciaux, les courtisans, les vieillards et les enfants dans le chapitre XI.

- **Le discours nuancé de l'observateur**

Mais, même s'il emploie souvent des formules globalisantes, le présent de vérité générale et des indéfinis (*« on »*, *« les hommes »*…), La Bruyère se méfie des généralisations qui risquent de figer une réalité humaine mouvante. Il souligne souvent le jeu des nuances, des apparences : *« Il semble […] »* (VI, 83…) ; *« je ne suis pas toujours disposé à croire »* (IX, 13…) ; *« ce qu'on appelle »* (XI, 9…) ; *« Il est difficile de décider »* (XI, 5).
Il en arrive parfois même aux questions qui expriment l'impossibilité de définir ou de généraliser : *« Qui peut nommer de certaines couleurs changeantes ? »* (VIII, 3 ; *cf.* VIII, 85).

Juger

- **Faire tomber les masques**

La Bruyère fréquente une société où tout le monde se juge en fonction de son origine, sa place, sa richesse, sa *« faveur »*, etc., où toute parole est flatterie ou médisance, dictée par l'intérêt (VIII, 36). Le rôle du moraliste est donc de faire tomber les masques, de montrer aux hommes *« le faux de*

leurs pensées, de leurs sentiments, de leurs goûts et de leurs affections » (XI, 157). En stigmatisant l'aveuglement causé par la vanité, la richesse et la faveur, il démonte les faux discours (V, 21), les fausses conduites qui ne sont que théâtre (XI, 104), le faux mérite, comme dans le portrait de Téléphon qu'il veut « définir » en vérité sous ses « *airs de capacité et de hauteur* » (IX, 20).
Il cherche, au contraire, une parole vraie, qui s'adresse aux autres sans sous-entendu ni intérêt, comme celle qu'il emploie à l'égard de Clitiphon en l'invitant chez lui (VI, 12) ou l'éloge sincère du jeune Soyecour, mort à la guerre (X, 9).

- Une satire modérée

La Bruyère utilise le genre satirique, mais se garde de la « *malignité,* [l']*extrême pente à rire aux dépens d'autrui* » (IX, 26), qu'il dénonce, d'ailleurs, chez les Grands. C'est pour cela qu'il ne s'en prend pas à des individus reconnaissables mais plutôt à des « caractères », ou à l'homme en général. Il peut dénoncer avec violence les vices comme la méchanceté, l'injustice, l'abus de pouvoir, etc., parfois de façon directe (« *Je vous plains* […] *; je vous méprise* », IX, 2 ; *cf.* V, 30) ou par des termes de jugement très durs (XI, 130). Mais il préfère, souvent, s'en prendre, par le ridicule, aux défauts ou aux comportements (la bêtise, la morgue, le « snobisme » [V, 69], toutes les manies…).
Cependant, le moraliste ne cesse d'afficher la prudence et la modération dans son jugement : « *Il ne faut rien exagérer, ni dire des cours le mal qui n'y est point* » (VIII, 27). Sans oublier qu'il faut commencer par se regarder soi-même et que le sage doit s'efforcer de « *mériter le moins qu'il se peut une pareille indulgence* » (XI, 28) – ce qui explique l'emploi fréquent du « *nous* » englobant le moraliste lui-même.

LA SATIRE
C'est un genre pratiqué depuis l'Antiquité latine : sous une forme libre (*satura* signifie « pot-pourri »), l'auteur utilise l'arme du rire pour critiquer la société, les individus, les hommes en général…

ÉPIGRAPHE
La Bruyère y cite Érasme : « *J'ai voulu avertir et non mordre ; être utile et non blesser.* »

LE SOT
Le sot est un homme-machine : « *Le sot est* Automate, *il est machine, il est ressort ; le poids l'emporte, le fait mouvoir, le fait tourner, et toujours, et dans le même sens, et avec la même égalité* » (XI, 142).

INSTRUCTION
« On ne doit parler, on ne doit écrire que pour l'instruction ; et s'il arrive que l'on plaise, il ne faut pas néanmoins s'en repentir, si cela sert à insinuer et à faire recevoir les vérités qui doivent instruire » (préface).

INDULGENCE
« Ne nous emportons point contre les hommes [...] *; ils sont ainsi faits, c'est leur nature »* (XI, 1) ; « [Le moraliste] *peut haïr les hommes en général, où il y a si peu de vertu ; mais il excuse les particuliers »* (XI, 28).

Instruire

Le but affiché de tout écrivain de l'époque classique est de **plaire et** d'**instruire**. Malgré son pessimisme sur la nature humaine, La Bruyère espère rendre l'individu meilleur. Il lui donne donc des conseils directs en usant de la prescription *(« il faut »)*, de l'impératif, de l'apostrophe, d'un dialogue avec un interlocuteur fictif ou avec le lecteur : *« Tu es Grand, tu es puissant, ce n'est pas assez ; fais que je t'estime »* (IX, 36 ; *cf.* VIII, 62 ; XI, 12).
Mais, si La Bruyère se permet de conseiller, c'est, souvent, pour inviter à la prudence – surtout avec les puissants dont il faut s'écarter comme du feu (IX, 20 ; *cf.* V, 26) –, ou encore au retrait ou au silence : *« Le sage quelquefois évite le monde, de peur d'être ennuyé »* (V, 83 ; *cf.* IX, 9). Il prône surtout l'indulgence pour les individus, qui semble la conduite sociale la plus sage : *« Ne pouvoir supporter tous les mauvais caractères dont le monde est plein, n'est pas un fort bon caractère »* (V, 37).

Un lecteur actif

La Bruyère n'écrit pas un traité de morale : il préfère, souvent, tenir un discours moral détourné, que le lecteur doit construire par lui-même. À lui de débusquer mensonges et impostures, pour comprendre en quoi consistent les vraies valeurs. Les portraits sont, souvent, des repoussoirs qui dessinent en creux, par antithèse, la figure de l'honnête homme, à laquelle s'opposent les malotrus (Gnathon), infatués d'eux-mêmes (V, 11), puissants ou riches pleins de morgue, flatteurs ou ambitieux prêts à tout pour *« s'avancer »*...
C'est au lecteur de tirer la leçon de l'observation (XI, 27), la dernière partie du syllogisme (XI, 74) ou la vérité sous les apparences ou l'ironie (VIII, 74). La Bruyère le renvoie alors à sa propre responsabilité

par une question ironique (*« comment voulez-vous […] »*, XI, 26) à propos de la complaisance générale envers l'injustice pratiquée par tous.
Enfin, les *Caractères* sont un miroir : le lecteur doit retourner le regard perspicace du moraliste sur lui-même pour rire de ses propres ridicules et observer sa conduite ; ainsi le portrait de l'ambitieux se termine-t-il par une mise en garde : *« Vous voulez être heureux, vous désirez des grâces ; que de choses pour vous à éviter ! »* (VIII, 50).

IV – La Bruyère : un classique

La Bruyère rejoint les grands moralistes de son siècle en cherchant à définir les constantes d'une nature humaine conçue comme permanente et universelle. Cette recherche suppose donc une certaine impersonnalité de l'écrivain, qui laisse peu transparaître ses sentiments : le *« je »* qu'il emploie est, souvent, celui du moraliste et pas forcément celui de l'homme.
La Bruyère choisit la concision et une certaine simplicité de l'expression (phrases courtes, syntaxe simple) pour élaborer des notions claires et distinctes sur l'homme et la vie en société. Cela n'exclut évidemment pas l'utilisation plaisante des figures de rhétorique, mais toujours dans le respect de la mesure et du « bon goût » de l'époque (*cf.* V, 19).
Bienséance et modération doivent régner dans le fond comme dans la forme afin de trouver toujours le juste équilibre entre sérieux et gaieté, respect des convenances et liberté du goût.
Si les personnages de La Bruyère sont ridicules et condamnés, c'est parce qu'ils heurtent la raison, le bon sens communément partagé, et la morale au sens de « ce qui est conforme au comportement normal dans cette société ».

UN MIROIR
« [Le lecteur] *peut regarder avec loisir ce portrait que j'ai fait de lui d'après nature, et s'il se connaît quelques-uns des défauts que je touche, s'en corriger* » (p. 11).

LE CLASSICISME
Ce mouvement correspond à l'apogée du règne de Louis XIV (1660-1695). Il se fonde sur l'imitation des Anciens, la recherche du naturel, du raisonnable et de l'universel, le goût de la mesure et de l'harmonie.

LE GALIMATIAS
La Bruyère ridiculise les *« phrases embrouillées »* d'Acis (p. 19). Il faut, au contraire, se garder de l'affectation (V, 65), du pédantisme (V, 73-74), pour viser un « naturel » proche du ton de la conversation des salons.

THÈMES 6

Thèmes et enjeux : chapitres V à X (BAC voie générale)

INJUSTICE ET INGRATITUDE
« Les Grands sont odieux aux petits par le mal qu'ils leur font, et par tout le bien qu'ils ne leur font pas » (IX, 22).

LA RUINE DES VALEURS MORALES ET SOCIALES
« N'espérez plus de candeur, de franchise, d'équité, de bons offices, de services, de bienveillance, de générosité, de fermeté dans un homme qui [...] *secrètement veut sa fortune »* (VIII, 62).

VANITÉ DES OCCUPATIONS HUMAINES
« Imaginez-vous l'application d'un enfant à élever un château de carte ou à se saisir d'un papillon, c'est celle de Théodote pour une affaire de rien » (VIII, 61).

I – Une vision pessimiste de l'homme ?

La Bruyère est marqué par le courant pessimiste de son siècle qui décrit une nature humaine corrompue par différents vices et défauts, mais l'homme lui semble capable de s'amender et de trouver une certaine sagesse.

L'intérêt personnel

Selon La Bruyère, l'homme *« est plein de lui-même, ne se perd pas de vue »* (chap. IX, remarque 50). Ce culte de soi met en péril les vertus sociales ou morales : *« De telles gens ne sont ni parents, ni amis, ni citoyens, ni chrétiens, ni peut-être des hommes »* (VI, 58 ; *cf.* VI, 59). Il détruit l'unité sociale (V, 50) ou familiale, et *« tous les devoirs de l'amitié ou de la reconnaissance »* (VIII, 29 ; *cf.* VI, 59). La volonté forcenée de s'enrichir ou de *« s'avancer »* dans la société conduit à l'ingratitude (IX, 7), à la méchanceté (IX, 30), à l'égoïsme (IX, 4)...
Mais ce vice contient en lui-même sa punition car il fait de l'homme le *« martyr de son ambition »* (VIII, 62) et l'asservit aux autres : *« L'esclave n'a qu'un maître : l'ambitieux en a autant qu'il y a de gens utiles à sa fortune »* (VIII, 70 ; *cf.* VIII, 69).

La vanité

Au sens classique, ce mot désigne « l'orgueil » mais aussi la « vacuité » d'êtres qui n'ont pas *« deux pouces de profondeur »* (VIII, 83). Ils s'attachent à de faux motifs de fierté (*« de grands domaines, et une longue suite d'ancêtres »*, IX, 19) ou à des choses versatiles, comme la faveur ou la célébrité (VII, 5 et 10). Ils ne remuent que du vent, dévorés par *« une jalousie stérile, ou une haine impuissante »* (IX, 51) et malheureux d'une ambition déçue (VIII, 47 et 63 ; IX, 71). Réduits à l'état de *« machines »*

(VIII, 19), ils perdent leur âme dans cette *« aliénation »* (VIII, 50). Leur vie se déroule et se termine dans le néant comme celle de Narcisse (VII, 12 ; *cf.* VII, 20). L'auteur utilise aussi la métaphore du mouvement circulaire pour figurer la vanité des conduites humaines sans but ni motivation : le char de la Fortune et les satellites (VIII, 19) ou la montre, qui est une *« image du courtisan d'autant plus parfaite, qu'après avoir fait assez de chemin, il revient souvent au même point d'où il est parti »* (VIII, 45).

➠ Une sagesse possible ?

« Il faut qu'un honnête homme ait tâté de la Cour » (VIII, 9), affirme La Bruyère, tout en se demandant comment ne pas se laisser éblouir ni corrompre et conserver son intégrité morale. *« L'homme de bien »* doit, d'après lui, garder son discernement malgré l'hypocrisie (VIII, 78) et être capable de *« rougi*[r] *de sa propre réputation »* si elle n'est pas fondée (VIII, 32). Il s'agit, surtout, de préserver sa liberté intérieure en agissant selon son devoir et ses propres valeurs (VIII, 22), non *« pour le public »* (IX, 46).
La Bruyère propose donc une morale de la *« retenue »* (IX, 26). Il faut éviter les Grands et les puissants et prendre de la distance : *« Un esprit sain puise à la Cour le goût de la solitude et de la retraite »* (VIII, 101 ; *cf.* IX, 9). Seules la modération et la *« médiocrité »* (au sens de « juste milieu ») permettent de résister aux attraits fallacieux de la richesse et de la faveur et de ne dépendre de personne (IX, 51 ; *cf.* VI, 47). L'homme de lettres sait, lui, se mettre à l'écart et se consacrer à l'essentiel : *« régler* [s]*on esprit et devenir meilleur »* (VI, 12).

II – Le *« théâtre du monde »*

Cette métaphore, très fréquente à l'époque baroque, est utilisée par La Bruyère dans un but de dénonciation sociale et morale.

LA SAGESSE DU RENONCEMENT
« Celui qui un beau jour sait renoncer fermement, ou à un grand nom, ou à une grande autorité, ou à une grande fortune, se délivre en un moment de bien des peines, de bien des veilles, et quelquefois de bien des crimes » (VIII, 98).

LA COMÉDIE DES COURTISANS
La Bruyère définit ainsi les courtisans : *« gens nourris dans le faux, et qui ne haïssent rien tant que d'être naturels ; vrais personnages de comédie »* (IX, 50).

Un monde de spectacle et d'apparences

À la ville comme à la Cour, on est « *toujours comme sur un théâtre* » (IX, 50). Chacun veut voir et être vu, dans les lieux à la mode (*cf.* VII, 1 à 3), lors des grands événements (VIII, 63), où règne le « *spectateur de profession* » (VII, 13). Tout y est mise en scène (IX, 46) – même le roi à l'église (VIII, 74).

Chacun, revêtu d'un masque et d'un déguisement (VIII, 48), pratique l'art de la dissimulation, « *sourit à ses ennemis, contraint son humeur, déguise ses passions, dément son cœur, parle, agit contre ses sentiments* » (VIII, 2 ; *cf.* IX, 48). Selon le moraliste, les différentes classes sociales se livrent au même mimétisme : la ville est « *le singe de la Cour* » (VII, 15) ; le courtisan « *veut être grand, il croit l'être, il ne l'est pas, il est d'après un Grand* » (IX, 50).

La Bruyère utilise l'image des mécanismes cachés – ceux des coulisses du théâtre (VI, 25) ou d'une montre (VIII, 65) – qui dissimulent les intérêts personnels sous de beaux dehors. C'est, finalement, un monde paradoxal, en trompe-l'œil, où toutes les valeurs sont inversées : l'homme de bien est « *perdu* » (VIII, 40) ; les Grands sont petits ; « *la vie de la Cour est un jeu sérieux, mélancolique* » (VIII, 64).

L'ÉTAL DU COMMERÇANT
Cette image triviale résume avec cruauté ce monde de fausseté : « *L'on ouvre et l'on étale tous les matins pour tromper son monde ; et l'on ferme le soir après avoir trompé tout le jour* » (VI, 42).

Un monde d'instabilité

L'image théâtrale souligne l'instabilité de toute vie humaine. Les hommes se perdent dans l'activité et l'inquiétude, mais ce sont les hasards de la fortune qui les mènent, au gré de la faveur et de la disgrâce : « *Hommes en place, ministres, favoris,* […] *les titres passent, la faveur s'évanouit, les dignités se perdent, les richesses se dissipent, et le mérite dégénère* » (X, 21). Finalement, « *le plus habile l'emporte, ou le plus heureux* » (VIII, 64).

Les personnages, privés d'âme, sans principes moraux stables, sont ballottés au vent de la vanité.

UNE VAINE AGITATION
Les courtisans « *ne sont jamais que sur un pied ; mobiles, comme le mercure ils pirouettent, ils gesticulent, ils crient, ils s'agitent ; semblables à ces figures de carton qui servent de montre à une fête publique* » (IX, 32).

La Bruyère les compare à des figures en carton que l'on brûle lors des feux d'artifice : « *ils jettent feu et flamme, tonnent et foudroient* [...] *jusqu'à ce que venant à s'éteindre ils tombent* » (IX, 32).
Comme dans une pièce, la vie humaine peut basculer en un instant : « *Le peuple souvent a le plaisir de la tragédie : il voit périr sur le théâtre du monde les personnages les plus odieux, qui ont fait le plus de mal dans diverses scènes, et qu'il a le plus haïs* » (VI, 31).

➠ Une métaphore morale
L'image du théâtre prend même une portée métaphysique. La vie humaine est éphémère comme un spectacle et n'a pas plus de poids qu'une comédie. Les rôles y sont interchangeables, les passions sans conséquence : « *Quel fond à faire sur un personnage de comédie !* » (VIII, 99). Les formes brèves choisies par La Bruyère soulignent, d'ailleurs, le caractère si transitoire et fragile de l'être humain.

LE THÉÂTRE DU MONDE
« Dans cent ans le monde subsistera encore en son entier : ce sera le même théâtre et les mêmes décorations, ce ne seront plus les mêmes acteurs. Tout ce qui se réjouit sur une grâce reçue, ou ce qui s'attriste et se désespère sur un refus, tous auront disparu de dessus la scène. Il s'avance déjà sur le théâtre d'autres hommes qui vont jouer dans une même pièce les mêmes rôles » (VIII, 99).

III – Une dénonciation sociale ?

Il faut se garder de faire de La Bruyère un précurseur des Lumières, voulant réformer la société et la monarchie. Si c'est, essentiellement, un être social qu'il peint, ses critiques se situent davantage sur le plan moral. En revanche, les deux points de vue (social et moral) se rejoignent quand il revendique la reconnaissance du mérite personnel.

➠ Riches et pauvres
La Bruyère emploie des mots extrêmement violents à propos des cupides, « *âmes sales pétries de boue et d'ordure, éprises du gain et de l'intérêt* » (VI, 58). Pour lui, le riche est un monstre social par son arrogance et son mépris d'autrui, comme on le voit dans le portrait de Giton (VI, 83).
Ce qui choque La Bruyère, c'est « *l'étrange disproportion que le plus ou le moins de pièces de*

UN ÉGOÏSME MONSTRUEUX
« Champagne, au sortir d'un long dîner qui lui enfle l'estomac, [...] signe un ordre [...] qui ôterait le pain à toute une province si l'on n'y remédiait. Il est excusable : quel moyen de comprendre dans la première heure de la digestion qu'on puisse quelque part mourir de faim ? » (VI, 18).

DES RICHESSES SANS VALEUR
« Rien ne fait mieux comprendre le peu de chose que Dieu croit donner aux hommes, en leur abandonnant les richesses, l'argent, les grands établissements [...], que la dispensation qu'il en fait, et le genre d'hommes qui en sont le mieux pourvus » (VI, 24).

monnaie met entre les hommes » (VI, 5) : *« Il y a des misères sur la terre qui saisissent le cœur ; il manque à quelques-uns jusqu'aux aliments* [...] *: de simples bourgeois, seulement à cause qu'ils étaient riches, ont eu l'audace d'avaler en un seul morceau la nourriture de cent familles »* (VI, 47 ; *cf.* VI, 26). Inutiles au reste de la société (X, 8) car ne se préoccupant jamais du bien commun, les riches ne sont occupés qu'*« à vouloir affliger le peuple* [...] *et à se ruiner les uns les autres »* (VI, 32). Leur méchanceté et leur insatiabilité les rendent pauvres moralement (VI, 49), d'autant qu'ils sacrifient tout aux profits : *« ils ont mis leur repos, leur santé, leur honneur et leur conscience pour les avoir ; cela est trop cher, et il n'y a rien à gagner à un tel marché »* (VI, 13).

➥ Pour la stabilité sociale ?

La Bruyère est partisan d'un ordre social stable. L'aristocratie devrait être garante d'une noblesse autant sociale que morale, liée à ses responsabilités dans la sphère du pouvoir (*« Tu es Grand, tu es puissant, ce n'est pas assez ; fais que je t'estime »*, IX, 36). Mais les nobles, attachés à des valeurs obsolètes et inopérantes, sont asservis à la faveur royale, selon une politique voulue par Louis XIV, qui les affaiblit en confiant le pouvoir à des bourgeois compétents (très bien analysée au chapitre IX, remarque 24).
Cette bourgeoisie de robe ou d'affaires devrait donc s'établir sur les valeurs d'honnêteté et de compétence. Mais l'argent vite et malhonnêtement gagné par la vénalité des charges (*cf.* les *« partisans »*) entraîne un brouillage qui, pour La Bruyère, relève de la perversion : il fait grimper au sommet des gens sans aucune valeur morale, ou même *« des stupides,* [...] *des imbéciles »* (VI, 38 ; *cf.* VI, 15 et 21). Ainsi, la richesse, associée à la faveur royale, aveugle celui qui la possède et se

croit « *presque capable de gouverner* » (VI, 37), comme ceux qui l'envient (*cf.* VI, 4, 7 et 11).

Où est le vrai mérite ?

Si l'on peut parler de « revendication sociale » de la part de La Bruyère, c'est ici qu'elle se situe : lui, le roturier récemment anobli et qui a dû supporter la morgue des Grands, réclame la reconnaissance du mérite de ceux qui, bien qu'à leur service, « *les égalent par le cœur et par l'esprit, et qui les passent quelquefois* » (IX, 3). Pour lui, cette hiérarchie, fondée « *ni sur le mérite personnel ni sur la vertu, mais sur les richesses, les postes, le crédit, et sur de vaines sciences* » (VI, 57), constitue une perversion sociale et morale. La Bruyère en est d'autant plus touché que ce mépris des puissants s'étend aux hommes de lettres (VI, 56), qui sont pourtant, par leur talent, les seuls à être assurés d'une postérité (VI, 56 ; *cf.* X, 21).

Au contraire, le moraliste a la conviction, fondée sur la religion, d'une égalité de nature entre les hommes qui « *composent ensemble une même famille* » (IX, 47).

Mais les nobles croient que leur suprématie sociale, liée au hasard de l'hérédité, recouvre aussi une supériorité morale et intellectuelle et leur donne le droit de mépriser les autres. Le moraliste leur rappelle donc qu'ils sont des hommes comme les autres et que la vraie grandeur n'est fondée que sur le mérite. La responsabilité qu'ils acquièrent par leur rang devrait être justement de le reconnaître : « *Sentir le mérite, et quand il est une fois connu, le bien traiter, deux grandes démarches* [...] *dont la plupart des Grands sont fort incapables* » (IX, 35).

Ainsi, La Bruyère opère un retournement moral entre « *Grands* » et « *peuple* » pour bien distinguer « grandeur sociale » et « grandeur morale » : « *Il y a le peuple qui est opposé aux Grands : c'est*

RECONNAÎTRE LE VRAI MÉRITE

« Les Grands dédaignent les gens d'esprit qui n'ont que de l'esprit ; les gens d'esprit méprisent les Grands qui n'ont que de la grandeur. Les gens de bien plaignent les uns et les autres, qui ont ou de la grandeur ou de l'esprit, sans nulle vertu » (IX, 12).

LA SUPÉRIORITÉ MORALE DU « *PEUPLE* »

« Le peuple n'a guère d'esprit, et les Grands n'ont point d'âme : celui-là a un bon fond et n'a point de dehors ; ceux-ci n'ont que des dehors et qu'une simple superficie. Faut-il opter ? Je ne balance pas, je veux être peuple » (IX, 25).

CONTRE LES GUERRES DE CONQUÊTE
« Que sert en effet au bien des peuples, et à la douceur de leurs jours, que le Prince place les bornes de son empire au-delà des terres de ses ennemis, qu'il fasse de leurs souverainetés des provinces de son royaume [...] ? » (X, 24).

la populace et la multitude ; il y a le peuple qui est opposé aux sages, aux habiles et aux vertueux : ce sont les Grands comme les petits » (IX, 53 ; *cf.* IX, 25). Même retournement à l'échelle du temps : l'écrivain de mérite et de talent survivra dans la postérité, tandis que « *les receveurs de droits, les publicains ne sont plus ; ont-ils été ?* » (VI, 56).

➠ Une leçon pour le souverain

Comme tout écrivain du siècle de Louis XIV, La Bruyère ne met jamais en question l'absolutisme royal, qu'il distingue clairement du despotisme et de la tyrannie (X, 2 et 4). Il termine, d'ailleurs, le chapitre X par un portrait du monarque idéal qui fait explicitement référence à Louis XIV.
Mais le moraliste expose au souverain le fait que, pour que son pouvoir demeure légitime, il a des devoirs à remplir. Il n'est pas le « *maître absolu de tous les biens de ses sujets, sans égards, sans compte ni discussion* », mais il a, envers son peuple, « *les obligations indispensables de bonté, de justice, de soins, de défense, de protection* » (X, 28 ; *cf.* X, 24). Il doit assumer son rôle de « *PÈRE DU PEUPLE* » (X, 27) et de « pasteur », guide attentionné de ses sujets (X, 29). Dans cette optique, La Bruyère reproche implicitement à Louis XIV de se livrer à des guerres de conquête qui ne contribuent pas au bonheur de ses sujets (X, 24).

THÈMES 7 Thèmes et enjeux : chapitre XI (BAC séries technologiques)

I – Une vision pessimiste de l'homme ?

Marqué par le courant pessimiste de son siècle, La Bruyère montre une nature humaine pleine de faiblesses, voire corrompue : les hommes sont *« fermes et constants dans le mal, ou dans l'indifférence pour la vertu »* (remarque 2). C'est ce que résume la remarque 50 qui énumère les défauts des enfants, pour conclure cruellement : *« ils sont déjà des hommes »* (p. 209).

➥ La tyrannie de l'intérêt personnel

C'est la constante la plus évidente de la nature humaine, dont Gnathon (121) paraît emblématique : il *« ne vit que pour soi, et tous les hommes ensemble sont à son égard comme s'ils n'étaient point »* (p. 233). Cet égocentrisme forcené, privant de sentiment et de vertu, empêche les hommes *« d'être constants, généreux, fidèles, d'être touchés d'une amitié plus forte que leur intérêt »* (28). Ce vice moral a aussi des conséquences sociales qui ruinent l'harmonie dans les familles ou les collectivités : pas d'entente ou de bienveillance possibles entre des gens *« si épineux sur les moindres intérêts »* (24).
L'intérêt entraîne l'indifférence à autrui, l'injustice (27), l'ingratitude face aux classes les plus pauvres indignement exploitées, dont le sort est comparé par La Bruyère à celui des animaux (128). La malveillance qui en découle est incarnée par Antagoras le procédurier (125). Le moraliste évoque même la *« férocité »* (127) des hommes qui passent leur vie *« à se défendre des uns et à nuire aux autres, et ils meurent consumés de vieillesse, après avoir causé autant de maux qu'ils en ont souffert »* (126 ; *cf.* 17, 78, 79, 127 et 156). Même la compassion paraît impossible, entravée par la jalousie, autre facette de l'amour-propre (22).

L'INTÉRÊT CORRUPTEUR
« Les hommes [...] mettent si haut ce qui leur appartient, et si bas ce qui appartient aux autres, que j'avoue que je ne sais par où et comment se peuvent conclure les mariages, les contrats, les acquisitions, la paix, la trêve, les traités, les alliances » (24).

LA JALOUSIE
« L'homme qui dit qu'il n'est pas né heureux, pourrait du moins le devenir par le bonheur de ses amis ou de ses proches. L'envie lui ôte cette dernière ressource » (22).

VANITÉ ET AMOUR-PROPRE
« L'on est si rempli de soi-même, que tout s'y rapporte ; l'on aime à être vu, à être montré, à être salué, même des inconnus » (75) ; *« L'homme de sa nature pense hautement et superbement de lui-même, et ne pense ainsi que de lui-même »* (69).

DÉBUSQUER LA VANITÉ
« Les hommes dans le cœur veulent être estimés, et ils cachent avec soin l'envie qu'ils ont d'être estimés ; [...] *les hommes sont très vains, et ils ne haïssent rien tant que de passer pour tels »* (65).

La vanité

Ce terme désigne « *la trop grande estime que nous avons de nous-mêmes* » (72), autre constante humaine dénoncée par tous les moralistes. Faussant le regard que l'homme porte sur lui-même aussi bien que sur les autres, toujours considérés comme inférieurs, elle entraîne un dérèglement de la sociabilité par un mépris généralisé.
La société favorise ce « *vice honteux* » par le culte de l'apparence et de l'ostentation, où même la modestie mise en scène devient « *fausse modestie*[, qui] *est le dernier raffinement de la vanité* » (66). Celle-ci se dissimule sous des apparences de vertus qui ne satisfont, en fait, que l'amour-propre de l'homme (64, 65, 104 et 148). Elle entraîne « *la fierté et le mépris* » (131), une jalousie ridicule (85) et la dissimulation pour cacher ses travers et se montrer sous de beaux dehors (64, 65).
La vanité prend aussi un sens plus existentiel et désigne la vacuité, l'inconsistance fondamentale de l'être humain qui se satisfait de faux-semblants sans valeur (la gloire, la faveur, les distinctions...). La Bruyère se moque de l'homme que l'on amuse comme un enfant par des jouets frivoles (154) : occupé par des riens ou des apparences, il devient « *inutile à sa patrie, à sa famille, et à lui-même* » (130). Des personnages comme Ruffin, l'indifférent béat qui « *n'a point de passions,* [...] *ni amis ni ennemis* » (123), ou le sot « *Automate* » (142) sont les emblèmes de ce vide intérieur qui entraîne la ruine de l'âme.

Faiblesses ou folies des hommes ?

La Bruyère reprend, ainsi, des thématiques chères aux moralistes humanistes ou baroques (Érasme, Montaigne) : la nature humaine est faible, pleine de « *craintes frivoles et* [...] *de vaines terreurs* » (100) qui jettent l'homme dans l'inquiétude,

l'ennui, *« l'oubli de soi-même et de Dieu »* (99). Ses facultés intellectuelles sont limitées : sa raison s'affaiblit vite (49) et se laisse mener par les sens ou la vanité ; son esprit *« s'use comme toutes choses »* (92 ; *cf.* 87).
L'homme est en proie à des passions sérieuses ou futiles qui confinent à la folie et le rendent mauvais, malheureux ou ridicule, comme Cliton *« qui a porté le talent de se bien nourrir jusques où il pouvait aller »* (122 ; *cf.* 91, 98, 110...). Les hommes, aveugles sur leur propre bêtise (83) et incapables de discerner les vraies valeurs, *« ouvrent leur âme à de petites joies, et se laissent dominer par de petits chagrins »* (133).

AVEUGLEMENT
« Le premier degré dans l'homme après la raison, ce serait de sentir qu'il l'a perdue » (88) ; *« Les hommes comptent presque pour rien toutes les vertus du cœur, et idolâtrent les talents du corps et de l'esprit »* (84).

II – L'homme est *« inégal »*

Des *« combinaisons infinies »* (131)

Pour La Bruyère, la nature humaine est une combinatoire changeante d'éléments constants que le moraliste doit discerner. Elle mêle des traits naturels et innés mais aussi *« d'autres que l'on contracte, et qui nous sont étrangers »* (15), issus d'influences extérieures, des circonstances de la vie ou des passions qui façonnent l'être.
Cette conception va jusqu'au paradoxe : *« Les hommes n'ont point de caractères, ou s'ils en ont, c'est celui de n'en avoir aucun qui soit suivi »* (147). C'est ce qui explique la difficulté à cerner vraiment un individu : *« tel homme au fond, et en lui-même ne se peut définir ; trop de choses qui sont hors de lui, l'altèrent, le changent, le bouleversent ; il n'est point précisément ce qu'il est, ou ce qu'il paraît être »* (18).
Cette nature inégale et composite constitue sa faiblesse d'âme (4) : elle menace son unité et son intégrité et l'écarte de toute tendance suivie au bien et à la vertu ; elle contribue à rendre difficile la vie sociale (16).

CONSTANCE ET INCONSTANCE
« Les hommes en un sens ne sont point légers, ou ne le sont que dans les petites choses : ils changent leurs habits, leur langage, les dehors, les bienséances ; ils changent de goût quelquefois ; ils gardent leurs mœurs toujours mauvaises ; fermes et constants dans le mal, ou dans l'indifférence pour la vertu » (2).

L'« HOMME INÉGAL »
« [Il] n'est pas un seul homme, ce sont plusieurs ; il se multiplie autant de fois qu'il a de nouveaux goûts et de manières différentes : il est à chaque moment ce qu'il n'était point, et il va être bientôt ce qu'il n'a jamais été, il se succède à lui-même » (6).

INCOHÉRENCE DE L'HOMME
« Le regret qu'ont les hommes du mauvais emploi du temps qu'ils ont déjà vécu, ne les conduit pas toujours à faire de celui qui leur reste à vivre un meilleur usage » (46).

L'inconstance dans le temps

La Bruyère constate également les métamorphoses de l'individu : « *Quelques hommes dans le cours de leur vie sont* [...] *différents d'eux-mêmes par le cœur et par l'esprit* » (99). C'est pour cette raison qu'il étudie, dans le chapitre XI, les différents âges de la vie qui montrent l'éclatement du « moi » dans le temps.

La plupart des hommes, « *plus capables d'un grand effort, que d'une longue persévérance* » (137), révèlent « *inégalité d'humeur, inconstance de cœur* » (4) : c'est le cas d'Adraste le libertin qui se jette dans l'extrême opposé en devenant faux dévot (147). Combien encore « *se démentent* » eux-mêmes sans pouvoir se maintenir à la hauteur de leur fortune ni de leur réputation (94, 97 et 98) ! Même le « *meilleur esprit* » est inégal et connaît, par moments, des défaillances (142).

L'incohérence

C'est donc à l'intérieur même de la nature humaine que règne la division : l'esprit et la raison se laissent dominer par les sens (154) ; il y a « *mésintelligence entre l'esprit et le cœur* » (91), c'est-à-dire entre l'intelligence et la volonté. Ceci explique l'« *incertitude de conduite* » (4) de l'homme, incapable de s'en tenir à ses principes et ballotté par les circonstances ou les passions. Télèphe, « *qui ne se mesure point, qui ne se connaît point* » (141), est incohérent avec lui-même et « *se jette hors de sa sphère* » en gâtant, ainsi, ses talents réels. De même, le vieillard ne sait pas s'adapter à son âge (112) ni prendre des mesures appropriées pour son héritage. L'homme en vient à se nuire à lui-même et à causer son propre malheur : les avares « *ont ainsi trouvé le secret d'aller à leur perte par le chemin le plus pénible* » (114).

III – Un homme inquiet

La peur de la mort

Cette inconstance est source d'inquiétude existentielle sur la condition humaine où rien n'est stable ni immuable, hormis Dieu. La mort que l'homme appréhende de voir en face l'empêche de vivre car elle « *se fait sentir à tous les moments de la vie ; il est plus dur de l'appréhender que de la souffrir* » (36). Irène et Phidippe refusent de vieillir et n'aboutissent qu'à « *rendre la perte* [de la vie] *plus douloureuse* » (120 ; *cf.* 40).

Désir et divertissement

Pour ne pas penser à la mort, l'homme se jette dans le divertissement, l'agitation, les passions, qui sont les symptômes d'un vide existentiel que dénonce cruellement le moraliste. Le vieux N** bâtit, alors qu'il n'a pas de descendants : « *c'est pour lui seul, et il mourra demain* » (124).
Pressé par le temps, l'homme s'épuise dans les désirs sans fin : « *La vie est courte et ennuyeuse ; elle se passe toute à désirer* » (19 ; *cf.* 29). Mais, face à l'ennui, au dégoût, à l'échec ou au malheur, l'homme a besoin de vanités dérisoires pour se consoler : « *il ne faut* [...] *qu'une tapisserie, qu'une pendule, pour adoucir une grande douleur* » (31). Finalement, cela le conduit à l'oubli de soi et du salut de son âme, comme le dénonçait déjà Blaise Pascal dans les *Pensées*.

IV – Une sagesse possible

Sociabilité et modération

Pour La Bruyère, les hommes sont faits pour « *être sociables, capables d'union et de commerce* » (9). Il rêve de les voir « *composer ensemble,* [...] *se traiter tous avec une mutuelle bonté* » (131), mais la vie en société est difficile pour ces êtres menés par l'intérêt et la vanité. Le moraliste invite

DIVERTISSEMENT
« Tout notre mal vient de ne pouvoir être seuls ; de là le jeu, le luxe, la dissipation, le vin, les femmes, l'ignorance, la médisance, l'envie, l'oubli de soi-même et de Dieu » (99).

UNE SAGE INDULGENCE
Ce précepte qui ouvre le chapitre XI en tempère le pessimisme :
« Ne nous emportons point contre les hommes en voyant leur dureté, leur ingratitude, leur injustice, leur fierté, l'amour d'eux-mêmes, et l'oubli des autres ; ils sont ainsi faits, c'est leur nature » (1).

LA PHILOSOPHIE
Elle *« nous console du bonheur d'autrui, des indignes préférences, des mauvais succès, du déclin de nos forces ou de notre beauté ; elle nous arme contre la pauvreté, la vieillesse, la maladie, et la mort, contre les sots et les mauvais railleurs »* (132).

ENFANTS SAGES
Le moraliste envie les enfants quand ils jouent car ils savent alors être *« les arbitres de leur fortune, et les maîtres de leur propre félicité »* (53).

donc son lecteur à la lucidité sur ces *« faibles hommes »*, mais surtout à l'indulgence pour vivre en paix avec soi-même et les autres : *« il peut haïr les hommes en général, où il y a si peu de vertu ; mais il excuse les particuliers »* (28). La compassion semble, d'ailleurs, être, pour La Bruyère, un des rares sentiments qui puisse racheter la méchanceté humaine (79 à 81), tout comme la bienveillance et la générosité : *« Les hommes ne s'attachent pas assez à ne point manquer les occasions de faire plaisir »* (11).
Le moraliste réclame, avant tout, la modération et refuse la figure du sage idéal, *« d'une perfection et d'un héroïsme dont* [l'homme] *n'est point capable »* (3). Les *« talents ordinaires »* (86) suffisent pour être utiles au bien public.

➡ Conserver son indépendance d'esprit

L'homme de bien en société ne doit pas se laisser éblouir par les apparences ni aigrir par les injustices de la faveur, mais conserver sa liberté intérieure et ses propres valeurs (136) et être capable de *« rougir de soi »* (151). Il est donc possible à tous d'être *« philosophe »* en prenant de la distance grâce au discernement qui permet *« de n'estimer les choses du monde précisément que ce qu'elles valent »* (133).
L'homme sage se suffit à lui-même et se protège, ainsi, de l'esclavage des passions, de la jalousie et de l'ennui (101), sans chercher son bonheur hors de soi-même (76). C'est le moyen de conserver intégrité morale et cohérence intérieure dans la pratique de la vertu qui *« est égale et ne se dément point »* (148).

Prolongements artistiques et culturels

Si l'œuvre de La Bruyère n'a pas eu de postérité littéraire directe, l'esprit de son auteur, la finesse de son observation et sa vision de la société comme un théâtre ont inspiré beaucoup de créateurs jusqu'à aujourd'hui.

PORTRAIT

LA BRUYÈRE, QUEL CARACTÈRE !

Sur France Culture, dans l'émission *Les Chemins de la philosophie* (www.franceculture.fr/emissions/series/la-bruyere-quel-caractere), on peut écouter une série de quatre émissions diffusées en 2021. Des universitaires spécialistes de La Bruyère ou du XVIIe siècle proposent des éclairages intéressants sur *Les Caractères* : le théâtre du monde, le naturel, le courtisan et la pensée politique du moraliste. On y entend des textes de La Bruyère et d'autres auteurs qui l'ont inspiré, des musiques de son époque, des extraits de films ou de pièces de théâtre.

LES CARACTÈRES PAR ÉRIC ROHMER

Sur le site Gallica, vous pouvez voir une émission (22 min) conçue en 1965 par le réalisateur français Éric Rohmer (1920-2010) autour des *Caractères* (gallica.bnf.fr/ark:/12148/bpt6k1320637j/f1#). Différents comédiens interprètent des personnages de l'œuvre de La Bruyère dont le dramaturge Antoine Vitez lit des passages. On retrouve, entre autres, Ménalque, le sot « *Automate* », Ruffin… L'œuvre y fait également l'objet d'une analyse.

AU CINÉMA

LA COUR DE LOUIS XIV

L'Allée du roi, de Nina Companeez, avec Dominique Blanc et Didier Sandre (France 2 Collection, 1995), est une adaptation télévisée du roman de Françoise Chandernagor publié en 1981. On y suit l'histoire de l'ascension de Mme de Maintenon. Née dans la misère, elle entre à la Cour en tant que gouvernante des enfants illégitimes de Louis XIV et de Mme de Montespan et devient, finalement, l'épouse secrète du roi. Le téléfilm montre une image brillante de la Cour, ses intrigues et ses cérémonies organisées comme un spectacle centré sur le roi, ainsi que nous le décrivent *Les Caractères* de La Bruyère.

L'ÉDUCATION DES FILLES NOBLES

Saint-Cyr (2000), avec Isabelle Huppert dans le rôle principal, est un film historique français de Patricia Mazuy. On y retrouve Mme de Maintenon qui a fondé, à Saint-Cyr, près de Versailles, un pensionnat pour les jeunes filles nobles désargentées, qui ont pu, ainsi, recevoir une éducation convenable et se préparer à la vie en société. À travers l'itinéraire de deux jeunes filles, ce film original et percutant rejoint des thématiques évoquées par La Bruyère : le poids du titre et du rang dans les destinées individuelles ; la tension entre la liberté et la soumission aux codes sociaux, entre pureté morale et compromissions.

L'ESPRIT DE LA BRUYÈRE

Le film *Ridicule* (1996), de Patrice Leconte, avec Charles Berling, Jean Rochefort, Bernard Giraudeau, Fanny Ardant et Judith Godrèche, se déroule en 1780, soit un siècle après La Bruyère, mais la cour de Louis XVI semble exacerber tous les travers décrits par le moraliste. Le jeune baron de Malavoy monte à Versailles afin d'obtenir du roi une aide pour le développement de sa pauvre province : il y découvre, comme La Bruyère, un monde où les nobles s'humilient les uns les autres pour gagner la faveur royale et où la rivalité fait rage sous les dorures des costumes et des salons. Ici, c'est le bel esprit qui permet de l'emporter et le ridicule qui peut tuer, comme le dit Jean Rochefort : *« C'est un western dans lequel on a remplacé les colts par des mots d'esprit. »* Patrice Leconte et La Bruyère se rejoignent dans la peinture d'un monde cruel de faux-semblants, qui n'est pas sans évoquer le nôtre où les petites phrases colportées par les médias ou le persiflage des réseaux sociaux sont des armes au service de la vanité et de l'ambition.

CONSEIL DE LECTURE

- Christian Biet, *Les Miroirs du Soleil. Le roi Louis XIV et ses artistes*, coll. « Découvertes Gallimard » (n° 58), Gallimard, 2000 : ce livre expose, avec une abondante illustration, comment Louis XIV a inventé une brillante culture d'État, avec les écrivains, peintres, musiciens et architectes de son temps.

PORTFOLIO 9

Étude des documents de couverture

Nicolas Régnier,
Autoportrait au chevalet (1623-1624)

Document ❶ au verso de la couverture

Huile sur toile (111 × 138 cm),
coll. Fogg Art Museum, université d'Harvard, Cambridge.

Cet autoportrait étonnant peut faire écho aux intentions de La Bruyère dans l'écriture des *Caractères*.

➠ L'auteur et son œuvre

• Nicolas Régnier (v. 1588-1667), formé à Anvers, s'est établi en Italie. Il est influencé par le courant issu du Caravage, marqué par les jeux de clair-obscur, le réalisme, l'expression suggestive des corps. Très reconnu, il est choisi, en 1644, par Louis XIV pour être son peintre officiel en Italie.

• Dans ce double portrait, Nicolas Régnier se représente en train de peindre le marquis Vincenzo Giustiniani, grand collectionneur et mécène italien, chez qui il a été « peintre domestique » quelques mois à Rome. La mise en abyme (le tableau dans le tableau) est fascinante car les deux personnages ont la même présence sur la toile, éclairés de la même façon, tous deux tournés vers le spectateur et accrochant son regard. Mais le peintre exalte surtout son talent et sa réussite en posant en pleine activité, ses instruments (palette et pinceaux) à la main : c'est lui qui est au premier plan, dominant légèrement son modèle par la taille. Le spectateur peut admirer le rendu des différentes matières : le col de fourrure, le brillant du pourpoint rouge ou de l'habit noir, la précision des passementeries…

➠ Les liens avec l'œuvre

• La Bruyère, comme Nicolas Régnier, veut faire de ses contemporains des portraits « d'après nature », sans enjoliver et avec le plus de précision possible. Comme dans le tableau, il s'adresse directement à son lecteur à qui il tend une sorte de miroir. Enfin, comme le peintre, il revendique la reconnaissance de son mérite : lui, le roturier (comme le peintre en costume noir), peut rivaliser par son talent d'écrivain avec ses riches et nobles modèles…

Jean-Léon Gérôme, *Réception du Grand Condé par Louis XIV* (1878)

Document 2 au verso de la couverture

Huile sur toile (96,5 × 139,7 cm),
musée d'Orsay, Paris.

Le peintre évoque une scène contemporaine de l'écriture des *Caractères* qui fait bien sentir la dimension théâtrale de la cour de Louis XIV.

L'auteur et son œuvre

• Jean-Léon Gérôme (1824-1904), peintre académique très reconnu sous le Second Empire, renouvelle le genre de la peinture d'histoire et exprime, dans ce tableau, tout son goût pour la reconstitution historique. Il peint une anecdote datée de 1674 : la réception du Grand Condé à Versailles après sa victoire à Seneffe contre Guillaume d'Orange, alors qu'il avait été contraint à l'exil durant quinze ans pour avoir mené la Fronde contre le pouvoir royal. Pour reconstituer le monumental escalier des Ambassadeurs, démoli sous Louis XV, le peintre se sert de gravures de l'époque, ainsi que de portraits pour les personnages du jeune Dauphin à côté du roi et de l'évêque Bossuet derrière lui. On note aussi la précision des détails dans les costumes et les étendards ou drapeaux pris à l'ennemi.

Les liens avec l'œuvre

• Le tableau figure magistralement le théâtre de la Cour voulu par Louis XIV et décrit par La Bruyère : la mise en scène isole le Roi-Soleil, vêtu de blanc et d'or, et vu en contre-plongée. Il se détache de la foule des courtisans, au centre d'un grand X formé par les deux volées d'escalier et les deux haies de porte-étendards. Il surplombe de toute sa morgue le vieux Condé, pourtant prince du sang, courbé dans une attitude de profonde déférence : l'honneur semble prendre des allures d'humiliation, dans un retournement que souligne, souvent, La Bruyère. Conformément à l'étiquette, le roi est le seul à conserver son chapeau, que ses sujets doivent tenir à la main en sa présence. Les courtisans, vêtus de costumes d'une richesse extravagante, pleins de rubans et de dentelles, ne sont plus que les figurants d'une « subordination » politique et sociale à la gloire du roi, comme le relève La Bruyère (VIII, 74).

Mise en scène du *Bourgeois gentilhomme* par Denis Podalydès (2012)

Document 3 au verso de la couverture

Scénographie d'Éric Ruf et costumes de Christian Lacroix ; Dorante (Julien Campani) et M. Jourdain (Pascal Rénéric).

La mise en scène du *Bourgeois gentilhomme* de Molière met en valeur les caractéristiques de la société décrite par La Bruyère dans *Les Caractères*.

L'auteur et son œuvre

• Molière et Lully (pour la musique et les ballets) créent *Le Bourgeois gentilhomme*, à Chambord, devant Louis XIV, en 1670. La pièce illustre une thématique largement traitée dans *Les Caractères* de La Bruyère : le désir d'ascension sociale de M. Jourdain, bourgeois marchand de drap devenu fort riche, qui veut se faire gentilhomme et pense que, outre les titres, culture et bonnes manières s'achètent. Berné par ceux qui veulent profiter de son argent et moqué par sa famille, il sombre dans le ridicule.

• Denis Podalydès, sociétaire de la Comédie-Française et scénariste, signe une mise en scène très exubérante, servie par les magnifiques costumes de Christian Lacroix. Nous voyons, ici, M. Jourdain (à droite) flatté et courtisé par Dorante, petit noble très intéressé par la fortune du bourgeois.

Les liens avec l'œuvre

• M. Jourdain incarne la vanité et la présomption du riche qui croit que tout peut s'acheter, comme beaucoup de personnages de La Bruyère : « *riches du négoce de leurs pères* [ils] *se moulent sur les princes pour leur garde-robe et pour leur équipage, excitent par une dépense excessive et par un faste ridicule, les traits et la raillerie de toute une ville qu'ils croient éblouir* » (VII, 11). Le costume surchargé de rubans, de perles et de passementeries d'argent évoque le culte des apparences qui domine la cour de Louis XIV. Quant à la perruque, elle est aussi démesurée (*cf.* VIII 74) que les prétentions de ce bourgeois rêvant d'être seigneur. Mais son échec est déjà pressenti par le décor de la boutique de drapier qui surplombe la scène, symbole de son origine sociale qui demeure ineffaçable.

Simon Renard de Saint-André (1613-1677), *Vanité*

Document 4 au verso de la couverture

Huile sur toile (52 x 44 cm),
musée des Beaux-Arts de Marseille.

Le peintre met sous les yeux du spectateur une représentation de la Vanité, thème récurrent des *Caractères* de La Bruyère.

L'auteur et son œuvre

- Simon Renard de Saint-André (1613-1677) est un portraitiste à qui l'on attribue plusieurs Vanités. C'est un genre particulier de nature morte, apparu à l'époque baroque, qui rappelle la parole biblique de l'*Ecclésiaste* : *« Vanité des vanités, tout est vanité. »* Les objets y symbolisent la mort ou la fuite du temps : ici, le tableau est dominé par un crâne édenté qui trône, renversé, en pleine lumière. On y voit aussi un sablier presque vide et une chandelle qui vient de s'éteindre. Ces objets sont confrontés à d'autres évoquant la puissance, la gloire, la science, les plaisirs : un petit violon appelé « pochette », une partition qui porte le titre d'*Allemande* désignant une danse. Les coquillages symbolisent la fragilité mais, couramment associés à Vénus, ils ont, aussi, une connotation sexuelle. La couronne de laurier est, traditionnellement, symbole de gloire et d'éternité.

Les liens avec l'œuvre

- La Vanité propose au spectateur une réflexion sur la précarité du genre humain soumis à l'éphémère et sur l'illusion de ses plaisirs et de sa gloire. La Bruyère dénonce aussi la vanité des hommes qui veulent toujours paraître et se mettre en scène, comme le suggèrent le rideau rouge très théâtral qui constitue le fond du tableau et les couleurs vives des tissus. Les lauriers de la gloire, bien desséchés, ne couronnent plus qu'une tête de mort et révèlent le néant des ambitions humaines.
- Le peintre comme le moraliste ont, tous deux, une visée d'avertissement : l'homme s'étourdit dans les plaisirs, les divertissements, les vains désirs du paraître et de la gloire ; il se laisse emporter par le tourbillon du temps, en oubliant l'essentiel, le fait qu'il n'est qu'un personnage éphémère sur le *« théâtre du monde »* (VI, 31) et qu'*« il mourra demain »* (XI, 124)…

Honoré Daumier, *Le Banquier*, caricature publiée dans *Le Charivari* (1835)

Document 5 au verso de la couverture

Lithographie extraite de sa série « Types français ».

Cette gravure permet de comparer la caricature des riches pratiquée par La Bruyère comme par Daumier.

L'auteur et son œuvre

• Honoré Daumier (1808-1879) est un des plus grands caricaturistes du XIXe siècle. Pratiquant surtout la lithographie (gravure sur pierre), il publie, dès 1820, dans *La Caricature* et *Le Charivari*, des caricatures féroces de Louis-Philippe qui lui valent six mois de prison. Les lois de 1835, rétablissant une sévère censure, entraînent la disparition de nombreux journaux et amènent Daumier à se consacrer à la caricature de mœurs : comme La Bruyère, il peint donc ses contemporains…

• Ce portrait du banquier est sous-titré : « *Appelé* capacité financière *parce qu'il n'est autre chose qu'un récipient, qu'un coffre exclusivement propre aux finances.* » On le voit, en effet, occuper tout l'espace par son embonpoint et sa morgue ; il est gavé d'argent comme son portefeuille qui en déborde. Le ventre et les liasses de billets en avant, il arpente la ville, sûr de ses richesses et de sa position de notable, soulignée par sa voiture particulière et son laquais qui l'attendent en arrière-plan.

Les liens avec l'œuvre

• Ce banquier du XIXe siècle ressemble aux riches parvenus que nous décrit La Bruyère dans le chapitre VI des *Caractères* : Giton, lui aussi, a « *le visage plein et les joues pendantes, l'œil fixe et assuré, les épaules larges, l'estomac haut, la démarche ferme et délibérée* » (83) ; Clitiphon (12) ou Criton (29) paraissent également inabordables et méprisants.

• On retrouve, chez les deux auteurs, la même dénonciation d'un égoïsme monstrueux, « *avide, insatiable, inexorable* », qui n'a qu'un but : « *pourvoir à lui seul, grossir sa fortune, et regorger de bien* » (35).

Dossier spécial BAC
1RE GÉNÉRALE

1) Parcours littéraire :

La comédie sociale

1 La comédie sociale

L'idée que l'homme n'est qu'un acteur sur la scène du monde remonte à l'Antiquité, notamment chez le philosophe stoïcien Épictète (Ier-IIe s. ap. J.-C.) : l'individu apparaît emporté dans des passions ou des agitations vaines, dans un univers qui n'est qu'illusion. Le *topos* trouve un renouveau au XVIe siècle, où la vision de l'homme et du monde est profondément bouleversée par de grandes découvertes et des perturbations politiques et religieuses : la Folie, sous la plume d'Érasme (texte A), s'amuse du spectacle de la folie ordinaire des êtres humains. Au siècle de Louis XIV, régi par des codes moraux et sociaux rigides, la comédie humaine devient plus sociale : les moralistes comme Pascal (texte B), La Fontaine (texte C), La Bruyère… dénoncent le règne des apparences, de l'hypocrisie et de la vanité et invitent le lecteur à ne pas se laisser prendre au grand théâtre de la Cour mais à préserver sa liberté intérieure. Au XVIIIe siècle, Montesquieu (texte D), à travers le regard faussement naïf d'un Persan, nous montre que, sous la Régence, la comédie sociale se joue toujours autant dans la salle que sur la scène du théâtre.

Texte A : Érasme, *Éloge de la Folie*

Érasme de Rotterdam (v. 1466-1536) est l'exemple de l'écrivain humaniste : nourri de culture antique, il s'intéresse à tous les domaines du savoir et n'hésite pas à critiquer la société et les institutions de son temps. Son œuvre, constituée de nombreux traités et d'une abondante correspondance, a beaucoup inspiré La Bruyère qui lui emprunte l'épigraphe des *Caractères*.
L'*Éloge de la Folie*, rédigé en latin, se présente comme un éloge paradoxal prononcé par la déesse Folie elle-même : mêlant humour et ironie mordante, elle montre qu'elle règne sur tous les hommes.

On ne pourrait croire combien d'amusements et de joyeusetés quotidiennes les Dieux tirent des pauvres hommes. […] Gorgés de nectar[1] et incapables de toute occupation sérieuse, ils gagnent la partie la plus élevée du Ciel, d'où ils se penchent, pour regarder les actions humaines. Il n'est pas, pour eux, spectacle plus divertissant. Par Dieu ! quel théâtre est-ce là ! Quelle agitation et quelles variétés de fous !

J'aime moi-même aller les voir, assise parmi les Dieux de la poésie. L'un se meurt pour une petite femme et, moins il est aimé, plus il se passionne ; l'autre épouse non une femme, mais une dot[2]. L'un prostitue sa femme ; l'autre la surveille, jaloux comme Argus[3]. Ah ! que de folies se font ou se disent pour un deuil, où ce sont des comédiens payés qui représentent la douleur ! Et voici quelqu'un qui pleure au tombeau de sa belle-mère ! Un homme fera passer dans son ventre tout son gain, au risque d'être affamé bientôt ; un autre mettra son bonheur à dormir et à ne rien faire. Des gens s'agitent sans relâche pour les affaires du voisin, et des leurs n'ont cure[4]. Certains vivent d'emprunts, se croient riches avec l'argent d'autrui, et sont à deux pas de la déconfiture[5]. Tout le bonheur de celui-ci est de vivre pauvre pour enrichir un héritier. Celui-là, pour un profit maigre et douteux, court à travers les mers, exposant au danger des flots et des vents une existence qu'aucun argent ne saurait lui rendre. Cet autre préfère chercher fortune à la guerre que se reposer en sécurité dans sa maison. Il en est qui courtisent les vieillards sans enfants, pensant ainsi s'enrichir plus commodément ; d'autres, bien entendu, font le même manège auprès des vieilles femmes fortunées.

Tout cela prépare aux Dieux un spectacle bien amusant pour le jour où les dupeurs sont dupés.

Érasme, *Éloge de la Folie* (1511), traduction de Pierre de Nolhac, Garnier-Flammarion, 1964.

1. nectar : boisson des dieux.
2. dot : argent qu'une femme apporte en se mariant.
3. Argus : personnage mythologique doté de cent yeux qu'Héra, épouse de Zeus, avait chargé de surveiller une des amantes de celui-ci.
4. des leurs n'ont cure : ne s'occupent pas des leurs.
5. déconfiture : faillite.

Texte B : Blaise Pascal, *Second Discours sur la condition des grands*

Blaise Pascal (1623-1662) montre, très jeune, un esprit aussi brillant en mathématiques et en physique qu'en littérature ou en philosophie. C'est un des plus grands moralistes du XVIIe siècle, en particulier avec les *Pensées* commencées en 1656 et laissées inachevées à sa mort.
Les trois *Discours sur la condition des grands*, écrits par Pascal à la fin de sa vie, sont destinés à un jeune homme de famille aristocratique. Ces discours visent à enseigner à la noblesse la conscience de sa nature, de ses droits et de ses devoirs. Pascal distingue, ici, les grandeurs sociales, auxquelles on doit un certain respect de convention car elles sont nécessaires à l'ordre social, et les vraies grandeurs, qui sont d'un autre ordre et réclament une estime sincère. Comme La Bruyère, le philosophe invite à garder sa liberté intérieure vis-à-vis du jeu social.

Il y a dans le monde[1] deux sortes de grandeurs ; car il y a des grandeurs d'établissement[2] et des grandeurs naturelles. Les grandeurs d'établissement dépendent de la volonté des hommes, qui ont cru avec raison devoir honorer certains états[3] et y attacher certains respects. Les dignités et la noblesse sont de ce genre. En un pays on honore les nobles, en l'autre les roturiers[4] ; en celui-ci les aînés, en cet autre les cadets. Pourquoi cela ? Parce qu'il a plu aux hommes. La chose était indifférente[5] avant l'établissement : après l'établissement elle devient juste, parce qu'il est injuste de la troubler.

Les grandeurs naturelles sont celles qui sont indépendantes de la fantaisie des hommes, parce qu'elles consistent dans des qualités réelles et effectives de l'âme ou du corps, qui rendent l'une ou l'autre plus estimable, comme les sciences, la lumière de l'esprit[6], la vertu, la santé, la force.

Nous devons quelque chose à l'une et à l'autre de ces grandeurs ; mais comme elles sont d'une nature différente, nous leur devons aussi différents respects[7].

Aux grandeurs d'établissement, nous leur devons des respects d'établissement, c'est-à-dire certaines cérémonies extérieures qui doivent être néanmoins accompagnées, selon la raison, d'une reconnaissance intérieure de la justice de cet ordre, mais qui ne nous font pas concevoir quelque qualité réelle en ceux que nous honorons de cette sorte. Il faut parler aux rois à genoux ; il faut se tenir debout dans la chambre des princes. C'est une sottise et une bassesse d'esprit que de leur refuser ces devoirs.

Mais pour les respects naturels qui consistent dans l'estime, nous ne les devons qu'aux grandeurs naturelles ; et nous devons au contraire le mépris et l'aversion[8] aux qualités contraires à ces grandeurs naturelles. Il n'est pas nécessaire, parce que vous êtes duc, que je vous estime ; mais il est nécessaire que je vous salue. Si vous êtes duc et honnête homme, je rendrai ce que je dois à l'une et à l'autre de ces qualités. Je ne vous refuserai point les cérémonies que mérite votre qualité de duc, ni l'estime que mérite celle d'honnête homme. Mais si vous étiez duc sans être honnête homme, je vous ferais encore justice ; car en vous rendant les devoirs extérieurs que l'ordre des hommes a attachés à votre naissance, je ne manquerais pas d'avoir pour vous le mépris intérieur que mériterait la bassesse de votre esprit.

Blaise Pascal, *Second Discours sur la condition des grands*, 1660.

1. le monde : la société. **2. grandeurs d'établissement** : distinctions dues à la classe ou à la fonction sociale. Ce sont des conventions décidées par les hommes. **3. états** : situations sociales. **4. roturiers** : personnes qui ne sont pas nobles. **5. indifférente** : neutre, sans importance. **6. lumière de l'esprit** : intelligence. **7. différents respects** : des respects différents. **8. aversion** : dégoût.

Texte C : Jean de La Fontaine, *Fables*

Jean de La Fontaine (1621-1695) se consacre très tôt à la littérature et, en particulier, aux *Fables* qui sont l'œuvre de toute sa vie : commencées en 1668, elles comprendront douze livres. La Fontaine y exprime, avec art et humour, sa réflexion sur les comportements de l'homme.

LES OBSÈQUES DE LA LIONNE

La femme du Lion mourut :
Aussitôt chacun accourut
Pour s'acquitter envers le Prince
De certains compliments[1] de consolation,
Qui sont surcroît d'affliction.
Il fit avertir sa Province[2]
Que les obsèques se feraient
Un tel jour, en tel lieu : ses Prévôts[3] y seraient
Pour régler la cérémonie,
Et pour placer la compagnie.
Jugez si chacun s'y trouva.
Le Prince aux cris s'abandonna,
Et tout son antre en résonna.
Les Lions n'ont point d'autre temple.
On entendit, à son exemple,
Rugir en leur patois[4] Messieurs les Courtisans.

Je définis la Cour un pays[5] où les gens,
Tristes, gais, prêts à tout, à tout indifférents,
Sont ce qu'il plaît au Prince, ou, s'ils ne peuvent l'être,
Tâchent au moins de le paraître.
Peuple caméléon, peuple singe du maître,
On dirait qu'un[6] esprit anime mille corps ;
C'est bien là que les gens sont de simples ressorts[7].
Pour revenir à notre affaire.
Le Cerf ne pleura point. Comment eût-il pu faire ?
Cette mort le vengeait : la Reine avait jadis
Étranglé sa femme et son fils.
Bref, il ne pleura point. Un flatteur l'alla dire,

Et soutint qu'il l'avait vu rire.
La colère du Roi, comme dit Salomon[8],
Est terrible, et surtout celle du Roi Lion ;
Mais ce Cerf n'avait pas accoutumé[9] de lire.
Le Monarque lui dit : « Chétif[10] hôte des bois,
Tu ris ! tu ne suis pas ces gémissantes voix !
Nous[11] n'appliquerons point sur tes membres profanes[12]
Nos sacrés ongles ; venez, Loups,
Vengez la Reine, immolez tous
Ce traître à ses augustes mânes[13]. »
Le Cerf reprit alors : « Sire, le temps des pleurs
Est passé ; la douleur est ici superflue.
Votre digne moitié, couchée entre des fleurs,
Tout près d'ici m'est apparue,
Et je l'ai d'abord reconnue.
« Ami, m'a-t-elle dit, garde[14] que ce convoi,
« Quand je vais chez les Dieux, ne t'oblige à des larmes.
« Aux Champs Élysiens[15] j'ai goûté mille charmes,
« Conversant avec ceux qui sont saints comme moi.
« Laisse agir quelque temps le désespoir du Roi.
« J'y prends plaisir. » À peine on eut ouï la chose,
Qu'on se mit à crier : « Miracle ! Apothéose[16] ! »
Le Cerf eut un présent, bien loin d'être puni.

Amusez les rois par des songes[17],
Flattez-les, payez-les d'agréables mensonges :
Quelque indignation dont le cœur soit rempli,
Ils goberont l'appât[18], vous serez leur ami.

Jean de La Fontaine, « Les Obsèques de la Lionne » (VIII, 14), *Fables*, 1678.

1. compliments : formules de politesse. **2. Province** : royaume. **3. Prévôts** : officiers au service du roi. **4. patois** : langue locale. **5. un pays** : comme un pays. **6. un** : un seul. **7. ressorts** : mécaniques ; allusion à la théorie de Descartes selon laquelle les animaux sont comme des machines et n'ont donc pas d'âme ou de pensée. **8. Salomon** : roi d'Israël, célèbre pour sa sagesse, à qui la tradition attribuait le livre biblique des *Proverbes* où l'on peut lire : *« Rugissement d'un lion, la menace du roi : qui se fâche avec lui risque sa vie »* (XX, 2). **9. n'avait pas accoutumé** : n'avait pas l'habitude. **10. Chétif** : misérable.

11. Nous : pluriel de majesté. **12. profanes** : qui ne sont pas sanctifiés, contrairement à la personne du roi, considérée comme sacrée. **13. mânes** : âmes des morts, chez les Latins. **14. garde** : prends garde. **15. Champs Élysiens** : Champs Élysées, séjour des justes et des héros dans les Enfers antiques. **16. Apothéose** : transformation d'un mortel en un dieu après sa mort. **17. songes** : fictions. **18. goberont l'appât** : croiront le mensonge.

Texte D : Montesquieu, *Lettres persanes*

Charles-Louis de Secondat, baron de La Brède et de Montesquieu (1689-1755), fut un des premiers penseurs des Lumières, remarquable par sa curiosité d'esprit : il voyagea énormément, s'intéressa aux sciences, à la philosophie, au droit, à la politique.
Les *Lettres persanes* sont un roman épistolaire, paru anonymement en 1721 : deux Persans voyagent en Europe et échangent leurs impressions. Montesquieu utilise, ici, le détour par le regard étranger pour obliger son lecteur à voir autrement et remettre en question les coutumes et valeurs occidentales.

LETTRE XXVIII
Rica à ***.

Je vis hier une chose assez singulière, quoiqu'elle se passe tous les jours à Paris.

Tout le peuple s'assemble sur la fin de l'après-dînée, et va jouer une espèce de scène[1] que j'ai entendu appeler *comédie*[2]. Le grand mouvement est sur une estrade, qu'on nomme le *théâtre*[3]. Aux deux côtés, on voit, dans de petits réduits qu'on nomme *loges*, des hommes et des femmes[4] qui jouent ensemble des scènes muettes, à peu près comme celles qui sont en usage en notre Perse.

Ici, c'est une amante affligée qui exprime sa langueur ; une autre, plus animée, dévore des yeux son amant, qui la regarde de même : toutes les passions sont peintes sur les visages, et exprimées avec une éloquence qui, pour être muette, n'en est que plus vive. Là, les actrices ne paraissent qu'à demi-corps, et ont ordinairement un manchon, par modestie, pour cacher leurs bras. [...]

Mais ceux qui prennent le plus de peine sont quelques gens[5] qu'on prend pour cet effet dans un âge peu avancé, pour soutenir la fatigue. Ils sont obligés d'être partout : ils passent par des endroits qu'eux seuls connaissent, montent avec une adresse surprenante d'étage en étage ; ils sont en haut, en bas, dans toutes les loges ; ils plongent, pour ainsi dire ; on les perd, ils reparaissent ; souvent ils quittent le lieu de la scène et vont jouer dans un autre. On en voit même qui, par un prodige qu'on n'aurait osé espérer de leurs béquilles[6], marchent et vont comme les autres. Enfin on se rend à des salles[7] où l'on joue une comédie particulière : on commence par des révérences, on continue par des embrassades. On dit que la connaissance la plus légère met un homme en droit d'en étouffer un autre : il semble que le lieu inspire de la tendresse.

Montesquieu, extrait de la lettre XXVIII, *Lettres persanes*, 1721.

1. scène : spectacle.
2. *comédie* : peut se dire de tout spectacle aussi bien comique que tragique.
3. le *théâtre* : la scène.
4. Ce sont les spectateurs de la haute société qui sont dans les loges.
5. Il s'agit des jeunes gens qui parcourent le théâtre pour faire des mondanités ou des déclarations galantes.
6. Les jeunes gens élégants portaient une canne.
7. salles : les salons du théâtre où la bonne société se retrouve à l'entracte ou après le spectacle.

2 Sujets d'écrit

COMMENTAIRE DE TEXTE

Vous ferez le commentaire des « Obsèques de la Lionne » de Jean de La Fontaine (texte C, p. 302).

DISSERTATION

Louis Van Delft, dans son édition des *Caractères* (Imprimerie nationale, 1998), écrit que *« le théâtre est consubstantiel, non seulement à l'écriture de La Bruyère, mais à la manière dont il regarde le monde »*.
En quoi votre lecture des chapitres V à X des *Caractères* de La Bruyère vous permet-elle de comprendre cette affirmation ?
Vous répondrez à cette question dans un développement organisé. Votre réflexion prendra appui sur l'œuvre de La Bruyère au programme, sur le travail mené dans le cadre du parcours associé et sur votre culture littéraire.

Dossier spécial BAC
1RES TECHNOS

1 Peindre les Hommes, examiner la nature humaine

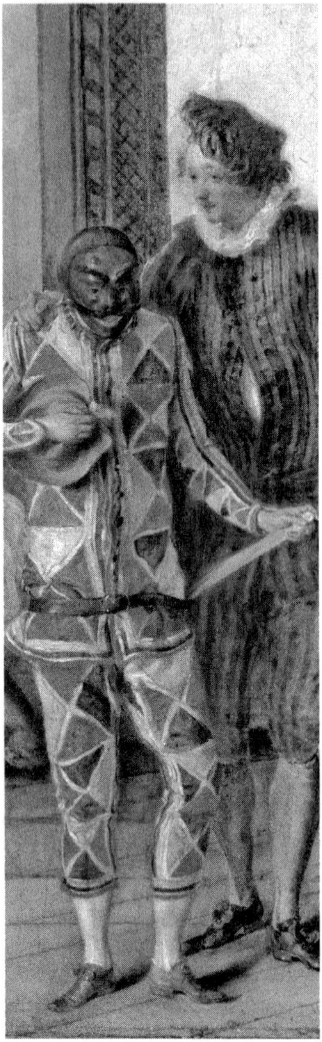

Toute œuvre littéraire questionne la nature humaine, en particulier celles des moralistes des XVIe et XVIIe siècles, qui veulent, comme le dit La Bruyère dans la préface des *Caractères*, *« peindre les hommes en général »*. Mais il se pose d'abord à l'écrivain une question essentielle : comment connaître les hommes, malgré leur diversité et surtout les masques dont ils se revêtent, ou malgré les préjugés de l'observateur sur les autres et lui-même ? Montaigne (texte A) souligne la difficulté à aller au-delà des apparences sociales ou de la renommée pour trouver la vraie valeur d'un individu. La Fontaine (texte B) dénonce sans indulgence, au contraire, le regard faussé de quiconque se laisse abuser par sa propre vanité et se croit *« un personnage »*. Montesquieu (texte C), au début du XVIIIe siècle, montre avec humour, à travers le regard faussement naïf d'un Persan, la discordance qui existe entre le statut social ou l'attitude d'un homme et son véritable mérite personnel – ce qui demande une grande perspicacité pour le « démêler ».

Texte A : Michel de Montaigne, *Essais*

Michel de Montaigne (1533-1592) choisit d'être « *la matière* » de son livre, de méditer sur ses expériences personnelles, sur les événements et réalités de son temps, dans un souci de vérité qui n'exclut pas un regard critique et, parfois même, accusateur. Par là, il invite le lecteur à se considérer lui-même, puisque « *chaque homme porte en lui la forme entière de l'humaine condition* ». Cet ouvrage, sans cesse repensé, corrigé, augmenté, et marqué par une grande variété de sujets, de tons et de styles, reflète les idées et la pensée des humanistes du XVIe siècle et a inspiré La Bruyère. Montaigne réfléchit, ici, sur la difficulté de juger les autres en profondeur.

La valeur de l'âme ne consiste pas à aller très haut, mais de façon bien réglée. Sa grandeur ne se montre pas dans la grandeur, mais dans les choses courantes. Ceux qui nous jugent et nous évaluent en profondeur ne font pas grand cas de l'éclat de nos actions publiques : ils ne voient en elles que les filets d'eau et des vaguelettes jaillies d'un fond au demeurant boueux et lourd. De même, ceux qui nous jugent par cette belle apparence extérieure en tirent eux aussi des conclusions quant à notre constitution interne, et ne peuvent associer des facultés ordinaires, semblables aux leurs, à celles qui les étonnent tant chez nous, parce qu'elles sont hors de leur portée. […] Qui ne donne à Tamerlan[1] des sourcils très marqués, des narines grandes ouvertes, un visage affreux et une taille démesurée, comme est démesurée l'image qu'il s'est forgée de lui par sa renommée ? Si l'on m'avait présenté Érasme autrefois, j'aurais eu beaucoup de mal à ne pas prendre pour des adages et des maximes[2] tout ce qu'il aurait dit à son valet et à son hôtesse. Nous imaginons bien plus facilement un artisan sur sa chaise percée[3] ou sur sa femme qu'un grand Président[4], vénérable dans son maintien et sa compétence. Il nous semble que ceux qui occupent des trônes si élevés ne s'abaissent pas jusqu'à vivre tout simplement.

Michel de Montaigne, extrait de « Du Repentir » (III, 2),
Essais, 1580-1595, translation en français moderne par Guy de Pernon,

1. Tamerlan, grand conquérant mongol et chef de guerre redoutable du XIVe siècle.

2. Érasme, grand écrivain humaniste du XVIe siècle, a publié les *Adages*, recueil de proverbes et de maximes. **3. sur sa chaise percée** : aux toilettes. **4. Président** : président d'une cour de justice, haut magistrat.

Texte B : Jean de La Fontaine, *Fables*

Jean de La Fontaine (1621-1695) se consacre très tôt à la littérature et, en particulier, aux *Fables* qui sont l'œuvre de toute sa vie : commencées en 1668, elles comprendront douze livres. La Fontaine y exprime, avec art et humour, sa réflexion sur les comportements de l'homme.

LE RAT ET L'ÉLÉPHANT

Se croire un personnage[1] est fort commun en France :
On y fait l'homme d'importance,
Et l'on n'est souvent qu'un bourgeois[2].
C'est proprement le mal françois[3].
La sotte vanité[4] nous est particulière.
Les Espagnols sont vains, mais d'une autre manière.
Leur orgueil me semble, en un mot,
Beaucoup plus fou, mais pas si sot.
Donnons quelque image du nôtre
Qui sans doute en vaut bien un autre.

Un Rat des plus petits voyait un Éléphant
Des plus gros, et raillait le marcher un peu lent
De la bête de haut parage[5],
Qui marchait à gros équipage[6].
Sur l'animal à triple étage[7],
Une Sultane de renom,
Son Chien, son Chat et sa Guenon,
Son Perroquet, sa vieille[8], et toute sa maison,
S'en allait en pèlerinage.
Le Rat s'étonnait que les gens
Fussent touchés de voir cette pesante masse :
« Comme si d'occuper ou plus ou moins de place
Nous rendait, disait-il, plus ou moins importants.

Mais qu'admirez-vous tant en lui, vous autres hommes ?
Serait-ce ce grand corps qui fait peur aux enfants ?
Nous ne nous prisons[9] pas, tout petits que nous sommes,
D'un grain[10] moins que les Éléphants. »
Il en aurait dit davantage ;
Mais le Chat, sortant de sa cage,
Lui fit voir en moins d'un instant
Qu'un Rat n'est pas un Éléphant.

Jean de La Fontaine, « Le Rat et l'Éléphant » (VIII, 15), *Fables*, 1678.

1. un personnage : un grand personnage. **2. bourgeois :** ici, dans le sens péjoratif d'« homme qui manque de distinction ». **3. françois :** ancienne graphie pour *français*, conservée pour la rime. **4. vanité :** prétention. **5. de haut parage :** de noble origine. **6. à gros équipage :** avec toute une suite (domestiques, chevaux, affaires...). **7. à triple étage :** le dos de l'éléphant, le palanquin (sorte de compartiment pour les gens transportés) et le parasol qui le couvre. **8. vieille :** vieille personne chargée de veiller sur la sultane. **9. prisons :** estimons. **10. grain :** très petite unité de poids.

Texte C : Montesquieu, *Lettres persanes*

Charles-Louis de Secondat, baron de La Brède et de Montesquieu (1689-1755), fut un des premiers penseurs des Lumières, remarquable par sa curiosité d'esprit : il voyagea énormément, s'intéressa aux sciences, à la philosophie, au droit, à la politique.
Les *Lettres persanes* sont un roman épistolaire, paru anonymement en 1721 : deux Persans voyagent en Europe et échangent leurs impressions. Montesquieu utilise, ici, le détour par le regard étranger pour obliger son lecteur à voir autrement et remettre en question les coutumes et valeurs occidentales. Dans cette lettre, Usbek, invité à une réception, interroge un de ses amis sur les personnes qu'il y rencontre.

LETTRE XLVIII

Usbek à Rhédi, *à Venise*.

[...] Vous trouverez peut-être en moi, lui dis-je, plus de curiosité que de politesse ; mais je vous supplie d'agréer que je vous fasse quelques questions : car je m'ennuie de n'être au fait de rien et de vivre avec des gens que je ne saurais démêler[1]. Mon esprit travaille depuis deux

jours : il n'y a pas un seul de ces hommes qui ne m'ait donné deux cents fois la torture[2] ; et je ne les devinerais de mille ans[3] : ils me sont plus invisibles que les femmes de notre grand monarque[4]. […]
– Qui est cet homme, lui dis-je, qui nous a tant parlé des repas qu'il a donnés aux grands, qui est si familier avec vos ducs, et qui parle si souvent à vos ministres qu'on me dit être d'un accès si difficile ? Il faut bien que ce soit[5] un homme de qualité[6] : mais il a la physionomie si basse[7] qu'il ne fait guère honneur aux gens de qualité, et, d'ailleurs, je ne lui trouve point d'éducation[8]. Je suis étranger ; mais il me semble qu'il y a en général une certaine politesse commune à toutes les nations ; je ne lui trouve point de celle-là. Est-ce que vos gens de qualité sont plus mal élevés que les autres ? – Cet homme, me répondit-il en riant, est un fermier[9]. Il est autant au-dessus des autres par ses richesses qu'il est au-dessous de tout le monde par sa naissance. […] Il est bien impertinent[10], comme vous le voyez ; mais il excelle par son cuisinier : aussi n'en est-il pas ingrat ; car vous avez entendu qu'il l'a loué tout aujourd'hui.

Montesquieu, extrait de la lettre XLVIII, *Lettres persanes*, 1721.

1. **démêler :** comprendre, interpréter.
2. **ne m'ait donné […] la torture :** ne m'ait causé de l'embarras ou de l'impatience (tournure hyperbolique, exagérée).
3. **je ne les devinerais de mille ans :** je ne les comprendrais jamais.
4. Les femmes du sultan ottoman étaient enfermées dans le harem.
5. **Il faut bien que ce soit :** ce doit être.
6. **homme de qualité :** personne haut placée dans la société.
7. **basse :** vulgaire, grossière.
8. **je ne lui trouve point d'éducation :** je le trouve mal élevé.
9. **fermier :** fermier général, personne chargée de collecter les impôts sous l'Ancien Régime, qui pouvait s'enrichir très rapidement et, parfois, de façon malhonnête. C'est le type du riche parvenu.
10. **impertinent :** inconvenant, impoli.

Texte D : Charles Baudelaire, *Petits Poèmes en prose*

Charles Baudelaire (1821-1867) conserve du romantisme son désir d'une poésie de l'imagination pour déchiffrer et transfigurer le monde, mais se tourne aussi vers la modernité du quotidien, du bizarre. Le recueil *Petits Poèmes en prose* fut édité de façon posthume.

LE JOUJOU DU PAUVRE

[…] Sur une route, derrière la grille d'un vaste jardin, au bout duquel apparaissait la blancheur d'un joli château frappé par le soleil, se tenait un enfant beau et frais, habillé de ces vêtements de campagne si pleins de coquetterie.

Le luxe, l'insouciance et le spectacle habituel de la richesse rendent ces enfants-là si jolis, qu'on les croirait faits d'une autre pâte que les enfants de la médiocrité ou de la pauvreté.

À côté de lui, gisait sur l'herbe un joujou splendide, aussi frais que son maître, verni, doré, vêtu d'une robe pourpre, et couvert de plumets et de verroteries[1]. Mais l'enfant ne s'occupait pas de son joujou préféré, et voici ce qu'il regardait :

De l'autre côté de la grille, sur la route, entre les chardons et les orties, il y avait un autre enfant, sale, chétif, fuligineux[2], un de ces marmots-parias[3] dont un œil impartial découvrirait la beauté, si, comme l'œil du connaisseur devine une peinture idéale sous un vernis de carrossier[4], il le nettoyait de la répugnante patine[5] de la misère.

À travers ces barreaux symboliques séparant deux mondes, la grande route et le château, l'enfant pauvre montrait à l'enfant riche son propre joujou, que celui-ci examinait avidement comme un objet rare et inconnu. Or, ce joujou, que le petit souillon[6] agaçait, agitait et secouait dans une boîte grillée, c'était un rat vivant ! Les parents, par économie sans doute, avaient tiré le joujou de la vie elle-même.

Et les deux enfants se riaient l'un à l'autre fraternellement, avec des dents d'une égale blancheur.

Charles Baudelaire, extrait de « Le Joujou du pauvre » (XIX),
Petits Poèmes en prose, 1869.

1. **verroteries** : petites décorations en verre coloré.
2. **fuligineux** : noirâtre comme la suie.

3. marmots-parias : en Inde, le paria est un individu de la caste la plus basse. Par analogie, personne de classe inférieure, méprisée dans la société. *Marmots* signifie « enfants ».
4. carrossier : fabricant de carrosses.
5. patine : coloration que donne le temps, l'usure ou la saleté à certains objets.
6. souillon : personne sale.

Texte E : Gaston Berger, *Traité pratique d'analyse du caractère*

Gaston Berger (1896-1960) est un philosophe et haut fonctionnaire français. Dans le *Traité pratique d'analyse du caractère* (1950), il définit la science de la caractérologie comme « *une manière nouvelle de reprendre la psychologie tout entière, à partir de la réalité concrète des individus et non en étudiant quelques grandes fonctions que l'on suppose identiques ou du moins analogues chez tous les hommes* ».

Quand nous voyons quelqu'un pour la première fois et que nous nous demandons « à qui » nous avons affaire, ce que nous voyons de lui, d'abord, c'est moins sa personne que son personnage. Celui-ci, proclamé par l'uniforme du soldat ou la casquette du wattman[1], se traduit aussi parfois, d'une manière qui semble plus discrète, par certaines particularités du costume ou de la coiffure, par le jeu des décorations ou des insignes. Ces détails ne sont pas sans importance, car ils traduisent le consentement du sujet. L'uniforme est imposé au soldat ou au facteur. Au contraire, celui qui arbore un insigne manifeste, par là, qu'il assume consciemment sa fonction sociale.
Les signes par où se révèle le personnage ne sont pas toujours aussi apparents. Ils peuvent être difficiles à interpréter ou même manquer tout à fait. Mais, avec ou sans étiquette, la marque imprimée par la société sur l'individu est d'une extrême importance. Elle se traduit par un certain nombre de dispositions engendrées par le milieu et durci[2] : d'une part, des manières d'agir, de marcher, de regarder, de parler ; de l'autre, des systèmes d'idées assez arrêtées, de croyances, d'opinions ; bref, un comportement et une mentalité, des attitudes et des convictions. Chacun a ainsi reçu, de sa famille, de l'école, des camarades, un certain nombre de certitudes qu'il met rarement en question, à partir desquelles il raisonne et qui constituent le cadre de référence auquel il rapportera les événements et les idées.

À ces opinions correspondent des systèmes de réactions affectives ou verbales, montés en nous par la vie en groupe, et qui se déclenchent, quand l'occasion se présente, avec l'automatisme d'un réflexe. Il n'y a pas tellement de différence entre la manière dont une jambe s'étend quand on percute le tendon rotulien[3] et la réaction d'enthousiasme ou d'indignation que provoque, dans le milieu qui y est sensibilisé, une affirmation sur le dirigisme[4] ou la vie communautaire. Lorsque je sais, par exemple, au bout de quelques minutes de conversation, que mon interlocuteur est un ingénieur catholique, préoccupé d'action sociale et père de quatre enfants, je suis aussitôt à même de déterminer, non seulement quelques-unes de ses zones d'intérêt, mais aussi certaines des positions qu'il peut prendre. Je sais – en gros – comment s'organisent ses certitudes et où se manifesteront des résistances. Pourtant, bien des choses m'échappent encore. Il y a des ingénieurs doux et patients, d'autres violents et autoritaires. Certains aiment les arts, d'autres les méprisent. Ceux-ci sont intéressés[5] et égoïstes, ceux-là généreux et serviables. Derrière le personnage, il y a l'homme. Pour atteindre celui-ci, il faut pénétrer sous la couche que la société a déposée à sa surface. Il faut enlever le personnage comme on ferait d'un masque… Ce que donne la société, ce sont des idées toutes faites, des comportements précis, voire des gestes : en somme, une matière. Ce qui tient au caractère, ce sont des formes… Entre les qualités indéfiniment variables que nous offre la vie psychologique, il y a des liaisons constantes.

[…] Pour épuiser tout ce qui fait qu'un homme est « tel » homme, il reste à faire une place aux événements. Cette femme est peut-être une sentimentale, mais c'est aussi – et parfois c'est avant tout – la femme qui a vu mourir entre ses bras un mari qu'elle adorait. Elle est devenue l'être de ce deuil et on ne saurait la comprendre sans en tenir compte. Sans doute est-ce à son caractère qu'est due la persistance tenace de ce souvenir douloureux et son impuissance à le dominer. Mais c'est pourtant cet événement et non un autre qui a fait passer à l'acte ses virtualités[6]. Chacun de nous a ainsi une histoire qui nous a fait ce que nous sommes. Les déterminations essentielles[7] peuvent être plus ou moins communes, mais elles restent toujours générales, même lorsqu'on en découvre une qui n'apparaît que dans un seul individu. Les déterminations historiques, au contraire, sont existentielles[8]. Elles sont des faits, liés au temps et à l'espace, qui ne valent que pour un sujet unique : lui seul était là, à tel moment, engagé dans telles difficultés…

Ces couches diverses, qu'on ne distingue que pour mieux comprendre comment elles s'unissent pour former une personnalité, composent la nature de l'homme. Elles ne nous livrent pourtant pas son essence. Derrière cette nature, il y a la liberté qui s'y engage et qui compose avec elle, suivant un mode qui est loin d'être simple.

Gaston Berger, *Traité pratique d'analyse du caractère,* PUF, 1950.

1. **wattman :** conducteur de tramway.
2. **durci :** rigide.
3. **tendon rotulien :** partie de l'articulation du genou qui, quand on le frappe, provoque le réflexe d'allonger la jambe.
4. **dirigisme :** système économique où l'État assume une grande part de contrôle.
5. **intéressés :** attachés à leur intérêt personnel.
6. **virtualités :** potentialités, possibilités.
7. **essentielles :** qui concernent la nature propre de la personne, son tempérament.
8. **existentielles :** qui concernent les circonstances de l'existence de chacun.

2 Sujets d'écrit

COMMENTAIRE DE TEXTE

Vous ferez le commentaire du poème en prose « Le Joujou du pauvre » de Charles Baudelaire (texte D, p. 313) en vous aidant des pistes suivantes :
– En quoi ce texte est-il construit sur des oppositions ?
– Comment l'auteur transmet-il au lecteur une certaine vision de l'homme et de la société ?

CONTRACTION DE TEXTE SUIVIE D'UN ESSAI

1. Vous résumerez le texte de Gaston Berger (texte E, 737 mots, p. 314) en 185 mots. Une tolérance de +/– 10 % est admise : votre travail comptera au moins 167 et au plus 203 mots. Vous placerez un repère, dans votre travail, tous les 50 mots et indiquerez, à la fin de la contraction, le nombre de mots qu'elle comporte.

2. Selon vous, est-il possible de connaître les autres ?
Vous développerez, de manière organisée, votre réponse à cette question en prenant appui sur le chapitre XI « De l'Homme » des *Caractères* de La Bruyère, sur le texte de l'exercice de la contraction et sur ceux que vous avez étudiés dans l'année dans le cadre de l'objet d'étude « La littérature d'idées du XVIe au XVIIIe siècle ». Vous pourrez aussi faire appel à vos lectures et à votre culture personnelle.

Crédits photographiques

pp. 4, 6, 8, 9, 11, 16, 17, 48, 49, 78, 79, 97, 134, 135, 160, 161 : © Photothèque Hachette. **pp. 183, 185 :** © Droits réservés. **pp. 188, 216, 258 :** © Photothèque Hachette. **p. 298 :** la mode française (détail), © Photothèque Hachette. **p. 308 :** scène de la comédie italienne : Arlequin et Luigi Riccoboni, dit Lélio, détail d'une peinture de l'école française (vers 1720), Musée Carnavalet, Paris, © CC0 Paris Musées / Musée Carnavalet.

Conception graphique
Couverture : Stéphanie Benoit
Intérieur : GRAPH'in-folio

Édition
Fabrice Pinel

Mise en pages
APS-ie

PAPIER À BASE DE FIBRES CERTIFIÉES

hachette s'engage pour l'environnement en réduisant l'empreinte carbone de ses livres. Celle de cet exemplaire est de : 600 g éq. CO_2
Rendez-vous sur www.hachette-durable.fr

Achevé d'imprimer en Juillet 2021 en Espagne par Black Print
Dépôt légal : Juillet 2021 – Édition : 01
21/7297/7

Dans la même collection :

Collectif
Nouvelles naturalistes des *Soirées de Médan* (Zola, Maupassant, Huysmans) (40)

APOLLINAIRE
Alcools (60) **BAC**

BALZAC
Le Colonel Chabert (78)
La Peau de chagrin (26)
Le Père Goriot (56)

BARBUSSE
Le Feu – Bac pro (66)

BAUDELAIRE
Les Fleurs du Mal (10) **BAC**

BEAUMARCHAIS
Le Barbier de Séville (17)
Le Mariage de Figaro (5)

CHATEAUBRIAND
Atala – René (42)

CORNEILLE
Le Cid (36)
L'Illusion comique (19)

ECHENOZ
14 – Bac pro (67)
14 (69)

FLAUBERT
Madame Bovary (52)
Trois Contes (20)

GAUTIER
Contes et Récit fantastiques (43)

GOUGES
Déclaration des droits de la femme et de la citoyenne (83) **BAC**

HUGO
Claude Gueux (38)
Pauca meæ (livre IV des *Contemplations*) (73)
Le Dernier Jour d'un condamné (31)
Le Dernier Jour d'un condamné – Bac pro (62)
Hernani (44)
Les Misérables (28)
Ruy Blas (6)

JARRY
Ubu Roi (45)

LA BRUYÈRE
Les Caractères (29)
Les Caractères (livres V à XI) (84) **BAC**

LACLOS
Les Liaisons dangereuses (51)

LAFAYETTE (MME DE)
La Princesse de Clèves (49) **BAC**
La Princesse de Montpensier (74)

LA FONTAINE
Fables (livres VII à IX) – Séries technologiques (76)
Fables (livres VII à XI) – Séries générales (77)

MARIVAUX
La Colonie – Bac pro (68)
La Double Inconstance (46)
Les Fausses Confidences (79) **BAC**
L'Île des esclaves (13) **BAC**
Le Jeu de l'amour et du hasard (16)

MAUPASSANT
Bel-Ami (47)
Boule de suif / Mademoiselle Fifi – Bac pro (72)
Contes parisiens, normands et fantastiques (34)
Pierre et Jean (11)
Une vie (53)

MOLIÈRE
Dom Juan (2)
L'École des femmes (64)
Les Femmes savantes (33)
Le Malade imaginaire (80) **BAC**
Le Misanthrope (27)
Les Précieuses ridicules (30)
Le Tartuffe (4)

MONTAIGNE
Essais (sélection de chapitres) (22)
Essais (*Des cannibales* et *Des coches*) (82)

MONTESQUIEU
Lettres persanes (61)

MUSSET
Les Caprices de Marianne (41)
Lorenzaccio (23)
On ne badine pas avec l'amour (14)

OLMI
Numéro Six – Bac pro (70)

Abbé PRÉVOST
Manon Lescaut (58)

RABELAIS
Pantagruel / Gargantua (7)
Gargantua (85) **BAC**

RACINE
Andromaque (35)
Bérénice (15)
Britannicus (18)
Phèdre (8)

RADIGUET
Le Diable au corps (21)

RIMBAUD
Une saison en enfer et autres poèmes (37)
Poésies (75)

ROSTAND
Cyrano de Bergerac (50)

ROUSSEAU
Les Confessions (livres I à IV) (3)

SAGAN
Bonjour tristesse – Bac pro (71)

SHAKESPEARE
Hamlet (9)

STENDHAL
Le Rouge et le Noir (54) **BAC**

VERLAINE
Poèmes saturniens / Fêtes galantes / Romances sans paroles (81)

VOLTAIRE
Candide ou l'Optimisme (1)
Candide ou l'Optimisme – Bac pro (59)
L'Ingénu (39)
La Princesse de Babylone / Micromégas (48)
Zadig ou la Destinée (25)

ZOLA
Celle qui m'aime et autres nouvelles (57)
L'Assommoir (55)
Thérèse Raquin (63)